岩 波 文 庫

30-143-6

太　平　記

（六）

兵藤裕己校注

岩 波 書 店

凡　例

一、本書の底本には、京都の龍安寺所蔵(京都国立博物館寄託)の西源院本『太平記』を使用した。西源院本は、応永年間(十五世紀初め)の書写、大永・天文年間(十六世紀前半)の転写とされる『太平記』の古写本である(本書・第四分冊「解説」参照)。

一、西源院本は、昭和四年(一九二九)の火災で焼損しているが(第三十八—四十巻は焼失)、東京大学史料編纂所に、大正八年(一九一九)制作の影写本がある。本文の作成にさいして、龍安寺所蔵本、東京大学史料編纂所蔵影写本を用い、影写本の翻刻である鷲尾順敬校訂『西源院本太平記』(刀江書院、一九三六年)、影写本の影印である黒田彰・岡田美穂編『軍記物語研究叢書』第一—三巻(クレス出版、二〇〇五年)を参照した。

一、本文は読みやすさを考え、つぎのような操作を行なった。

1　章段名は、底本によったが、本文中の章段名と目録のそれとが異なるときは、本文中の章段名を採用した(一部例外はある)。また、「并」「付」「同」によって複数の内容をあわせ持つ章段は、支障がないかぎり複数の章段にわけた(たとえば、第六巻の「楠出天王寺事并六波羅勢被討事同宇都宮寄天王寺事」は、「楠天王寺に出づる事」「六波羅勢討たるる事」「宇都宮天王寺に寄する事」の三章段にわけた)。なお、各章段には、アラビア数字で章段番号を付けた。

2 本文には、段落を立て、句読点を補い、会話の部分は適宜「 」を付した。

3 底本は、漢字・片仮名交じりで書かれているが、漢字・平仮名交じりに改めた。

4 仮名づかいは、歴史的仮名づかいで統一し、助動詞の「ん」「む」の混在は、用例の多い「ん」に統一した。底本にある「ゝ」「ゞ」「〱」等の繰り返し記号(踊り字)は用いず、仮名を繰り返して表記した。なお、仮名の誤写は適宜改めた(アとナ、カとヤ、スとヌ、ソとヲ、など)。

5 漢字の旧字体・俗字体は、原則として新字体・正字体または通行の字体に改めた。また、誤字や当て字は、適宜改めた(接家→摂家、震襟→宸襟、など)。なお、用字の混用は、一般的な用字で統一したものがある(芳野→吉野、宇津宮→宇都宮、打死→討死、城責め→城攻め、など)。

6　漢字の送り仮名は、今日一般的な送り仮名の付け方に従った。振り仮名は、現代仮名づかいによって、校注者が施した。

7　漢文表記の箇所は、漢字仮名交じり文に読みくだした。返り点などの読みは、可能なかぎり底本の読みを尊重したが、誤読と思われる箇所は、他本を参照して改めた。

8　底本に頻出する漢字で、仮名に改めたものがある(有→あり、此→この、然り→しかり、為→ため、我→われ、など)。また、仮名に漢字をあてたものもある。

9　底本の脱字・脱文と思われる箇所は、他本を参照して、(　)を付して補った。使用した本は、神田本、玄玖本、神宮徴古館本、簗田本、天正本、梵舜本、流布本などである。

一、校注にさいしては、岡見正雄、釜田喜三郎、後藤丹治、鈴木登美恵、高橋貞一、長谷川端、増田欣、山下宏明の諸氏をはじめとする先学の研究を参照させていただいた。また、藤本正行(武具研究)、川合康三(中国古典学)両氏からご教示をえた。ここに記して感謝申し上げる。

目　次

凡　例
全巻目次

第三十七巻

当今江州より還幸の事　1 …… 三
細川清氏四国へ渡る事　2 …… 亖
大将を立つべき法の事　3 …… 亖
漢楚義帝を立つる事　4 …… 兲
尾張左衛門佐遁世の事　5 …… 兲
身子声聞の事　6 …… 四〇
一角仙人の事　7 …… 四二

志賀寺上人の事 8 …… 四五
畠山道誓謀叛の事 9 …… 四八
楊貴妃の事 10 …… 五〇

第三十八巻

悪星出現の事 1 …… 七三
湖水乾く事 2 …… 七四
諸国宮方蜂起の事 3 …… 七六
越中軍の事 4 …… 八四
九州探題下向の事 5 …… 八八
漢の李将軍女を斬る事 6 …… 九〇
筑紫合戦の事 7 …… 九一
畠山入道道誓没落の事、并遊佐入道の事 8 …… 九四
細川清氏討死の事 9 …… 一〇〇

和田楠と箕浦と軍の事　10……………………………………………………一二〇
兵庫の在家を焼く事　11……………………………………………………一二七
太元軍の事　12……………………………………………………一二九

第三十九巻

大内介降参の事　1……………………………………………………一三七
山名御方に参る事　2……………………………………………………一四〇
仁木京兆降参の事　3……………………………………………………一四二
芳賀兵衛入道軍の事　4……………………………………………………一四三
神木入洛の事、付鹿都に入る事　5……………………………………………………一五五
諸大名道朝を讒する事、付道誉大原野花会の事　6……………………………………………………一六〇
道朝没落の事　7……………………………………………………一六六
神木御帰座の事　8……………………………………………………一七一
高麗人来朝の事　9……………………………………………………一七六

太元より日本を攻むる事、同神軍の事 10 …… 一七九
神功皇后新羅を攻めらるる事 11 …… 一八七
光厳院禅定法皇崩御の事 12 …… 一九二

第四十巻

中殿御会の事 1 …… 二〇九
将軍御参内の事 2 …… 二一三
貞治六年三月二十八日天変の事、同二十九日天龍寺炎上の事 3 …… 二一三
鎌倉左馬頭基氏逝去の事 4 …… 二一三
南禅寺と三井寺と確執の事 5 …… 二一四
最勝八講会闘諍に及ぶ事 6 …… 二二五
征夷将軍義詮朝臣薨逝の事 7 …… 二二八
細川右馬頭西国より上洛の事 8 …… 二三〇

付　録

『太平記』記事年表6　三三四
〔解説6〕『太平記』の影響――国家のかたち　三四一
人名索引

全巻目次

第一巻

序
後醍醐天皇武臣を亡ぼすべき御企ての事　1
中宮御入内の事　2
皇子達の御事　3
関東調伏の法行はるる事　4
俊基資朝朝臣の事　5
土岐十郎と多治見四郎と謀叛の事、付無礼講の事　6
昌黎文集談義の事　7
謀叛露顕の事　8
土岐多治見討たるる事　9
俊基資朝召し取られ関東下向の事　10
主上御告文関東に下さるる事　11

第二巻

南都北嶺行幸の事　1
為明卿歌の事　2
両三の上人関東下向の事　3
俊基朝臣重ねて関東下向の事　4
長崎新左衛門尉異見の事　5
阿新殿の事　6
俊基朝臣を斬り奉る事　7
東使上洛の事　8
主上南都潜幸の事　9
尹大納言師賢卿主上に替はり山門登山の事　10
坂本合戦の事　11

第三巻

笠置臨幸の事　1

笠置合戦の事　2
楠謀叛の事、并桜山謀叛の事　3
東国勢上洛の事　4
陶山小見山夜討の事　5
笠置没落の事　6
先皇六波羅還幸の事　7
赤坂軍の事、同城落つる事　8
桜山討死の事　9

第四巻

万里小路大納言宣房卿の歌の事　1
宮々流し奉る事　2
先帝遷幸の事、并俊明極参内の事　3
和田備後三郎落書の事　4
呉越闘ひの事　5

第五巻

持明院殿御即位の事　1
宣房卿二君に仕ふる事　2
中堂常燈消ゆる事　3
相模入道田楽を好む事　4
犬の事　5
弁才天影向の事　6
大塔宮大般若の櫃に入り替はる事　7
大塔宮十津川御入りの事　8
玉木庄司宮を討ち奉らんと欲する事　9
野長瀬六郎宮御迎への事、并北野天神霊験の事　10

第六巻

民部卿三位殿御夢の事　1
楠天王寺に出づる事　2
六波羅勢討たるる事　3
宇都宮天王寺に寄する事　4
太子未来記の事　5
大塔宮吉野御出の事、并赤松禅門令旨を賜る事　6

東国勢上洛の事　7
金剛山攻めの事　8
赤坂合戦の事、并人見本間討死の事　9

第七巻

出羽入道吉野を攻むる事　1
村上義光大塔宮に代はり自害の事　2
千剣破城軍の事　3
義貞綸旨を賜る事　4
赤松義兵を挙ぐる事　5
土居得能旗を揚ぐる事　6
船上臨幸の事　7
長年御方に参る事　8
船上合戦の事　9

第八巻

摩耶軍の事　1
酒部瀬川合戦の事　2
三月十二日赤松京都に寄する事　3
主上両上皇六波羅臨幸の事　4
同じき十二日合戦の事　5
禁裏仙洞御修法の事　6
西岡合戦の事　7
山門京都に寄する事　8
四月三日京軍の事　9
田中兄弟軍の事　10
有元一族討死の事　11
妻鹿孫三郎人飛礫の事　12
千種殿軍の事　13
谷堂炎上の事　14

第九巻

足利殿上洛の事　1
久我縄手合戦の事　2
名越殿討死の事　3
足利殿大江山を打ち越ゆる事　4

（以上、第一分冊）

五月七日合戦の事　5
六波羅落つる事　6
番馬自害の事　7
千剣破城寄手南都に引く事　8

第十巻

長崎次郎禅師御房を殺す事　1
義貞叛逆の事　2
天狗越後勢を催す事　3
小手指原軍の事　4
久米川合戦の事　5
分陪軍の事　6
大田和源氏に属する事　7
鎌倉中合戦の事　8
相模入道自害の事　9

第十一巻

五大院右衛門并びに相模太郎の事　1
千種頭中将殿早馬を船上に進せらるる事　2
書写山行幸の事　3
新田殿の注進到来の事　4
正成兵庫に参る事　5
還幸の御事　6
筑紫合戦九州探題の事　7
長門探題の事　8
越前牛原地頭自害の事　9
越中守護自害の事　10
金剛山の寄手ども誅せらるる事　11

第十二巻

公家一統政道の事　1
菅丞相の事　2
安鎮法の事　3
千種頭中将の事　4
文観僧正の事　5
解脱上人の事　6
広有怪鳥を射る事　7

神泉苑の事　8
兵部卿親王流刑の事 読物あり　9
驪姫の事　10

第十三巻

天馬の事　1
藤房卿遁世の事　2
北山殿御隠謀の事　3
中先代の事　4
兵部卿親王を害し奉る事　5
干将鏌鎁の事　6
足利殿東国下向の事　7
相模次郎時行滅亡の事、付道誉抜懸け敵陣を破る并相模川を渡る事　8

第十四巻

足利殿と新田殿と確執の事　1
両家奏状の事　2
節刀使下向の事　3
旗文の月日地に堕つる事　4
矢矧合戦の事　5
鷺坂軍の事　6
手越軍の事　7
箱根軍の事　8
竹下軍の事　9
官軍箱根を引き退く事　10
諸国朝敵蜂起の事　11
将軍御進発の事　12
大渡軍の事　13
山崎破るる事　14
大渡破るる事　15
都落ちの事　16
勅使河原自害の事　17
長年京に帰る事、并内裏炎上の事　18
将軍入洛の事　19
親光討死の事　20

第十五巻

三井寺戒壇の事　1
奥州勢坂本に着く事　2
三井寺合戦の事　3
弥勒御歌の事　4
龍宮城の鐘の事　5
正月十六日京合戦の事　6
同じき二十七日京合戦の事　7
同じき三十日合戦の事　8
薬師丸の事　9
大樹摂津国に打ち越ゆる事　10
手島軍の事　11
湊川合戦の事　12
将軍筑紫落ちの事　13
主上山門より還幸の事　14
賀茂神主改補の事　15
宗堅大宮司将軍を入れ奉る事　16
少弐と菊池と合戦の事　17
多々良浜合戦の事　18
高駿河守例を引く事　19

(以上、第二分冊)

第十六巻

西国蜂起の事　1
新田義貞進発の事　2
船坂熊山等合戦の事　3
尊氏卿持明院殿の院宣を申し下し上洛の事　4
福山合戦の事　5
義貞船坂を退く事　6
正成兵庫に下向し子息に遺訓の事　7
尊氏義貞兵庫湊川合戦の事　8
本間重氏鳥を射る事　9
正成討死の事　10
義貞朝臣以下の敗軍等帰洛の事　11
重ねて山門臨幸の事　12

持明院殿八幡東寺に御座の事　13
正行父の首を見て悲哀の事　14

第十七巻

山攻めの事、并千種宰相討死の事　1
熊野勢軍の事　2
金輪院少納言夜討の事　3
般若院の童神託の事　4
高豊前守虜らるる事　5
初度の京軍の事　6
二度の京軍の事　7
山門の牒南都に送る事　8
隆資卿八幡より寄する事　9
義貞合戦の事　10
江州軍の事、并道誉を江州守護に任ずる事　11
山門より還幸の事　12
堀口還幸を押し留むる事　13
儲君を立て義貞に付けらるる事　14
鬼切日吉に進せらるる事　15
義貞北国落ちの事　16
還幸供奉の人々禁獄せらるる事　17
北国下向勢凍死の事　18
瓜生判官心替はりの事　19
義鑑房義治を隠す事　20
今庄入道浄慶の事　21
十六騎の勢金崎に入る事　22
白魚船に入る事　23
金崎城詰むる事　24
小笠原軍の事　25
野中八郎軍の事　26

第十八巻

先帝吉野潜幸の事　1
伝法院の事　2
勅使海上を泳ぐ事　3
義治旗を揚ぐる事、并杣山軍の事　4

越前府軍の事　5
金崎後攻めの事　6
瓜生老母の事　7
程嬰杵臼の事　8
金崎城落つる事　9
東宮還御の事　10
一宮御息所の事　11
義顕の首を梟る事　12
比叡山開闢の事、并山門領安堵の事　13

第十九巻

光厳院殿重祚の御事　1
本朝将軍兄弟を補任するその例なき事　2
義貞越前府城を攻め落とさるる事　3
金崎の東宮并びに将軍宮御隠れの事　4
諸国宮方蜂起の事　5
相模次郎時行勅免の事　6
奥州国司顕家卿上洛の事、付新田徳寿丸上洛の事　7
桃井坂東勢奥州勢の跡を追つて道々合戦の事　8
青野原軍の事　9
嚢砂背水の陣の事　10

第二十巻

黒丸城初度の合戦の事　1
越後勢越前に打ち越ゆる事　2
御宸翰勅書の事　3
義貞朝臣山門へ牒状を送る事　4
八幡宮炎上の事　5
義貞黒丸に於て合戦の事　6
平泉寺衆徒調伏の法の事　7
斎藤七郎入道道猷義貞の夢を占ふ事、付孔明仲達の事　8
水練栗毛付けずまひの事　9
義貞朝臣自殺の事　10
義貞朝臣の頸を洗ひ見る事　11

義助朝臣敗軍を集め城を守る事　12
左中将の首を梟る事　13
奥勢難風に逢ふ事　14
結城入道堕地獄の事　15

第二十一巻

蛮夷階上の事　1
天下時勢粧の事、道誉妙法院御所を焼く事　2
神輿動座の事　3
法勝寺の塔炎上の事　4
先帝崩御の事　5
吉野新帝受禅の事、同御即位の事　6
義助黒丸城を攻め落とす事　7
塩冶判官讒死の事　8

（以上、第三分冊）

第二十二巻　（欠）

第二十三巻

畑六郎左衛門時能の事　1
戎王の事　2
鷹巣城合戦の事　3
脇屋刑部卿吉野に参らるる事　4
孫武の事　5
将を立つる兵法の事　6
上皇御願文の事　7
土岐御幸に参向し狼藉を致す事　8
高土佐守傾城を盗まるる事　9

第二十四巻

義助朝臣予州下向の事、
付道の間高野参詣の事　1
正成天狗と為り剣を乞ふ事　2
河江合戦の事、同日比海上軍の事　3
備後鞆軍の事　4
千町原合戦の事　5
世田城落ち大館左馬助討死の事　6
篠塚落つる事　7

第二十五巻

朝儀の事　1
天龍寺の事　2
大仏供養の事　3
三宅荻野謀叛の事　4
地蔵命に替はる事　5

第二十六巻

持明院殿御即位の事　1
大塔宮の亡霊胎内に宿る事　2
藤井寺合戦の事　3
伊勢国より宝剣を進す事　4
黄粱の夢の事　5
住吉合戦の事　6
四条合戦の事　7
秦の穆公の事　8
和田楠討死の事　9
吉野炎上の事　10

第二十七巻

賀名生皇居の事　1
師直驕りを究むる事　2
師泰奢侈の事　3
廉頗藺相如の事　4
妙吉侍者の事　5
始皇蓬萊を求むる事　6
秦の趙高の事　7
清水寺炎上の事　8
田楽の事　9
左兵衛督師直を誅せんと欲せらるる事　10
師直将軍の屋形を打ち囲む事　11
上杉畠山死罪の事　12
雲景未来記の事　13
天下怪異の事　14

第二十八巻

八座羽林政務の事　1

太宰少弐直冬を婿君にし奉る事　2
三角入道謀叛の事　3
鼓崎城熊ゆゑ落つる事　4
直冬蜂起の事　5
恵源禅閤没落の事　6
恵源禅閤南方合体の事、
并持明院殿より院宣を成さるる事　7
吉野殿へ恵源書状奏達の事　8
漢楚戦ひの事、付吉野殿綸旨を成さるる事　9

第二十九巻

吉野殿と恵源禅閤と合体の事　1
桃井四条河原合戦の事　2
道誉後攻めの事　3
井原の石龕の事　4
金鼠の事　5
越後守師泰石見国より引つ返す事、
付美作国の事　6
光明寺合戦の事　7
武蔵守師直の陣に旗飛び降る事　8
小清水合戦の事　9
松岡城周章の事　10
高播磨守自害の事　11
師直以下討たるる事　12
仁義血気勇者の事　13

（以上、第四分冊）

第三十巻

将軍御兄弟和睦の事　1
下火仏事の事　2
怨霊人を驚かす事　3
大塔若宮赤松へ御下りの事　4
高倉殿京都退去の事　5
殷の紂王の事、并太公望の事　6
賀茂社鳴動の事、同江州八相山合戦の事　7
恵源禅閤関東下向の事　8

那和軍の事　9
薩埵山合戦の事　10
恵源禅門逝去の事　11
吉野殿と義詮朝臣と御和睦の事　12
諸卿参らるる事　13
准后禅門の事　14
貢馬の事　15
住吉の松折るる事　16
和田楠京都軍の事　17
細川讃岐守討死の事　18
義詮朝臣江州没落の事　19
三種神器閣かるる事　20
主上上皇吉野遷幸の事　21
梶井宮南山幽閉の御事　22

第三十一巻

武蔵小手指原軍の事　1
義興義治鎌倉軍の事　2
笛吹崇軍の事　3
荒坂山合戦の事、并土岐悪五郎討死の事　4
八幡攻めの事　5
細川の人々夜討せらるる事　6
八幡落つる事、并宮御討死の事、同公家達討たれ給ふ事　7
諸国後攻めの勢引つ返す事　8

第三十二巻

芝宮御位の事　1
神璽宝剣無くして御即位例無き事　2
山名右衛門佐敵と為る事　3
武蔵将監自害の事　4
堅田合戦の事、并佐々木近江守秀綱討死の事　5
山名時氏京落ちの事　6
直冬と吉野殿と合体の事　7
獅子国の事　8

許由巣父の事、同虞舜孝行の事　9
直冬上洛の事　10
鬼丸鬼切の事　11
神南合戦の事　12
東寺合戦の事 京軍と号す　13
八幡御託宣の事　14

第三十三巻

三上皇吉野より御出の事　1
飢人身を投ぐる事　2
武家の人富貴の事　3
将軍御逝去の事　4
新待賢門院御隠れの事、付梶井宮御隠れの事　5
細川式部大輔霊死の事　6
菊池軍の事　7
新田左兵衛佐義興自害の事　8
江戸遠江守の事　9

第三十四巻

宰相中将殿将軍宣旨を賜る事　1
畠山道誓禅門上洛の事　2
和田楠軍評定の事　3
諸卿分散の事　4
新将軍南方進発の事　5
軍勢狼藉の事　6
紀州龍門山軍の事　7
紀州二度目合戦の事　8
住吉の楠折るる事　9
銀嵩合戦の事　10
曹娥の事　11
精衛の事　12
龍泉寺軍の事　13
平石城合戦の事　14
和田夜討の事　15
吉野御廟神霊の事　16

諸国軍勢京都へ還る事　17

第三十五巻

南軍退治の将軍已下上洛の事　1
諸大名仁木を討たんと擬する事　2
京勢重ねて天王寺に下向の事　3
大樹逐電し仁木没落の事　4
和泉河内等の城落つる事　5
畠山関東下向の事　6
山名作州発向の事　7
北野参詣人政道雑談の事　8
尾張小河土岐東池田等の事　9
仁木三郎江州合戦の事　10

第三十六巻

仁木京兆南方に参る事　1
大神宮御託宣の事　2
大地震并びに所々の怪異、四天王寺金堂顚倒の事　3
円海上人天王寺造営の事　4
京都御祈禱の事　5
山名豆州美作の城を落とす事　6
菊池合戦の事　7
佐々木秀詮兄弟討死の事　8
細川清氏隠謀企つる事、并子息首服の事　9
志一上人上洛の事　10
細川清氏叛逆露顕即ち没落の事　11
頓宮四郎心替はりの事　12
清氏南方に参る事　13
畠山道誓没落の事　14
公家武家没落の事　16
細川清氏以下南方勢京入りの事　15
南方勢即ち没落、越前匠作禅門上洛の事　17

（以上、第五分冊）

第三十七巻

当今江州より還幸の事　1

細川清氏四国へ渡る事　2
大将を立つべき法の事　3
漢楚義帝を立つる事　4
尾張左衛門佐遁世の事　5
身子声聞の事　6
一角仙人の事　7
志賀寺上人の事　8
畠山道誓謀叛の事　9
楊貴妃の事　10

第三十八巻

悪星出現の事　1
湖水乾く事　2
諸国宮方蜂起の事　3
越中軍の事　4
九州探題下向の事　5
漢の李将軍女を斬る事　6
筑紫合戦の事　7
畠山入道道誓没落の事、并遊佐入道の事　8
細川清氏討死の事　9
和田楠と箕浦と軍の事　10
兵庫の在家を焼く事　11
太元軍の事　12

第三十九巻

大内介降参の事　1
山名御方に参る事　2
仁木京兆降参の事　3
芳賀兵衛入道軍の事　4
神木入洛の事、付鹿都に入る事　5
諸大名道朝を讒する事、付道誉大原野花会の事　6
道朝没落の事　7
神木御帰座の事　8
高麗人来朝の事　9
太元より日本を攻むる事、同神軍の事　10

神功皇后新羅を攻めらるる事　11
光厳院禅定法皇崩御の事　12

第四十巻

中殿御会の事　1
将軍御参内の事　2
貞治六年三月二十八日天変の事、同二十九日天龍寺炎上の事　3
鎌倉左馬頭基氏逝去の事　4
南禅寺と三井寺と確執の事　5
最勝八講会闘諍に及ぶ事　6
征夷将軍義詮朝臣薨逝の事　7
細川右馬頭西国より上洛の事　8

（以上、第六分冊）

太平記　第三十七巻

第三十七巻　梗概

康安《こうあん》元年(一三六一)十二月二十七日、南朝軍の侵攻によって近江に退去していた後光厳《ごこうごん》帝《てい》のもとへ、将軍足利義詮《あしかがよしあきら》から、京を奪回したとの知らせがもたらされた。帝は比叡山の東麓の東坂本にしばらく滞在し、康安二年三月に京へ入り、四月、修造が成った土御門東洞院の内裏に入った。南朝方では、勢力を挽回すべく、康安二年正月、将軍方から離反した細川清氏《ほそかわきようじ》を大将として四国へ遣わした。南朝方があえて降参不義の清氏を大将としたのは、漢の高祖《こうそ》と楚の項羽《こうう》が楚王の子孫を皇帝に立てて秦を罰した故事にくらべると、道理にもとるものだった。京では、その頃、前執事の細川清氏が失脚した後の人事が取り沙汰された。佐々木道誉《ささきどうよ》の娘婿である斯波氏頼《しばうじより》が、後任の執事として有力視されたが、父の斯波道朝《どうちょう》(高経《たかつね》)が当腹の子である義将《よしまさ》を推挙したため、氏頼は失意のうちに出家遁世した。氏頼の道心の堅固さは、天竺の身子《しんし》声聞《しょうもん》や一角仙人《いっかくせんにん》、またわが朝の志賀寺上人《しがでらのしょうにん》など、久しく修行を積んだ者でさえ発心修行の道を維持できなかった故事にくらべても、じつに希有でありがたいことだった。鎌倉では、鎌倉公方の足利基氏《あしかがもとうじ》に叛して、執事の畠山道誓《はたけやまどうせい》が伊豆に立て籠もったが、公方の軍勢に攻められて、伊豆の修善寺城に逼塞した。畠山道誓の謀叛は、唐の玄宗《げんそう》皇帝の時代に、楊貴妃《ようきひ》の親族の楊国忠《ようこくちゅう》が皇帝の威光をかさにきて権勢を振るい、世を乱したこととそっくりの出来事だった。

当今江州《とうぎんごうしゅう》より還幸《かんこう》の事　1

帝都《ていと》[1]の主上《しゅしょう》は、未だ近江《おうみ》の武佐寺《むさでら》[2]に御座《ぎょざ》あつて、京都の合戦いかがあるらんと、御心苦《おんこころぐる》しく思《おぼ》し召《め》しける処《ところ》に、十二月二十七日、義詮朝臣《よしあきらあそん》、早馬《はやうま》を立てて、洛中の凶徒等《きょうとら》事《こと》ゆゑなく追ひ落とし候ひぬ、急ぎ還幸なるべき由《よし》を申されたりければ、君を初めまゐらせて、供奉《ぐぶ》の月卿雲客《げっけいうんかく》[3]、奴婢僕従《ぬひぼくじゅう》に至るまで、悦《よろこ》び合《あ》へる事尋常《よのつね》ならず。

その翌朝《つぎのあさ》[4]、やがて龍駕《りょうが》を促されて、先《ま》づ比叡山《ひえいざん》の東坂本《ひがしさかもと》[5]へ行幸《ぎょうこう》なる。[6]さざ浪《なみ》寄する志賀《しが》の浦《うら》、荒れて久しき跡なれど、昔ながらの花園《はなぞの》は、今年を春と待《ま》ち貌《がお》なり。これも都とは云ひながら、狎《な》れぬ旅閨《たびね》の物憂さに、諸卿《しょきょう》皆[7]一日も(と)還幸を勧め申されけれども、[8]去年都を落ちさせ給ひし刻《きざみ》、[9]さらでだに諸寮《しょりょう》

1

1　京都の帝。北朝の後光厳帝。
2　滋賀県近江八幡市長光寺町の長光寺。康安元年(一三六一)十二月八日に京より長光寺に退去していた。第三十六巻・16。
3　公卿殿上人。
4　すぐに帝の輿を進めて。
5　比叡山の東麓。大津市坂本。
6　「さざ浪」は志賀(大津市滋賀里)の枕詞。「さざなみや志賀の都は荒れにしを昔ながらの山桜かな」(平家物語巻七・忠度都落)をふまえる。また、「志賀の花園」は、天智帝の大津京にちなむ歌枕。
7　一日も早く帝の京都への帰還を勧めたが。
8　同年十二月八日のこと。

官《つかさ》の座闕《か》けたりし里内裏《さとだいり》、垣も破れ失せ、御簾《みす》、畳も[10](なかりければ)、且《しばら》く修理《しゆり》を加へてこそ還幸《かんこう》ならめとて、翌年の春の[11]暮月《ぼげつ》に至るまで、なほ東坂本《ひがしさかもと》にぞ御座《ぎよざ》ありける。

近日聊《いささ》かの事も公家の御計《おんはか》らひとしては揩《かな》ひ難《がた》ければ、内裏修理の事、武家へ仰せられたりけれども、[12]領状《りようじよう》は申しながら、いつ道行くべしとも見えざりければ、[13]いつまでか外都《がいと》の御棲居《おんすまい》にてもあるべきとて、[14]三月十三日、先《ま》づ[15]西園寺《さいおんじ》の旧宅《きゆうたく》へ還幸なる。これは、[16]準后《じゆごう》、妃《きさき》遊宴の畔《ほとり》、[17]先皇臨幸《せんこうりんこう》の地なれば、[18]楼閣《ろうかく》玉を鏤《ちりば》め、宮殿《きゆうでん》雲に聳《そび》えけり。[19]丹青《たんぜい》を尽《つ》くせる[20]妙音堂《みようおんどう》、[21]瑠璃《るり》を展《の》べたる[22]法水院《ほつすいいん》、年々に皆荒れ果てて、見しにもあらずなりぬれば、[23]雨を疑ふ岩下《がんか》の松、風を乱せる門前《もんぜん》の柳、[24]五柳先生《ごりゆうせんせい》が旧《きゆう》跡《せき》、[25]七松居士《しちしようこじ》が幽栖《ゆうせい》も、かくやと覚えて物冷《ものさ》びたり。

ここにて今年の春を送らせ給ふ程に、[26]とかくして諸寮の修理、形《かた》の如《ごと》く出で来にければ、[27]卯月《うづき》十九日、本《もと》の里内裏へ還幸なる。

9　ただでさえ諸々の役所の官人の座る席も欠けた(手狭な)里皇居。里内裏は、平安京の里坊(街区)に設けられた内裏。ここは、土御門東洞院の里内裏をさす。なお、現在の京都御所は、この土御門東洞院内裏の後身。

10　流布本により補う。

11　三月。

12　了承はしたが、事がはかどるとも見えないので。

13　いつまでも都の外(東坂本)の仮住まいでいられようか。

14　康安二年(一三六二)二月十日が正しい(愚管記)。

15　京都市北区の金閣寺の地にあった西園寺家の旧宅、北山殿。建武二年(一三三五)、この邸で西園寺公宗が後醍醐帝の謀殺を企てて失敗、公宗は処刑され(第十三巻・

供奉《ぐぶ》の月卿雲客《げっけいうんかく》は、さしたる[28]行粧《ぎょうそう》なかりしかども、辻々の警固《けいご》、随兵《ずいひょう》の武士は、皆傍《あたり》を耀《かかや》かして見えたりける。

細川清氏《ほそかわきようじし》四国《こく》へ渡《わた》る事　2

[1]細川相模守清氏《ほそかわさがみのかみきようじ》は、近年武家の執事《しつじ》として、兵の順《したが》ひ付きたる事、幾千万ぞ。その身また、弓矢を取つて無双《ぶそう》の勇士なりと聞こえしかば、これが宮方へ降参したる事、ひとへに帝徳《ていとく》の天に叶《かな》へる[2]瑞相《ずいそう》なり、天下の[3]草創《そうそう》は、必ずこの人の武功《ぶこう》より事定まるべしと、[4]吉野《よしの》の主上《しゅしょう》を始めまゐらせて、諸卿《しょきょう》皆悦《よろこ》び思《おぼ》し召《め》しければ、則ち大将の任《にん》をぞ授けられける。その任案《あん》に相違して、[5]去んぬる年の冬に、南方《なんぼう》の官軍相共《あいとも》に、宰相中将義詮《さいしょうちゅうじょうよしあきら》を追ひ落として、且《しば》く洛中に勢ひを振るひし時も、この人に馳《は》せ付《つ》く勢《せい》もなし。幾程《いくほど》なくて、官軍また都を落とされて、清氏

3)、没収された北山殿は荒れ果てていた。

16　準(准)后は、太皇太后・皇太后・皇后の三后に准ずる待遇を受ける人。弘安八年(一二八五)、北山殿で行われた北山准后貞子(西園寺実氏室。後深草・亀山院の祖母)の九十の賀は、「増鏡」等に記される。

17　四条帝以下、歴代の天皇・上皇が行幸した。元徳三年(一三三一)には後醍醐帝が行幸。　18　高殿。

19　朱や青の彩色。

20　北山殿(西園寺)内の妙音弁財天(音楽神)を祀る堂。西園寺家は琵琶の家でもあった。第十三巻・3。

21　青色の宝玉。

22　北山殿にあった仏堂。

23　雨音かと疑う岩下の松風、風に散り乱れる門前の柳の枝。

河内国《かわちのくに》に居たれども、その旧好《きゅうこう》を慕《した》ひて尋ね来る人も稀《まれ》なり。ただ[6]禿《ち》びたる筆に喩《たと》へられし覇陵《はりょう》の旧将軍《きゅうしょうぐん》に異ならず。

清氏《きようじ》はせん方なさに、もし四国へ渡《わた》りたらば、日来《ひごろ》相順《あいしたが》ひし兵どもの馳《は》せ付《つ》く事もやあらんとて、正月十四日に、小船十七艘に取り乗つて、先《ま》づ阿波国《あわのくに》へぞ押し渡りける。

大将《たいしょう》を立《た》つべき法《ほう》の事　3

それ大将を立つるに、道あり。大将、[1]その人にあらざれば、戦ひに勝つ事を得難《えがた》し。天下すでに定《しず》まつて後《のち》、文《ぶん》を以て世を治むる時は、智恵《ちえ》を先とし、仁義《じんぎ》を本《もと》とするゆゑに、今まで敵なりし人をも挙用《きょよう》して政《まつりごと》を行はせ、大官を授《さず》くる事あり。所謂《いわゆる》[2]魏徴《ぎちょう》は、楚《そ》の君《きみ》の旧臣なりしかども、唐《とう》の太宗《たいそう》これを用ひ給ふ。[3]管仲《かんちゅう》は、[4]小伯《しょうはく》が寵人《ちょうじん》たりしかども、斉《せい》の桓公《かんこう》これを賞

24　中国、東晋の詩人、陶潜(字は淵明)の号。家の前に五本の柳があった(晋書・隠逸伝)。
25　唐の人、鄭薫(ていくん)。邸に七本の松を植えて隠棲し、七松処士と号した(南部新書)。五柳先生と並称される。
26　なんとかして。
27　四月。
28　行列に随う時の晴れの衣装。

2

1　和氏の子。将軍足利義詮の執事として権勢を振るったが、佐々木道誉との確執で失脚し、南朝方となった。第三十六・13。
2　めでたい前兆。
3　天下を創り改めること。
4　後村上帝。
5　康安元年(一三六一)十二月。
6　漢の前将軍李広が、覇

せられき。天下未だ定まらざる時、武を以て世を取らんとするに、功ある人を賞し、咎《とが》あるを罰する間、たとひ威勢ある者なれども、降人《こうにん》を以て大将とはせず。伝へ聞く、5秦《しん》の左将軍《さしょうぐん》章《しょう》邯《かん》は、四十万騎の兵を率《そっ》して楚に降参したりしかども、項羽《こうう》、これを以て大将の印《いん》を与へず。6項伯《こうはく》は、鴻門《こうもん》の会《かい》に心を入れて高祖《こうそ》を助けたりしかども、漢《かん》に降《くだ》つて後《のち》、これに諸侯の国を授けられず。

かやうの先蹤《せんしょう》、南方祇侯《なんぽうしこう》の諸卿《しょきょう》、7誰《たれ》か存知《ぞんち》し給はざるに、先づ、8高倉左兵衛督《たかくらさひょうえのかみ》入道恵源《にゅうどうえげん》に大将の号を授けて、兄尊氏卿《たかうじきょう》を討たせんとし給ひしも叶《かな》はず。次に、9右兵衛佐直冬《うひょうえのすけただふゆ》に大将の号を許されて、父の大納言尊氏を討たせんとし給ひしも協《かな》はず。また、10仁木右京大夫義長《にきうきょうのだいぶよしなが》に大将を授けて、世を覆《くつがえ》へさんとせられしも揩《かな》はず。今また、細川相模守清氏《ほそかわさがみのかみきようじ》を大将として、代々の主君義詮朝臣《よしあきらあそん》を殞《ほろ》ぼさんとし給ふも揩はず。これはただ、

陵(陝西省長安県)を通りかかって役人に通行を止められた。李広の従者が名のると、現職の将軍でさえ夜間の通行は禁じられていると言われた(史記・李将軍列伝)。この故事から、世に力を失った人を「覇陵の旧将軍」といい、宋の詩人林通(字は達夫)は、李広を「禿筆」にたとえた。なお、人に慕われた利広の人柄は、司馬遷が「桃李言はざれども下自づから蹊を成す」と評したことで有名。

3

1　その器量のある人。
2　唐の太宗(第二代皇帝)のときの賢臣。諫議大夫。初め隋末の叛将李密に随ったが、後に太宗に仕えた。「楚の君の旧臣」は誤り。
3　斉の桓公(名は小白)と

その理《り》に当たらざる大将を立てて、或いは父兄《ふけい》の道を違《たが》へ、或いは主従《しゅじゅう》の義を背《そむ》くゆゑに、天の譴《せ》めあるにあらずや。

漢楚義帝《かんそぎてい》を立《た》つる事　4

されば、古《いにしへ》も世を打ち取らんとする人は、専《もっぱ》ら大将を択《えら》びけるにや。

昔、漢の高祖《こうそ》と楚の項羽《こうう》と相共《あいとも》に、秦《しん》の始皇《しこう》の世を奪はんとて、[1]陳渉《ちんしょう》と云ひける者、自ら大将の印《いん》を帯《たい》して大沢《だいたく》より出でたりけるが、程なく秦の[2]右将軍白起《うしょうぐんはくき》がために討たれぬ。その後《のち》また、[3]項梁《こうりょう》と云ふ者、自ら大将の印を帯して楚国より出でたりけるに、秦の左将軍章邯《さしょうぐんしょうかん》に討たれにけり。ここに、項羽、高祖等《ら》、[4]色を失ひて、さては誰《たれ》にか大将を授《さず》け、秦を攻むべきと評《はか》りけるに、[5]范増《はんぞう》とて年七十三になりける老臣《ろうしん》、座中に進み出でて申

公位を争った異母兄糾（きゅう）に仕えた管仲（名は夷吾）が、赦されて桓公に宰相として仕えた故事（史記・斉太公世家）。

4　正しくは、公子糾。

5　陳勝・呉広の乱を平定した秦の将軍。項羽は、楚に降った章邯を雍王とした（史記・項羽本紀）。「大将の印（印章）を与へず」は、「史記」にない。

6　鴻門の会（第二十八巻・9）で漢の高祖の命を救った項伯（楚の項羽の叔父）は、漢の射陽公に封ぜられた（史記・項羽本紀）。「諸侯の国を授けられず」は、誤り。

7　誰でも知っていることなのに。

8　足利直義。第二十八巻・9、第二十九巻・1、参照。

しけるは、「天地の間、興《おこ》るも亡《ほろ》ぶるも、その理に依《よ》らずと云ふ事なし。されば、楚は[6]三戸《さんこ》の小国なりと云へども、秦を亡ぼさんずる人は、必ず楚王の子孫にあるべし。その故《ゆえ》は、秦の始皇、[7]六国《りっこく》を亡ぼして、天下を并《あわ》せ呑《の》む時、楚の[8]懐王《かいおう》つひに秦を背《そむ》く事なかりしを、始皇帝、故《ゆえ》なくこれを殺して、その地を奪へり。この罪秦にあつて、善は楚に残るべし。ゆゑに、秦を討たんとならば、いかにもして楚の懐王の子孫を一人《いちにん》取り立てて、諸卒《しょそつ》皆その命《めい》に随ふべし」とぞ計らひ申しける。

項羽、高祖もろともに、この[9]義《ぎ》げにもと思はれければ、いづくにか楚の懐王の子孫あると、尋《たず》ね覓《もと》むるに、懐王の孫に、[10]孫《そん》心《しん》と申しける人、久しく民間に下《くだ》つて羊を養ひけるを、尋ね出だして、[11]義帝《ぎてい》とこれを号し奉り、項羽も高祖も、均《ひと》しくその命《めい》に慎《つつし》み順《したが》ひける。それより後《のち》、漢楚の軍《いくさ》は利あつて、秦の兵所々《しょしょ》にて打ち負けしかば、秦の世つひに亡びにけり。

9　足利直冬。尊氏の庶子。第三十二巻・7、参照。

10　義勝の子。伊勢・志摩・伊賀を中心に数か国の守護となり、侍所頭人として権勢を振るったが、畠山道誉の画策で失脚し南朝方となる。第三十六巻・1。

4

1　陳勝。字は渉。秦の二世皇帝の時、呉広とともに大沢郷(安徽省)で叛乱を起こし、王を称したが、六か月で滅ぼされた(史記・陳渉世家)。

2　章邯の誤り。白起は、秦の昭王に仕えた将軍。

3　項羽の叔父。会稽の太守を滅ぼすが、章邯と戦って敗死(史記・項羽本紀)。

4　驚きあわてて。

5　項羽に仕えた軍師。范増の進言により、項梁(項

これを以て思ふに、故[12]新田義貞《にったよしさだ》、[13]義助《よしすけ》兄弟は、先帝《せんてい》[14]股肱《ここう》の臣《しん》として、武功《ぶこう》天下に双《なら》びなし。その子息二人《ににん》、[15]義宗《よしむね》、[16]義治《よしはる》とて越後国《えちごのくに》にあり。ともに武勇《ぶゆう》の道父に劣らず、才智《さいち》また世に恥ぢず。この人々を召して[17]龍顔《りょうがん》に咫尺《しせき》せしめ、武将に委任《いにん》せられば、[18]誰《たれ》かその家を軽んじ、誰か旧功《きゅうこう》を続《つ》がざらん。これらを閣《さしお》いて、降参不義の人を以て大将とせられば、[19]吉野《よしの》の主上《しゅしょう》天下を召さるる事、千に一つもあるべからず。たとひ一旦軍《いくさ》に打ち勝たせ給ふ事ありとも、世はまた人の物とぞ覚えたる。

尾張左衛門佐遁世《おわりさえもんのすけとんせい》の事　5

都には、細川相模守《ほそかわさがみのかみ》敵になりし後《のち》、[1]執事《しつじ》と云ふ者なくして、毎事指《かな》はざりける間、誰《たれ》をかその職に置くべきと評定《ひょうじょう》ありけるが、この比《ころ》時を得たる[2]佐々木佐渡判官入道道誉《ささきさどのほうがんにゅうどうどうよ》が聟《むこ》たるによ

羽ではない)は、楚の懐王の孫、心を探しだし、立てて懐王とした(史記・項羽本紀)。

6　三戸しか家がないような小国であっても。「楚は三戸と雖も、秦を亡ぼすは必ず楚ならん」(史記・項羽本紀)。

7　斉・楚・燕・韓・魏・趙。

8　威王の子。秦に幽閉されて客死。屈原の諫めをいれずに秦に囚われたこと、また巫山の神女と夢で契ったことなど(文選・高唐の賦)、逸話が多い。

9　意見。

10　「懐王の孫、心」(史記・項羽本紀)。懐王の孫を探し出し、祖王の諡号をとって懐王とした。

11　項羽は、関中を平定した後、懐王を義帝とした。

つて、傍《かた》への人々皆追従《ついしょう》にや申しけん、「[3]尾張大夫入道《おわりたいふにゅうどう》の子息、[4]左衛門佐殿に増さる人あらじ」と申しければ、[5]宰相中将殿《さいしょうちゅうじょうどの》も、心中の異儀《いぎ》なくして、執事職を内々この人に[6]定め給ひにけり。

父の大夫入道は、元来《もとより》[7]当腹《とうふく》の三男[8]治部大輔《じぶのたいふ》を寵愛《ちょうあい》して、[9]先《さき》腹《はら》の兄二人をば[10]世にあらせて見んとも思はざりければ、左衛門佐執事職に居《きょ》すべき由《よし》を聞いて、様々《さまざま》の非を挙げ、種々《しゅじゅ》の咎《とが》を立てて、この者、[11]かつてその器用にあらざる由をぞ申されける。宰相中将殿は、人の申す事に付き安き人にておはしければ、「[12]子を見ること父に如《し》かず。さらば、当腹の三男を面《おもて》に立てて、幼稚《ようち》の程は、父の大夫入道に[13]世務《せいむ》を取り行はすべし」とぞ宣《のたま》ひける。

左衛門佐、これを聞いて、父をや恨みけん、世を憂しとや思ひけん、ひそかに出家して、いづちともなく迷ひ出でにければ、

「懐王を尊びて義帝と為す」(史記・項羽本紀)。

12　暦応元年(一三三八)、越前の藤島城攻めで戦死(第二十巻・10)。

13　脇屋義助。康永元年(一三四二)、伊予国府で病没(第二十四巻・3)。

14　手足となって働く最も頼りになる臣下。先帝は、後醍醐帝。

15　義貞の第三子。

16　義助の子。

17　帝の側に仕えさせ。

18　必ずや家名を重んじて、父祖の功績を継ぐだろう。

19　後村上帝。

5

1　将軍補佐の要職。後の管領。

2　俗名高氏。近江・上総・摂津などの守護。幕府の実力者。南北朝内乱を智

付き随ひし郎従《ろうじゅう》ども二百七十人、同時に皆髻《もとどり》切つて、思ひ思ひにぞ失《う》せにける。

この人、誠《まこと》に父の心をも破らず、わが身の[14]得道《とくどう》をも冀《こいねが》ひて、出家遁世《しゅっけとんせい》しぬる事、類《たぐ》ひ少なき発心《ほっしん》なり。但し、この比《ころ》の人の有様、昨日は髻切つて貴《とうと》げに見ゆるが、今日は[15]頭《かしら》からげて[16]無慚《むざん》愧《き》に振る舞ふ事のみ多かりければ、この遁世もまた、行末徹《ゆくすえとお》らでやあらんずらんと覚えしに、つひに道心醒《どうしんさ》むる事なくて果て給ひけるこそあり難《がた》けれ。

身子《しんし》声聞《しょうもん》の事　6

凡そ[1]煩悩《ぼんのう》の根元《こんげん》を切り、[2]迷着《めいちゃく》の絆《きずな》を離るる事は、上古《しょうこ》にも末《まつ》代《だい》にも、よくあり難き事にて侍るにや。

[3]昔、天竺《てんじく》に、[4]身子と申しける[5]声聞、[6]仏果《ぶっか》を証ぜんために[7]六波《ろくは》

略で勝ち抜き、諸芸に秀でたばさら大名として有名。
3 斯波高経。法名道朝。越前・若狭守護。細川清氏の失脚後、幕府の実権を握る。
4 氏頼。道誉の娘婿。
5 将軍足利義詮。
6 底本「定リニケリ」を改める。 7 今の妻の子。
8 義将(よしまさ)。高経の四男。
9 先妻の子、氏経、氏頼。
10 世に時めかせよう。
11 まったく執事職の器量の者ではない。
12 「子を知るは父に若(し)くは莫(な)し」(貞観政要・択官)。 13 政務。
14 仏道の悟りを得ること。
15 剃髪した頭を頭巾で包みかくして。
16 仏道に恥じることなく非道にふるまう。

羅蜜《らみつ》を行ひ、すでに五波羅蜜《ごはらみつ》をば成就《じょうじゅ》しぬ。[8]檀波羅蜜《だんはらみつ》を修《しゅ》するに到《いた》つて、隣国より一人の[9]婆羅門《ばらもん》来たれり。先《ま》づ財宝を乞《こ》ふに、倉の内の財宝、身の上の衣《ころも》、一つをも残さずこれに与ふ。次に[10]眷属《けんぞく》及び居室《きょしつ》を乞ふに、皆与えつ。次に、身の毛を乞ふ。一《ひと》筋《すじ》も残さず抜いて取らせつ。婆羅門、なほこれに飽き足らず、「同じくは汝《なんじ》が眼《まなこ》を穿《くじ》つて、われに与へよ」とぞ乞ひける。身子声聞、両眼《りょうがん》を穿つて人に与へば、忽《たちま》ちに盲目の身となつて、暗夜《あんや》の闇に迷ふが如くならん事は悲しけれども、[11]力なく、この行《ぎょう》の空《むな》しからん事を痛みて、自ら二つの眼を抜いて、婆羅門にぞ取らせける。

　婆羅門、二つの眼を手に取りて、「肉眼は抜かれて後《のち》、穢《きたな》き物なりけり。わがために何の用かあるべき」とて、則ち地に投げ捨てて、蹂《ふみにじ》りてぞ棄てたりける。この時に、身子声聞、人の五体《ごたい》の中《うち》には、眼に過ぎたる物なし。これ程用にもなき眼を乞

6

1　身心を煩わし悩ます妄念。
2　物事に迷い執着すること。
3　以下の話は、「大智度論」巻十二にみえる。天竺は、インド。
4　釈迦十大弟子の一人、舎利弗（しゃりほつ）のこと。知恵第一とされた。
5　釈迦の説法を聞き、阿羅漢の境地に達した弟子。
6　仏の悟りを得るため。
7　六種の菩薩行。布施・持戒・忍辱（にんにく）・精進・禅定（ぜんじょう）・知恵。
8　六波羅蜜の一、布施行。他人に財宝・善法などを施す修行。
9　インド四姓の最上位。僧侶・学者の階級。
10　一族・従者。
11　仕方なく。

ひ取つて、結句《けつく》[12]、地に棄つる事のうたてさよと、少し嗔恚《しんい》[13]の心を発《おこ》したりければ、さしも功を積みし六波羅蜜《ろくはらみつ》の行《ぎょう》、一時《いっし》に皆破れにけり。

一角仙人《いっかくせんにん》の事 7

昔[1]、天竺《てんじく》の波羅奈国《はらなこく》[2]に、一人の仙人ありけり。小便《しょうべん》をしける時、鹿の孳《つる》[3]みけるを見て、婬欲《いんよく》の心起こりければ、覚えずして漏精《ろうせい》したり。懸かりける草の葉を、一《いち》の妻鹿《めじか》喰ひて、子を産めり。形は人にして、額に一つの角《つの》ありければ、見る人これを名づけて、一角仙人とぞ申しける。

或る時、山路《さんろ》に雨降つて、松の滴《しずく》、苔の露《つゆ》、石巌《せきがん》滑《なめ》らかなりけるに、この仙人、澗《たに》へ下るとて、滑《すべ》りて地にぞ倒れける。仙人、腹を立てて、龍王《りゅうおう》[4]があればこそ、雨をば降らせ、雨があれ

12 あげくのはて。
13 怒り。

7
1 以下の話は、「大智度論」巻十七、「今昔物語集」巻五等にみえる。
2 中インドのガンジス川流域にあった国。
3 交尾する。
4 水中に住み、雨を降らす鬼神。

ばこそ、われ滑り倒れつれ。如《し》かじ、龍王どもを皆捕らへて、[5]禁籠《きんろう》せんにはと思ひて、[6]外八海《げはっかい》の間に、あらゆる所の大龍小《だいりゅうしょう》龍《りゅう》、一つをも貽《のこ》さず捕らへて、岩《いわ》の中《うち》にぞ押《お》し籠《こ》めける。これより国土に雨を降らすべき龍神なければ、春[7]三月《さんげつ》より夏の末に至るまで、天下大きに旱《ひでり》して、山田の[8]早苗《さなえ》さながらに、取らで青《あお》ながら枯れにけり。

君、遥《はる》かに民の愁《うれ》へを聞こし召して、「いかにしてこの一角仙人の通力《つうりき》を失ひて、龍神を岩の中より出だすべき」と問ひ給ふに、或る智臣《ちしん》申しけるは、「かの仙人、たとひ露[9]をなめ気を呑んで、[10]長生不老《ちょうせいふろう》の道を得たりとも、[11]十二の観に出でて、未だ足らざる処《ところ》あればこそ、道に滑りて怒《いか》る意《こころ》はありつらめ。[12]心未だ枯木死灰《こぼくしかい》の如くならずは、色に耽《ふけ》り、香《か》に染《そ》む愛念《あいねん》なからんや。しからば、[13]三千の宮女《きゅうじょ》の中に容色《ようしょく》特に勝《すぐ》れたらんを一人《いちにん》、かれが草庵《そうあん》の中《うち》へ遣《つか》はされて、草の枕を並べ、苔の筵《むしろ》を共にし

5　押し込めること。
6　仏教の世界観で、須弥山をとりまく七つの内海と外海を合わせた八つの海。
7　三月。弥生。
8　「早苗」の同音で「さながら」(そのまま)を引き出す。
9　俗人の食事をとらないこと。気は、空気。
10　不老不死。
11　十二観(人間の苦が生起する十二の因縁〈原因〉を悟ること)をめざしながらも。
12　心がまだ俗念を絶っていないなら、必ずや色香に迷う執着心があろう。
13　「後宮の佳麗三千人」(長恨歌)。

て、通夜《よもすがら》[14]蘿洞《らとう》の夢に契《ちぎ》りを結ばれば、などか、かの[15]通力《つうりき》を失はせで候ふべき」とぞ申しける。諸臣皆この義に同《どう》じければ、則ち三千第一の[16]后《きさき》、扇陀女《せんだにょ》と申しけるに、五百人の美人を添へて、一角仙人《いっかくせんにん》の草庵《そうあん》の中へぞ送られける。

后はさしもいみじき[17]玉の台《うてな》を出でて、見るだに悲しき草の庵《いおり》に立ち入り給へば、苔泄《も》る滴《しずく》、袖の露、乾《かわ》く間《ま》もなき御涙なれども、勅《ちょく》なれば、辞するに言《こと》ばなくして、[18]十符《とふ》の菅薦《すがごも》しき忍び、[19]小鹿《おじか》の角《つの》の一寸《つか》の間に、[20]千年《ちとせ》をかねて契り給ふ。仙人、岩木《いわき》にあらざれば、[21]あやなく后に思《おも》ひ染《し》みて、[22]言《こと》の葉《は》ごとに措《お》く露を、あたなる物とは疑はず。

それ仙の道は、[23]露盤《ろばん》の気を嘗《な》めても、淫欲《いんよく》に染《し》みぬれば、仙の法皆尽《つ》きて、その験《しるし》なし。されば、この仙人、一度《ひとたび》后に落とされけるより、[24]鯢桓《げいかん》の審《しん》も壊《やぶ》れて通力もなく、[25]金骨《きんこつ》帰つて本《もと》の肉身《にくしん》になりしかば、仙人、忽《たちま》ちに病衰《びょうすい》して、やがて空《むな》しくなり

14 つた・かずらの茂る洞窟の中の夢。「夢を通(うと)するに夜深けぬ蘿洞の月」(和漢朗詠集・仙家)。
15 仙人の神通力を失わせないことがありましょうか。
16 「大智度論」は、后ではなく「婬女」とする。
17 立派な御殿。
18 編み目(符)が十筋ある幅の広い菅のむしろ(薦)。むしろを敷くと、しき忍ぶ(しきりに慕う)を掛ける。
19 「つかのま」の序詞。「夏野行く小鹿の角の束の間も妹が心を忘れて思へや」(万葉集・柿本人麻呂)。
20 千年も添い遂げようと誓い合う。 21 むやみに。
22 恋の言葉ごとに流す女の涙を、あてにならぬものとは疑わない。葉と露は、縁語。
23 承露盤のこと。漢の武

にけり。その後《のち》、后は宮中に立ち帰り、龍神は天に翥《と》び去《さ》つて、26風雨《ふうう》時に順《したが》ひしかば、農民27東作《とうさく》を事とせり。

志賀寺上人《しがでらのしょうにん》の事　8

また、わが朝には、1志賀寺上人とて、2行学薫修《ぎょうがくくんじゅ》の聖《ひじり》おはしけり。一度《ひとたび》3三界《さんがい》の火宅《かたく》を出でて、永く4九品《くほん》の浄刹《じょうせつ》を願ひしかば、富貴《ふっき》の人を見ても、夢の中《うち》の快楽《けらく》を笑ひ、容色《ようしょく》の妙《たえ》なるに逢うても、迷ひの前の5着相《ちゃくそう》を哀れむ。6雲の隣の柴《しば》の庵《いお》の、7且《しば》しばかりと栖《す》む程に、手づから栽《う》ゑし庭の8松も、秋風高くなりにけり。

或る時、上人、草庵の内を立ち出でて、手に9一尋《いちじん》の杖を支へ、眉《まゆ》は10八字の霜を垂れつつ、湖水の浪閑《しず》かなるに、11水想観《すいそうかん》をなして、ただ一人立ち給ひたる処《ところ》に、12京極御息所《きょうごくのみやすどころ》、13志賀の花園《はなぞの》の

帝が銅で作った承露盤で露を集め、玉屑（粉末にした宝玉）を混ぜて飲んで仙人になろうとした故事（漢書・郊祀志）。

24　水が渦巻く深淵のような通力。「鯢桓の審淵を為す」（荘子・応帝王）。

25　凡人を超えた仙人の体をいう。仙骨。

26　風雨が順調になったので。　27　春の農作。

8

1　滋賀県大津市滋賀里にあった崇福寺。志賀寺の上人は、不詳。以下の話は、「俊頼髄脳」「和歌童蒙抄」等の歌学書、「源平盛衰記」巻四十八、「宝物集」等にみえる。

2　修行を積み学問に秀でた高僧。

3　この世（衆生が輪廻す

春の気色《けしき》を御覧じて御還《おんかえ》りありけるが、御車《みくるま》の[14]物見《ものみ》を挙《あ》げられたるに、この上人《しょうにん》、御目を見合はせまゐらせて、覚えず心迷ひ、魂《たましい》浮かれて(けり)。

遥《はる》かに御車の跡を見送りて立ちたれども、わが思ひは遣《や》る方《かた》もなければ、柴の扉《とぼそ》に立ち帰りて、本尊《ほんぞん》に向かひ奉りたれども、[15]観念《かんねん》の床《ゆか》の上には、忘想《もうそう》の面影《おもかげ》のみ立ち添ひ、[16]称名《しょうみょう》の声の中《うち》には、堪《た》へかねたる大息のみぞ突かれける。[17]さてもや、もし慰むと、[18]暮山《ぼさん》の雲を望めば、いとど心も浮き迷ひ、[19]閑窓《かんそう》の月に嘯《うそぶ》けば、忘れぬ思ひなほ深し。今生《こんじょう》の妄念《もうねん》つひに晴れずは、後世《ごせ》の障《さわ》りとなりぬべければ、わが思ひの深き色を、御息所《みやすどころ》に一端《たん》申して、心安く臨終《りんじゅう》をもせばやと思ひて、上人、[20]狐裘《こきゅう》に[21]鳩《はと》の杖《つえ》を突き、泣く泣く京極御息所《きょうごくのみやすどころ》の御所へ参りて、[22]鞠《まり》の坪《つぼ》の懸かりの本《もと》に、一日一夜ぞ立ちたりける。

余《よ》の人は皆、いかなる修行者《しゅぎょうしゃ》、乞食人《こつじきにん》やらんと見て、怪しむ

る欲界・色界・無色界)を、火事の家にたとえる。

4 九等の別がある浄土。

5 うわべに対する執着。

6 仙境に近い住まい。

7 「柴」の同音で「しばし」。

8 松の木も秋風が高く聞こえるほど大きくなった。年月が経った意。「松高くしては風一声の秋あり」(和漢朗詠集・納涼)。

9 尋は、長さの単位(六尺)。ここは、一本の意。

10 八の字に伸びた白い眉。

11 水の清らかなさまを見て極楽浄土を観想する修行。

12 藤原時平の娘、宇多帝の后、褒子。

13 天智帝の大津京にちなむ歌枕。「あすよりは志賀の花園まれにだにたれかは問はん春のふる里」(新古今和歌集・藤原良経)。

事もなかりけるに、御息所、御簾《みす》の内より遥かに御覧ぜられて、これは[23]いかさま、志賀《しが》の花見の還《かえ》るさに、目を見合はせたりし聖《ひじり》にてぞおはすらん、われゆゑ迷はば、[24]後《のち》の世の罪、誰《た》が身の上にてか留《と》まるべき、外《よそ》ながら、露《つゆ》ばかりの言の葉に情けを掛けば、慰む心もこそあれと思《おぼ》し召《め》して、「上人これへ」と召されければ、噫々《わなわな》と震《ふる》ひ震ひ、[25]中門《ちゅうもん》の御簾の前に跪《ひざまず》いて、申し出だしたる事もなく、ただされめざめとぞ泣き居たる。御息所は、[26]偽りならぬ気色《けしき》の程、あはれにもまた怖《おそ》ろしくも思し召されければ、雪の如くなる御手《みて》を、御簾の内より少し差し出ださせ給ひたるに、上人、御手に取り付きて、

　[27]初春《はつはる》の初子《はつね》の今日の玉箒《たまばはき》手に取るからにゆらぐ玉《たま》の緒《お》

と読みければ、[28]やがて御息所、

　[29]極楽《ごくらく》の玉の台《うてな》と蓮葉《はちすば》にわれをいざなへゆらぐ玉の緒

とあそばして、聖の心を慰め給ひける。

14　物見窓。
15　仏を心に念ずること。
16　念仏。
17　それにしても。
18　夕暮れの山にかかる雲。「霜を払ひて拾ひ尽くす暮山の雲」(和漢朗詠集・仏事)。釈迦が過去世に薪を拾って仙人に仕え、千年後に法華経を聞くことができた故事を詠んだ詩句(慶滋保胤の勧学会の作)。
19　人里離れた住まいの窓にさす月の光。「愁腸断えなんとす　閑窓に月ある時」(和漢朗詠集・閑居)。
20　狐の腋の下の毛皮で作った皮衣。
21　頭部に鳩の形を刻んだ老人用の杖。
22　蹴鞠をする中庭。懸かりは、蹴鞠をする周囲に植える四本の木。

かかる道心堅固《どうしんけんご》の上人《しょうにん》、[30]久修練行《くしゅれんぎょう》の声聞《しょうもん》だにも、遂《と》げ難《がた》きは発心《ほっしん》修行の道なるに、[31]年壮《わか》く家富める人の、憂き世の絆《きずな》を離れて、永く隠遁《いんとん》の身となり給ひける、心の程こそあり難《がた》けれ。

畠山道誓謀《はたけやまどうせいむ》叛《ほん》の事 **9**

[1]畠山入道道誓《はたけやまにゅうどうどうせい》、舎弟[2]尾張守《おわりのかみ》、同じき[3]式部大輔《しきぶのたいふ》、兄弟三人は、その勢《せい》五百余騎にて伊豆国《いずのくに》へ逃げ下り、[4]三津《みつ》、[5]金山《かなやま》、[6]修禅寺《しゅぜんじ》、三つの城を構へて楯籠《たてご》もりたりと聞こえければ、[7]左馬頭基氏《さまのかみもとうじ》、先《ま》づ[8]平一揆《へいいっき》の勢三万余騎を差し向けらる。

その勢、すでに伊豆の[9]国府《こう》に着いて、近辺《きんぺん》の庄園に兵粮《ひょうろう》を懸け、人夫《にんぷ》を駆り立てける程に、[10]葛山備中守《かずらやまびっちゅうのかみ》と平一揆と、所領の事に闘諍《とうじょう》を曳《ひ》き出《い》だし、忽《たちま》ちに軍《いくさ》をせんとぞ[11]ひしめきける。

畠山が手の者に、[12]遊佐《ゆさ》、神保《じんぼ》、杉原《すぎはら》、これを聞いて、あはれ、

23 きっと。
24 死後の罪障は、ほかならぬわが身に留まる。
25 表門と主殿の間の門。
26 心から恋い慕う様子。
27 正月の最初の子の日に宮中から賜る玉箒（蚕室を掃くのに用いた玉の飾りのついたほうき）を手に取るだけで揺れて音がするように、光栄のあまり私の魂は震えることよ。御息所の手を、玉箒にたとえた。この歌は本来、「万葉集」巻二十、大伴家持の歌。
28 すぐに。
29 極楽浄土の蓮台へどうか私を導いてください、上人様。
30 久しく修行を積んで、仏道の高い境地に達した人。
31 斯波氏頼。

9

[13]弊《つい》えに乗る処《ところ》やと思ひければ、五百余騎を三手《みて》に分け、[14]三月二十七日の夜半《やはん》に、伊豆の国府へ[15]逆寄《さかよ》せにぞ寄せたりける。葛山は、「平一揆の者どもが、畠山に成り[16]合うて、夜討《ようち》に寄せたり」と騒ぎ、平一揆は、「葛山、畠山と引き合うて[17]、御方《みかた》を討たんとするものなり」と心得て、[18]ともに心を置き合ひければ、矢の一つもはかばかしく射出ださず、寄手《よせて》三万余騎、徒《いたず》らに鎌《かま》倉《くら》を指して引き退く。[19]士女の嘲《あざけ》り理《ことわ》りなり。

　左馬頭、安からず思はれければ、[20]新田《にった》の田中《たなか》と云ふ者を大将にて、やがて武蔵《むさし》、相模《さがみ》、伊豆、駿河《するが》、上野《こうずけ》、下野《しもつけ》、上総《かずさ》、下《しも》総《うさ》八ヶ国の勢、二十万騎をぞ向けられける。

　畠山は、この十余年、左馬頭を妹聟《いもうとむこ》に取つて、栄耀門戸《えいようもんこ》に余るのみならず、執事《しつじ》の職に居《きょ》して、天下を掌《たなごころ》に握りしかば、東《とう》八ヶ国《こく》の者どもの、身に替はり命に替はらんと、昵《むつ》び近《ちか》づきけるを、わが身の仁徳《じんとく》ぞと心得て、何となくとも、われ旗を挙

1 俗名国清。畠山謀叛の経緯は、第三十六巻・14、参照。
2 義深。 3 国熙。
4 静岡県伊豆の国市長瀬の旧地名。
5 伊豆の国市神島の旧地名。 6 伊豆市修善寺。
7 鎌倉公方足利基氏。
8 坂東平氏の中小武士の集団。 9 三島市。
10 裾野市葛山に住んだ武士。 11 騒ぎ立てた。
12 いずれも畠山の家来。遊佐は、執事(家老)。
13 弱みにつけこむ好機だ。
14 康安二年(一三六二)。
15 攻めてくる敵に逆に攻め返すこと。
16 一緒になって。
17 示し合わせて。
18 おたがいに用心しあったので。
19 世間の男女が嘲り笑う

げたらんずるに、勢《せい》の四、五千騎も馳《は》せ付《つ》かぬ事はあらじと頼まれけるに、案に相違して、勢の一騎も馳《は》せ加《くわ》はらず、[21]結句《けっく》、一方の大将にはと憑《たの》みし[22]狩野介《かののすけ》も降参しぬ。その外《ほか》、[23]相伝譜代《そうでんふだい》の家人《けにん》、厚恩他《こうおんた》に異なる郎従《ろうじゅう》ども、日々に落ち失せて、戦ふべしとも覚えざりければ、大勢《おおぜい》の重ねて向かふ由《よし》を聞いて、[24]二つの城に火を掛け、修禅寺城《しゅぜんじのじょう》へ引《ひ》き籠《こ》もる。

夢なるかな、昨日は[25]海を計りし大鵬《たいほう》の、[26]九霄《きゅうしょう》の雲に翥《はふ》るが如く、今日は[27]轍《てつ》に臥《ふ》す涸魚《かくぎょ》の、三升《しょう》の水を求むるに異ならず。わが身かかるべしと知りたらば、[28]新田左兵衛佐《にったさひょうえのすけ》をば、欺《たばか》つて討つまじかりけるものをと、後悔すれども甲斐《かい》ぞなき。

楊貴妃《ようきひ》の事 **10**

そもそも畠山入道《はたけやまにゅうどう》が、[1]去々年東国《とうごく》の勢を催《もよお》し立てて、南方《なんぼう》へ

のも道理である。

20 新田一族。上野国新田郡田中村(群馬県太田市新田)に住んだ。

21 あげくのはて。

22 伊豆国田方郡狩野荘(静岡県伊豆の国市)に住んだ武士。

23 家代々の家来。

24 三津・金山の二城。

25 海の大きさにも比せられる想像上の大鳥(荘子・逍遥遊)。

26 大空高くにある雲の中を羽ばたいて飛びかける。

27 轍(わだち)のわずかな水に息づく魚(荘子・外物)。

28 義興。義貞の次男。義興謀殺のことは、第三十三巻・8、参照。

10

1 延文四年(一三五九)十月八日。第三十四巻・2。

発向したりし事の企《くわだ》てを聞けば、ただ唐《とう》の[2]楊国忠《ようこくちゅう》、[3]安禄山《あんろくざん》が、[4]天威《てんい》を借《か》つて、後《のち》に世を奪はんと謀《はか》りしに相似たり。

[5]玄宗《げんそう》、位に即《つ》かせ給ひし始め、[6]四海《しかい》無事なりしかば、楽しみに誇り、驕《おご》りを慎《つつし》ませ給はざりし余り、[7]あたなる色をのみ御心《みこころ》にしめて、[8]五雲《ごうん》の車に召され、[9]左右のおもと人に手引《てひき》に引かれて、殿上《てんじょう》を引《ひ》かせて[10]後宮《こうきゅう》の三十六宮を周《まわ》り、[11]三千人の后《きさき》を御覧ずるに、[12]元献皇后《げんけんこうごう》、武淑妃《ぶしゅくひ》二人に倍《まさ》る容色《ようしょく》もなかりけり。君、限りなくこの二人の妃《きさき》に思《おぼ》し召《め》し遷《うつ》りて、春の花、秋の月、いづれを棄つべしとも思し召さざりしに、色ある物は必ず哀へ、光ある物はつひに消ゆる憂き世の習ひなれば、この二人の后、幾程なくて皆御陰《おかく》れありてけり。玄宗、余りに御歎きありて、[13]玉体《ぎょくたい》も穏《おだ》やかならざりしかば、大臣皆《みな》相計つて、いづくにか、[14]前《さき》の皇后、淑妃《しゅくひ》に勝《まさ》りて、君の御心をも慰め奉るべき美人やあると、至らぬ隈《くま》なくぞ尋ねける。

2　楊貴妃のまたいとこという。玄宗に取り入り、宰相となるが、安史の乱のさなか誅殺された。
3　唐の節都使。玄宗に叛して挙兵、皇帝を称したが、子の安慶緒に殺された。
4　皇帝の威光を借りて。
5　唐の第六代皇帝。治世の前半は「開元の治」と呼ばれる太平の世だった。
6　天下は太平だったので。「開元中泰階平らかにして四海無事なり」(長恨歌伝)。
7　うわついた好色。
8　仙境の五色の雲を描いた天子の車。
9　左右の侍女たちの案内するのにまかせて。
10　後宮の多くの宮殿。「漢家の三十六宮　澄々として粉を飾れり」(和漢朗詠集・十五夜)。
11　「後宮の佳麗三千人」

ここに、[15]弘農《こうのう》の楊玄琰《ようげんえん》が娘に、楊《よう》(貴《き》)妃《ひ》と云ふ美人あり。これは、その母[16]昼緩《ひるたゆ》みして、楊《やなぎ》の影に寝たりけるに、枝より余る下露《したつゆ》、[17]婢子《ひし》に落ち掛かりて胎内《たいない》に宿りしかば、更《さら》に人間の類《たぐ》ひにてはあるべからず、ただ天人の化《か》して、この土《ど》に来たる物なるべし。[18]紅顔翠黛元来天《こうがんすいたいもとより》の生《な》せる質《すがた》なれば、何ぞ必ずしも[19]瓊《けい》粉金膏《ふんきんこう》の仮《かり》なる色を事とせん。漢《かん》の[20]李夫人《りふじん》を写せし画工も、これを画《えが》かば、つひに筆の及ばざる事を怪しみ、[21]巫山《ふざん》の神女《しんにょ》を賦《ふ》せし[22]宋玉《そうぎょく》も、これを賛《さん》せば、自《みずか》ら言《ことば》のまさに卑しからん事を恥ぢなん。(その)語るを声《き》きても迷ひぬべし。況《いわ》んや、その色を見し人をや。

かやうに[23]わりなく類《たぐ》ひなき顔色《がんしょく》なりしかば、時の王侯貴人《おうこうきじん》、[24]卿大夫《けいたいふ》、[25]媒妁《ばいしゃく》を覔《もと》め、婚礼《こんれい》を厚くして、夫婦たらん事を望みしかども、父母かつて許さず。ひそかに深窓《しんそう》にありしかば、[26]夭々《ようよう》たる桃花《とうか》の、暁《あかつき》の露《つゆ》を含んで、牆《かき》より余る一枝《ひとえだ》の、霞《かすみ》に

(長恨歌)。
12 底本「玄元皇后」を改める。「長恨歌伝」に「是より先に元献皇后、武淑妃皆寵有り」。
13 天子の体。
14 元献皇后と武淑妃。
15 河南省霊宝県。
16 昼寝して。
17 卑しい女。楊貴妃の母のこと。
18 つややかな顔色と翠の美しい眉。美人の形容。
19 玉のように美しいおしろいとこがね色の口紅。白居易「百錬の鏡」の詩句。
20 前漢の武帝の妃。早世した妃の魂を、武帝は反魂香を焚き呼び返そうとした。
21 四川省巫山県の山。
22 楚の詩人。屈原の弟子。その「高唐の賦」は、楚の懐王が夢で巫山の神女と契った故事を賦し、「神女の

匂へるが如くなり。

或る人、これを媒《なかだち》して、玄宗皇帝《げんそうこうてい》の[27]連枝《れんし》の宮寧王《ねいおう》の御方《おんかた》へ奉りけるを、玄宗、天威《てんい》に侈《おご》つて、猥《みだ》りに[28]高将軍《こうしょうぐん》を差《さ》し遣《つか》はされ、道より奪ひ取つて、後宮《こうきゅう》へぞ冊《かしず》き入《い》れ奉りける。玄宗の[29]叡感《えいかん》、寧王の御思ひ、花開《さ》く枝の、一方《いっぽう》は折れて萎《しぼ》めるに相似《あいに》たり。されば、[30]「月は前殿《ぜんでん》に来ること早く、春は後宮《こうきゅう》に入《い》ること遅し」と、詩人もこれを題せり。

[31]尋常《よのつね》の寒梅樹《かんばいじゅ》、折れて[32]軍持《ぐんじ》に上《のぼ》れば、一段の清香《せいこう》、人の心を感ぜしむ。[33]民屋蕭颯《みんおくしょうさつ》たる衰柳《すいりゅう》の枝を、移して宮苑《きゅうえん》に入れば、千尺の翠条《すいじょう》、別に春風《しゅんぷう》長かるべし。さらでだに、妙《たえ》に勝《すぐ》れたる容《よう》色《しょく》の上に、[34]金翠《きんすい》を餝《かざ》り、薫香《くんこう》を散《さん》ぜしかば、ただ[35]歓喜園《かんぎおん》の花の影に、[36]舎脂夫人《しゃしぶにん》の粧《よそお》ひをなして、春に[37]和《か》せるに異ならず。一度《ひとたび》君王《くんおう》に面《おもて》を見《まみ》えしより、袖の中の珊瑚《さんご》の玉、掌《たなごころ》の上の[38]芙蓉《ふよう》の花、見る目もあやに、御心《みこころ》迷ひしかば、且《しばら》くも側《そば》を離れ給はず。

賦」は、懐王の子襄王の夢に現れた神女を賦す(文選)。

23 非常に。

24 臣下の身分の称。大夫と士の二つがあったが、上大夫は、特に卿と称された。

25 仲立ち。

26 若くて美しいさま。「桃の夭夭たる、灼灼たるその華」(詩経・周南・桃夭)。

27 兄弟。寧王は、玄宗の兄。

28 高力士。玄宗の側近として権勢を振るった宦官。

29 帝の悦び。

30 唐の劉長卿「長門怨」の詩句、「月は深殿に移ること早く、春は後宮に向かふこと遅し」により、「深殿」(奥深い御殿)を「前殿」に改める。前殿は、政務をとる宮殿で玄宗を、後宮は寧王を寓する。

昼は終日《ひねもす》に[39]輦《てぐるま》を共《とも》にして、[40]南苑《なんえん》の花に酔《え》ひを勧め、夜は通宵《よもすがら》席を同じくして、[41]西宮《せいきゅう》の月に宴《えん》をなし給ふ。

玄宗《げんそう》、余りのわりなさに[42]、世の人の、面《おもて》に[43]紅粉《こうふん》を施し、身に[44]羅綺《らき》を帯びたるは、皆仮《かり》なる[45]嬋娟《せんけん》にて、真《まこと》の美質《びしつ》にあらず。同じくは、楊貴妃《ようきひ》の表《あらわ》れたる膚《はだえ》を見ばやと思《おぼ》して、[46]驪山宮《りさんきゅう》の温泉に、瑠璃《るり》の沙《いさご》を敷き、玉の甃《いしだたみ》を滑《なめ》らかにして、貴妃《きひ》の御衣《ぎょい》を脱《ぬ》ぎ給へる貌《かたち》を御覧ずるに、白く妙《たえ》なる御膚《おんはだえ》に、[47]蘭膏《らんこう》の御湯を引きけるは、[48]藍田《らんでん》日に暖《あたた》かにして、玉《たま》涙を低《た》れ、[49]庾嶺《ゆれい》に雪融《ゆう》して、梅香《か》を吐くかと誤《あやま》たれたる程なり。[50]牛車《ぎっしゃ》の宣旨《せんじ》を蒙《こうぶ》つて、宮中を出入《しゅつにゅう》せしかば、[51]光彩《こうさい》の栄耀門戸《えいようもんこ》に溢《あふ》れて、[52]服用《ふくよう》は皆大《だい》長公主《ちょうこうしゅ》に均しく、富貴《ふっき》甚《はなは》だ天子王侯にも越えたり。

この楊貴妃の[53]姨《しょうと》に、楊国忠《ようこくちゅう》と云ふ者あり。元来《もとより》家賤《いや》しくして、[54]畎畝《けんぼ》の中に長《ひと》となりしかば、才もなく、芸もなく、文にもあらず、武にもあらざりしが、后《きさき》の姨なりしかば、やがて大臣

31 普通の。 32 花瓶。
33 民家の寂しく衰えた柳でも、宮殿の庭園に植えれば、長い緑の枝を新たに春風になびかせる。
34 黄金や翡翠。
35 帝釈天の住む忉利天にある四つの園の一つ。喜見城の北にある。ここに入ると、自然に歓喜の心が生じるという。
36 帝釈天の妃。
37 春を楽しむ。
38 蓮の花。
39 人が引く車のついた輿。天子の乗用。「上と行くときは輦を同じくし…宴するときは席を専らにし…」(長恨歌伝)。
40 宮殿の南の庭。「西宮南苑秋草多く」(長恨歌)。
41 西の宮殿。
42 いとしさ。
43 紅と白粉。

にぞなりたりける。この時に、安禄山《あんろくざん》と云ひける旧臣、[55]権威《けんい》爵(禄)《しゃくろく》ともに楊国忠に超えられて、安からず思ひけれども、すべき様《よう》なければ力及ばず。

かかる処《ところ》に、天子色を重んじて政《まつりごと》を乱り、小人《しょうじん》高位に登つて国の弊《つい》えを知らざるを見て、[56]吐蕃《とばん》の国々、皆王命《おうめい》を背《そむ》くと聞こえしかば、誰《たれ》をか討手《うって》に向くべきと議せられけるに、楊国忠、武威を恣《ほしいまま》にせんために、大将の印《いん》を授けられれば、罷《まか》り向《む》かつて容易《たやす》くこれを徇《したが》ふべき由《よし》を望み申しける間、[57](公)《こう》議その怒りを憚《はばか》つて、これに[58]上将軍《じょうしょうぐん》の宣旨《せんじ》をぞ下されける。楊国忠、則ち五十万騎の勢《せい》を率《そっ》して、[59]大荒《たいこう》の峰《みね》に陣を取る。

それ大将となる人は、士卒の志《こころざし》を一つにせんがために、[60]士未だ食せざれば、喰はず、士野《の》に宿れば、将《しょう》[61]蓋《かい》を張らず。[62]一《いっ》豆《とう》の飯《はん》を得ても、士と与《とも》に喫《きっ》し、一樽《いっそん》の酒を淋《そそ》いでも、兵と与《とも》に飲《いん》すとこそ申すに、この楊国忠、[63]明くれば旨酒《ししゅ》に莅《のぞ》んで、兵

44　薄い綾絹。
45　あでやかで美しいさま。
46　陝西省臨潼県の驪山にあった玄宗の離宮、華清宮。
47　蘭の香をこめた油。
48　「滄海月明らかにして珠に涙有り、藍田日暖かにして、玉煙を生ず」(李商隠・錦瑟)。藍田は、陝西省藍田県の玉の産地。ここは、浴室の玉も及ばない楊貴妃の美しさの形容。
49　広東の北にある五嶺の一。梅の名所。
50　牛車に乗ったまま宮中への出入を許す宣旨。
51　「光彩門戸に生ず」(長恨歌)。栄華が一門に満ち及んだこと。
52　衣服はすべて天子のおば(大長)や皇女(公主)にひとしく。「車服邸弟は大長公主とひとしくして恩沢勢力は則ち又これに過ぐ」(長

の飢《う》ゑたるを知らず、暮るれば美女に纏《まと》はれて、人の訴へを聞き入れず。ただ[64]長時《ちょうじ》の楽しみにのみ侈《おご》り、[65]軍《いくさ》の事をば忘れても言はざりけるこそあさましけれ。

　さる程に、兵[66]疲れ、将懈《おこた》つて、進む勢《せい》なかりければ、吐蕃《とばん》の戎狄《じゅうてき》ども、二十万騎の勢を曳《ひ》いて、逆寄《さかよ》せにこそ寄せたりけれ。大将は元来《もとより》臆病《おくびょう》なり、士卒心を一つにせざれば、一戦も闘《たたか》はず、楊国忠《ようこくちゅう》が五十万騎、われ前《さき》にと川を渡して、五日路《いつかじ》まで逃げたりければ、大荒《たいこう》の四方七千余里、吐蕃に順《したが》ひ靡《なび》きにけり。

　敵さのみ追はざりしかども、楊国忠、ここにもなほ怺《たま》り得《え》ずして、都を指して引《ひ》きけるが、今度大将を申し請けて発向しつる甲斐《かい》もなく、一軍《ひといくさ》もせで帰らん事、[67]上聞《しょうぶん》その憚《はばか》りありければ、御方《みかた》の勢の中に、馬にも乗らず[68]物具《もののぐ》もせで疲れたる兵を、一万人首を刎《は》ねて、おのおの鋒《きっさき》に貫《つらぬ》き、皆吐蕃が徒《ともがら》の頸《くび》なりと号して、都へぞ帰り参りける。罪なくして首を刎ねられたる兵ども、

恨歌伝)。
53 「姨」は、妻の姻族。他本「せうと」。「兄国忠」(長恨歌伝)。 54 田舎。
55 権勢と官位・俸給。
56 チベット地方。
57 諸卿の僉議。
58 総大将。
59 チベット地方だが、不詳。
60 「広の兵に将たるや、乏絶の処、水を見ては士卒尽(ことごと)く飲まざれば、広水に近づかず。士卒尽く食せざれば、広嘗(かつ)て食わず」(史記・李将軍列伝)。「士未だ坐せざれば坐すること勿かれ、士未だ食せざれば食すること勿かれ」(六韜・立将)。
61 天幕。
62 豆は、食事を盛る高杯状の皿。
63 夜が明ければうまい酒

親子兄弟幾千万ぞ。悲しみを含み声を呑んで、家々に哭すと云へども、楊国忠が洩《も》れ聞《き》かんずる処《ところ》を怖《お》ぢて、奏し申す人なければ、御方の兵一万人は、敵の頸となつて[69]獄門《ごくもん》の木に梟《さら》され、大荒の地千里は、討ち平らげたる所と号して、楊国忠にぞ行はれける。

　上《かみ》乱れて、下《しも》背《そむ》かずと云ふ事なければ、世挙《こぞ》つて、ただ楊国忠を亡ぼさんずる事をぞ計りける。安禄山《あんろくざん》、この比《ころ》大荒の境《さかい》に吐蕃を防かんとて居たりけるが、時至りぬと喜びて、諸侯に約をなし、士卒に礼を深くして、「楊国忠を討つべしとの宣旨を賜《たまわ》りたり」と[70]披露《ひろう》して、兵を催《もよお》すに、大荒にて楊国忠に斬られし一万人の兵どもの親類兄弟、大きに悦《よろこ》びて、われ先にと馳《は》せ萃《あつ》まりける程に、安禄山が兵、程なく七十万騎になりにけり。則《し》ち[71]崔乾祐《さいけんゆう》を右将軍《うしょうぐん》とし、[72]史思明《ししめい》を左将軍《さしょうぐん》として都へ昇《のぼ》る。[73]路《ろ》次《し》の民屋《みんおく》をも煩《わずら》はさず、城郭《じょうかく》をも攻めざれば、安禄山朝敵《ちょうてき》にな

を前にして。

64　常時。

65　軍の事を忘れて、将兵に何も命じなかったのはあきれたことだった。

66　兵は飢え、将官は怠けて。

67　帝への聞こえ。

68　鎧・兜も着けずに。

69　獄舎の門。

70　広く告げ知らせて。

71　安禄山の将(新唐書・哥舒翰列伝)。前出、第十五巻・19。

72　安禄山の配下として挙兵し、禄山の死後、大聖燕王を称したが、子の朝義に殺された。底本「子思明」。

73　道中。

つて長安《ちょうあん》へ攻《せ》め上《のぼ》るとは、夢にも人思はず。[74]簞食壺漿《たんしこしょう》を送り、以《もっ》て、士の疲れをぞ労《ねぎら》ひける。

この勢《せい》、すでに都より六十里を阻《へだ》てたる[75]潼関《とうかん》と云ふ山に打ち上がりて、初めて旗の[76]手を下ろし、時の声を揚ぐる。その勢ひ、恰《あた》か日月《じつげつ》をめぐらし、山川《さんせん》を動かすばかりなり。玄宗皇帝《げんそうこうてい》は、折節驪山宮《おりふしりさんきゅう》に幸《みゆき》なつて、楊貴妃《ようきひ》に[77]霓裳羽衣《げいしょうらい》の舞《まい》を舞はせて、[78]大梵高台《だいぼんこうだい》の楽しみもこれには過ぎじと思《おぼ》し召《め》しける処《ところ》に、潼関に[79]馬煙《うまけぶり》おびたたしく立つて、[80]漁陽《ぎょよう》より急を告げて、[81]鼙鼓《へいこ》雷《いかずち》の如くに打《う》ち連《つつ》けたり。[82]探使度々《たんしどど》馳《は》せ帰《かえ》つて、「安禄山《あんろくざん》が徒《ともがら》、崔乾祐《さいけんゆう》、史思明等《ししめいら》、百万騎にて寄せたり」と騒ぎければ、「事《こと》の体《てい》を見て参れ」とて、[83]哥舒翰《かじょかん》に二十万騎を相添へて、[84]咸陽《かんよう》の南へ差し向けらる。

安禄山すでに潼関の山に打ち上がりて、哥舒翰麓《ふもと》に馳《は》せ向《む》かひたれば、[85]かさより真下《まくだ》りに懸け落とされて、官軍十万人、河《か》

74 竹製のうつわに入れた飯(簞)や壺に入れた飲み物。「簞食壺漿して以て王師を迎ふ」(孟子・梁恵王下)。正義の軍勢を飲食物で歓待する成句。
75 陝西省潼関県の東南にある関。長安へ至る要路。
76 旗の先端を下げる。攻撃の合図。
77 玄宗が夢に見た月宮殿の天女の舞にならって作ったとされる楽曲。「漁陽の鼙鼓地を動かして来たり、驚破す霓裳羽衣の曲」(長恨歌)。
78 大梵天王(色界の初禅天の主)の住む宮殿。
79 馬の蹴立てる土煙。
80 河北省密雲県。今の北京市の東北、安禄山が城塁を築いた地。
81 馬上で打つ攻め鼓(つづみ)。
82 偵察の使者。

水《すい》に溺れて死ににけり。哥舒翰、わづかに討ちなされて、一日なほ長安《ちょうあん》に支へて居たりけるが、使ひを馳せて、「千度《ちたび》戦へども勝つことを得難《えがた》し。急ぎ龍駕《りょうが》[86]を廻《めぐ》らされて、蜀山《しょくさん》[87]へ落ちさせ給ふべき」由《よし》を申したりければ、さしも面白かりつる霓裳羽衣の舞、未だ終らざるに、玄宗皇帝と楊貴妃と、同じく五雲《ごうん》の車に召されて都を落ちさせ給へば、楊国忠《ようこくちゅう》を始めとして、諸王千官、悉《ことごと》く歩跣《かちはだし》なる有様にて、啼《な》く啼《な》く六軍《りくぐん》[88]の跡に相従ふ。

哥舒翰長安の軍《いくさ》にも打ち負けて、鳳翔県《ほうしょうけん》[89]へ落ちければ、安禄山が兵、君《きみ》を追つ懸け奉《まいら》せて、旗[90]の手五十町ばかりの跡に連なりたり。龍駕すでに馬嵬《ばかい》[91]の坡《つつみ》を過ぎさせ給ひける時、供奉《ぐぶ》仕《つかまつ》りたる官軍六万余騎、道を遮《さえぎ》つて君を通し奉らず。「これは何事ぞ」と御尋ねありければ、兵皆戈《ほこ》を地に伏せ、跪《ひざまず》いて、「この乱、はからざるに出で来て、天子宮闕《きゅうけつ》[92]を去らせ給ふ事、ひとへに楊国忠が驕《おご》りを極め、罪なき人を切りたりしゆゑなり。

83　玄宗の信任を得て西平郡の王となる。潼関の戦いに敗れて殺された。
84　陝西省、今の西安市の北。
85　高い場所。
86　帝の乗り物。
87　蜀(今の四川省)の山。
88　天子の軍隊。諸侯の軍隊は、三軍。
89　陝西省の長安の西。
90　叛乱軍の旗頭は龍駕の五十町(一町は、約一〇九メートル)ほど後方に迫った。
91　陝西省興平県の地。「咸陽道に出で馬嵬の亭にやどる。六軍徘徊して戟(ほこ)を持して進まず。従官郎吏、上(みかど)の馬前に伏して、錯(あやまり)を誅し以て天下の怨(うらみ)を謝せんことを請ふ。国忠氂纓(りえい)盤水を奉じて道の周(ほとり)に死す」(長

しかれば、楊国忠《ようこくちゅう》を官軍の中へ賜《たまわ》りて、その首を刎《は》ね、天下の人の心を休め候ふべし。しからずは、たとひ禄山《ろくざん》が鋒《きっさき》には死すとも、天子の龍駕《りょうが》をば通しまゐらすまじ」とぞ申しける。跡より敵は追つ懸けたり、惜しむとも叶《かな》はじと思《おぼ》し召《め》しければ、「早く楊国忠に死罪を給ふべし」とぞ仰せられける。官軍大きに悦《よろこ》びて、楊国忠を馬より取つて引き落とし、戈《ほこ》の先に差《さ》し貫《つらぬ》いて、一同にどうとぞ笑ひける。これを御覧じける楊貴妃《ようきひ》の御《み》心《こころ》の中《うち》こそ悲しけれ。

かくても官軍なほ飽き足らざる気色《けしき》あつて、龍駕を通しまゐらせざりければ、「この上の憤《いきどお》り、何事ぞ」と尋ね仰せらるるに、兵皆、「[93]后妃《こうひ》の徳違《たが》はば、[94]四海《しかい》の静まる期《ご》あるべからず。[95]褒姒《ほうじ》周《しゅう》の代《よ》を乱り、[96]西施《せいし》呉国《ごこく》を傾《かたぶ》けし事、[97]黈纊《とうこう》耳を塞《ふさ》がず、君、何ぞ思し召し知らざらん。早く楊貴妃に死を給はらずは、臣等《しんら》、[98]忠言《ちゅうげん》のために胸を割《さ》かれて、蒼天《そうてん》に血を淋《そそ》くべし」とぞ

恨歌伝)。
92 宮殿。
93 「関雎(かんしょ)は后妃の徳なり」(詩経・周南・関雎)。「関雎は楽しんで淫せず、哀しんで傷らず」(論語・八佾)。夫婦間に礼儀のあるたとえ。関雎は、みさご。
94 天下。
95 周の幽王の妃。幽王が褒姒を喜ばせるために偽りの烽火を上げ、ついに戎狄に滅ぼされた故事(史記・周本紀、平家物語巻二・烽火の沙汰)。
96 越の美女。西施を手に入れた呉王夫差が色に溺れ、越王勾践に滅ぼされた故事(史記・越王勾践世家)。第四巻・5、参照。
97 天子の冠の両わきにたらして耳を塞ぐ綿玉。天子のお耳に届かないはずがない意。「黈纊耳を塞がず」

申しける。玄宗《げんそう》、これを聞こし召して、遁《のが》るまじき程を思し召しければ、とかくの御言《おんこと》の葉《は》にも覃《およ》ばせ給はず、御胸塞がり、御[99]心消えて、[100]鳳輦《ほうれん》の中《うち》に倒れ臥し給ふ。

[101]霞《かすみ》の袖を蓋《おお》へども、荒き風には散る花の、匿《のが》る方もなかるべきに、楊貴妃、さてもや遁《のが》るると、君の御衣の下へ御身を側《そば》めて隠れさせ給へば、天子、自ら御顔を胸に掻き寄せて、「先《ま》づ朕《ちん》を先に失へ」と歎《なげ》かせ給ひければ、さしも怒《いか》れる武士《もののふ》どもも、皆戈《ほこ》を捨ててぞ地に倒れける。その中に、[102]邪見放逸《じゃけんほういつ》なる戎《えびす》どものありけるが、かくては叶はじとて、[103]玉体《ぎょくたい》に取り付かせ給ひたる楊貴妃の御手《みて》を引《ひ》き放《はな》して、[104]轅《ながえ》の下へ引き落とし奉りて、やがて馬の蹄《ひづめ》にぞ掛けたりける。玉の鈿《かんざし》地に乱れて、[105]行人《こうじん》道を過ぎやらず。雪の膚《はだえ》泥に粉《まみ》れて、見る人袖を早《ほ》しかねたり。[106]玄宗は、初めより玉体に力なく、御貌《おんかお》をも擡《もた》げ給はず、臥《ふ》し沈ませ給ひしかば、今はの涯《きわ》の御有様、親《まのあた》り御覧ぜざりしぞ、な[107]

(白居易・驃国(ひょうこく)の楽)。

98　諫言。殷の紂王のおじ比干が、王を諫めて胸を裂かれた故事(史記・殷本紀)。

99　気が動転して。

100　天子の車。

101　袖を、花を覆い隠す霞にたとえる。花は楊貴妃。

102　慈悲心のない残酷な蛮人。

103　天子の体。

104　「宛転たる蛾眉馬前に死す。花鈿(かでん)は地に委(す)てられて人の収むる無し」(長恨歌)。轅は、車を牛馬につなぐ長い棒。

105　道行く人。

106　「君王面(おもて)を掩(おお)ひ救はんとして得ず」(長恨歌)。

107　かえって終生の長い恨みとなった。「玉の緒」は、命をつなぎ留める緒で、「長き」の枕詞。

かなか絶《た》えぬ玉の緒の長き恨みとはなりにける。

その後《のち》、後陣《ごじん》の兵防き矢射て[108]、前陣《せんじん》の龍駕《りょうが》を早めければ、程なく蜀《しょく》へ落ち着かせ給ひにけり。則ち、回紇《かいこつ》[109]、十万騎の勢《せい》を率《そっ》して馳《は》せ参《まい》る。巌武《げんぶ》[110]、哥舒翰《かじょかん》、また国々の兵を催《もよお》し立《た》てて、五十万騎、蜀の行在《あんざい》[111]へぞ参りける。安禄山《あんろくざん》が勢は、始め楊国忠《ようこくちゅう》を討たんとする由《よし》聞こえてこそ、われもわれもと馳《は》せ集《あつ》まりたりしが、今の如くんば、ただ天下を奪はんとする者なりけりとて、兵多く落ち失せける間、安禄山が栄花《えいが》、ただ春一時《いっし》とぞ見えたりける。

かやうに都の敵は日々に減じて、蜀の官軍は国々より参りけれども、玄宗皇帝《げんそうこうてい》は、ただ楊貴妃《ようきひ》の事に思《おぼ》し沈《しず》ませ給ひて、万《ばん》機《き》[112]の政《まつりごと》をも御心《みこころ》に懸けられず、ただ死して[113]も生まれ逢ふべくは、生きて命も何かせんと、思《おぼ》し召《め》す外《ほか》は他事《たじ》もなし。

巌武、哥舒翰、回紇等《ら》、かくては叶《かな》ふまじと思ひければ、玄

108　退却の際に射る矢。
109　西域のウイグル系部族。
110　剣南節度使。吐蕃を破った功で、鄭国公に封ぜられた。
111　帝が臨時に滞在する場所。
112　帝の政務。
113　死んで生まれ変わって楊貴妃に逢えるならば。

宗皇帝の第二の御子《みこ》[114]粛宗《しゅくそう》の、鳳翔県《ほうしょうけん》と云ふ所に陰《かく》れておはしけるを、天子と仰ぎ奉りて、四海《しかい》に宣旨を下《くだ》し、諸国の兵を催し立てて八十万騎、先《ま》づ長安《ちょうあん》へぞ寄せたりける。安禄山、崔乾《さいけん》祐《ゆう》、史思明《ししめい》を両大将にてこれも八十万騎、長安に馳《は》せ向《む》かふ。両陣相挑《あいいど》んで、未だ戦はざる処《ところ》に、[115]祖廟《そびょう》の神霊《しんれい》、百万騎の兵に化し、黄なる旗を差して哥舒翰が勢に加はり、崔乾祐と戦ひける間、安禄山が兵ども破れ立つて、一時《いっし》に皆亡びけり。

朝敵忽《たちま》ちに討たれて、[116]洛陽《らくよう》鎮まりにければ、粛宗位《くらい》を辞して、また玄宗を即《つ》け奉らんために、官軍皆《みな》蜀へ御迎ひにぞ参りける。玄宗は、かく天下の程なく徇《しず》まりぬるに付けても、ただ楊貴妃の世におはせぬ事のみ思し召して、再び天子の位を践《ふ》ませ給はん事も御本意《ごほい》ならねども、馬嵬《ばかい》の昔の跡をも御覧ぜばやと思し召す御心に急がれて、やがて還幸《かんこう》の[117]儀則《ぎそく》をぞ促されける。

[118]馬嵬の道の辺《ほと》りに鳳輦《ほうれん》を留《とど》められて、これぞ去年の秋、楊貴

114　唐の第七代皇帝。玄宗の第三子。
115　先祖を祀るみたまや。
116　都。長安をさす。
117　儀式。
118　「此(ここ)に到りて躊躇して去ること能はず、馬嵬坡の下(とも)泥土の中、玉顔を見ず空しく死する処、君臣相顧みて尽(ことごと)く衣を霑(うるお)す」(長恨歌)。
119　長い堤。
120　池の堤。
121　楊貴妃の魂のゆくえ。
122　天子の旗。「翠華揺々として行きて復た止まる」(長恨歌)。
123　「蜀江水碧にして蜀山青し、聖主朝々暮々の情」(長恨歌)。蜀の川の水は緑

妃の荒き武士《もののふ》に殺されて、はかなくなりし跡よとて御覧ずれば、[119]長堤《ちょうてい》の柳の風にしなへるも、枕に懸かりし寝乱れ髪の朝《あした》の面《おも》影《かげ》御涙に泛《うか》び、[120]池塘《ちとう》の草の露《つゆ》にしほれたるも、落ちて地に乱れけん玉の鈿《かんざし》もかくやと思《おぼ》し召《め》されて、いとど御心《みこころ》を悩まさる。うかれて迷ふその[121]魂《たましい》の跡までもなほなつかしければ、ただ日《ひ》暮れ夜《よ》明くるとも、ここにて思ひ消えばやと思し召さけれども、[122]翠華《すいか》揺々《ようよう》として東に還《かえ》れば、ここをさへまた別れぬる事よと、御涙更《さら》に塞《せ》きあへず、遥《はる》かに跡を顧《かえり》み給ふに、[123]蜀江《しょくこう》水碧《みどり》にして蜀山青《しょくさんあお》し。聖主朝々暮々《ちょうちょうぼぼ》の御情《おんこころ》、喩《たと》へて云はん方もなし。

日を経て、長安《ちょうあん》に還幸《かんこう》なつて、楊貴妃《ようきひ》の昔棲《す》み給ひし驪山《りざん》の華清宮《かせいきゅう》の荒れたる跡を御覧ずるに、[124]楼台《ろうだい》、池苑《ちえん》皆旧《きゅう》に依《よ》る。[125]太《たい》液《えき》の芙蓉《ふよう》、未央《びおう》の柳、君王《くんおう》これに対《むか》つて、いかでか涙なからん。芙蓉は面《おもて》の如く、柳は眉の如し。[126]行宮《あんぐう》に月を見ては、心を傷《いた》ましむる色、夜雨《やう》に鈴を聞いては、腸《はらわた》を断《た》つ声、[127]春風桃李《しゅんぷうとうり》花の

で蜀の山は青い。だが明けても暮れても悲しみに沈む帝の心は、たとえて言いようもない。

124 「帰り来たれば池苑皆な旧に依る、太液の芙蓉未央の柳、芙蓉は面の如く柳は眉の如し、これに対して如何ぞ涙垂れざらん」(長恨歌)。

125 太液池(漢の武帝が造った池)の蓮の花、未央宮(漢の高祖が造った宮殿)の柳。ともに美女のたとえ。

126 「行宮に月を見れば心を傷ましむるの色、夜雨に鈴を聞けば腸の断たれる声」(長恨歌)。蜀の行宮を歌った詩句。

127 「春風桃李花開く夜、秋雨梧桐葉落つる時、西宮南苑秋草多く、宮葉階に満ちて紅掃はず、…夕殿に蛍飛んで思ひ悄然たり、孤燈

開く夜、秋雨《しゅうう》[128]梧桐《ごとう》葉の落つる時、西宮南苑《せいきゅうなんえん》秋の草多く、[129]宮葉《きゅうよう》階《はし》に満つれども、紅《くれない》掃《はら》はず。[130]夕殿《せきでん》に蛍《ほたる》飛んで、思ひ悄然《しょうぜん》たり。[131]孤燈《ことう》挑《かか》げ尽《つ》くして、未だ眠りをなさず。遅々《ちち》たる[132]鐘鼓《しょうこ》初めて長き夜《よ》、耿々《こうこう》たる[133]星河《せいが》曙《あ》けなんと欲する天、[134]鴛鴦《えんおう》の瓦《かわら》冷《ひや》やかにして、霜の華《はな》重し。[135]翡翠《ひすい》の衾《ふすま》寒くして、誰と共《とも》にかせんと、物ごとに堪《た》へぬ御悲しみのみ深くなり行きければ、今は、四海《しかい》の安危《あんき》をも叡慮《えいりょ》に入れ給はず、御位《みくらい》をさへ粛宗《しゅくそう》の帝《みかど》に譲り奉り、玄宗《げんそう》、いつとなく御涙に萎《しお》れて、[136]仙院《せんいん》の故宮《こきゅう》にぞ御座《ぎょざ》ありける。

ここに、[137]臨邛《りんきょう》の[138]方士《ほうし》と云ふ者、玄宗の宮に参つて、「臣《しん》は神《しん》仙《せん》の道を得たるゆゑに、遥かに[139]君王《くんおう》の展転《てんてん》の御思ひを知れり。貴妃のおはする所を尋ねて帰り参らん」と申しければ、玄宗、限りなく叡感ありて、則ち高官大禄《こうかんたいろく》を与へ給ふ。

方士、則ち天に昇り、地に入りて、これを求め、[140]上《かみ》は碧落《へきらく》を窮《きわ》め、下《しも》は黄泉《こうせん》の底まで尋ね求むるに、楊貴妃更《さら》におはしまさ

挑げ尽くすも未だ眠りを成さず、遅々たる鐘鼓初めて長き夜、耿々たる星河曙けんと欲する天、鴛鴦の瓦は冷やかにして霜華重く、翡翠の衾は寒くして誰と共にせん」(長恨歌)。

128 アオギリ。

129 宮殿の紅の落ち葉。

130 夜の宮殿。

131 一つだけともる燈。

132 時を告げる鐘や鼓。

133 天の川。

134 おしどりの形に造った屋根瓦。

135 かわせみの羽を刺繍した夜具。

136 上皇御所としての昔の住み慣れた宮殿。

137 四川省の県名。

138 仙術を使う人。道士。

139 亡き楊貴妃を慕う帝の苦しみ。

140 「上は碧落を窮め下は

ず。遥《はる》かに飛び去つて、天海《てんがい》百万里の波濤《はとう》を凌《しの》ぐに、あはひ七万里を阻《へだ》てて、141蓬萊《ほうらい》、方丈《ほうじょう》、瀛州《えいしゅう》の三つの島あり。一つの亀、これを戴《いただ》けり。中に五城峙《そばだ》つて、十二の欄干《らんかん》、142玉楼《ぎょくろう》あり。宮門《きゅうもん》に金字《こんじ》の額あり。立ち寄つてこれを見れば、143玉妃太真院《ぎょくひたいしんいん》とぞ書きたりける。楊貴妃《ようきひ》さてはこの中におはしけりと、嬉《うれ》しく思ひて、門を荒《あら》らかに叩くに、内より144双鬟《そうかん》の童女出でて、「いづくより、誰《たれ》を尋ぬる人ぞ」と問ふ。方士《ほうし》、手を斂《おさ》めて、「これは145漢家《かんけ》の天子の御使ひ、方士と申す者にて候ふが、楊貴妃これに御座《ぎょざ》ありと承《うけたまわ》つて、尋ね参つて候ふ」と奏し申しければ、双鬟の童女、「楊貴妃未だ146御《おん》とのごもれり。この由《よし》を申して帰り侍らん」とて、玉の扉を押し立てて、内へ入りぬ。方士、門の傍《かたわ》らに立つて、今や出づるとこれを待つに、147雲海沈々《ちんちん》として、148洞天《どうてん》に日暮れぬ。149瓊戸《けいこ》重なつて閉ぢて、悄然《しょうぜん》として人なし。ややあつて、双鬟の童女出でて、方士を内へいざなひ入《い》る。方

黄泉、両処茫茫として皆見えず」(長恨歌)。碧落は、青空。黄泉は、地下の死者の世界。

141 神仙が住む三つの山。渤海中にあり、不死の薬があるという(史記・封禅書)。

142 美しい高殿。

143 玉妃は、美しい高貴な妃。太真は、楊貴妃の女道士としての名。

144 頭の左右に角のように髷《まげ》を束ねる髪型。

145 「長恨歌」は、玄宗皇帝を漢の武帝に擬す。

146 寝るの尊敬語。

147 「時に雲海沈々として洞天日晩《く》れぬ、瓊戸重なつて閉じて、悄然として声無し」(長恨歌伝)。

148 神仙の住む所。

149 玉で飾った戸。

150 両手を組み合わせて敬礼して。

士、手を門下に[150]拱《きょう》して、[151]金闕《きんけつ》の西の廂《ひさし》に跪《ひざまず》く。

時に玉妃《ぎょくひ》、[152]九華帳《きゅうかちょう》の裏《うち》に夢魂《むこん》驚いて、衣《ころも》を攬《かいと》り、枕を押して起《た》つて徘徊《はいかい》す。[153]珠箔銀屛《しゅはくぎんびょう》邐迤《りい》として開く。[154]雲の鬢《びんずら》半ば偏《みだ》して新たに睡覚《ねざ》む。雲鬢《うんびん》理《つくろ》はずして、[155]羅綺《らき》にだも堪へざる体《てい》、たとへて比類《ひるい》なし。左右の[156]児侍《おもとびと》七、八人、皆[157]金蓮《きんれん》を冠《かぶり》にし、[158]鳳舃《ほうせき》を帯《たい》して相従ふ。[159]五雲《ごうん》飄々《ひょうびょう》として、玉妃、堂より下《お》り給ふ。雲の鬢艶々《えんえん》として、朝の日の海を出づるに異ならず。

方士、涙を押さへて、君王展転《てんてん》の御思ひを語るに、玉妃、つくづくと聞き給ひて、人もさぞなど、思《おぼ》し召《め》す余り、なかなか御言《おんこと》の葉《は》もなければ、[160]玉容寂寞《ぎょくようせきばく》として涙欄干《らんかん》たり。ただ梨花《りか》一枝《いっし》春の雨を帯びたるが如し。

方士すでに罷《まか》り出《い》でなんと(するに)及びて、「冀《ねが》はくは、玉妃の御化《おんかたみ》を賜《たまわ》りて、尋ね逢ひ奉りける事の験《しるし》に献ぜん」と申しければ、玉妃、手づから玉の[161]鈿《かんざし》を半ば擘《さ》いて、方士《ほうし》に賜《たまわ》る。方

151　金(こがね)づくりの宮殿の西側の棟(長恨歌)。
152　色々の模様をつけた美しいとばり。「九華帳裏に夢魂驚く、衣を攬(と)り枕を推して起つて徘徊す、珠箔銀屛邐迤として開く、雲鬢半ば偏して新たに睡りより覚む、花冠整へず堂より下りて来たる」(長恨歌)。
153　玉のすだれと銀の屛風が次々に開く。
154　美しい髪。
155　薄い綾絹。「力微にして羅綺に任(た)へざるが若(ごと)し」(長恨歌伝)。
156　侍女。「一人金蓮を冠にし紫綃(しょう)を披き、紅玉を佩き鳳舃を曳く、左右の侍者七八人」(長恨歌伝)。
157　金の蓮。
158　鳳凰の飾りのある婦人の沓。
159　仙境の五色の雲が翻っ

士、鈿《かんざし》を給はつて、「これは尋常世《よのつね》にある物なり。何ぞこれを以て験《しるし》とするに足らんや。願はくは、玉妃君王《ぎょくひくんおう》に侍りし時、人のかつて知らざる事あらば、それを承つて誌《しるし》とせん。しからずは、臣忽《たちま》ちに[162]新垣平《しんえんぺい》が偽りを負うて、身[163]鈇鉞《ふえつ》の罪に当たらん事を怖る」と申しければ、玉妃重ねて、「[164]われ七月七日、長生《ちょうせい》殿《でん》に夜半《やはん》に人なくして、上《みかど》の傍《そば》に侍り、私語《ささめごと》の時、[165]牽牛織女《けんぎゅうしょくじょ》の絶《た》えぬ契《ちぎ》りを羨《うらや》みて、天にあらば、願はくは[166]比翼《ひよく》の鳥となり、地にあらば、願はくは[167]連理《れんり》の枝とならんと誓ふ。これ君王と予《われ》とのみ知れり。験《しるし》とすべし」とて、泣く泣く玉台《ぎょくだい》を昇《のぼ》り給へば、音楽雲《おんがくうん》に隔《へだ》たり、[168]団扇《だんせん》天に隠れて、夕陽《せきよう》の影の裏《うち》に漸々《ぜんぜん》として消え去りぬ。

方士、鈿の半ばと言《ことば》の信《かたみ》とを受けて、宮闕《きゅうけつ》に帰り参り、具《つぶ》さにこの事を奏するに、玄宗《げんそう》、思ひに堪《た》へかねさせ給ひて、伏し沈ませ給ひけるが、その年の秋、未央宮《びおうきゅう》の前殿《ぜんでん》にして、つひに

て。「風は仙袂（せんべい）を吹きて飄颻（ひょうよう）として挙がる」（長恨歌）。

160 美しい顔はさびしそうで涙がとめどなく流れる。一枝の梨の花が春雨に濡れたようであった。「玉容寂寞として涙攔干たり、梨花一枝春雨を帯ぶ」（長恨歌）。

161 「金釵（きんさ）鈿合（でんごう）を取りて各（おのおの）その半ばを折り、使者に授けて曰はく」（長恨歌伝）。

162 望気の術をもって漢の文帝に仕えたが、偽りが露顕して殺された。「然らずんば恐らくは鈿合金釵も新垣平の詐りに負はん」（長恨歌伝）。

163 罪人を処刑する斧と鉞。

164 「詞中に誓い有り両心のみ知る、七月七日長生殿、夜半人無く私語の時、天に在りては願はくは比翼の鳥

崩御《ほうぎょ》なりにけり。

「[169]一念五百生《いちねんごひゃくしょう》、懸念無量劫《けんねんむりょうごう》」と云へり。矧《いわ》んや、[170]知らぬ世までの御契《おんちぎ》り浅からざりしかば、ここに死し、かしこに生まれて、天上《てんじょう》、人間《にんげん》、禽獣《きんじゅう》、魚虫《ぎょちゅう》に生《しょう》を易《か》へても、[171]愛着《あいじゃく》の迷ひを離れ給はじと、罪深かりし御契りなり。

　そもそも[172]天宝《てんぽう》の末の世の乱れ、ただ安禄山《あんろくざん》、楊国忠《ようこくちゅう》が天威《てんい》を借《か》つて、功に奢《おご》り、人を猜《そね》みしゆゑなり。今、関東の軍《いくさ》、畠山入道《はたけやまにゅうどう》が隠謀《いんぼう》より事起こつて、傾廃古《けいはいいにし》へに相似《あいに》たり。[173]天驕《おご》りを憎み、満てるを欠く。責《せ》め遁《のが》るる所なければ、[174]道誓《どうせい》が始終《しじゅう》の運命も、恃《たの》み難《がた》しとぞ見えたりける。


と作（な）り、地に在りては願はくは連理の枝と為らんと」（長恨歌）。
165　七月七日に銀河を越えて逢う牽牛星と織女星。
166　雌雄で一体の想像上の鳥。
167　二本の木が枝でつながって一本になった木。
168　うちわ。
169　一度抱いた妄念は五百生の間消えず、妄念の罪は無限に続く。出典不詳。
170　来世。
171　愛情の執着。
172　玄宗皇帝の年号。七四二―七五五。
173　「天道は盈（み）てるを虧（か）き謙に益す」（易経・謙卦）、「先王は驕りを疾（にく）む、天道は満つるを毀（か）く」（古文孝経・諸侯・孔安国注）。
174　畠山道誓。俗名国清。

太平記　第三十八巻

第三十八巻　梗概

康安《こうあん》二年(一三六二)二月、京で天変が見られ。夏には旱ばつのため五穀が実らず、琵琶湖の水位が下がって不思議な怪異が現れた。六月、山名《やまな》時氏《ときうじ》・師氏《もろうじ》(師義《もろよし》)が、山陰から山陽へ兵を進めた。石見の足利直冬《あしかがただふゆ》も兵を出したが、まもなく敗退した。山名の重臣小林重長《こばやししげなが》は、丹波で将軍方と戦ったが、兵糧に窮して退いた。越中では、桃井直常《もものいただつね》が加賀の富樫《とがし》を攻めたが、隙を突かれて本陣を落とされ、越中井口城《いのくちのじょう》に籠もった。その頃、九州探題斯波《しば》氏経《うじつね》が九州へ下ったが、船には多くの遊女を乗せており、敗退を予感させる出陣だった。探題が豊後の高崎城に入ると、菊池《きくち》武光《たけみつ》は肥後を発ち、九月二十七日、筑後の長者ヶ原で探題軍を破った。菊池は豊後の国府《こう》に陣取り、探題方と三年間対峙した。その頃、伊豆の修善寺城に籠もる畠山道誓《はたけやまどうせい》は、弟の国熙《くにひろ》とともに城を脱出した。箱根の陣にいた弟の義深《よしふか》は藤沢の遊行寺《ゆぎょうじ》にかくまわれて助かったが、大和へ逃れた道誓は、宮方に降参するが許されず、国熙とともに客死した。それに先立ち、宮方の大将細川清氏《ほそかわきようじ》が讃岐で挙兵した。中国管領細川頼之《ほそかわよりゆき》は讃岐へ渡り、七月二十三日、白峯《しらみね》の麓の合戦で清氏を討った。また、八月、和田・楠が摂津神崎《かんざき》へ兵を進め、摂津守護代箕浦《みのうら》(佐々木道誉の代官)を敗走させ、九月、赤松が支配する兵庫湊川《みなとがわ》の在家を焼き払った。こうした天下の乱れにより、九月晦日に貞治《じょうじ》と改元された。細川頼之が双びなき勇士の清氏を討ったのは、あたかも西蕃《せいばん》の帝《てい》師《し》の謀で、蒙古が太宋国《たいそうこく》を滅ぼしたことにも比せられる出来事だった。

悪星《あくせい》出現《しゅつげん》の事　1

康安《こうあん》[1]二年二月に、都には彗星《すいせい》[2]、客星《きゃくせい》[3]同時に出でたりとて、天文博士《てんもんはかせ》[4]ども内裏《だいり》へ召されて、吉凶を占《うらな》ひ申《もう》しけり。「客星は、用明天皇《ようめいてんのう》[5]の御宇《ぎょう》に、守屋《もりや》[6]仏法を亡ぼさんとせし時、始めて見えたりけるより、今に至るまで十四ヶ度、その内、二度は祥《しょう》[7]瑞《ずい》にて、十二ヶ度は大なる凶《きょう》なり。彗星は、皇極天皇《こうぎょくてんのう》[8]の御宇に、豊浦大臣《とよらのだいじん》[9]の子蘇我入鹿《そがのいるか》[10]乱を起こして、中大兄皇子《なかのおおえのおうじ》[11]并《なら》びに中臣鎌子《なかとみのかまこ》[12]と合戦をしたりし時、始めてこの星出でたりしより、今に至るまで八十六ヶ度、一度も未だ災難《さいなん》ならずと云ふ事なし。尤《もっと》も天下の御慎《おんつつし》みにて候ふべし」と、一同に博士[13]ども勘《かんが》へ申《もう》しければ、諸臣《しょしん》、皆《みな》色を失うて、「さればよ、この乱世《らんせ》の上には、げにも世界国土が金輪際《こんりんざい》[14]の底へ落ち入るか、しからずは、異国

1

1　一三六二年。
2　ほうき星。
3　一時的に現れる新星。
4　陰陽寮に属し、天文・気象から占いをする学者。
5　在位五八五－五八七年。聖徳太子の父。
6　物部守屋。廃仏をとなえ、蘇我馬子と聖徳太子に滅ぼされた。
7　めでたい前兆。
8　在位六四二－六四五年。舒明帝の后。舒明の死後、女帝となる。天智・天武帝の母。
9　蘇我蝦夷(えみし)。馬子の子。推古・舒明・皇極の三代の大臣。
10　皇極帝の時、国政を掌握。山背大兄王(聖徳太子の子)を殺害して全盛を誇ったが、中大兄皇子らに暗

の[15]蒙古《もうこ》寄せ来たつて、日本国を打ち取るかにてこそあらんずらめ。それも、[16]さる事あるまじき世とも覚えず」と、面々に申し合はれけり。

誠《まこと》に[17]天地人《てんちじん》の三災《さんさい》、同時に起こりぬと覚えて、[18]去年の七月より、日々に二、三度ある地震《じしん》も、未だ休《や》まず。また、今年の六月より同じき十一月の始めまで、旱《ひでり》して、[19]五穀《ごこく》も登《みの》らず、草木も枯れしかば、鳥はねぐらを失ひ、魚は泥に吻《いきづ》くのみならず、人民どもの飢《う》ゑ死《し》ぬる事、所々《しょしょ》に数を知らず。

湖水《こすい》乾《かわ》く事　2

この時、[1]近江《おうみ》の水海《みずうみ》も[2]三丈六尺旱《ひ》たりけるに、さまざまの不思議あり。

[3]白髭明神《しらひげみょうじん》の前なる澳《おき》に、二人して抱《だ》くばかりなる檜木《ひのき》の柱を、

殺された。

11　舒明帝の子。中臣鎌足らと蘇我氏を倒し、大化改新を断行する。後に即位して天智帝。

12　後に鎌足と改名。藤原氏の祖。

13　朝廷の陰陽寮に仕える陰陽博士。

14　仏教の世界観で大地の底。

15　モンゴル族が建国した元。一三六八年、明に滅ぼされる。

16　そんなこともありえる世の中と思われる。

17　天と地と人(三才という)で、宇宙間の万物。三災は、仏教語で、世界の終末(劫末)に起こる三つの災害。三才と三災を掛ける。

18　康安元年(一三六一)六月から十月に地震・津波が相次いだ。第三十六巻・3。

あはひ[4]一丈八尺づつに立て並べて、二町[5]余り渡せる橋見えたり。「古人《こじん》の語り伝へたる事もなし。古き記録にも載せず。これはいかさま[6]、龍宮城《りゅうぐうじょう》の道にてぞあるらん」なんど云《い》[7]ひ沙汰《さた》して、見る人日々に群集《くんじゅ》す。

また、竹生島《ちくぶしま》[8]より箕浦《みのうら》[9]まで、水の上五里、瑪瑙《めのう》[10]の如くなる切《きり》石《いし》を、広さ二丈ばかり平らに畳《たた》み連《つら》ねて、二河《にが》の白道《びゃくどう》[11]もかくやと覚えたる道、一通り出でたり。「これもいかさま、龍神《りゅうじん》の通り道にてぞあるらん」とて、踏んでは渡る人もなし。ただあたりの浦に舟を浮けて、見る人市《いち》の如くなり。

「この湖は七度まで桑原《くわばら》に変ぜしをわれ見たり」と、白髭明神、大宮権現《おおみやごんげん》[12]に向かひ奉つて仰せられけると云ふ古《いにし》[13]への物語あれば、またさやうの桑原にやならんずらんと、見る人怪しみ思へり。

19 米・麦・黍(きび)・粟・豆。

2

1 琵琶湖。

2 一丈は、十尺(約三メートル)。旱(ひ)る(上一段動詞)は、水かさが減る。

3 滋賀県高島市鵜川にある白髭神社。

4 あいだ。

5 一町は、約一〇九メートル。

6 きっと。

7 うわさ。

8 琵琶湖北部の島(滋賀県長浜市)。弁財天を祭る宝厳寺がある。

9 米原市箕浦。

10 仏教でいう七宝の一。

11 善導(中国浄土教の大成者)の「観無量寿経疏」散善義に説く「二河白道」のおしえ。火の河と水の河

諸国宮方蜂起《しょこくみやがたほうき》の事　3

天地の変は、すでにかくの如し。人事の(変)、またさこそあらんずらめと思ふ処《ところ》に、国々より早馬《はやうま》打つて、宮方蜂起したりと告ぐる事かつて止《や》む時《とき》なし。

山陰道《せんおんどう》には、同じき年六月二十七日に、1山名伊豆守時氏《やまないずのかみときうじ》、五千余騎にて、伯耆《ほうき》より美作《みまさか》の2院庄《いんのしょう》へ打ち越えて、国々へ勢《せい》を差し分かつ。一方へは、時氏の子息3右衛門佐師氏《うえもんのすけもろうじ》を大将にて二千余騎、備前《びぜん》、備中《びっちゅう》両国へ発向《はっこう》す。一勢は、備前の4仁万堀《にまのほり》に陣を取つて敵を待つに、その国の守護5松田《まつだ》、河村《かわむら》、6浦上七郎兵衛行景《うらかみしちろうひょうえゆきかげ》等、皆無勢《ぶぜい》なれば、出で合うては叶《かな》はじとや思ひけん、また讃岐《さぬき》より7細川右馬頭頼之《ほそかわうまのかみよりゆき》、近日8児島《こじま》へ押し渡ると聞こゆるをや相待ちけん、皆己《おの》が城々に楯籠《たてご》もつて、未だかつて戦は

(人の怒りと執着のたとえ)に挟まれた白い細い道があり、その道を行くことを浄土に至る道にたとえる。
12 日吉山王上七社の第一。
13 第十八巻・13、参照。

3
1 山陰一帯を領国とした守護大名。はじめ尊氏に従ったが、観応の擾乱で直義方につき、乱後は宮方として活躍。
2 岡山県津山市院庄。
3 初名師氏。師義と改名。
4 二万は、倉敷市真備町の歌枕。流布本同じ。玄玖本・天正本等は「仁堀(ニノホリ)」(赤磐市仁堀〈にほり〉)とする。
5 松田・河村は、神奈川県足柄上郡出身の波多野氏族。
6 赤松の家来。播磨国揖保郡浦上郷(兵庫県たつの

ず。

備中の一勢は、[9]田地目《たじめ》備中守《びっちゅうのかみ》、[10]楢崎《ならさき》を侍《さぶらい》大将《だいしょう》にて千余騎、備中の[11]新見《にいみ》へ打ち出でたるに、[12]飽庭《あきば》肥後守《ひごのかみ》、多年[13]こしらへすまして水木《すいぼく》も兵粮《ひょうろう》もたくさんなる[14]松山城《まつやまのじょう》へ、田地目、楢崎を引き入れしかば、当国の守護[15]越後守《えちごのかみ》師秀《もろひで》、戦ふべき様《よう》なくして、備前の[16]徳倉城《とくらのじょう》へ引き退く。剰《あまっさ》へ郎従《ろうじゅう》[17]赤木《あかぎ》父子二人《ににん》、落《お》ち留《とど》まつて思ふ程戦うて、つひに討死《うちじに》してけり。これによつて、敵勝《かっ》に乗つて国中へ乱れ入りて、勢を差し向け差し向け攻め出だすに、[18]一義《いちぎ》をも云ふべき様《よう》なければ、国人一人《くにびといちにん》も順《したが》ひ付《つ》かずと云ふ者なし。ただ[19]陶山《すやま》ばかりぞ、南の端《はし》の海に添うてわづかなる城をこしらへ、将軍方とては残りける。

備後《びんご》へは、[20]富田《とんだ》判官秀貞《ほうがんひでさだ》が子息弾正《だんじょうのしょう》少弼直貞《ひつなおさだ》、八百余騎、出雲《いずも》より直《すぐ》に国中へ打ち出でたるに、[21]江田《えだ》、広沢《ひろさわ》、三吉《みよし》の一族馳《は》せ付《つ》きける間、程なく二千余騎になりにけり。富田、その勢

市)に住んだ。
7　頼春の子。中国管領。阿波・讃岐・伊予等守護。
8　岡山県倉敷市児島。
9　新見市大佐田治部(おおさだじべ)に住んだ武士。
10　新見市に住んだ武士。
11　新見市。
12　高梁市に住んだ武士。「秋庭」とも。文和年間の備中守護代。第三十二巻・14。
13　建造し終えて。
14　高梁市松山にあった。
15　高師秀。師泰の子。
16　岡山市北区御津河内にあった。
17　高師秀の郎従。
18　異論の余地もないので。
19　備中国小田郡陶山(岡山県笠岡市)の武士。
20　島根県安来市広瀬町富田に住んだ佐々木氏族の武士。宮方。

を并《あわ》せて、[22]宮下野入道《みやしもつけのにゅうどう》が城を攻めんとする処《ところ》に、石見国《いわみのくに》より、[23]足利右兵衛佐直冬《あしかがうひょうえのすけただふゆ》、五百騎ばかりにて、富田《とんだ》に力を合はせんと、備後《びんご》の[24]宮内《みやのうち》へ出でられたりけるが、禅僧を一人《いちにん》、宮下野入道のもとへ使ひに立てて仰せられけるは、「天下の事、時刻到来して、諸国の武士大略御方《みかた》に志《こころざし》を通ずる処に、その方《ほう》より[25]かつて承《うけたまわ》る旨《むね》なき間、遮《さえぎ》つて使者を以て申すなり。天下に人多しと云へども、別して憑《たの》み思《おも》ひ奉る志《こころざし》深し。今もし御方に参じて忠《ちゅう》を致され候はば、[26]闕所《けっしょ》、[27]分国《ぶんこく》に於ては、毎事所望《しょもう》に随ふべし」とぞ宣《のたま》ひ遣《つか》はされける。

宮入道道山《みやのにゅうどうどうせん》、先《ま》づ城中へ使者の僧を呼び入れて、[28]点心《てんじん》を調《ととの》へ、礼義を厚くして対面あれば、使者の僧、[29]今はからうと嬉《うれ》しく思ふ処に、宮入道、僧に向かつて申されけるは、「天下に一人《いちにん》も宮方《みやがた》と云ふ人なくなりて、[30]佐殿《すけどの》も、憑《たの》む方《かた》なくならせ給ひたらん時、さりとては憑むぞと承《うけたまわ》らば、もし憑まれまゐらする

21　いずれも広島県三次市に住んだ武士。
22　兼信。法名道山。備後国一宮、吉備津神社(広島県福山市新市町宮内)の社家。将軍方。前出、第二十四巻・3。
23　足利尊氏の庶子で、直義の養子。南朝方につき、一時京都を占拠したが、敗れて没落。第三十二巻・10。なお、石見国は山名の領国。
24　福山市新市町宮内。
25　まったく了承する旨の返事がないので、こちらから先に。
26　領主のいない土地。
27　領国。
28　少量の食事(禅語)。
29　これで首尾よくいったと。
30　右兵衛佐足利直冬。

事もや候はんずらん。今時《きんじ》、近国《きんごく》の者ども多く馳《は》せ参《まい》りて、勢《せい》付かせ給ふ間、当国に陣を召されて、参れと承らんに於ては、[31]えこそ参り候ふまじけれ。悪《にく》し、その儀ならば討つてまゐらせよとて、御勢《おんぜい》を向けられれば、尸《かばね》はたとひ御陣《ごじん》の前に曝《さら》さるとも、魂《たましい》はなほ将軍の御方《おんかた》に止《とど》まつて、怨《うら》みを[32]泉下《せんか》に報ぜん事を計り候ふべし。そもそもかやうの使ひなんどには、[33]御内外様《みうちとざま》を云はず、しかるべき武士をこそ立つる事にて候ふに、僧体《そうたい》にて使《し》節《せつ》に立たせ給ふ条、意得難《こころえがた》くこそ覚えて候へ。[34]文殊仏《もんじゅほとけ》の御使ひにて[35]維摩《ゆいま》の室《しつ》に入《い》り、[36]玄奘三蔵《げんじょうさんぞう》の[37]大般若《だいはんにゃ》を渡さんとて[38]流沙《りゅうさ》の難を凌《しの》ぎしには様《さま》かはりて、これは[39]無慚愧無道心《むざんきむどうしん》の御振《おんふ》る舞《ま》ひにて候へば、[40]僧、聖《ひじり》とは申すまじ、御頸《おんくび》を給はつて、路次《ろし》に懸けたく候へども、今度ばかりは[41]別義《べつぎ》を以て許し申すなり。

[42]向後《きょうこう》、かかる使ひをして生きて帰るべしと、[43]な思《おぼ》し召《め》し候ひそ。[44]御分誠《ごぶんまこと》の僧ならば、かかる不思議の事をば、よもし給はじ。

31 けっしてお味方に参ることはできない。
32 黄泉の下。あの世。
33 譜代の家来とそれ以外の家来。
34 釈迦仏の脇侍。智恵を司る。
35 「維摩経」の主人公。維摩の病床を文殊が訪ね、問答したこと(維摩経・文殊師利問疾品)。
36 唐代の高僧。経典をインドからもたらし漢訳した。
37 「大般若波羅蜜多経」六百巻。
38 中国西域の砂漠。
39 恥知らずで道心のない。
40 僧侶・出家者だからといって容赦はいたしますまい。
41 格別のはからい。
42 今後。
43 お思いになるな。
44 そなた。

ただこの城《じょう》の案内《あんない》[45]見んために、夜討《ようち》の手引きしつべき人が、貌《かたち》を禅僧に作り立てられてぞ、これへおはしたるらん。やや若党《わかとう》ども、この僧連れて、城の有様よくよく見せて、木戸《きど》より外へ追《お》ひ出《だ》し奉れ」とて、後ろの障子《しょうじ》をあららかに引き立てて内へ入れば、使者の僧、今や失はるると、肝心《きもこころ》も身に添はで、這《は》う這《は》う逃げてぞ帰りける。

「この使ひ帰らば、佐殿《すけどの》定めて寄せ給はんずらん。先んずる[46]則《とき》は、人を制するに利あり。逆寄《さかよ》[47]せに寄せて、追つ散らせ」とて、子息下野次郎氏信《しもつけのじろうじのぶ》に、五百余騎を差し添へ、佐殿の陣を取つておはする宮内《みやのうち》へ押し寄せ、懸け立て懸け立て攻めける。佐殿の大勢《おおぜい》[48]ども、立つ足もなく打ち負けて、散《ち》り散《ぢ》りに皆なりにければ、富田《とんだ》もこれに力を落として、己《おの》が本国へぞ帰りにける。

直冬朝臣《ただふゆあそん》、宮入道《みやのにゅうどう》と合戦をする事その数を知らず。しかりと

45 内情。
46 「先んずれば即ち人を制し、後(くお)るれば則ち人に制せらる」(史記・項羽本紀)。
47 攻めてきた敵に、逆にこちらから攻め寄せること。
48 踏みとどまることもなく。
49 ふがいない。
50 匿名で書かれた風刺の歌や文句。
51 直冬はどんな神罰によって、あれほど神社(宮を

雖《いえど》も、直冬朝臣、一度も未だ打ち勝ち給ひたる事なかりければ、[49]云《い》ひ甲斐《がい》なしと思ふ者やしたりけん、[50]落書《らくしょ》の歌を札に書いて、道の岐《ちまた》にぞ立てたりける。

[51]直冬はいかなる神の罰《ばつ》にてか宮にはさのみ怖《お》ぢて逃ぐらん

侍大将と聞こへし[52]毛利《もうり》備中守《びっちゅうのかみ》も、佐殿より先に逃げたりと[53]披露《ひろう》ありければ、同じき高札《たかふだ》の奥に、

[54]楢《なら》の葉《は》のゆるぎの森に居《い》る鷺《さぎ》は太山颪《みやまおろし》に音《ね》をや鳴くらん

直冬朝臣は、宮下野次郎氏信に打ち負け、引き退きける間、富田もこれに力を失ひて、同じく出雲国《いずものくに》へぞ帰りける。

但馬国《たじまのくに》へは、山名右衛門佐《やまなうえもんのすけ》、舎弟[55]治部大輔《じぶのたいふ》、[56]小林民部丞《こばやしみんぶのじょう》を侍大将に定めて二千余騎、[57]大山《おおやま》を経て、播磨《はりま》へ打ち越えんとて出でたりけるが、但馬国《たじまのくに》の守護[58]仁木弾正少弼《にきだんじょうのしょうひつ》、[59]安良十郎左衛門《やすらじゅうろうざえもん》、将軍方にて楯籠《たてご》もりたる城、未だ落ちざりける間、[60]長《ちょうの》九郎左衛門《くろうざえもん》、[61]安保入道信禅以下《あぶにゅうどうしんぜんいげ》の宮方ども、わが国を閣《さしお》いて

掛ける)を恐れて逃げるのだろう。
52　元春。初名師親。安芸の武士。大江氏。
53　広く知れわたったので。
54　ゆるぎの森(滋賀県高島市の歌枕)にいる鷺は、深山の嵐に音を上げているだろう。「楢の葉の」は「ゆるぎ」の枕詞。森と毛利、深山と宮を掛ける。
55　氏冬。時氏の子。師義(師氏)の弟。
56　重長。山名の重臣。
57　兵庫県神崎郡神河町大山。
58　頼勝。義勝の四男。頼章・義長の弟。
59　豊岡市出石町安良の武士。
60　但馬の武士。長谷部信連の子孫。
61　俗名忠実。武蔵七党の児玉党の武士。

他国へ越ゆる事を得ず。さらば、小林《こばやし》が勢《せい》ばかりにても、播磨《はりま》へ打ち越えんと企《くわだ》てける処《ところ》に、[62]赤松掃部助直頼《あかまつかもんのすけただより》、大山《おおやま》に城を構へて、但馬《たじま》の通路を差し塞ぎける程に、小林、難所《なんしょ》を[63]支へられて、丹波国《たんばのくに》へぞ打ち越えける。

丹波には、当国の守護[64]仁木《にき》兵部大輔《ひょうぶのたいふ》義尹《よしまさ》、かねてより在《ざい》国《こく》して待ち懸けたる事なれば、[65]やがて合戦ありぬとぞ覚えけるに、[66]楚忽《そこつ》の軍《いくさ》しては、[67]なかなか悪《あ》しかりぬとや思はれけん、[68]和久郷《わくのごう》に陣を取つて、義尹、未だ戦はんともせざりければ、小林も、和久に[69]向かひ陣を取つて、互ひに敵の懸かるをぞ相待ちける。

丹波は京近き国なれば、暫《しばら》くも閣《さしお》くべきにあらず、急ぎ大勢《おおぜい》を下《くだ》して、義尹に力を合はせよとて、若狭《わかさ》の守護[70]尾張左衛門《おわりさえもん》入道心勝《にゅうどうしんしょう》、遠江《とおとうみ》の守護[71]今川伊予守《いまがわいよのかみ》、三河《みかわ》の守護[72]大島遠江守《おおしまとおとうみのかみ》三人に、三ヶ国の勢を相添へて三千余騎、京都より差し下さ

62 範資の子で、則祐の猶子。
63 防ぎとめられて。
64 頼章の子。丹波・丹後守護。
65 すぐに。
66 軽率。
67 かえって。
68 京都府福知山市和久市町。
69 敵陣や城に向かいあって取る陣。
70 石橋和義。尾張足利家(斯波氏)の一門。
71 貞世。範国の子。
72 義高。新田一族。

る。その勢すでに丹波の[73]篠村《しのむら》に着きしかば、当国の兵ども、心を両方に懸けていづ方へか付かましと思案しける者ども、今は将軍方ぞ強《つよ》からんずらんと見定めて、われ先にと馳《は》せ付《つ》きける程に、篠村の勢は日々に勝《まさ》りて、程なく五千余騎になりにけり。

山名《やまな》が勢はわづかに七百余騎、[74]国遠くして兵粮乏《ひょうろうとぼ》しく、馬人《うまひと》[75]疲れて、城の構へ緊《きび》しからず。かくては[76]いかが怺《こら》ふべき、聞き落ちにぞせんずらんと覚えける処に、小林民部丞《こばやしみんぶのじょう》、伯耆国《ほうきのくに》を出でしより、「今度、天下を動かす程の合戦をせずは、生きて再び本国へは帰らじ」と、申し切つて出でたりしかば、なじかはちとも騒ぐべき、一所《いっしょ》にて討死《うちじに》せんと、気を励《はげ》まし、心を一つにする兵ども、[77]神水《じんずい》を飲みて、寄手《よせて》すでに篠村を立つと聞きしかば、「いづくにても、[78]広みへ馳《は》せ合《あ》はせて、[79]組打《くみう》ちに討たん」と議しける間、篠村の大勢、これを聞いて、却《かえ》つて寄せられやせんずらんと、二日路《ふつかじ》を隔《へだ》てたる敵に恐れて、一足《ひとあし》も先へは進

73　亀岡市篠町。

74　本国(伯耆)から遠く離れて。

75　飢えて。

76　どうして持ちこたえられようか、噂を聞いただけで逃げ出すだろうと。

77　神前に供える水で、誓いのしるしに飲む。

78　広い平地。

79　敵と組み合って討ち取ること。

まず、木戸を拵《こしら》へ逆木《さかもぎ》を引きて、用心密《きび》しくしてぞ居たりける。されども、小林《こばやし》、兵粮《ひょうろう》につまりて、また伯耆国《ほうきのくに》へ引つ返しければ、「御敵《おんてき》をば、たやすく追ひ落としたり」と詈《ののし》りて、[80]気色《きしょく》ばみてぞ帰洛《きらく》しける。

越中軍《えっちゅういくさ》の事　4

越中国には、[1]桃井播磨守直常《もものいはりまのかみただつね》、信濃国《しなののくに》より打ち越えて、旧好《きゅうこう》の兵どもを相語らふに、当国の守護[2]尾張大夫入道《おわりたいふにゅうどう》の代官、[3]鹿草《ししくさ》出羽守《でわのかみ》が国の[4]成敗《せいばい》猥《みだ》りなるによつて、国人《くにびと》挙《こぞ》つてこれを背《そむ》きけるにや、[5]野尻《のじり》、井口《いのくち》、長《なが》(沢《さわ》)、倉満《くらみつ》の者ども、直常に馳《は》せ付《つ》きける程に、その勢忽《たちま》ちに千余騎になりにけり。桃井、やがて勢ひに乗つて国中を靡《なび》かすに、[6]手にさはる者なければ、加賀国《かがのくに》へ発向して[7]富樫《とがし》を攻めんとぞ企《くわだ》てける。

80　得意になり意気込んで。

4

1　貞頼の子。観応の擾乱で直義方につき、のち南朝方として活躍。

2　斯波高経。法名道朝。

3　北陸の豪族で、斯波の家来。

4　越中国の政務をほしいままにしたので。

5　野尻・井口は、富山県南砺市野尻・同市井口、長沢は、富山市婦中町長沢、倉満は、石川県白山市倉光の武士。

6　手向かいする者。

7　昌家。加賀守護。石川県金沢市富樫に住んだ。

能登《のと》、加賀、越前《えちぜん》の兵ども、これを聞き、敵に先《さき》をせられじと相集まつて三千余騎、越中国へ打ち越えて、三ヶ所に陣を取る。桃井は、いつも敵の陣を未だ取りおほせぬ所に懸くるを以て利とする[8]者なりければ、逆寄《さかよ》せに押し寄せて攻め戦ふに、越前勢の一陣先《ま》づ破れて、能登、越中の両陣も全からず、十方に散《ち》つてぞ落ち行きける。

日暮るれば、桃井、元の陣へ打ち帰りて、物具脱《[9]もののぐぬ》いで休みけるが、夜半ばかりに、ちと評定《ひょうじょう》すべき事ありて、この陣より二里ばかり隔《へだ》たりたる井口《[10]いのくち》が城へ、誰《たれ》にもかくとも知らせずして、ただ一人《いちにん》ぞ行きたりける。

この時しも、能登、加賀の者ども三百余騎、打ち連れて降人《こうにん》に出でたりけるが、「執事《[11]しつじ》に属《しょく》して、大将の見参《げんざん》に入らん」と申す間、同道《どうどう》して大将の陣へ参じ、事《こと》の由《よし》申さんとするに、大将の陣に人独《ひと》りもなし。近習《[12]きんじゅう》の人に尋ぬれども、「いづくへか

8　戦いを有利に進める。

9　鎧・兜などの武具。

10　富山県南砺市井口。

11　大将の補佐職(家老)の取り次ぎで。

12　側仕えの者。

御《おん》入《い》り候ひぬらん。まだ宵《よい》より大将は見えさせ給ひ候はぬなり」とぞ答へける。陣を並べたる外様《とざま》[13]の兵ども、これを聞いて、「さては、桃井殿《もものいどの》落ちられにけり」と燥《さわ》ぎて、われもいづくへか落ち行かましと、物具《もののぐ》を着るもあり、捨つるもあり、馬に乗るもあり、乗らぬもあり、ひたひしめきにひしめく[14]間、焼き棄《たす》てたる火、陣屋に燃え付いて、燎原《りょうげん》[15]の炎盛んなり。これを見て、降人《こうにん》に出でたりつる三百余騎の者ども、さらば、いざ落ち行く敵どもを討ち取つて、わが高名《こうみょう》[16]にせんとて、箙《えびら》[17]を敲《たた》き、時[18]を作つて、追つ懸け追つ懸け討ちけるに、返し合はせて戦はんとする人なければ、ここに追ひ倒され、かしこに切り臥せられて、討たるる者二百余人、生取《いけどり》百人に余れり。

桃井は、未だ井口城《いのくちのじょう》へも行き着かぬ道にて、陣に火の懸かりたるを見て、これはいかさま[19]返《かえ》り忠《ちゅう》の者あつて、敵夜討《ようち》に寄せてけりと心得て、立ち帰る処《ところ》に、逃ぐる兵ども行き合ひて、

13　譜代ではない家来。
14　ひどくあわてふためいたので。
15　野原を焼く炎。
16　手柄。
17　腰や背に帯びる矢入れの道具。
18　鬨(とき)の声。
19　きっと寝返った者があって。

息をもつぎ得ず、「ただ引かせ給ひ候へ。今は叶《かな》ふまじきにて候ふぞ」とばかり申し合ひける間、力及ばず、桃井もともに、井口城へ逃《に》げ籠《こ》もる。

昼の合戦に打ち負けて、[20]五服峯《ごふくがみね》に逃げ登りたる加賀《かが》、越前《えちぜん》の勢《せい》ども、桃井が陣の焼くるを見て、何とある事やらんと怪しく思ふ処に、降人に出でて心ならず高名しつる兵ども三百余騎、虜《いけどり》を前《さき》に追つ立てさせ、鋒《きっさき》に頚《くび》を貫《つらぬ》き馳《は》せ来《き》たれり。「鬼神《おにがみ》の如くに申しつる桃井が勢をこそ、われらわづかに三百余騎にて夜討《ようち》に寄せて、[21]若干《そこばく》の御敵《おんてき》どもを討ち取つて候へ」とて、[22]仮《け》名実名《みょうじつみょう》事新しく、事々《ことごと》しげに名乗り申せば、大将鹿草出羽守《ししくさでわのかみ》を始めとして、国々の軍勢に至るまで、「あはれ、[23]大剛《だいこう》の者《もの》どもかな。この人々なくは、[24]いかでか会稽《かいけい》の恥《はじ》を雪《すす》がまし」と、感ぜぬ人もなかりけり。

生取の敵どもが委《くわ》しく語るを聞いてこそ、「さては、降人に

20　富山市五福。
21　大勢。
22　仮につけた名や実名を事新しく、仰々しく名乗り申したので。
23　すぐれて強い勇者。
24　どうして雪辱を果たすことができたろう。会稽山の戦いで呉王夫差に敗れて辱めを受けた越王勾践が、二十余年後に呉を滅ぼした故事による(史記・越王勾践世家、第四巻・5)。

出でける[25]不覚人《ふかくじん》どもが、[26]倒るる処《ところ》に土を摑《つか》む風情《ふぜい》をしたりけるよ」とて、却《かへ》つて悪《にく》み笑《わら》はれけり。

九州探題下向《きゅうしゅうたんだいげこう》の事　5

筑紫《つくし》には、[1]少弐《しょうに》、[2]大友《おおとも》以下《いげ》の将軍方の勢《せい》ども、[3]菊池《きくち》に追ひすゑられて、[4]すでにまた九州は宮方《みやがた》の一統《いっとう》になりぬと見えければ、[5]探題《たんだい》を下《くだ》して、少弐、大友に力を合はせでは叶《かな》ふまじとて、尾張大夫入道《おわりたいふにゅうどう》の子息[6]左京大夫《さきょうのだいぶ》を、九州の探題になしてぞ下されける。

左京大夫氏経《うじつね》、先《ま》づ兵庫《ひょうご》に下つて、四国、中国の勢を催《もよお》しけれども、付《つ》き順《したが》ふ勢もなかりければ、[7]さりとては道より引《ひ》き還《かえ》すべきにあらずとて、わづかに百四、五十騎の勢にてすでに纜《ともづな》を解きけるに、大将左京大夫の屋形を始めとして、士卒の

25　不心得者。
26　当時のことわざ。ころんでもただでは起きない意。

5

1　頼尚。貞経（法名妙恵）の子。
2　氏時。貞宗の子。豊後守護。
3　武光。武時の子。
4　今にも。
5　地方の軍事・政務を統括する幕府の役職。
6　氏経。斯波高経の二男。
7　そうかといって。

小船《しょうせん》どもに至るまで、傾城《けいせい》[8]を十人、二十人乗せぬはなかりけり。

　磯《いそ》に立ち並んでこれを見物しける者どもの中に、ちとこざかしげなる遁世者《とんせいしゃ》[9]のありけるが、傍《かた》への人に向かつて申しけるは、「筑紫九国《つくしくこく》[10]の大敵を亡ぼさんとて、討手《うって》の大将を承《うけたまわ》る程の人の、これ程に物を知らでは、何としてか大功をなさるべき。それ大敵に向かつて陣を張り、戦ひを決せんとする時、兵気《ひょうき》[11]と云ふ事あり。この兵気、敵の上に蓋《おお》うて立つ時は、戦ひ必ず勝つ事を得《え》、もし陣中[12]に女多く交《まじ》りてある時は、陰《いん》の気、陽《よう》の気を消すゆゑに、兵気かつて[13]立ち上がらず。兵気立たざれば、たとひ大《おお》勢《ぜい》なりと云へども、戦ひに勝つ事を得ずと云へり。

8　遊女。
9　出家者。芸能・学問などの技芸によって武家に出入りした時衆などもさす。
10　筑紫九国で九州をさす。以下の遁世者の談話は、本巻・6の末尾まで続く。
11　兵が発する気。
12　「婦人軍中に在るときは兵気恐らくは揚がらず」(杜甫・新婚の別れ)。
13　まったく。

漢《かん》の李《り》将軍《しょうぐん》女《おんな》を斬《き》る事　6

されば、昔[1]、覇陵[2]《はりょう》の李将軍と云ひける大将、敵国に赴《おもむ》いて陣を張り、旅[3]《たむろ》を調《ととの》へて、単于[4]《ぜんう》と戦ひを決せんとしけるに、敵はわづかに三万余騎、御方《みかた》はこれに十倍せり、兵気《ひょうき》定めて敵の上にぞ覆《おお》ふらんと思ひて、李将軍、先《ま》づ高き山の上に打ち上がりて、両方の陣を見るに、御方の陣に上がらんとする兵気、陰[5]《いん》の気に押されて、立たんとすれども立ち得ず。李将軍、つらつらこれを案ずるに、いかさまこれは、わが方の陣に女多く交《まじ》りて隠れ居たればこそ、かやうにはあるらんと推《すい》して、陣の中をさがすに、はたして陣中に女隠れて、三千余人交《まじ》り居《い》たり。さればこそ、このゆゑに兵気は上がらざりけりとて、悉《ことごと》くこの女を捕らへて、或いは水に沈め、或いは追ひ失ひて後《のち》、また高き山に打

6

1　以下の話は、匈奴と戦った前漢の将軍李陵が、軍の士気が上がらないため、軍中に隠れていた士卒の妻妾三千人を斬った話(漢書・李陵列伝)を、李陵の祖父の李広の話としたもの。

2　漢の前将軍李広が「覇陵の旧将軍」と呼ばれた故事による(第三十七巻・2、史記・李将軍列伝)。

3　軍勢。

4　匈奴の王の称号。

5　易学で、陽に対置されて、消極的・受動的とされるもの。男に対する女、天に対する地、日に対する月、昼に対する夜、など。

ち上がりて、御方の陣を見るに、兵気盛んに立つて敵の上に覆《おお》へり。

その後《のち》、兵を進めて戦ひを決せしむるに、敵四方に逃げ散つて、勝つ事を一時《いっし》に得しかば、李将軍、単于を亡ぼして、武功《ぶこう》天下に聞こえたり。智《ち》ある大将は、かやうにこそある事なるに、大敵の国に臨《のぞ》む人の、兵をば次にして、先づ女を先立《さきだ》て給ふ事、心得られず」とぞ難《なん》じ申《もう》しける。

筑紫《つくし》合戦《かっせん》の事　7

探題《たんだい》左京大夫《さきょうのだいぶ》氏経《うじつね》、すでに[1]大友《おおとも》が館《たち》に着きぬと聞こえければ、[2]菊池《きくち》肥後守《ひごのかみ》武光《たけみつ》、敵に勢《せい》の付かぬ前《さき》に打《う》つ散《ち》らせとて、舎弟[3]彦次郎《ひこじろう》に、[4]城越前守《じょうのえちぜんのかみ》、[5]宇都宮《うつのみや》、[6]岩野《いわの》、鹿子木《かのこぎ》民部大夫《みんぶのたいふ》、下田《しもだ》帯刀《たてわき》以下《いげ》、勝《すぐ》りたる兵五千余騎を差し添へて、探題、大友

7
1 大友氏時の居城。大分市神崎にあった高崎城。
2 武時の子。
3 菊池武義。
4 武顕。菊池一族。
5 九州に移り住んだ宇都宮一族。
6 岩野は、熊本市北区植木町岩野、鹿子木は、熊本市北区鹿子木町、下田は、熊本市に住んだ武士。

両人を攻めんために、[7]九月二十三日、豊後国《ぶんごのくに》へ発向《はっこう》す。

探題左京大夫《たんだいさきょうのだいぶ》、これを聞いて、「そもそも九州静謐《せいひつ》のために下されたる者が、敵の城へは寄せずして、却《かえ》つて敵に寄せられたりと京都へ聞こえんずる事、先《ま》づ[8]武略《ぶりゃく》の足らざるに相似《あいに》たり。されば、敵を城にて相待つまでもあるまじ。[9]路次《ろし》に馳《は》せ向《む》かつて戦へ」とて、探題の子息松王丸《まつおうまる》の、未だ幼稚《ようち》にて今年十一歳になりけるを大将にて、[10]太宰少弐《だざいのしょうに》、舎弟[11]筑後次郎《ちくごのじろう》、同じき[12]新《しん》左衛門尉《ざえもんのじょう》、[13]宗堅大宮司《むなかたのだいぐうじ》、[14]松浦《まつら》の一党、都合その勢《せい》七千余騎にて、筑後国《ちくごのくに》[15]長者原《ちょうじゃがはら》と云ふ処《ところ》に馳せ向かつて、路を遮《さえぎ》つてぞ待ち懸けたる。

同じき二十七日、菊池彦次郎《きくちひこじろう》、五千余騎を二手《ふたて》に作り、長者原へ押し寄せて戦ひけるに、岩野《いわの》、鹿子木将監《かのこぎしょうげん》、下田帯刀《しもだたてわき》以下《いげ》、宗徒《むねと》の勇士三百余騎討たれて、その日の大将菊池彦次郎、三ヶ所まで疵《きず》を蒙《こうぶ》りければ、宮方《みやがた》の軍勢、すでに二十余里引き退く。

7 康安二年（一三六二）。

8 武勇と戦略。

9 道の途中。

10 少弐頼高。頼尚の子。

11 少弐冬資。

12 少弐頼国。

13 宗像神社（福岡県宗像市）の大宮司。名は氏俊。

14 肥前国松浦郡（佐賀県北部・長崎県の海岸地方）に住んだ松浦氏族の武士団。

15 福岡県糟屋郡粕屋町長者原（ちょうじゃばる）。

すはや、打ち負けぬと見えける処に、城越前守《じょうのえちぜんのかみ》、五百余騎入れ替はつて戦ひけるに、少弐筑後次郎《しょうにちくごのじろう》、同じき新左衛門尉《しんざえもんのじょう》、二人ともに一所《いっしょ》にて討たれぬ。その外《ほか》、松浦、宗堅大宮司が一族[16]若党《わかとう》ども、四百余人討たれにければ、探題、少弐《しょうに》、大友《おおとも》、二度目の軍《いくさ》に打ち負けて、皆散《ち》り散《ぢ》りになりにけり。

菊池、すでに手合[17]はせの軍《いくさ》に打ち勝ちしかば、探題の勇威《ゆうい》も恐るるに足らずと侮《あなず》りて、菊池肥後守武光《きくちひごのかみたけみつ》、荒手[18]《あらて》の兵三千余騎を率《そっ》して、舎弟彦次郎が勢に馳《は》せ加《くわ》はり、豊後《ぶんご》の国府[19]《こう》へ発向す。これまでもなほ、探題、少弐、大友、松浦、宗堅が勢は七千余騎ありけるが、菊池に気を呑まれて、懸け合ひ[20]の合戦叶《かな》はじとや思ひけん、探題と大友とは、豊後の高崎城《たかさきのじょう》に引《ひ》き籠《こ》もり、太宰少弐《だざいのしょうに》は、岳城[21]《おかのじょう》に楯籠《たてご》もり、大宮司は、宗堅が城[22]に籠もりて、嶮岨《けんそ》を命に[23]憑《たの》みければ、菊池は、豊後の国府に陣を取り、三方の敵を物ともせず、三つの城の中を押《お》し隔《へだ》てて、今年[24]はすでに

16　一族の武士と、身分の低い若い家来。
17　緒戦。
18　新手。まだ戦わない元気のよい軍勢。
19　大分市国分のあたり。
20　正面からぶつかる戦闘。
21　大分県竹田市の岡城。または、大分市松岡にあった松岡城か。
22　大分市玉沢にあった棟堅城か。
23　命の助かる頼みとしたので。
24　いつをさすのか不詳。

三年《みとせ》まで、遠攻《とおぜ》めにこそ攻めたりけれ。

そもそも少弐《しょうに》、大友《おおとも》は大勢《おおぜい》にて城に籠もり、菊池《きくち》は小勢《こぜい》にてこれを囲む。菊池が兵、必ずしも皆剛《こう》なるべからず。少弐、大友が兵、必ずしも皆臆病《おくびょう》なるべきにあらず。ただ、士卒の進退は大将の心に依《よ》るゆゑに、九国《くこく》はかやうになりにけるなり。

畠山入道道誓没落《はたけやまにゅうどうどうせいぼつらく》の事、并《ならびに》遊佐入道《ゆさにゅうどう》の事　8

筑紫《つくし》は宮方蜂起《みやがたほうき》すと云へども、東国《とうごく》は程なく治《しず》まりぬ。[1]去年より、畠山入道道誓、舎弟尾張守義深《おわりのかみよしふか》、伊豆国修禅寺《いずのくにしゅぜんじ》に楯籠《たてこ》もつて、東《とう》八ヶ国《こく》の勢《せい》と戦ひけるが、兵粮《ひょうろう》尽きて、落《お》ち方《かた》もなかりければ、皆、城の中にて討死《うちじに》せんとしけるを、[2]左馬頭殿《さまのかみどの》より使者を以て、「先非《せんぴ》を悔ひて、子孫を思はば、首を延べて降参すべし」と仰せられけるを、誠《まこと》ぞと信じて、道誓は、禅僧にな

8

1　康安元年(一三六一)。畠山道誓の謀叛は、第三十六巻・14、第三十七巻・9、参照。

2　鎌倉公方足利基氏。

3　ふたたび職に任ずること。

り、舎弟尾張守は、伊豆国の守護職[3]還補《かんぷ》の[4]御教書《みきょうじょ》を給はつて、[5]十一月二十一日、降参したりけるを、道誓は伊豆の[6]国府《こう》に居て、先《ま》づ舎弟尾張守を鎌倉左馬頭のおはする箱根《はこね》の陣へぞ参らせける。

かかりけれども、左馬頭も諸軍勢も、未だ[7]退散せず。これは何とある事やらんと、道誓、身を危ぶみて思ひける処《ところ》に、[8]九月十八日の夜、[9]稲生平次兵衛《いのうへいじびょうえ》、ひそかに来たつて道誓に囁《ささや》きけるは、「降参[10]御免《ごめん》の事は、元来《もとより》出し抜かるる事にて候へば、明日、討手《うって》を向けらるべきにて候ふなる。[11]げにも聞くに合はせて、[12]豊島因幡守《としまいなばのかみ》、俄《にわ》かに陣を取《と》り易《か》へて、道を差《さ》し塞《ふさ》ぐ体《てい》に見えて候ふ。今夜《こよい》、急ぎ都の方《かた》へ落ちさせ給ひ候へかし」と申しける。道誓、聞きもあへず、舎弟[13]式部大輔《しきぶのたいふ》にきつと[14]目加《めくわ》せしけるが、かりそめに出づる由《よし》にて、[15]中間一人《ちゅうげんいちにん》に太刀持たせ、[16]兄弟二人《ににん》、徒《かち》にてひそかに上洛《しょうらく》せられけるを、知る人更《さら》になか

4　公方の発給する文書。
5　この日付け、諸本により異同。流布本「九月十日」、簗田本「十一月二日」、玄玖本「十一月二十五日」など。
6　静岡県三島市。
7　撤退しない。
8　直前に十一月二十一日に降参とあり、日時に混乱がある。流布本・簗田本は、底本に同じ。玄玖本「十一月十八日」。天正本「十二月五日」。
9　武蔵の武士。
10　容赦すること。
11　まことにうわさで聞いたとおりで。
12　武蔵国豊島郡の武士か。前出、第三十一巻・1。
13　畠山国煕。
14　目で合図したが。
15　侍と小者の中間の者。
16　道誓と国煕。

りけり。

舎弟尾張守義深《おわりのかみよしふか》は、箱根《はこね》の御陣にありけるが、翌夜《つぎのよ》、ある[17]時《じ》衆《しゅう》のかかる事と告げけるに驚いて、さらば、われもいづくへか落ちなましと案ずれども、東西南北皆道塞《ふさ》がりて、落つべき方《かた》もなかりければ、[18]結城《ゆうき》(中務)大輔《なかつかさのたいふ》が陣屋《じんや》に来て、平《ひら》に憑《たの》むべき由《よし》をぞ宣《のたま》ひける。これを蔵《かく》さんずることは、至極《しごく》の難儀《なんぎ》なれども、弓矢取る身の習ひ、人に憑まれて叶《かな》はじと云ふ事やあるべきと思ひければ、[19]長唐櫃《ながからひつ》の底に穴をあけて気を出だし、その櫃《ひつ》の中に臥せて、[20]数十合掻《ごうか》き連《つら》ねたる[21]鎧唐櫃《よろいからひつ》の跡に立て、わざと[22]鎌倉殿《かまくらどの》の御馬廻《おんうままわ》りに供奉《ぐぶ》して、尾張守をば、夜に紛《まぎ》れて[23]藤沢《ふじさわ》の道場《どうじょう》へぞ送りける。命程惜しむべき物はなかりけり。この人、つひには恩免《おんめん》ありて、越前《えちぜん》の守護に補《ふ》せらる。国の成敗穏《せいばいおだ》やかにて、土《くに》を寧《やす》んじ、土民《どみん》を安んぜしかば、[24]鰐《わに》の淵《ふち》を去り、[25]蝗《こう》の境《さかい》を出づるばかりなり。

17 時衆(時宗)の僧。最期の十念を授け、葬送を行う陣僧として従軍した。
18 結城直光(直朝の子)の陣屋。
19 二人でかついで運ぶ脚の付いた長形の櫃。
20 合は、ふたのある容器を数える単位。
21 鎧を入れる脚の付いた櫃。
22 足利基氏の馬の周囲。
23 神奈川県藤沢市にある時宗の本山、遊行寺(清浄光寺)。
24 鰐が川の淵を去り。潮州に赴任した韓愈が、民を悩ます川の鰐に生け贄を投じて諭すと、鰐が去った故事(新旧唐書・韓愈列伝)。
25 蝗(いなご)の害が国から外へ出る。後漢の魯恭が中牟(ちゅうぼう)を治めると、害虫の蝗がその境を侵さなかった

[26]遊佐《ゆさ》入道性阿《にゅうどうしょうあ》は、主《しゅ》の畠山殿《はたけやまどの》の落ちらるる粧《よそお》ひ、やがて知りたりけれども、人に推《すい》せられじと、ちとも騒ぎたる気色《けしき》を見せず、碁《ご》、双六《すごろく》、[27]十服茶《じっぷくちゃ》など飲みて、さりげなき体《てい》にて居たりければ、郎従《ろうじゅう》どもも、外様《とざま》の人も、思ひ寄るべき様《よう》ぞなかりける。されども、つひに隠るべき事ならねば、「畠山兄弟落ちたり」と、[28]云《い》ひ沙汰《さた》する程こそありけれ、[29]やがて討手《うって》を向けらると聞こえければ、遊佐入道は、俄《にわ》かに禅僧の衣を着《ちゃく》して、ただ一人《いちにん》、京を志《こころざ》してぞ落ち行きける。とかくして、[30]湯本《ゆのもと》まで落ちたりけるが、行き合ふ人に、[31]辟《くちわき》なる疵《きず》を隠さんと、口おほひして過ぎけるを、見る人、[32]なかなか[33]怪《あや》しめ、[34]帽子《ぼうし》を取り、笠《かさ》を脱《ぬ》がせける間、辟の切り疵隠れなく顕《あらわ》れて、通るべき様なかりければ、[35]宿屋《やどや》の中門《ちゅうもん》に走り上がりて、自ら喉笛《のどぶえ》掻き放つて、返す刀に腹切つて、袈裟《けさ》引《ひ》つ蒙《かず》きて死ににけり。

[36]江戸《えど》修理亮《しゅりのすけ》は、[37]龍《たつ》の口《くち》にて虜《いけど》られて斬られぬ。その外《ほか》、ここ

故事(後漢書・魯恭列伝)。
26 畠山の重臣。
27 十服の茶を飲んで、本茶(栂尾または宇治の本場の茶)と非茶(本場以外の茶)を言い当てる遊び。
28 うわさが立つやいなや。
29 すぐさま。
30 神奈川県足柄下郡箱根町湯本。
31 口脇。
32 かえって。
33 あやしみ。
34 下級の僧がかぶる鉢形の布。
35 宿場の建物の表門と母屋の中間にある門。
36 武蔵国豊島郡江戸に住んだ桓武平氏秩父流。畠山の被官。第三十一巻・1、前出。
37 鎌倉の西、藤沢市片瀬の龍口寺(りゅうこうじ)付近にあった刑場。

に隠れ、かしこに落ち行きける郎従《ろうじゅう》ども、六十余人、或いは探し出だされて斬られ、或いは追っ懸けられて腹を切る。目も当てられぬ有様なり。

畠山入道《はたけやまにゅうどう》兄弟は、甲斐《かい》なき命助かりて、[38]七条道場《しちじょうどうじょう》へ夜半《やはん》ばかりに落ち着きたりけるを、[39]聖《ひじり》、憐《あわ》れみ労《いたわ》り奉りて、道の案内《あんない》者《しゃ》を差し添へ、行路《こうろ》の資《たすけ》など様々に用意して、南方《なんぽう》へぞ送られける。道誓《どうせい》、暫《しばら》くは[40]宇知郡《うちのこおり》の在家《ざいけ》に立《た》ち宿《やど》りて、楠《くすのき》が方《かた》へ、「降参の[41]綸旨《りんし》を申してたび候へ」と、宣《のたま》ひ遣《つか》はされたりけれども、南方の[42]公議《こうぎ》に、「[43]去々年、すでに当山退治《とうざんたいじ》の事申し請け、二十万騎にて関東より上洛《しょうらく》し、君を悩まし奉る大悪人《だいあくにん》、勢《せい》尽《つ》きて身の置き所なきままに、降参の由《よし》を申すを、[44]御免《ごめん》あらば、何の御用にか立つべき」とて、御許容《ごきょよう》の分《ぶん》なかりければ、宇知郡にも隠れ得ず、都へは立ち帰るべき方《かた》もなし、山城《やましろ》の[45]石垣《いしがき》の辺に、とある禅院、或いは[46]山賤《やまがつ》の庵《いおり》に身を寄せて、命を憂し

38 京都市下京区七条東洞院にあった時宗寺院、金光寺（こんこうじ）。
39 住職の上人。
40 現在の奈良県五條市のあたり。
41 帝の発給する文書。
42 公卿僉議。
43 延文四年（一三五九）、南朝討伐のため、畠山道誓が関東の二十万騎の軍勢を率いて上洛したこと。第三十四巻・2。
44 御赦免。
45 京都府綴喜郡井手町の地。
46 木こりなどの山の民。

と歎《なげ》きけるが、幾程《いくほど》なく、兄弟ともにはかなくなりけるこそあはれなれ。

[47]「富貴《ふっき》は草頭《そうとう》の露《つゆ》」と、杜甫《とほ》が作りしも理《ことわ》りかな。この人、去々年の春は、[48]三十万騎が大将にて南方へ発向《はっこう》したりしかば、[49]徳風《とくふう》遠く扇《あお》ぎ、靡《なび》かぬ草木もなかりしに、今、生きながら恥を曝《さら》し、敵陣の堺《さかい》にさまよひぬる事、更《さら》にただ事とは覚えず。この人に出し抜かれて討たれし[50]新田《にった》左兵衛佐義興《さひょうえのすけよしおき》、怨霊《おんりょう》となつて去年吉野《よしの》の御廟《ごびょう》へ参じ、「[51]畠山入道をば義興が手に懸けて、生きながら軍門《ぐんもん》に恥を曝《さら》させ候ふべし」と奏し申しける由、[52]先《さき》立《だ》つて披露《ひろう》ありしは、そぞろ事にてはなかりけりと、今こそ思ひ知られたれ。

47　「君を惜しみただ死の留まらんことを欲す、富貴は何ぞ草頭の露に如かん」(杜甫・孔巣父の病を謝して江東に帰遊するを送り、兼ねて李白に呈する詩)。
48　畠山道誓が関東から率いた軍勢二十万騎と、将軍義詮の京の軍勢と合わせて計三十万騎で、南朝の討伐に向かったこと。第三十四巻・5。
49　威徳は遠方にまで及び。
50　義貞の次男。武蔵国矢口渡で謀殺された。第三十三巻・8。
51　第三十四巻・16、参照。
52　以前からうわさがあったのは、うそではなかったことよと。

細川《ほそかわ》清氏《きようじ》討死《うちじに》の事　9

[1]細川《ほそかわ》相模守《さがみのかみ》清氏《きようじ》は、四国を打ち平らげて、今一度都を傾《かたぶ》けんと企《くわだ》て、[2]境《さかい》の浦《うら》より船に乗り、讃岐国《さぬきのくに》へ押し渡ると聞こえしかば、いとこの[3]兵部大輔《ひょうぶのたいふ》、淡路国《あわじのくに》の勢《せい》を率《そっ》して、三百余騎にて馳《は》せ着《つ》く。その弟[4]掃部助《かもんのすけ》、讃岐国の勢を相催《あいもよお》して、五百余騎にて馳《は》せ加《くわ》はる。[5]小笠原《おがさわら》宮内大輔《くないのたいふ》、阿波国《あわのくに》の勢を率《そっ》して、三百余騎にて馳せ着きける間、清氏の勢は、程なく三千余騎になりにけり。

その比《ころ》、[6]細川《ほそかわ》右馬頭《うまのかみ》頼之《よりゆき》は、西国《さいごく》の蜂起《ほうき》を静めんとて、備《びっ》中国《ちゅうのくに》におはしけるが、この事を聞いて、備前《びぜん》、備中、備後《びんご》の勢千余騎を率し、讃岐国へ押し渡る。

この時、もし相模守、敵の船より上がらんずる所へ馳《は》せ向《む》か

9
1　第三十七巻・2、参照。
2　大阪府堺市の海岸。
3　細川氏春。師氏の子。
4　細川信氏。氏春の弟。
5　阿波に住んだ小笠原氏。
6　頼春の子。清氏(和氏の子)の従弟にあたる。将軍方。中国管領。
7　臨機応変に事に対処する人だったので。
8　多くのつまらぬ者たちの邪な讒言。
9　細川清氏が佐々木道誉

つて戦はば、一戦に利あるべかりしを、右馬頭、飽くまで心に智謀《ちぼう》ありて、[7]機変《きへん》時とともに消息《しょうそく》する人なりければ、かねて使者を以て、相模守のもとへ言《い》ひ遣《つか》はされけるは、「将軍、[8]群小《ぐんしょう》の讒佞《ざんねい》を正《ただ》されずして、[9]貴方《きほう》、科《とが》なき刑罰《けいばつ》に向かはせ給ひし時、[10]陳謝《ちんしゃ》に言《ことば》なくして寇讐《こうしゅう》に恨みありし事、頼之、[11]尤《もっと》も理《り》に服し候ひき。さりながら、[12]故大臣殿も、「仁木《にき》、細川の両家を[13]股肱《ここう》として、[14]大樹累葉《たいじゅるいよう》の九功《きゅうこう》を光栄《こうえい》すべし」とこそ仰せ置かれ候ひしに、[15]家の好《よし》みを放れて敵に降《くだ》り、多年《たねん》の忠を捨てて戦ひを致され候はんこと、[16]亡魂《ぼうこん》の悲しみ[17]苔の下までも深く、[18]不義《ふぎ》の譏《そし》り世の末までも朽《く》つべからず。頼之、苟《いやしく》もこの理《ことわ》りを存ずるゆゑに、全く貴方と合戦を致すべき志《こころざし》を廻《めぐ》らさず。「[19]往《い》んじをば尤《とが》めず」と申す事候へば、御憤《おんいきどお》り今はこれまで(にて)こそ候へ。[20]枉《ま》げてこの方《ほう》へ御出《おんい》で候へ。[21]御分国以下《ごぶんこくいげ》、悉《ことごと》く日来《ひごろ》に替はらず[22]申《もう》し沙汰《さた》すべきにて候ふ。もしまた、それも御意《ぎょい》に叶《かな》はで、

の讒言で失脚したことをさす。第三十六巻・9—11、参照。貴方は、貴殿。
10　弁明できずに敵に恨みを抱いたこと。
11　もっともなことだと思いました。
12　足利尊氏。贈左大臣。
13　手足として働く臣。
14　将軍(大樹)の代々の功績を光栄あらしめよ。九功は、為政者の九種の功績(書経・大禹謨)。
15　一家の親しい交わり。
16　故将軍の亡魂。
17　墓石の苔の下。あの世。
18　あなた(清氏)の不義への非難。
19　過去のあやまち。「既往は咎めず」(論語・八佾)。
20　ぜひとも。
21　領国。
22　上申して処置してさしあげましょう。

[23]本意《ほい》を天下の反覆《はんぷく》に達せんと思し召《おぼめ》され候はば、頼之《よりゆき》、力なく四国を捨てて、備中《びっちゅう》へ罷《まか》り帰《かえ》り候ふべし」と、言《ことば》を和《やわ》らげ、礼を厚くして、懇《ねんご》ろに和睦《わぼく》の儀を請はれけるを、相模守《さがみのかみ》、心浅く信じて、問答に日数《ひかず》を経《へ》ける間に、右馬頭《うまのかみ》、中国の勢《せい》を待《ま》ち調《ととの》へ、城郭《じょうかく》堅く拵《こしら》へて、その後《のち》は音信《いんしん》もなかりけり。

相模守の陣は[24]白峯《しらみね》の麓《ふもと》、右馬頭の城は[25]尾浅山《おあさやま》なれば、その間わづかに二[26]里なり。寄せやすする、待ちてや戦ふと、互ひに時を伺《うかが》ひて、数日《すじつ》を送りける程に、[27]備前《びぜん》の[28]佐々木《ささき》飽浦《あくら》薩摩《さつま》権守《ごんのかみ》信胤《のぶたね》、宮方《みやがた》になつて海上《かいしょう》に押し浮かび、[29]小笠原《おがさわら》美濃守《みののかみ》、相模守に同心して渡海《とかい》の路《みち》を差《さ》し塞《ふさ》ぎける間、右馬頭の兵、日々に減じて落ち行き、相模守の勢《せい》は、国々に隠れなく聞こえておびたたし。魏《ぎ》の将軍[30]司馬仲達《しばちゅうたつ》が、蜀《しょく》の討手《うって》に向かひて戦はで勝つことを得たりけん、その謀《はかりごと》に相似《あいに》たり。

[31]七月二十三日の朝、右馬頭、[32]帷帳《いちょう》の中《うち》より出でて、[33]新開遠《しんかいとお》

23 あくまでも天下を覆えすことをなしとげようと思われるのであれば。
24 香川県坂出市青海（おうみ）町の白峰山。
25 綾歌郡宇多津町と丸亀市の境にある青ノ山か。
26 古くは六町（約六五〇メートル）一里だが、西国では多く三十六町（約三・九キロメートル）一里が用いられた。
27 流布本・梵舜本は、ここに、「右馬頭の勢、大略遠国の者どもなれば、兵糧につまりて窮困す。かくては右馬頭は讃岐国には怺へじと見えける程に、結句」という文が入る。
28 岡山市飽浦に住んだ佐々木一族。
29 阿波の小笠原氏。
30 中国、三国時代の魏の将軍、司馬懿（しばい）。字（あざな）

江守《とうみのかみ》真行《さねゆき》を近づけて宣ひけるは、「当国両陣の体《てい》を見るに、敵軍は日々に増さり、御方《みかた》は漸々《ぜんぜん》に減ず。かくてなほ数日《すじつ》を送らば、合戦難儀《なんぎ》に及びぬと覚ゆる。これによつて事を計るに、宮方《みやがた》の大将　[34]中院源少将《なかのいんげんのしょうしょう》と云ふ人、[35]西長尾《にしながお》と云ふ処《ところ》に城を構へておはすなる。これへ勢を差し向けて、攻むべき勢ひを見せば、相模守、定めて勢を差し分けて、城へ入《い》るべし。その時、御方の勢、城を攻めんずる体《てい》にて[36]向かひ城を取つて、夜に入らば、篝《かがり》を多く焼《た》き捨《す》てて馳《は》せ帰《かえ》り、[37]やがて相模守が城へ押し寄せよ。頼之、搦手《からめて》に廻《まわ》りて先《ま》づ小勢《こぜい》を出だし、敵を欺《あざむ》く程ならば、相模守、たとひ一騎なりとも懸け出でて戦はずと云ふ事あるべからず。これ一挙《いっきょ》に大敵《たいてき》を亡ぼす謀《はかりごと》なるべし」とて、新開遠江守に四国、中国の兵五百余騎を相添へ、[38]路次《ろし》の在家《ざいけ》に火を懸けて、西長尾へ向けられける。

案の如く、相模守これを見て、「敵は西長尾城を攻め落とし

は仲達。蜀の諸葛亮(字は孔明)と戦い、孔明の病死を待って勝利した。第二十巻・8、参照。
31　康安二年(一三六二)。
32　陣幕。
33　細川頼之の重臣。阿波守護代。
34　雅平。定平の子。
35　香川県仲多度郡まんのう町長尾。
36　敵城に向かいあって築く城。
37　すぐさま。
38　道中の民家。

て、後ろへ廻《まわ》らんと巧みけるぞ。中院殿《なかのいんどの》に[39]合力《ごうりき》をせでは叶《かな》ふまじ」とて、舎弟[40]左馬助《さまのすけ》、いとこの[41]掃部助《かもんのすけ》を両大将として、千余騎の勢を西長尾城《にしながおのじょう》へ差し向けらる。新開《しんかい》、元来《もとより》城を攻めんずるためならねば、わざと日を暮らさんと、[42]足軽《あしがる》ども少々差し向けて、城の麓なる在家《ざいけ》少々焼き払ひて、向かひ陣をぞ取りたりける。夜すでに深《ふ》けければ、新開、向かひ陣に篝《かがり》を焼《た》き残《のこ》して、山を超《こ》ゆる[43]直道《すぐみち》のありけるより引つ返して、相模守《さがみのかみ》の城の前、白峯《しらみね》の麓へ押し寄する。

かねて定めたる[44]相図《あいず》なれは、同じき日の[45]辰刻《たつのこく》に、細川右馬頭《ほそかわうまのかみ》、五百余騎にて搦手《からめて》へ廻り、二手《ふたて》に分かれて[46]時の声をぞ挙げたりける。この城、もとより[47]鳥も翔《かけ》り難《がた》き程に拵《こしら》へたれば、寄手《よせて》たとひいかなる大勢《おおぜい》なりとも、十日、二十日が中《うち》には、たやすく攻め落とすべき城ならず。その上、新開、西長尾より引つ返しぬと見えば、左馬助、掃部助、やがて馳《は》せ返《かえ》して寄手を追《お》つ払《ばら》

39 加勢。
40 細川頼和。前出、第三十六巻・9。
41 細川信氏。
42 歩兵。
43 近道。
44 取り決め。約束。
45 午前八時頃。
46 鬨(とき)の声。
47 防備が厳重なたとえ。
48 作戦があまりに血気に

はん事、却《かえ》つて城方《しろがた》の利になるべかりけるを、相模守は、いつも己れが武勇の人に超《こ》えたるを憑《たの》みて、[48]軍立《いくさだち》余りに大早《おおはや》りなる人なりければ、寄手の旗の手を見ると均《ひと》しく、[49]二の関《きど》を開かせ、[50]小具足《こぐそく》をだにも固めず、[51]袷《あわせ》の小袖《こそで》[52]引きせたをりて、鎧ばかりを取つて肩に抛《な》げ懸《か》け、馬上にて[53]上帯《うわおび》しめて、ただ一騎懸け出で給へば、相順《あいしたが》ふ兵三十余騎も、或いは[54]頬当《ほおあて》をして、未だ冑《かぶと》をも着ず、或いは[55]小手《こて》を差して、未だ鎧を着ず、(真)前《まっさき》に[56]裹《つつ》み連《つ》れたる敵千余騎が中へ破《わ》つて入る。あはれ、剛《こう》の者《もの》やとは見えながら、[57]片皮破《かたかわやぶ》りの[58]猪武者《いのししむしゃ》、をこがましくぞ見えたりける。

げにも相模守、敵を物とも思はれざりけるも理《ことわ》りかな。寄手千余騎の兵ども、相模守一騎に懸《か》け破《わ》られて、[59]魚鱗《ぎょりん》にも合はず、[60]鶴翼《かくよく》にも囲み得ず、ここの塚の上、かしこの岡に打ち上がりて、馬人《うまひと》ともに[61]辟易《へきえき》せり。

48 はやっておろそかな人。
49 二つの城門(木戸)。
50 小手・臑当・脇楯(わいだて)などの鎧の付属具。
51 裏地のある筒袖の着物。
52 「せたをる」は、着物の裾をからげ帯にはさむこと。「引き」は、接頭語。
53 鎧の胴の上にしめる帯。
54 顔につける鉄製の防具。
55 手全体を覆いつつむ小具足。
56 一様に完全武装した敵。
57 横紙破り。道理に合わぬことを押し通す。
58 向こう見ずに突進する武者。をこがましは、ばかげている。
59 先端を細くして敵陣を突破する魚の鱗形の陣形。
60 鶴が翼を広げるように敵陣を包囲する陣形。
61 しりごみした。

相模守《さがみのかみ》は、鞍の[62]前輪《まえわ》に引つ付けてねぢ[63]頸《くび》にせられける[64]野木《やぎ》備《びっ》中次郎《ちゅうのじろう》、柿原孫四郎《かきはらまごしろう》二人《ににん》が首を、太刀の鋒《きっさき》に貫いて差し上げ、「唐土《とうど》、天竺《てんじく》、[65]鬼海《きかい》、[66]太元《たいげん》の事は、国遠ければ未だ知らず。わが朝《ちょう》[67]秋津島《あきつしま》の中に生まれて、清氏《きようじ》に一太刀《ひとたち》をも打ち付くべき者は覚えぬものを」と呼ばはりて、ただ一騎、また大勢《おおぜい》の中へ懸け入り給ふ。飽くまで[68]馬強《うまづよ》なる打物《うちもの》の達者が、北《に》ぐる敵を追つ立て追つ立て切つて落とされければ、その鋒に廻る者、或いは馬ともに[69]尻居《しりい》に打《う》ち居《す》ゑられ、或いは冑《かぶと》の鉢《はち》を[70]胸板《むないた》まで破《わ》り付《つ》けられて、[71]深泥《じんでい》死骸に地を易《か》へたり。

ここに、備中国《びっちゅうのくに》の住人[72]真壁孫四郎《まかべまごしろう》、これこそ相模殿よと見たりければ、たとひ身を千々《ちぢ》に砕《くだ》かるとも、敵の大将に寄り合はせてこそ死なめと思ひければ、馳《は》せ寄《よ》せて、懸《か》け違《ちが》へざまに、長鑓《ながやり》の柄《え》を取り延べて放ち突きに、相模守の乗り給へる[73]鬼鹿毛《おにかげ》と云ふ馬の[74]草脇《くさわき》をぞ突いたりける。この馬、さしもの駿足《しゅんそく》なり

62 鞍の前部の高くなった部分。
63 首をねじ切ること。
64 ともに頼之の家来。
65 日本の南端とされた鬼界ヶ島。
66 蒙古。
67 日本の古称。
68 乗馬にすぐれた太刀打ちの名手。
69 しりもちをつくこと。
70 鎧の胴の最上部。
71 深田の泥が死骸で見えなくなった。
72 岡山県総社市真壁に住んだ武士。
73 「鬼」は勇猛の意。鹿毛は、毛色が茶褐色で、尾・足の下部・たてがみが黒い馬。
74 馬の胸。

けれども、時の運にや引かれけん、一足《ひとあし》も動《はたら》かず、すくみて地にぞ倒れける。相模守は、近づきて敵の馬を奪はんと、手負《ておお》ひたる体《てい》にて[75]馬手《めて》に下《お》り立《お》ち、太刀を倒《さかさま》に突いて立たれたりけるを、真壁、また馳せ寄せ、一太刀《ひとたち》打つて当て倒さんとする処《ところ》に、相模守、走り寄つて、真壁を馬より引き落とし、ねぢ頸にやする、[76]人つぶてにや打つと、且《しばら》く案じたる有様にて、中《ちゅう》に差し上げてぞ立たれたる。

[77]伊賀掃部助高光《いがかもんのすけたかみつ》は、懸け合はする敵二騎切つて落とし、鋒に余る血を[78]笠璽《かさじるし》にて押《お》し拭《のご》ひ、いづくにか相模殿はおはすらんと、東西に目を賦《くば》る処に、真壁四郎を中《ちゅう》に提《ひっさ》げながら、その馬に乗らんとする敵あり。あなおびたたし、凡夫《ぼんぷ》とは見えず、これは[79]いかさま、相模殿にてぞおはすらん、これこそ願ふ処の幸ひよと思ひければ、伊賀掃部助、畠《はたけ》を[80]筋違《すじか》ひに、馬をまつしぐらに馳《は》せ懸《か》けて、むずと組んで引[81]つかづく。相模守、真壁をば右の

75　馬の右側。
76　人をつぶてのように投げ殺すこと。
77　秀郷流藤原氏。
78　敵味方を識別する布きれ。鎧の袖などにつける。
79　きっと。
80　斜めに横切って。
81　頭から組みついた。

手に掻《か》い摑《つか》んで拋《な》げ捨《す》て、掃部助《かもんのすけ》を射向《いむけ》[82]の袖の下に押さへて、頸《くび》を掻かんと、上帯《うわおび》延びて後ろに廻る腰[83]の刀を引き廻されける処《ところ》を、掃部助、心早き者なりければ、組むと均しく抜いたりける刀にて、相模守《さがみのかみ》の鎧の草摺《くさずり》[84]はね上げて、上《うえ》ざまに三刀《みかたな》刺す。刺されて弱れば、はね返して、押さへて頸をぞ取りたりける。

さしもの猛将勇士《もうしょうゆうし》なりしかども、運尽《つ》きて討たるるを、知る人更《さら》になかりしかば、[85]木村次郎左衛門《きむらじろうざえもん》が泣く泣く討死《うちじに》を見ける外《ほか》は、続いて返す兵なし。その身は深田《ふけだ》の土にまみれて、頸は敵の鋒《きっさき》にあり。ただ[86]元暦《げんりゃく》の古へ、木曾左馬頭義仲《きそさまのかみよしなか》が粟津《あわづ》の松原にて討たれ、[87]暦応《りゃくおう》の秋の初め、新田左中将義貞《にったさちゅうじょうよしさだ》の足羽《あすわ》の[88]縄手《なわて》にて討たれたりし、二人《ににん》の体《てい》に異ならず。

西長尾《にしながお》の城へ向けられたりつる[89]左馬助《さまのすけ》、二十四日の夜明けて後《のち》、新開《しんかい》が引っ返したるを見て、「これはいかさま、相模殿の御陣の勢《せい》を余所《よそ》へ分けさせて、[90]差し違へて、城へ寄せんと欺《たばか》り

82 鎧の左の袖。
83 腰に差す鍔(つば)のない短刀。
84 鎧の胴に垂れ下げて腰・腿を覆う防具。
85 不詳。流布本「森次郎左衛門」。
86 寿永三年(元暦元年=一一八四)正月、木曾義仲が粟津(滋賀県大津市)で戦死したこと(平家物語巻九・木曾最期)。
87 建武五年(暦応元年=一三三八)閏七月、新田義貞が足羽(福井市)で戦死したこと(第二十巻・10)。
88 田のあぜ道。
89 細川頼和。
90 入れ違って。

けるぞ。軍《いくさ》今は定めて初まりぬらん。馳《は》せ返《かえ》して戦へ」とて、[91]諸鐙《もろあぶみ》に策《むち》を添へて、千里を一足《ひとあし》にと馳せ返し給へば、新開、道に待《ま》ち請《う》けて、[92]難所《なんしょ》に引つ懸け、平野《ひらの》に開き合はせて、入れ違へ入れ違へ戦うたり。互ひに討ちつ討たれつ、東西に地を易《か》へ、南北に逢うつ別れつ、[93]二時《ふたとき》ばかり戦うて、新開つひに懸け負けければ、[94]左馬助、掃部助兄弟、[95]勝時《かつどき》三声《みこえ》揚げて、[96]気色《きしょく》ばうだる体《てい》にて、白峯城《しらみねのじょう》へ帰り給ふ。

かかる処に、笠璽《かさじるし》かなぐり捨てて、袖、甲《かぶと》に矢少々射付けられたる落ち武者ども二、三十騎、道に行き合ひたり。跡に追つ付いて、「軍《いくさ》の様《よう》、いかがありけるぞ」と問ひ給へば、皆《みな》泣き声にて、「早や相模殿は討たれさせ給ひて候ふなり」とぞ答へける。こはいかにとて、城を遥《はる》かに向上《みあ》げたれば、敵早や入れ替はりぬと覚えて、見ざりし旗の紋《もん》ども、[97]関《きど》、櫓《やぐら》の上に[98]幽揚《ゆうよう》す。重ねて戦はんずるに力なく、楯籠《たてご》もらんとするに城なければ、

91　馬を全速力で駆ける動作。
92　軍勢を難所（険しい山坂）に進め、また平地に展開させて。
93　約四時間ほど。
94　細川頼和と信氏・氏春兄弟。
95　勝鬨。
96　意気揚々として。
97　城柵の門や、城柵の上に造る高楼。
98　悠揚。悠然となびく。

左馬助《さまのすけ》、細川掃部助《ほそかわかもんのすけ》、落ち行く勢《せい》を引き具して、淡路国《あわじのくに》へぞ落ちられける。

その国に[99]志《こころざし》ありし兵どもも、この事を聞いて、[100]いつしか皆心替はりしければ、淡路にもなほたまり得ず、小船《しょうせん》一艘に取り乗つて、和泉国《いずみのくに》へぞ落ちられける。これのみならず、西長尾《にしながおの》城《じょう》も攻められぬ前《さき》に落ちしかば、四国の軍《いくさ》も静まりて、細川右《ほそかわう》馬頭《まのかみ》に靡《なび》き順《したが》はずと云ふ人もなかりけり。

99 宮方に味方する志。
100 早くも。

和田《わだ》楠《くすのき》と箕浦《みのうら》と軍《いくさ》の事 10

南方《なんぽう》の敵軍、[1]和田、楠も、相模守《さがみのかみ》にかねて相図《あいず》を定めて、同時に合戦を始めんと議したりけるが、七月二十四日、相模守討たれて、四国、中国は大略細川右《ほそかわう》馬頭頼之《まのかみよりゆき》に靡き順ひぬと聞こえければ、[2]日来《ひごろ》の支度《したく》相違して、[3]気を損じ、色を失うてぞ居たて。

10
1 和田正氏、楠正儀。
2 かねてからの準備。
3 気勢を失い、茫然として。

りける。

「[4]さもあれ、かやうにて徒《いたず》らに日を送らば、敵はいよいよ勝《かつ》に乗つて、諸国の御方《みかた》、降人《こうにん》になる者ありぬと覚ゆれば、一《ひと》軍《いくさ》して、国々の宮方《みやがた》に[5]気を直《なお》させん」とて、和田、楠、その勢八百余騎を率《そっ》し、[6]野伏《のぶし》六千余人、[7]神崎《かんざき》の橋爪《はしづめ》へ打ち莅《のぞ》む。この比《ころ》、摂津国《つのくに》の守護《しゅご》をば佐々木佐渡判官《ささきさどのほうがん》入道道誉《にゅうどうどうよ》が持ちたりければ、その身は京都にありながら、[8]箕浦次郎左衛門《みのうらじろうざえもん》に勢百四、五十騎付けて、国の守護代《しゅごだい》にぞ置きたりける。[9]催促《さいそく》の国人《くにびと》取り合はせて、その勢わづかに五百余騎、神崎の橋[10]二、三間《げん》焼き落として、敵川を渡さば川中にて皆射落とさんと、鏃《やじり》をそろへて待ち懸けたり。

和田、楠、わざと敵を欺《たばか》らんために、神崎の橋爪と[11]杭瀬《くいぜ》と二ヶ所に打ち向かつてひかへたれば、ここを渡させじと、[12]箕浦《みのうら》四郎左衛門《しろうざえもん》、[13]塩屋《えんや》六郎左衛門《ろくろうざえもん》、[14]多賀《たが》左近将監《さこんのしょうげん》、[15]後藤《ごとう》木村《きむら》兵庫《ひょうごの》

4 それ（清氏の戦死）はどうあれ。
5 気力を取り戻させよう。
6 農民や浮浪民の武装集団。
7 兵庫県尼崎市神崎町の神崎川。橋爪は、橋のたもと。
8 道誉の家臣。滋賀県米原市箕浦に住んだ武士。前出、第三十二巻・5「箕浦次郎右衛門」。
9 招集した在地の武士。
10 橋脚二、三本分。
11 尼崎市杭瀬。
12 第三十二巻・12、前出。
13 他本「塩冶」。佐々木氏族の武士か。
14 道誉の家来。滋賀県犬上郡多賀町に住んだ。後出「右近将監」。
15 道誉の家来。東近江市木村町に住んだ。後出「木村兵庫助泰範」。

允泰則《じょうやすのり》百騎ばかりは、杭瀬《くいぜ》が瀬《せ》へ馳《は》せ向《む》かふ。守護代箕浦次《みのうらじ》郎左衛門《ろうざえもん》、[16]伊丹大和守《いたみやまとのかみ》、[17]河原林弾正左衛門《かわらばやしだんじょうざえもん》、[18]芥河右馬允《あくたがわうまのじょう》、[19]中白一揆《なかじろいっき》三百余騎は、神崎《かんざき》の橋爪《はしづめ》へ打《う》ち莅《のぞ》む。橋桁《はしげた》は元来《もとより》焼き落としたり。杭瀬が瀬は水深し。和田《わだ》、楠《くすのき》が兵ども、たとひ[20]弥猛《やたけ》に思ふとも、渡すべしとも見へざりけり。

八月十六日の夜半《やはん》ばかりに、和田、楠、元の陣になほひかへたる体《てい》を見せんために、殊更篝《ことさらかがり》を多く焼《た》き続《つづ》けさせて、これより[21]二十余町上《かみ》なる[22]三国《みくに》の渡《わたり》より打ち渡して、[23]小屋野《こやの》、戸松《とまつ》、川原林《かわらばやし》へ勢《せい》を差《さ》し廻《まわ》して、敵を川へ追つぱめんと取《と》り籠《こ》めたり。京勢《きょうぜい》は、これを夢にも知らず、徒《いたず》らに、川向かひに敵未だひかへたりと[24]肝繕《きもづくろ》ひして居たる処《ところ》に、小屋野、戸松に当たつて所々《しょしょ》に火燃え出でて、煙の下に旗の手[25]あまた見えたり。

これまでもなほ、敵川を越えたりとは思ひも寄らず、焼亡《しょうもう》は御方《みかた》の軍勢どもの、[26]手過《てあやま》ちにてぞあるらんと油断して、明け行

16 兵庫県伊丹市の武士。
17 西宮市瓦林町に住んだ武士。
18 大阪府高槻市芥川町に住んだ武士。以下に「資直」とある。
19 摂津の国人(在地領主)の一揆。中白は、横線のない円の旗印。
20 勇み立って。
21 一町は、約一〇九メートル。
22 大阪市淀川区西三国。
23 兵庫県伊丹市昆陽。尼崎市富松(とまつ)町。西宮市瓦林町。
24 用心して。
25 旗の先端。
26 失火。

くままに、後ろを遥《はる》かに見渡したれば、十余ヶ所に村雲立《むらぐもだ》つてひかへたる勢の旗ども、皆 菊水《きくすい》[27]の紋なりけり。「さては、敵早や川を渡してけり。平場《ひらば》[28]の懸け合ひは叶《かな》ふまじ。城へ引《ひ》き籠《こ》もつて戦へ」とて、浄光寺《じょうこうじ》[29]の要害《ようがい》へ引つ返さんとすれば、敵早や入れ替はりたりと覚えて、勝時《かつどき》作る声、浄光寺の内に聞こえたり。これを見て、中白一揆の勢三百余騎は、国人《くにびと》なれば、案内を知つて、いつの間にか落ち失せけん、一騎も残《のこ》り留《とど》まらず。ただ守護の家人《けにん》、わづかに百四、五十騎ぞ、思ひ切つたる[30]体《てい》に見えて、二ヶ所にひかへて居たりける。

両所にひかへたる勢、一所《いっしょ》に打ち寄らんとしけるが、敵の大勢《おおぜい》に早や中を隔《へだ》てられて、叶はざりければ、箕浦次郎左衛門、東を指して落ちて行くに、両方 深田《ふけだ》[31]なる細堤《ほそづつみ》[32]を敵立ち切りて、これを討《う》ち留《とど》めんと、行く先を遮《さえぎ》り、道を要《よこぎ》りて取《と》り籠《こ》むる事度々《どど》に及べり。されども、箕浦、懸《か》け破《わ》つては通り、取つて返

27　楠の紋。
28　平地で正面からぶつかり合う戦闘。
29　尼崎市常光寺にある浄光寺。要害は、防備の堅い陣。
30　決死の覚悟をしたようにみえて。
31　泥深い田。
32　細いあぜ道。

しては戦ひける程に、死生《ししょう》を知らず、七、八騎切つてぞ落としける。その間に、河原林弾正左衛門《かわらばやしだんじょうざえもん》は討たれぬ。これを見て、芥河《あくたがわ》右《う》馬允《まのじょう》資直《すけなお》、引き別れて落ちて行かんとしけるを、「日《ひ》比《ごろ》の口には似ぬものかな」と、箕浦《みのうら》に言《ことば》を懸けられて、一所《いっしょ》に打ち寄せて相伴なふ。箕浦、これを案内者《あんないしゃ》にて、数ヶ所《すかしょ》の敵の中を遁《のが》れ出《い》で、都を指してぞ上《のぼ》りける。

[33]下《しも》の手《て》にひかへたる者ども、落ち方を失ひて、惘然《ぼうぜん》として居たりけるを、箕浦四郎左衛門《みのうらしろうざえもん》、進み出でて申しけるは、「御方《みかた》、小勢《こぜい》なりとも、志《こころざし》を同じくして戦ひなば、日本に双《なら》びなき弓取りと名を得たる和田《わだ》、楠《くすのき》が間に、一人もなどか討ち取らではあるべき」と、云ひもはてざる処《ところ》に、和田が[34]先懸《さきが》けの兵、三百余騎にて押し寄せて、鬨《とき》をどつとぞ揚げたりける。佐々木《ささき》が勢《せい》、少しも疲《ひる》まず、打つて懸かり、火の出づる程に戦うて、左右へさつと引き退く。首《はじ》め百騎ばかりと見えし佐々木が勢、或いは

33 下流。

34 先陣。

討たれ、或いは疵《きず》を被《こうぶ》つて散《ち》り散《ぢ》りになりければ、[35]已上《いじょう》七騎ぞ残りける。

和田、楠も、[36]好《よ》き者あまた討たるれば、両陣暫《しばら》く息突き居たる処に、木村兵庫助泰範《きむらひょうごのすけやすのり》申しけるは、「[37]面々存知《ぞんち》の前なれども、戦ひの難儀《なんぎ》に及ぶ時、死なんとすれば生き、活《い》きんとすれば死するものにて候ふぞ。今一度懸《か》け入《い》つて、死なば元来《もとより》の儀なるべし。もし討たれずは、懸け抜けて、西を指して落ちて見よや、人々」と云ひければ、皆、「尤《もっと》も」と同《どう》じて、浄光寺《じょうこうじ》の前に、楠が兵百騎ばかりひかへたるを目に懸け、しづしづと馬を歩ませ行く。楠が勢、これを見て、[38]いかさま降人《こうにん》に出づる者どもかと、[39]まもり居たる処に、[40]陸立《かちだち》なる[41]田上《たがみ》、石沢《いしざわ》、杉《すぎ》、芹川《せりかわ》に[42]矢二《ふた》筋《すじ》射さする程こそありけれ、喚《おめ》いて懸《か》かれば、[43]寄手《よせて》の兵、これを見て、[44]「死に狂ひするふて武者《むしゃ》どもなり。ただ置いて、馬の足を弊《つか》らかせ」とて、小川のありけるを前に当てて引き退き、

35 全部で。
36 有力な将兵。
37 皆々もとから覚悟していたことだが。
38 きっと。
39 見まもっていた。
40 (馬に乗らずに)徒歩の。
41 いずれも佐々木方の武士。
42 矢を二本ほど射させるやいなや。
43 楠・和田の兵。
44 死を覚悟で荒れ狂うすてばちな武者。

あへて戦はんともせず、散々にこそ射させけれ。

さる程に、多賀《たが》右近将監《うこんのしょうげん》は、馬の平頸《ひらくび》[45]二太刀《ふたたち》切られて、すく[46]みければ、下《お》り立《た》つて、陸立《かちだち》の者に押《お》し交《まじ》り、近づく敵を射払うてこそ落ち行きけれ。

箕浦弥次郎《みのうらやじろう》は、犬死《いぬじに》せじとや思ひけん、和田《わだ》が兵の村立《むらだ》つてひかへたるその中へ、ただ一騎懸《か》け入《い》りける。志《こころざし》の程は猛《たけ》けれども、十六歳の若武者なり、敵八騎に取《と》り籠《こ》められて討たれにけり。

箕浦四郎左衛門《みのうらしろうざえもん》は、内甲《うちかぶと》[47]に深手《ふかで》負うて、田の中に伏したりけるが、甥の弥次郎討たれたる由《よし》を聞いて、すでに腹を切らんとしけるを見て、堀新右衛門《ほりしんえもん》[48]、走り寄り、取つて引つ立てて、われに劣らぬ大《だい》の男の一縮《いっしゅく》[49]したるを、鎧の上に掻《か》き負《お》うて、持つたる長刀《なぎなた》を守《も》[50]り木にして、尼崎《あまがさき》の道場《どうじょう》[51]までただ一息にぞ負ひ着きたる。

45 たてがみの下の平らな部分。
46 馬が動かなくなったので。
47 兜の正面の内側、額のあたり。
48 箕浦の家来か。
49 鎧・小具足などを一揃い身につけること。
50 背に負った人を腰かけさせる木。
51 時衆の道場(寺院)。

塩屋《えんや》六郎左衛門《ろくろうざえもん》も、三ヶ所まで手負《てお》ひぬ。木村兵庫《きむらひょうご》も、馬を突かれて、田の畔《くろ》に下り立つ。すはや、討たるると見えけるに、木村兵庫は、放れ馬[52]のありけるを取つて引き寄せ、打ち乗つて、馬の上にて塩屋が手を引いて、尼崎を指して落ちて行く。その後《のち》は、敵、跡に付いても追はざりければ、道場に一夜《いちや》隠れ居て、翌夜《つぎのよ》、京へぞ上《のぼ》りける。

兵庫《ひょうご》の在家《ざいけ》を焼《や》く事　11

和田[1]、楠等《くすのきら》は、ただ一軍《ひといくさ》に、摂州《せっしゅう》の敵を追ひ落として、勝《かつ》に乗ると云へども、赤松判官[2]《あかまつほうがん》、信濃彦五郎[3]《しなのひこごろう》兄弟、なほ兵庫の北なる多々部城[4]《たたべのじょう》に籠《こ》もつて、兵庫湊川[5]《みなとがわ》を管領《かんれい》すと聞こえければ、九月十六日、石堂右馬頭[6]《いしどううまのかみ》、和田、楠、三千余騎にて、兵庫湊川へ押し寄せ、一宇[7]《いちう》も残らず焼き払ふ。

52　主人をなくした馬。

11

1　和田正氏、楠正儀。
2　赤松光範。範資の子。
3　赤松範実。光範の弟。
4　兵庫県神戸市中央区の再度(ふたたび)山(別名、多々部山)の大龍寺の境内を利用して築かれた山城。
5　神戸市兵庫区・中央区の間を流れる湊川の畔にあった宿場。交通の要衝。
6　頼房。
7　一軒。

この時、赤松判官《あかまつほうがん》兄弟は、多々部《たたべ》、[8]山路《やまじ》二ヶ所の城に籠もつて、敵懸《か》からば、ここにて利をせんと[9]待ち懸けるが、楠《くすのき》、いかが思ひけん、[10]やがて兵庫《ひょうご》より引つ返しければ、赤松、出で合ふに及ばず、野伏《のぶし》少々城より出だして、遠矢《とおや》に射懸けたるばかりにて、はかばかしき軍《いくさ》はなかりけり。

都には、[11]同じき九月晦日《つごもり》、改元あつて、貞治《じょうじ》と号す。これは、南方《なんぽう》の蜂起《ほうき》、[12]さてもや静まると、諸卿《しょきょう》申し合はれしゆゑなり。げにも改元の験《しるし》にや、京都より武家の執事《しつじ》[13]尾張大夫入道《おわりたいふにゅうどう》、大《おお》勢《ぜい》を討手《うって》に下《くだ》すと聞こえければ、和田《わだ》、楠、また尼崎《あまがさき》、西宮《にしのみや》の陣を引いて、河内国《かわちのくに》へ帰りぬ。これを聞いて、山名伊豆守時氏《やまないずのかみときうじ》が勢《せい》の、丹波《たんば》の[14]和久《わく》に居たりしも、因幡国《いなばのくに》へぞ引つ返しける。

今年、天下すでに同時に乱れて、宮方[15]眉《まゆ》を開きぬと見えけるが、程なく国々静まりけるも、[16]天運《てんうん》の未だ到らぬ所とは云ひながら、先《ま》づは細川相模守《ほそかわさがみのかみ》が[17]楚忽《そこつ》の軍して、[18]云《い》ひ甲斐《がい》なく討死《うちじに》

8 神戸市東灘区田中町にあった城。
9 有利な戦いをしよう。
10 そのまま。
11 史実は、九月二十三日に貞治と改元。
12 改元でもすれば静まるかと。
13 斯波道朝(高経)。
14 京都府福知山市和久市町。本巻・3、参照。
15 愁眉を開く。悩みごとがなくなる。
16 吉野の帝の運。
17 軽率。
18 ふがいなく。

12

1 以下は、「論語」述而

せしゆゑなり。

太元軍《たいげんいくさ》の事　12

昔[1]、孔子《こうし》、顔淵《がんえん》[2]に謂《い》ひて曰はく、「用ゐる[3]則《とき》は行ひ、舎《す》つる則《とき》は蔵《かく》る。唯《ただ》我と爾《なんじ》とこれあるかな」と、ほめ給ひけるを、傍《かたわ》らに聞きける子路《しろ》[4]、大きに怒《いか》つて曰はく、「子《し》三軍《さんぐん》[5]を行はん則《とき》は、誰《たれ》と与《とも》にかせん」と申しければ、孔子、重ねて子路を諫《いさ》めて曰はく、「暴虎憑河《ぼうこひょうが》[6]して、死すとも悔《く》ひ無からん者には、吾与《くみ》せじ。必ずや事[7]に臨《のぞ》んで懼《おそ》り、謀《はかりごと》を好んで成さん者なり」とぞ宣ひける。されば、古《いにし》へも今も、敵を滅ぼし、国を奪ふこと、ただ武く勇めるのみにあらず、かねては謀を廻《めぐ》らし、智慮《ちりょ》を先とするにあり。

今、太宋国《たいそうこく》[8]の四百州、一時《いっし》に亡びて、蒙古《もうこ》に世を奪はれたる

篇による。

2　顔回。字は子淵。孔門十哲の首位。孔子が最愛した弟子だが、早世した。

3　用いられれば行動し、捨てられたならば身を隠す。そうできるのは私とお前だけだ。

4　孔門十哲の一人。勇を好んだ。

5　大軍を動かす時。三軍は、周代の兵制で大国の軍隊。中国は二軍、小国は一軍。天子は六軍。一軍は一万二千五百人。

6　素手で虎に立ち向かい、徒歩で大河を渡るような無謀なふるまいをして。

7　事態に慎重に対処し、計画をよく練って事をなす者(と私は行動を共にする)。

8　一二七九年に、南宋は元(蒙古)に滅ぼされた。「四百州」は、中国全土。

事も、[9]西蕃《せいばん》の帝師《ていし》が謀《はかりごと》を廻《めぐ》らせしによれり。その草創《そうそう》のよれる所を尋ぬれば、宋朝《そうちょう》世を治めて、すでに三十七代[10]、その亡びし時の帝を、[11]幼帝《ようてい》とぞ申しける。この時、太元国《たいげんこく》の主《あるじ》[12]老皇帝《ろうこうてい》、その比《ころ》は未だ[13]吐番《とばん》の諸侯《しょこう》にてありけるが、「あはれ、いかにもして、宋朝四百州、[14]雲南《うんなん》の万里《ばんり》、[15]高麗《こうらい》の三韓《さんかん》に至るまで、残さずこれを打ち取らばや」と思ふ心、骨髄《こつずい》に入りて止《や》む時《とき》なし。或る時、かの老皇帝、この事を天に仰いで、少しまどろみ給ひける夢に、宋朝の幼帝と太元の老皇帝と、[16]揚子江《ようすこう》を隔《へだ》てて陣を張つて、相対《あいたい》する事日久し。時に、揚子江俄《にわ》かに水旱《ひ》て、陸地《くがち》となる。両陣の兵、すでに相近《あいちか》づいて戦はんとする処《ところ》に、幼帝は、その身化《か》して[17]勇猛奮迅《ゆうもうふんじん》の獅子《しし》となり、老皇帝は、形俄《にわ》かに変じて[18]白色柔和《びゃくしきにゅうわ》の羊《ひつじ》となる。両方の兵、これを見て、弓を伏せ、戈《ほこ》を捨てて、天下の勝負、ただこの獅子と羊との戦ひにあるべしと伺《うかが》ひ見る処に、羊、獅子の怒《いか》れる形に恐れ、忽《たちま》ちに地

9 西方の異民族出身の、蒙古皇帝の師。
10 南宋と北宋をあわせて皇帝は十八代。
11 宋が滅んだ時の皇帝は、八歳の幼帝衛王。
12 元の世祖、フビライ。宋を滅ぼした時、老齢だった。
13 チベット系部族。老皇帝(フビライ)をその諸侯とするのは誤り。
14 中国西南の雲南地方。
15 朝鮮半島の高麗王朝を、古代の馬韓・弁韓・辰韓の三王朝で呼称したもの。
16 中国を南北に分ける大河、長江(揚子江)。南宋は、江南の杭州を都とした。
17 勇ましく猛り立つ獅子。
18 白くたおやかな羊。

に倒るる時、羊、二つの角と一つの尾骨《びこつ》を突き折つて、天に登りぬ、と見給ひける。

老皇帝、夢覚《さ》めて後《のち》、心更《さら》に悦《よろこ》ばず。大きに不吉なる夢なりと思ひ給ひければ、[19]夙《つと》に起きて、西蕃の帝師に、この夢を語り給ふ。帝師、これを聞いて、心の中に夢を占《うらな》ひて謂《い》はく、「羊と云ふ文字は、[20]八点に王を書いて、懸け針を余《あま》せり。八点は角、(懸け針)は尾なり。羊、二つの角と一つの尾を失はば、王と云ふ字になるべし。これ老皇帝、太元、宋国、高麗の三国を并《あわ》せ保ち、天下に王たるべき[21]瑞相《ずいそう》なり。また、宋国の幼帝、獅子になつて闘《たたか》ひ怒《いか》ると見えけるも、自滅《じめつ》の相なり。[22]獅子の身中《しんちゅう》に毒《どく》虫《むし》ありて、必ずその身を食ひ殺す。いかさま幼帝の官軍の中に二心《ふたごころ》ある者出で来て、[23]戈《ほこ》を倒《さかさま》にする事あるべし」と、占夢《せんむ》の理《ことわ》り明らかに、両方の吉凶《きっきょう》を心に勘《かんが》へければ、「これ大きなる吉《きち》夢《む》なり。時をかへず、兵を召されて宋国を攻めらるべし」とぞ、

19 早朝。
20 「八」の字に「王」と書いて、下に「|」が余る。
21 めでたい前兆。
22 獅子のからだに寄生して害をなす虫。「梵網経」に見える語。
23 裏切って味方を攻める。

帝師《ていし》、勧め申されける。

老皇帝は、元来《もとより》帝師が才智《さいち》を信じて、万事をこれが申すままに用ひ給ひければ、重ねて吉凶《きっきょう》の故《ゆえ》を尋ね問ふまでに及ばず、太元《たいげん》七百州の兵三百万騎の勢《せい》を催《もよお》して、揚子江《ようすこう》の北の畔《ほとり》に打《う》ち臨《のぞ》み、川の面《おもて》三十余ヶ所に浮橋《うきはし》[24]を渡し、同時に兵を渡さんとぞ支度《したく》せられける。

太宋国《たいそうこく》の幼帝《ようてい》、この事を聞き給ひて、さらば、討手《うって》を差し下せとて、伯顔丞相《はくがんしょうじょう》[25]を上将軍《じょうしょうぐん》[26]として百万騎、襄陽《じょうよう》[27]の守《しゅ》 呂文煥《りょぶんかん》[28]を裨将軍《ひしょうぐん》[29]として三十万騎、太金《たいきん》[30]の賈似道《かじどう》[31]、賈《か》[32]平相《へいしょう》兄弟を副将軍として六十万騎を差し下さる。三軍の兵三百万騎、江南《こうなん》[33]に打ち臨み、夜《よ》[34]を日《ひ》に継《つ》いで、揚子江を前に直下《みおろ》して、三ヶ所に陣をぞ取つたりける。

中にも、伯顔丞相、一陣に前《すす》みて、揚子江の南にひかへたりけるが、太元の兵どもの浮橋を懸け、陣々を張りたる体《てい》を見て、

24 舟や筏を並べて作った橋。
25 伯顔は、宋を滅ぼすのに功績のあった元の将軍。宋の将軍とするのは誤り。
26 総大将。
27 湖北省南漳県の都市。守は、長官。
28 南宋の武将。襄陽守備の将軍として元と戦い、降伏。
29 副将軍。
30 女真族の建てた国。
31 南宋末の宰相。「太金の」は誤り。
32 不詳。
33 揚子江の南の地方。
34 昼夜兼行で。

謀《はかりごと》を廻《めぐ》らして戦はずは、勝つ事を得難《えがた》しと思ひければ、今の陣より六十里が後ろに、高く岨《けわ》しき山を城に拵《こしら》へて、四方の塀を、いかに打ち破るとも[35]左右《そう》なく破れぬやうに高く[36]塗らせて、内に数千軒の家を透き間もなく作り並べ、櫓《やぐら》の上、[37]矢間《さま》の影に人形《にんぎょう》を数十万立て置き、或いは[38]戈《ほこ》を差し招き、刃《やいば》を交《まじ》へ、或いは太鼓を打ち、弓を引いて、戦ひを致さんずるやうに[39]風を以てしつらひ、水を以てあやつりて、岩を切りたる細道《ほそみち》に、ただ[40]木戸一つ開《あ》けて、内に実《まこと》の兵を二百余人留《とど》め置《お》く。「敵城《しろ》へ寄せば、しばし戦ふ真似《まね》をして、防きかねたる体《てい》を見せよ。敵勝《かつ》に乗つて城の中へ攻め入らば、敵を皆《みな》内へおびき入れて後《のち》、同時に数千の家に火を懸けて、敵を皆焼き殺すべし」とぞ謀《はか》りける。

　さる程に、三百余ヶ所の浮橋をすでに渡しすましてければ、太元の兵三百万騎、争《あらそ》ひ前《すす》んで橋を渡る。伯顔丞相、かねて謀りし事なれば、矢軍《やいくさ》ちとする真似して、しばしも支へず引いて

35　たやすくは。
36　土・漆喰などで築造して。
37　狭間。矢を射るために城壁にあけた窓。
38　鉾を振って、太刀を交差させ。
39　風で動かすようにした仕掛け。
40　城門。

行く。太元《たいげん》の兵、勝《かつ》に乗つて、逃ぐるを追ふこと甚《はなは》だ急なり。宋国《そうこく》の兵、なほも偽《いつわ》りて引く体《てい》を敵に推《すい》せられじと、楯《たて》、戈《ほこ》、冑《かぶと》を取り捨てて、堀《ほり》、溝《みぞ》に馬を乗り棄てて、われ先にと逃げ走る。これを謀《はかりごと》とも知らざりける羽衛[41]《うえ》、隻候[42]《せっこう》の兵どもは、徒《いたずら》に命を軽んじて、討死《うちじに》するも多かりけり。

日すでに暮れければ、宋国の兵は、城へ引《ひ》き籠《こ》もる真似《まね》をして、後ろなる深山《みやま》へ隠れぬ。太元の兵、敵の疲れたる弊[43]《つい》えに乗つてこれを討たんと、城の際《きわ》までぞ攻めたりける。旗を進め、戈を差し招きて城を遥《はる》かに向上《みあ》げたれば、櫓の上、塀の陰《かげ》に、兵袖《そで》を連《つら》ねて並《な》み居《い》たりとは見えながら、時[44]の声も幽《かす》かに、射出だす矢楯《たて》をだにも徹《とお》らず。

太元の将軍、これを見て、人形の木偶人[45]《ぼくぐうじん》どもに誠《まこと》の人が少々交《まじ》りて、防く真似するとは思ひも寄らず、「敵は今朝の軍《いくさ》に遠[46]引きして、気[47]疲れ、勢ひ尽《つ》き果《は》てけるぞ。時をば暫《しばら》くも移すべ

41 儀仗兵。
42 斥候。物見の兵。
43 弱みにつけこんで。
44 鬨(とき)の声も小さく、射る矢は力弱くて楯にも刺さらない。
45 木の人形。
46 軍勢を遠くまで退却させて。
47 気力がおとろえ。

からず、攻めよや、兵ども」と勇《いさ》み訇《ののし》りて、攻《せ》め鼓《つづみ》を打つて楯を進めければ、城の中《うち》に少々残し置かれたる兵ども、暫《しばら》くありて、火の燃え出づるやうに家々に火を懸けて、抜け穴よりぞ逃げ去りける。木偶人誠《まこと》の兵ならねば、敵攻め入れども防く者なし。太元三百万騎の兵ども、勇《いさ》み進《すす》みて、二つともなき木戸より城の中へこみ入り、或いは偽りて捨て置きたる財宝を争ひて奪ひ合ひ、或いは欺《たばか》りて立て置きたる木人《ぼくじん》に向かつて、剣を拉《とりひし》ぎ、戈を差し招く処《ところ》に、三万余家作り並べたる城の中の家々より、同時に火燃え出でて、煙《けぶり》城に満《み》ち廻《めぐ》り、炎四方に盛んなり。太元の兵ども、塀を登《のぼ》り超《こ》えて火に遁《のが》れんとすれば、取り付くべき便り[48]もなく、橋もなし。攻め入りつる木戸より出でんとすれば、煙に目暮れ[49]、肝《きも》迷うて、いづくをその方《かた》とも覚えず。ただ猛火《みょうか》の中に走り倒れて、太元の兵三百万人、一人も残らず焼け死ににけり。

48 手がかりや足場。
49 目が見えず気が動転して。

太元《たいげん》の王は、[50]多日《たじつ》の粉骨《ふんこつ》、徒《いたず》らに一時《いっし》の籌策《ちゅうさく》に破られて、大軍[51]未だ帝都《ていと》の戦ひをいたさざる前《さき》に、三百万人まで亡ぼされにければ、この事今は叶《かな》ふまじかりけりと、気を屈して黙《もだ》せられける処《ところ》に、西蕃《せいばん》の帝師《ていし》、太元の王に謁《えっ》して申しけるは、「[52]大器《たいき》は遅く成ると云へり。太宋国《たいそうこく》の天下、豈《あ》に大器にあらずや。また、[53]機巧《きこう》は大真《たいしん》にあらず。成ることは微々《びび》にして、毀《やぶ》ることは大《だい》なり。今、宋国の[54]節度使《せっとし》等《ら》が武略《ぶりゃく》の体《てい》を聞くに、[55]死を善道《ぜんどう》に守り、[56]命を義路《ぎろ》に軽んずるにあらず、ただ[57]尺寸《せきすん》の謀《はかりごと》を以て、大功《たいこう》のならん事を意《こころ》とする者なり。[58]宋国の臣独《ひと》り智《ち》あつて、元朝の人皆愚《ぐ》ならんや。われ今謀を廻《めぐ》らさば、勝つ事を一戦の前に得《え》つべし。君、ますます志《こころざし》を天下の[59]草創《そうそう》に懸け給へ。臣、すべからく智謀《ちぼう》を以て、太宋国の四百州を一日《いちじつ》の中《うち》に傾《かたぶ》くべし」と申されければ、太元の王、大きに悦《よろこ》びて、「公が謀を以て、われもし太宋国を得ば、必ず公を[60]上天《じょうてん》の下《した》、一人《いちじん》の上《うえ》に貴《たっと》

50 長い間の苦労が、無駄に一時のはかりごとによって破られて。
51 まだ南宋の都の攻略をしない前に。
52 「大器は晩く成る」(老子・四十一章)。大事業を成し遂げるには時間がかかる。
53 小手先の策略は、真実の法ではない。少しはうまくいっても、失うところは大である。「機変の巧」(孟子・尽心上)。
54 軍政を司る臨時の官。
55 「死を善道に守る」(論語・泰伯)。命をかけて人の道に最善を尽くす。
56 義の道のために命をささげる。
57 小手先のささいな謀。
58 宋の臣だけ知恵があり、元の人はみな愚かということがあろうか。

びて、代々帝王の師と仰ぐべし」とぞ約せられける。

帝師、則ち[61]形を替へ、身を窶《やつ》して、太宋国へ越え、江南《こうなん》の市《いち》に行きて、あはれ、身貧《ひん》にして子を多く持ちたる人[62]もがなと伺《うかが》ひ見る処《ところ》に、年六十有余なる翁《おきな》の、一つの剣《けん》を売つて、肉饅頭《にくまんじゅう》を買ふ[63](あり。帝師、問うて曰はく、「剣を売つて牛を買ふは、治まれる世の備へなり。牛を売つて剣を買ふは、乱れたる時の事なり。[64]父老《ふろう》、今剣を売つて饅頭を買ふ)。その用、何事ぞや」。老翁《ろうおう》、答へて曰はく、「われかつて兵[65]の凶器《きょうき》なる事を知らず。少《わか》かりし時、好んで兵書《へいしょ》を学びたりき。[66]智《ち》は性《せい》の嗜《たしな》む処に出づる物なれば、[67]呉氏《ごし》、[68]孫氏《そんし》が秘する処の道、[69]尉繚《うつりょう》、[70]李衛《りえい》が難《かた》しとする処の術、一[71]を挙《あ》げて占《うらな》へば、則ち三を返して悟りき。しかれば、[72]座《い》ながら三尺の雄剣《ゆうけん》を提《ひっさ》げて、立ち所[73]に四《し》海《かい》の乱を理《おさ》めんこと、われにあらずは誰《たれ》ぞやと、心を[74]千戸万戸《せんこばんこ》の侯に懸けて思ひしに、われ壮《さか》んなりし程は、世治まり国静かなりし間、武

59 天下を創り改めること。
60 天帝の下、天子の上。
61 即座に。
62 人がいないものか。
63 流布本・梁田本等により補う。この箇所、玄玖本も脱文あり。
64 老人の敬称。
65 「兵は凶器也」(尉繚子〈うつりょうし〉・兵令上、史記・越王勾践世家)。武器は不吉な道具であること。
66 知恵はおのずから好む方面に発揮されるので。
67 中国、戦国時代の兵法家。名は起。兵法書「呉子」の著者。
68 春秋時代の兵法家、孫武。兵法書「孫子」の著者。
69 戦国時代の兵法家。兵法書「尉繚子」の著者。
70 唐の李靖。衛国公に封ぜられた。太宗と兵法について問答した書「李衛公問

に於て用ゐられず。今、天下まさに乱れて、剣士《けんし》尤《もっと》も功を立つる時に、われすでに老衰《ろうすい》して、その選びに当たらず。江南《こうなん》の市《いち》の上《ほと》りに[75]旅食《りょしょく》して、[76]晩《くれ》に三人の男子を儲《もう》けたり。[77]相如《しょうじょ》が破壁《はへき》、風寒くして夜の衣短く、[78]劉仲《りゅうちゅう》が[79]乾鍋《かんか》、薪尽《たきぎつ》きて朝の飡《さん》寒し。[80]老驥《ろうき》の千里を思ふ心、未だ屈せざれども、飢鷹《きよう》の一呼《いっこ》を待つ身となりぬ。ゆゑにこの剣を売りて、三子の飢ゑを扶《たす》けんと欲するなり」と、委《くわ》しく身の上の[81]疲れたるを語りて、涙を流してぞ立ったりける。

帝師《ていし》重ねて問う(て曰は)く、「[82]父老の言《ことば》を聞くに、三人の子ともに飢ゑて、公《こう》が百年の命す[83]でに迫《せま》れり。われ三千両の金《こがね》を持ちたり、願はくは、これを以て父老が身を買はん。父老、何《なん》ぞとても[84]幾程《いくほど》なき老後の身を売りて、行末遥《ゆくすえはる》かなる子孫の富貴《ふっき》を欲せざるや」と問ふに、老翁、[85]眉《まゆ》を揚げ、面《おもて》を低《た》れて、「誠《まこと》に公の言《ことば》の如く、われに三千金を与へられば、われ、豈《あ》に三子

対」がある。
71 一つの問いには、三つの答えを出して会得した。
72 「漢高三尺の剣坐ながら諸侯を制し、張良一巻の書立ちどころに師傅(ふし)に上る」(和漢朗詠集・帝王)。
73 天下。
74 一千戸・一万戸の戸数(多くの領地)をもつ領主。
75 仮住まい。
76 晩年。
77 前漢の文人司馬相如(しばしょうじょ)が、職を辞して遊説し、帰郷すると、家は四方の壁だけを残して家財も食糧もなくなっていた故事(史記・司馬相如列伝)。
78 不詳。
79 鍋は空(から)で、たきぎもなく朝食もできない。
80 老いた馬が千里を走りたいと思う心はあるが、すでに飢えた鷹が人の呼び声

の飢ゑを助けて、幾程《いくほど》なき命を捨てざらんや」とぞ悦《よろこ》びける。

86さらばとて、帝師、老翁が身を三千両の金に買ひて、太元《たいげん》へ帰りて後《のち》、先《ま》づ使者を宋国《そうこく》の帝都へ遣《つか》はして、「今度揚子江《ようすこう》の合戦に功あつて、千戸《せんこ》万戸《ばんこ》の侯《こう》に誇れりと聞こゆる上将軍《じょうしょうぐん》、伯顔丞相《はくがんしょうじょう》、呂文煥等《りょぶんかんら》が事をば、都にいかが87云《い》ひ沙汰《さた》する」とぞ、伺《うかが》ひ聴《き》かせける。使ひ、都に上《のぼ》りて家々にたたずみ、事の体《てい》、88人の云ひ沙汰する趣《おもむき》よくよく伺ひ聞いて、太元に帰り、帝師に対して語りけるは、「伯顔丞相、呂文煥等、太元の軍《いくさ》に打ち勝つて、武功《ぶこう》身に余れり。天下の士、(これ)を重んずる事、89上天《しょうてん》の威に超えたり。もしこの勢ひを以て世を傾《かたぶ》けんと思はば、ただ90掌《たなごころ》を指すよりも安かるべし。古へ、91安禄山《あんろくざん》が兵を引いて帝都を侵し奪ひしも、かかる時境《おりふし》にてこそあれと、恐れ思はぬ人も候はず」とぞ語りける。

帝師、使者の語るを聞いて、92今はかうと思ひければ、三千両

を待つような情けない身となった。「老驥千里を思い、飢鷹一呼を待つ」(杜甫・韋左丞丈済に贈る詩)。
81　飢えていること。
82　あなた。敬称。
83　もはや終わろうとしている。
84　どうあっても先の長くない年老いた身。
85　喜んで、感謝して。
86　それならば。
87　うわさ。
88　人々がうわさする内容。
89　天子。
90　きわめて容易なことのたとえ。
91　唐の玄宗のときの叛臣。「引いて」は、率いて。
92　今がちょうどよい時だ。

の金に身を売りたりつる老翁を喚《よ》びて、かれが股《もも》の肉を切り裂きて、呂文煥《りょぶんかん》、伯顔将軍《はくがんしょうぐん》、賈《か》丞相《しょうじょう》三人が手跡《しゅせき》を真似《まね》て、[93]叛《ほん》逆籌策《ぎゃくちゅうさく》の文《ふみ》を書き、かれが骨のあはひに収めて、疵《きず》を癒《いや》してぞ持たせける。その文に書きけるは、「われらすでに太元《たいげん》の軍《いくさ》に打ち勝つて、士卒の着き随ふ事数《かず》を知らず。[94]天すでに時を与へたり。取らずんば、却《かえ》つて禍《わざわ》ひあるべし。しかれば、早く士を引き約をなして、帝都に赴かんと欲す。もし[95]亡国《ぼうこく》の暗君《あんくん》を捨てて、[96]有道《ゆうどう》の義臣《ぎしん》に与《くみ》せんとならば、[97]戈《ほこ》を倒《さかしま》にする謀《はかりごと》を致すべし」と書きて、宮中の警固《けいご》に残し留《とど》められたる国々の兵の方《かた》へぞ遣《つか》はしける。

敵を謀《はか》る手だてかくの如くしたためて、帝師《ていし》、重ねて老翁に向かつて申しけるは、「汝《なんじ》先《ま》づ帝都に上《のぼ》り、わざと危《あや》しげなる体《てい》にて、宮中を伺《うかが》ひ見《み》るべし。さる程ならば、宮門を守る兵ども、汝を捕らへて嗷問《ごうもん》すべし。たとひ[98]水火《すいか》の責めに逢ふとも、

93 謀叛の計画。

94 「天の与ふるを取らざれば、反ってその咎を受く」(史記・越王勾践世家)。

95 国を滅ぼす愚かな王。

96 道義に叶う正義の臣。

97 味方に鉾(武器)を向ける謀叛。

98 水責めと火責めの拷問。

暫《しばら》くは落つる事なかれ。[99]倒懸《とうけん》身を苦しめ、[100]炮烙《ほうらく》骨を砕《くだ》く時に、「われは伯顔将軍、賈丞相等《ら》が使ひとして、謀叛与力《むほんよりき》の兵どもに事の子細《しさい》を相触《あいふ》れんために、帝都に趣きたる」由《よし》を白状《はくじょう》して、その験《しるし》はこれなりとて、件《くだん》の身の中《うち》に隠したる書を取り出だすべし」と教へける。

かの老翁、すでに三千両の金に身を売りし上は、命を惜しむべきにあらず、帝師が教へのままに、謀叛催促の状を数十通、身の肉を割《さ》いて中に収め、帝都の宮門へぞ赴きける。忽《たちま》ちに身を車裂《くるまざ》きにせられ、骨を[101]醢《ししひしお》にせらるべきをも顧《かえり》みず、三千金に身を替へて、[102]五刑《ごけい》に趣く[103]人の親の、子を思ふ道こそあはれなれ。

老翁、則ち帝都に上りて、わざと怪しげなる体《てい》に身を窶《やつ》し、宮門を廻《めぐ》りて、[104]案内《あんない》を見る由に振る舞ひける間、守護の武士これを捕らへて、[105]上げつ下ろしつ責め問ふに、暫くはあへて落ち

99 手足を縛り、さかさまに吊るす拷問。「孟子」公孫丑上の語。
100 火あぶりの酷刑。殷の紂王が行った。
101 死体を塩漬けにする刑。
102 中国の五種類の刑罰。ここは残酷な刑罰の意。
103 「人の親の心は闇にあらねども子を思ふ道にまどひぬるかな」(後撰和歌集・藤原兼輔)。
104 様子を探るふり。
105 体を吊り上げたり下ろしたりして。

ず。嗷問《ごうもん》度重なりて、骨砕《くだ》け、筋断《すじた》えぬと見えける時に、「われはこれ伯顔将軍《はくがんしょうぐん》、呂文煥等《りょぶんかんら》が謀叛催促(の使ひ)なり」と白状して、股《もも》の肉の中より、宮中洛外の諸侯の方《かた》へ約をなし賞を与へたる数通の状を、取り出だしたりける。[106]典獄《てんごく》の官驚いて、この由《よし》を奏聞《そうもん》しければ、先《ま》づ使者の老翁を誅《ちゅう》せられて、やがて伯顔将軍、賈丞相《かしょうじょう》、呂文煥等が父子兄弟、[107]三族《さんぞく》の刑に行はれて、或いは罪なき諸侯、死を兵刃《へいじん》の下に給はる。或いは功ありし旧臣、尸《かばね》を獄門の前に曝《さら》せり。

この事速やかに揚子江《ようすこう》の陣へ聞こえしかば、伯顔将軍、賈丞相、呂文煥等、頸《くび》を伸《の》べて、罪なき由を陳じ申さんために、太《たい》元《げん》の戦《いくさ》を打ち棄てて都へ帰《かえ》り上《のぼ》りけるが、国々の諸侯、道を塞《ふさ》ぎて通さざりける間、三人の将軍、空《むな》しく帝師《ていし》が謀《はかりごと》に落とされて、所々《しょしょ》にて討たれにけり。

これより、揚子江の陣には、敵を防く兵一人《いちにん》もなければ、太

106 獄舎を管理する長官。
107 罪人の父母・兄弟・妻子などの親族をも死罪に行う刑。

元五百万騎の兵ども、押して都へ攻《せ》め上《のぼ》るに、あへて遮《さえぎ》るべき勢《せい》なければ、宋朝《そうちょう》の幼帝《ようてい》、[108]宮室《きゅうしつ》を尽《つ》くし、[109]宗廟《そうびょう》を捨《す》てて、つひに[110]南蛮国《なんばんこく》へ落ち給ふ。太元の老皇帝、やがて都に入り替はり給ひしかば、天下の諸侯、皆順《したが》ひ付《つ》き奉りて、太宋国《たいそうこく》四百州、忽《たちま》ちに太元の世になりにけり。さしもいみじかりし太宋国、一時《いっし》に傾《かたぶ》きし事、[111]天運図《と》に当たる時とは云ひながら、ただ帝師が謀《はかりごと》によれるものなり。

今、[112]細川相模守《ほそかわさがみのかみ》、双《なら》びなき大力《だいぢから》、世に超《こ》えたる勇士なりと聞こえしかども、[113]細川右馬頭《ほそかわうまのかみ》が[114]尺寸《せきすん》の謀に落とされて、一日《いちじつ》の間《あいだ》に亡びたる事、ひとへに、宋朝の幼帝、[115]帝師が謀に相似たり。「[116]人として遠き慮《おもんばかり》なき時は、必ず近き愁へあり」とは、かくの如き事をや申すべき。

108 宮殿を焼き滅ぼし。
109 先祖のみたまや。
110 南方の蛮族の国。
111 天運のめぐり合わせ。
112 清氏。
113 頼之。
114 わずかな。
115 玄玖本・梁田本・梵舜本等「帝師に謀られしに相似たり」。流布本、底本に同じ。
116 「人として遠き慮（おもんばかり）無きときは、必ず近き憂へあり」（論語・衛霊公）。

太平記 第三十九巻

第三十九巻　梗概

貞治《じょうじ》三年（一三六四）春、大内弘世《おおうちひろよ》が幕府に帰順した。山名《やまな》時氏《ときうじ》・師氏《もろうじ》（師義《もろよし》）父子も幕府に帰順し、伊勢の仁木義長《にきよしなが》も降参した。その頃、鎌倉公方足利基氏《あしかがもとうじ》は、宮方だった上杉憲顕《うえすぎのりあき》を執事（執権）に迎えて越後守護に任じたため、守護職を失った芳賀禅可《はがぜんか》は上杉と戦った。六月、足利基氏は武蔵苦林野《にがばやしの》の合戦で芳賀軍を破り、禅可は逐電した。貞治四年五月、斯波道朝《しばどうちょう》（高経《たかつね》）に越前の荘園を押領された興福寺の大衆《だいしゅ》が、春日の神木を道朝の屋敷に振り捨てた。神木は長講堂に安置されたが、京では怪異が続いた。十月、道朝の屋敷が焼亡したが、まもなく新邸を建て、管領斯波義将《しばよしまさ》の父として政務をとる道朝は、以前にも増す繁栄ぶりだった。貞治五年三月、道朝は将軍御所で花の下の連歌会を行ったが、その当日、佐々木道誉は大原野で大規模な花見の遊宴を催し、道朝の面目をまるつぶしにした。憤った道朝が、道誉の摂津守護職を取り上げると、道誉は佐々木崇永《ささきそうえい》・赤松則祐《あかまつそくゆう》らと結託して将軍義詮《よしあきら》に道朝を讒言した。八月八日、道朝は越前へ落ち、杣山城《そまやまのじょう》に籠もった。八月十二日、興福寺に荘園が還付され、神木は南都へ帰座した。杣山の道朝は翌年七月に病死した。九月、元の皇帝の使者として高麗人が来朝し、倭寇の取り締まりを求めたが、これは、文永《ぶんえい》・弘安《こうあん》の二度の元寇、さらに神功皇后《じんぐうこうごう》の新羅《しんら》征伐の故事を想起させる出来事だった。これより以前、光厳上皇《こうごんしょうこう》は山川斗藪《さんせんとそう》の旅に出、吉野で後村上帝《ごむらかみてい》と対面した。その後、丹波の山国《やまぐに》に閑居した上皇は、貞治三年七月二日に他界した。

大内介降参《おおうちのすけこうさん》の事 1

聖人《せいじん》世に出《い》で、義を教へ、道を正しくする時だにも、[1]上智《じょうち》は少なく、下愚《かぐ》は多ければ、[2]人の心すべて一致《いっち》ならず。このゆゑに、[3]堯《ぎょう》の代に[4]四凶《しきょう》の族《ぞく》あり。魯国《ろこく》に[5]小正茅《しょうせいぼう》あり。況《いわ》んや、時今[6]澆季《ぎょうき》なり。[7]国また卑賤《ひせん》なり。何によつてか、仁義《じんぎ》を知る人あるべきなれども、近年、わが朝《ちょう》の人の有様《ありさま》ほど、[8]うたてかるべき事をば未だ承《うけたまわ》らず。

先《ま》づ、[9]弓矢取りとなるならば、[10]死をば善道《ぜんどう》に守り、名をば義《ぎ》路《ろ》に失はじとこそ思はるべきに、わづかに欲心《よくしん》を貪《むさぼ》れば、御方《みかた》になるも早く、聊《いささ》かも恨みあれば、敵になるも安し。されば、今、誰《たれ》をか真実の敵とし、誰をか始終《しじゅう》の御方と憑《たの》むべき。変じ安《やす》き心は、[11]鴻毛《こうもう》よりも軽《かろ》く、撓《たわ》まざる志《こころざし》は、[12]麟角《りんかく》よりも稀《まれ》な

1

1　知恵のすぐれた人。下愚は、きわめて愚かな人。「ただ上智と下愚とは移らず」(論語・陽貨)。
2　人の心が一つになることはない。
3　中国古代の聖帝。
4　堯の世にいた四人の悪人(共工・驩兜・三苗・鯀)。堯の摂政となった舜により罪せられた(史記・五帝本紀)。
5　春秋時代の魯の大夫。政治を乱し、孔子により誅された(史記・孔子世家)。底本「小茅」を改める。
6　末世。　7　日本国。
8　なさけない。
9　武士。
10　命がけで人の道を守り、道義において名を汚さない。「死を善道に守る」(論語・

り。人数《ひとかず》ならぬ[13]小者《こもの》どもの中に、たまたま一度《ひとたび》も翻《ひるがえ》さぬ人一《いち》両人《りょうにん》ありと雖《いえど》も、それも、もし禄《ろく》を与へ、利を貪《むさぼ》らして呼び出だす方《かた》あらば、一日も足を留《とど》むべからず。ただ、[14]五十歩に止《とど》まる者の、百歩に走るを笑ふが如し。

[15]見処《けんじょ》の高懸《たかが》けとかやの風情《ふぜい》して、かやうの事を申せば、[16]書伝《しょでん》の片端《かたはし》を聞きたる人は、古《いにし》へを引いて、[17]舌を翻《ひるがえ》さんか。「[18]百里《ひゃくり》奚《けい》は虞《ぐ》の君を棄てて、秦《しん》の穆公《ぼくこう》に仕へ、[19]管夷吾《かんいご》は桓公《かんこう》に下つて、公子糾《こうしきゅう》とともに死せざりしはいかに」とぞ思ひ給ふらん。それも、誠《まこと》に似たる事は似たれども、[20]是《ぜ》なる事は是ならず。かの[21]百里奚は、虞公《ぐこう》の、垂棘《すいきょく》の玉《ぎょく》、屈産《くつさん》の乗《じょう》の賂《まいない》に耽《ふけ》つて、路《みち》を晋《しん》に開きしかば、諫《いさ》むるとも叶《かな》ふまじき程を知つて、秦の穆公に仕へき。管夷吾は、[22]召忽《しょうこつ》とともに死せざりしを、[23]子路《しろ》、「仁《じん》にあらず」と譏《そし》りしかば、「[24]豈《あ》に匹夫匹婦《ひっぷひっぷ》の諒《まこと》を為《な》して、自ら溝《こう》瀆《とく》に経《くび》れて知らるること莫《な》きが若《ごと》くならんや」と、[25]文宣王《ぶんせんおう》これ

泰伯)。第三十八巻・12、参照。

11 おおとりの羽毛。きわめて軽いもののたとえ。

12 聖人が世に出るときにのみ出現するという想像上の動物、麒麟の角。

13 従者。

14 大差のないたとえ。「五十歩を以て百歩を笑ふは、則ち如何」(孟子・梁恵王上)。 15 高見の見物。

16 古人が書き残した書物。

17 非難する。

18 晋に滅ぼされた虞の臣百里奚が、秦の穆公に見いだされて宰相となった故事(史記・秦本紀)。

19 斉の桓公と王位を争った異母兄糾(きゅう)の臣管夷吾(字は仲)が、赦されて桓公に仕えた故事(史記・斉太公世家)。 20 正しいとされることは実は正しくない。

を塞《ふさ》ぎ給へり。されば、古賢《こけん》の世を治めんために二君《じくん》に仕へしと、今の人の欲を先として降人《こうにん》になるとは、[26]雲泥万里《うんでいばんり》の隔《へだ》てその中にありと云ひつべし。

[27]大内介《おおうちのすけ》、多年宮方《みやがた》にて、周防《すおう》、長門《ながと》の両国を討ち平らげて、恐るる方《かた》なくして居たりけるが、いかが思ひけん、[28]貞治《じょうじ》三年の春の比《ころ》より、俄《にわ》かに心変はりして、この間押さへて領知《りょうち》する処《ところ》の両国を給はらば、御方《みかた》に参るべき由《よし》、[29]将軍羽林《うりん》の方《かた》へ申したりける間、西国静謐《さいごくせいひつ》の基《もとい》たるべしとて、[30]やがて所望《しょもう》の所を[31]恩補《おんぽ》せられけり。

これによつて、今まで二心《ふたごころ》なかりつる[32]厚東駿河守《こうとうするがのかみ》、長門の守護職《しゅごしょく》を召し放たれて恨みを含みければ、則ち長門国を落ちて筑紫《つくし》へ押し渡り、菊池《きくち》と一つになつて、大内介を攻めんとす。大内介、[33]遮《さえぎ》つて三千余騎を率《そっ》して豊後国《ぶんごのくに》へ押し寄せ、菊池と戦ひけるが、第二度の軍《いくさ》に打ち負けて、菊池が勢《せい》に囲まれければ、

21　「百里奚は虞の人也。晋人垂棘の璧と屈産の乗とを以て道を虞に仮りて以て虢（かく＝小国の名）を伐つとき、宮子奇（虞の賢臣）諫むるも、百里奚は諫めず。虞公の諫むべからざるを知つて去る」（孟子・万章上）。「垂棘の玉」は、晋の垂棘に産した玉。「屈産の乗」は、屈（山西省）に産した馬。

22　管夷吾（仲）とともに公子糾に仕え、糾が殺されたとき殉死した。

23　孔門十哲の一人。勇を好んだ。「子路曰はく、桓公公子糾を殺す。召忽これに死し、管仲は死せず。曰はく未だ仁ならざるか」（論語・憲問）。

24　「豈に匹夫匹婦の諒（まこと）を為して、自ら溝瀆に経れて知らるること莫きが若くならんや」（論語・憲問）。

降《こう》を乞うて命を助かり、己《おの》が国へ帰つて後《のち》、京都へぞ上《のぼ》りける。

在京の間、数万貫《すまんがん》の銭貨《せんか》、[34]新渡《しんと》の唐物等《からものとう》、数を尽《つ》くして、[35]奉行《ぶぎょう》、頭人《とうにん》、評定衆《ひょうじょうしゅう》、[36]傾城《けいせい》、田楽《でんがく》、遁世者《とんせいしゃ》まで残さずこれを引き与ふる間、この人に増さる[37]御用人《ごようにん》あるべからずと、未だ見《まみ》えたる事もなき先に、誉《ほ》めぬ人こそなかりけれ。「[38]世上《せじょう》の毀誉《きよ》は善悪にあらず。人間の用捨《ようしゃ》は貧福《ひんぷく》にあり」とは、今の時をや申すべき。

山名《やまな》御方《みかた》に参《まい》る事　2

山名《やまな》左京大夫《さきょうのだいぶ》時氏《ときうじ》、子息右衛門佐《うえもんのすけ》師氏《もろうじ》は、近年、御敵《おんてき》になつて[1]南方《なんぽう》と引き合ひ、両度まで都を傾《かたぶ》けしかば、将軍の御ためには上《うえ》なき敵なりしかども、内々[2]縁《えん》に属《しょく》して、「両度の不義《ふぎ》、全く将軍の御世《みよ》を危ぶめ奉らんとにはあらず。ただ[3]道誉《どうよ》が振る

身分の低い男女が首をくくって溝に捨てられ、知られることなく終わるのと同列に論じられようか。
25 孔子。唐の玄宗皇帝が孔子に贈った追謚。
26 天と地ほどの違い。
27 弘世。弘幸の子。
28 一三六四年。史実は、貞治二年。
29 羽林は、近衛府の武官の唐名。征夷大将軍で左近衛中将だった足利義詮をさす。 30 すぐさま。
31 恩賞として官職・領地などを与えること。
32 名は武村。長門の豪族。
33 先手を打って。
34 新しく渡来した中国産品。大内は、大陸との交易で利を得ていた。
35 奉行は、引付衆（訴訟審理の役人）。頭人は、引付衆の長。評定衆は、政務

舞ひ本意《ほい》なき程に、思ひ知らせんとばかりにて候ひき。その罪《ざい》科《か》を御 優免《ゆうめん》[4]あつて、この間の領知《りょうち》の国々をだに恩補《おんぽ》せられ候はば、御方《みかた》に参つて忠を致すべき」由《よし》をぞ申されたりける。

げにもこの人御方になりなば、国々の宮方《みやがた》力を失ふのみならず、西国《さいごく》もまた無為《ぶい》[5]になるべしとて、近年押さへて領知せられつる因幡《いなば》、伯耆《ほうき》の外、丹波《たんば》、丹後《たんご》、美作《みまさか》五ヶ国の守護職を充《あ》て行《おこな》はれければ、元来《もとより》多年旧功《きゅうこう》の人々は皆手を空《むな》しくして、時氏父子が栄花《えいが》、時ならぬ春を得たり。これを猜《そね》[6]み述懐《しゅっかい》をする者、

「その所領を多く持たんと思はば、御敵にこそなるべかりけれ」

と、口を噤《すく》[7]めけれども甲斐《かい》もなし。

「人物紛華《ふんか》[8]を競ひ、驪駒《りく》鈿車《でんしゃ》を逐《お》ふ、この時松《しょう》と柏《はく》と、道の傍《かたわ》らの花にだも及ばず」と、詩人の賦《ふ》せし風諭《ふうゆ》[9]の詞《ことば》、げにもと思ひ知られたり。

を合議する幕府高官。36 遊女、田楽の役者、同朋。37 有用な人。38 人の評価は善悪で決まるのではない。人が必要とされるか否かは、貧しいか豊かかで決まる。当時のことわざか。

2

1 南朝方と互いに通じ合い。文和二年(一三五三)六月(第三十二巻・3)、同四年一月(第三十二巻・10)の二回。
2 縁故をたよって。
3 佐々木道誉のふるまい。第三十二巻・3、参照。
4 宥免に同じ。罪を許す。
5 平穏。
6 ねたみ不平を言う者。
7 非難したけれども。
8 司馬光「春遊」の詩句。人々が華美を競い、毛並み

[1]仁木《にき》京兆《けいちょう》降参《こうさん》の事　3

仁木右京大夫《にきうきょうのだいぶ》義長《よしなが》、さしたる不義《ふぎ》はなかりしかども、行迹《ぎょうせき》余りに思ふやうなりとて、諸人に悪《にく》まれしによつて、心ならず御敵《おんてき》になり、伊勢国《いせのくに》に逃げ下つて、[2]長野城《ながののじょう》に楯籠《たてご》もりたりしを、初めは、[3]佐々木六角判官入道崇永《ささきろっかくほうがんにゅうどうそうえい》、[4]土岐大膳大夫入道善忠《ときだいぜんのだいぶにゅうどうぜんちゅう》両人、討手《うって》を承《うけたまわ》つてこれを攻めけるが、佐々木は、他事《たじ》に召されて京都へ罷《まか》り上《のぼ》りぬ。土岐一人《いちにん》、なほ国に留《とど》まつて攻め戦ひけれども、義長、あへて城を落とされず、剰《あまつさ》へ勝《かつ》に乗つてぞ戦ひける。この時に、当国の宮方《みやがた》、国司[5]北畠源中納言顕信《きたばたけのげんちゅうなごんあきのぶ》卿《きょう》、[6]雲出川《くもでがわ》より西を管領《かんれい》して、兵を出だして、両陣を伺《うかが》ひて戦ひ挑《いど》む間、一国三つに分かれて、片時《へんし》も軍《いくさ》の絶《た》ゆる日もなし。

かくて[7]五、六年を経て後《のち》、義長、日比《ひごろ》の咎《とが》を悔《く》ひて、降参《こうさん》す

のよい黒馬や金と青貝で飾った馬車を乗り回す。この時、松や柏の高木(節義を変えない人のたとえ)は、道端に咲く草花にも及ばず顧みられない。

9　たとえによって遠回しに時勢を批判する詩。

3

1　京兆は、左右京職の唐名。仁木右京大夫義長をさす。伊勢・伊賀・三河など数か国の守護となり、侍所頭人として幕府に重きをなしたが、畠山国清らと対立して没落し、南朝方に帰順した。第三十六巻・1、参照。

2　三重県津市美里町北長野にあった。第三十五巻・10、参照。

3　俗名氏頼。近江守護。

4　俗名頼康。美濃・尾張

べき由《よし》を申されければ、「この人、元来《もとより》忠功他《た》に異《こと》なり。今また降参せば、伊賀《いが》、伊勢《いせ》の両国も静かなるべし」とて、義長をぞ京都へ帰し入れられける。これ勢ひすでに衰へぬる後《のち》の降参なりしかば、領知《りょうち》の国もなく、相順《あいしたが》ひし兵も身に添はず、[8]李陵《りりょう》が[9]胡《こ》にありし如くにて、旧交《きゅうこう》の友さへ求めねば、[10]来る人外《うと》んで庭上《ていしょう》の花、春の色独《ひと》り春の色なく、[11]鞍馬稀《あんばまれ》なる門前《もんぜん》の柳、秋風《しゅうふう》なほ秋の風あり。

芳賀《はが》兵衛《ひょうえ》入道《にゅうどう》軍《いくさ》の事　4

かくの如く、近来《ちかごろ》敵になりたりつる人々皆降参《こうさん》して、[1]貞治改元《じょうじかいげん》の後《のち》より、洛中《らくちゅう》、西国《さいごく》は静まりぬと云へども、東国《とうごく》にまた不虞《ふりょ》の軍《いくさ》出で来て、[2]里民樵蘇《りみんしょうそ》を楽しまず。

その事の起こりを尋ぬれば、[3]三、四年が先に、[4]将軍兄弟仲悪《あ》

守護。

5　親房の次男だが、三男の顕能が正しい。第三十六巻・1、参照。

6　津市の南を流れる川。

7　仁木義長が南朝方になったのは康安元年(一三六一)、幕府帰順は貞治三年(一三六四)春。

8　漢の将軍。武帝に仕え、匈奴と戦うが降伏。単于《ぜんう》の娘を妻として異郷で病死。

9　中国の北方および西方の地。

10　庭の花は見にくる人もなく、春の景色は寂しく華やぐことがない。出典不詳。

11　鞍を置いた馬が訪ねることもまれな門前の柳は、ひとしお寂しそうに秋風に揺れている。「門前冷落して鞍馬稀なり」(白居易・琵琶行)。

しくして合戦に及びし刻《きざみ》、[5]上杉民部大輔《うえすぎみんぶのたいふ》、[6]故高倉禅門《たかくらぜんもん》の方《かた》にて、始めは[7]上野国板鼻《こうずけのくにいたはな》の合戦に[8]宇都宮《うつのみや》に打ち負けて、後《のち》には[9]薩埵《さった》山《やま》の軍《いくさ》に(御《み》)方《かた》の負けをしたりしが、とかくして信濃国《しなののくに》へ逃げ下り、宮方《みやがた》になつて、なほこの所存を遂げばやと、時を待ちてぞ居たりける。上杉、かかる不義《ふぎ》を致しけれども、[10]鎌倉左馬頭《かまくらさまのかみ》基氏《もとうじ》、[11]幼少より懐《いだ》きそだてられし旧好《きゅうこう》を捨《す》て難《がた》く思はれければ、[12]別儀《べつぎ》を以て、先《ま》づ越後国《えちごのくに》の守護職《しゅごしょく》を与へ、上杉をぞ呼び出だされける。

この時、[13]芳賀兵衛入道禅可《はがひょうえにゅうどうぜんか》は、越後国の守護にてありけるが、降参不忠《ふちゅう》の上杉に思ひ替へられまゐらせて、忠賞恩補《ちゅうしょうおんぽ》の国を召し放たるべき様《よう》やあるとて、上杉と芳賀と、越後国にして合戦に及ぶ事数月《すげつ》なり。禅可、つひに打ち負けしかば、当国を上杉に奪はるるのみならず、[14]一族若党《わかとう》その数を知らず、[15]落ちざまに討たれにけり。禅可、これを怒つて、「あはれ、いかな

4

1 康安二年(一三六二)九月二十三日、貞治と改元。

2 樵蘇は、たきぎをとり草を刈る。生計を立てる意。晩唐の詩人曹松の「己亥の歳」の第二句「生民何の計ありてか樵蘇を楽しまん」をふまえるが、同詩は、第四句の「一将功成りて万骨枯る」で有名。

3 観応二年(一三五一)のこと。貞治三年からいうと十三年前。

4 足利尊氏と直義。

5 憲顕。憲房の子。第三十巻・9、参照。

6 足利直義。法名恵源。観応三年(一三五二)死去。

7 群馬県安中市板鼻。那波合戦をさすか(第三十巻・9)。板鼻は、東山道(中仙道)の宿駅で、交通の

る不思議もあつて、世の中乱れよかし。上杉と合戦して、この恨みを散《さん》ぜん」とぞ憤《いきどお》りける。

かかる処《ところ》に、上杉、すでに左馬頭の執事《しつじ》[16]になつて、鎌倉へ越ゆると聞こえければ、禅可、道に馳《は》せ向《む》かつて戦はんとて、上野国板鼻に陣を取つて待たせける処《ところ》に、上杉が勢《せい》は未だ上野へも入《い》らず、左馬頭大勢《おおぜい》にて宇都宮へ寄せらると云ふ聞こえあり。禅可、さらば、先《ま》づ鎌倉殿《かまくらどの》と戦はんには如《し》かじとて、わが身は宇都宮にありながら、嫡子伊賀守《いがのかみ》[17]、次男駿河守《するがのかみ》[18]に八百余騎の勢を添へて、武蔵国《むさしのくに》へ差《さ》し遣《つか》はす。この勢、坂東路《ばんどうみち》[19]八十里を一夜に打つて、六月十七日[20]の辰刻《たつのこく》[21]に、苦林野《にがばやしの》[22]にぞ着きにける。

小塚《こづか》[23]の上に打ち上がりて、鎌倉殿の陣を見渡《みわた》せば、東には、白旗一揆《しらはたいっき》[24]の勢五千余騎、甲冑《かっちゅう》を耀《かかや》かして、明け残る夜の星の如くにて陣を張る。西には、平一揆《へいいっき》[25]の勢三千余騎、戟矛《げきぼう》[26]勢ひ冷《すさま》じくして、陰森《いんしん》[27]たる冬枯れの林を見るに異ならず。中の手には、

要衝。
8　氏綱。公綱の子。
9　静岡市清水区興津井上町と清水区由比西倉沢の間の山。第三十巻・10、参照。
10　尊氏の子。初代の鎌倉公方。
11　憲顕は足利尊氏・直義兄弟の母方の従兄弟として、若年の基氏(鎌倉公方就任時八歳)を幼少より補佐した。
12　格別のはからい。
13　俗名高名。宇都宮の重臣で、清党の旗頭。
14　一族と家来。
15　落ちのびる途中で。
16　関東管領。鎌倉公方補佐の要職。畠山道誓の後任。
17　公頼(第三十四巻・8)。貞綱とも(第三十巻・9)。
18　高家。
19　一里は、六町(約六百五十メートル)。

左馬頭殿《さまのかみどの》と覚えて、[28]二引両《ふたつひきりょう》の旗を一流《ひとなが》れ、朝日に映じて飛揚《ひよう》せるその陰《かげ》に、[29]左輔右衛《さふうえ》きびしく、[30]騎射馳突《きしゃちとつ》の兵ども千余騎にてひかへたり。上より見越せば、数百里列《つら》なつて、[31]坂東八ヶ国の勢《せい》ども、ただ今馳《は》せ参《まい》ると覚えて、雲霞《うんか》の如く見えたり。[32]鳥雲《ちょううん》の陣《じん》堅くして、[33]逞卒《ていそつ》の機構尖《するど》なれば、いかなる[34]孫呉《そんご》が術を得たりとも、千騎に足らぬ小勢《こぜい》にて懸け合はすべしとは覚えず。

芳賀伊賀守《はがいがのかみ》、馬に打ち乗り、[35]母衣《ほろ》引き繕《つくろ》ひて申しけるは、「平一揆《へいいっき》、白旗一揆《しらはたいっき》の両勢は、かねて通ずる子細《しさい》ありしかば、軍《いくさ》の勝負に付いて、敵ともなり、また御方《みかた》ともなるべし。跡に降《さが》つてただ今馳せ参る勢、何百万騎ありと云ふとも、物の用に立つべからず。家の安否《あんぴ》、身の浮沈《ふちん》、ただこの一軍《ひといくさ》の中に定まるべし」と、高声《こうしょう》に呼ばはつて、前後に人なく、東西に敵ありとも思はぬ気色《けしき》にて、真先《まっさき》にこそ進みたれ。

20 貞治三年(一三六四)。
21 午前八時頃。
22 埼玉県入間郡毛呂山町苦林。 23 小さな岡。
24 白旗を旗印とした武士集団。
25 坂東平氏の武士集団。
26 鋒(武器)を立てている勢いはぞっとするほどで。
27 薄暗くもの寂しい。
28 円に横線を二本引いた足利の紋。流れは、旗の数を数える語。
29 主君の左右に随う将。
30 馬上から矢を射る騎馬の兵と突撃する騎馬の兵。
31 相模・武蔵・安房・上総・下総・常陸・上野・下野。
32 「六韜(りくとう)」豹韜にみえる陣形。「鳥散じて雲合ふ」ごとき集合離散が変幻自在な陣形。
33 たくましい兵が気力を

舎弟駿河守《するがのかみ》、これを見て、「[36]軍門《ぐんもん》に君の命《めい》なく、戦場に兄の礼なし。今日の軍《いくさ》の先懸《さきが》け、われならでは覚えぬものを」と、[37]をこがましげに荒言《こうげん》吐いて、先懸けの御方をつと懸け抜けて懸《か》け入《い》る上は、相順《あいしたが》ふ兵ども八百余騎、誰《たれ》かはこれに劣るべき、われ先に合はんと、[38]魚鱗《ぎょりん》になつてぞ懸かりける。

左馬頭基氏《さまのかみもとうじ》、敵の勇鋭《ゆうえい》を見ながら、[39]機を撓《た》め給はず、相懸《あいが》かりにしづしづと歩ませて、事もなげに進まれたり。敵、[40]時の声三声《みこえ》作り、[41]ちと擬々《ぎぎ》したる所に、[42]天も落ち地も裂くるかと覚ゆるばかり、ただ一声《ひとこえ》時をどつと作り、左右にさつと分かれて、芳賀が八百余騎を東西より引《ひ》つ裹《つつ》んで、[43]弓手《ゆんで》にあひ、馬手《めて》に背《そむ》けて、切り落とし、切られて落とされ、[44]捲《ま》くつ捲くられつ、[45]半《はん》時《とき》ばかり戦うて、両陣互ひに南北に分かれてその跡を顧《かえり》みれば、野草《やそう》皆血になつて緑《みどり》を替へ、人馬《じんば》汗を流して[46]堀兼《ほりかね》の池も水となる。

みなぎらせているので。
34　中国古代の兵法家、孫武と呉起。「孫子」「呉子」の兵法書がある。
35　矢を防ぐために背負う袋状の布。
36　「軍中の事、君の命を聞かず」(六韜・龍韜・立将)。
37　傍若無人に大言壮語して。
38　先端を細くして敵陣を突破する魚の鱗形の陣形。
39　ひるむことなく、敵を迎え撃つべく悠然と馬を歩ませ。
40　鬨(とき)の声。
41　やや進軍をためらった所に。
42　基氏の軍勢は…。
43　弓手は、左側。馬手は、右側。
44　追い立て追い立てられ。
45　約一時間ほど。

左馬頭《さまのかみ》は芳賀《はが》が元の陣へ取り上がり、芳賀は左馬頭の始めの陣に打ち上がりて、ともにその兵を見るに、討たれたる者百余人、疵《きず》を被《こうぶ》る者数《かず》を知らず。「さても、[47]宗徒《むねと》の者のその中に、誰か討たれたる」と尋ぬるに、「芳賀駿河守《はがするがのかみ》、鎌倉殿《かまくらどの》に切つて落とさるると見えつるが、乗つたる馬は、離れてありながら、その人はなし」とぞ申しける。兄の伊賀守《いがのかみ》、流るる涙を汗とともに押《お》し拭《のご》ひて、「ただ二人《ににん》、影の如くに随うて、死なばともにと思ひつる弟を、目の前に討たれて、その死骸《しがい》いづくにありとも見ずして、[48]さてあると云ふ事やあるべき」とて、切り乱されたる母衣《ほろ》結び継いで、[49]鎧ゆり直し、喚《おめ》いてまた懸け入る。

鎌倉殿の方《かた》にも、官軍七十余人討たれたるのみならず、「[50]木《き》戸《ど》兵庫助《ひょうごのすけ》、両方引き分かれぬる時、近づく敵に引つ組んで、落ち重なる敵に討たれぬ」と申しければ、左馬頭、[51]眼《まなこ》は血を溶《と》きたる如くなり、[52]ささらの子《こ》の如くに敲《たた》きなされたる太刀の歯《は》

46 堀兼の井(池)は、深いことのたとえ。「武蔵野の堀兼の井もあるものをうれしく水の近づきにける」(千載和歌集・藤原俊成)。堀兼は、埼玉県狭山市堀兼。
47 主だった者。
48 このまま引き下がるということがあろうか。
49 鎧を揺すって札(さね)の透き間をなくし。戦闘態勢に入る動作。
50 群馬県館林市木戸町の武士。
51 涙で目は充血し。
52 刃がぼろぼろになっているさま。ささらは、のこぎり状の刻み目の付いた細い棒。それに竹を細かく割って束ねたもので擦って音を出す楽器(擦りざさら)。田楽などに用いる。

本《もと》を、小刀にて削り直し、打ち振つて懸け足を出だし給へば、左右の兵三千余騎、大将の先に馳《は》せ抜《ぬ》けて、一度にさつと懸かり合ふ。追つ廻し懸け違ひ、喚《おめ》き叫《さけ》んで戦ふ声、さしも広き武蔵野《むさしの》に、余るばかりぞ聞こえける。

大将左馬頭、余りに[53]手繁《てしげ》く懸け立て懸け立て戦はれける程に、乗り給へる馬の[54]三頭《さんず》、[55]平頸《ひらくび》三《み》太刀《たち》斬られて、[56]犬居《いぬい》にどうと臥したりける。これを大将と見知る敵多ければ、懸け寄り懸け寄り、冑《かぶと》を打ち落とさんと、後ろより廻《まわ》る者もあり、飛び下り飛び下り歩立《かちだち》になり、太刀を打《う》ち背《そむ》いて組討ちにせんと左右より懸かる敵もあり。されども、左馬頭、元来《もとより》力人に勝《すぐ》れて、[57]心飽《あ》くまで早くして、[58]黄石公《こうせきこう》が伝へし処《ところ》、[59]李《り》道翁《どうおう》が授《さず》けし道、[60]機にあたり心とせし太刀きさなれば、或いは甲《かぶと》の鉢《はち》を二つに打《う》ち破《わ》り、引く太刀に右に廻る敵を斬《き》り居《す》ゑ、或いは鎧の胴中《どうなか》を[61]懸けず打ち斬つて、余る太刀に左に懸かる敵を払はる。その兵刃《へいじん》に胸を

53　くり返しくり返し。
54　馬の尻の骨の高くなっている所。
55　たてがみの下の平らな部分。
56　四つんばいに。
57　心はどこまでも機敏で。
58　張良(漢の高祖の臣)に太公望の兵法書を授けた秦末の隠者(史記・留侯世家、蒙求・子房取履)。
59　不詳。本巻・11に、黄石公が張良に授けた兵法書を伝えた人として「履道翁」の名がみえる。
60　臨機応変に心得た太刀打ちの名手なので。
61　たやすく。

冷《ひ》やして、敵あへて近づかざれば、東西開け、前後晴れて、いよいよ大将馬に離れぬと、見知らぬ敵もなかりけり。

[62]大高左馬助《だいこうさまのすけ》、遥《はる》かにこれを見て馳《は》せ寄《よ》り、弓手《ゆんで》に下《お》り立《た》つて、「あな、おびたたしのただ今の御振る舞ひ候ふや。昔の[63]和泉《いずみ》、[64]朝井名《あさいな》も、これまではよも候はじ」と、[65]覿面《てきめん》に誉《ほ》め奉つて、「早やこの馬に召され候へ」と申せば、[66]放《はな》ち内股《うちまた》にゆらりと飛《と》び騎《の》つて、[67]鞍壺《くらつぼ》に直りざまに、「平家の侍 [68]後藤兵衛《ごとうびょうえ》が、主《しゅ》の馬に乗つて逃げたりしには、遥かに替はりたる振る舞ひかな。ただ今こそ誠《まこと》に大高の名は相応《そうおう》したれ」と、互ひにぞ誉め合はれける。

その後《のち》、左馬助は、放れ馬のありけるを取つて打ち乗り、所々《しょしょ》に村立《むらだ》つたる御方《みかた》の勢《せい》を相招き、また敵の中へ懸け入つて、時移るまで戦ひける。互ひに人馬《じんば》を休めて、両方へさつと引き分かれたれば、また鎌倉殿《かまくらどの》の御陣は芳賀《はが》が陣となり、芳賀が陣

62 重政。重成の子。高一族。
63 泉小次郎親衡。建暦三年(一二一三)に北条氏の討伐を企てて失敗。同年の和田合戦の導因となった勇士。
64 朝比奈三郎義秀。和田義盛の三男として、和田合戦で武勇を振るう。
65 面と向かって。
66 勢いよくまたがるように飛び乗って。
67 鞍の前輪と後輪(しず)の間。尻を乗せる所。
68 名は盛長。一ノ谷合戦で平重衡が生け捕られたとき、その乗替えの馬に乗って逃亡した乳母子(平家物語巻九・重衡生捕)。

は二度《ふたたび》鎌倉殿の御陣となる。

芳賀《はが》伊賀守《いがのかみ》、御方の勢を見渡して、「[69]八郎《はちろう》が見えぬは、討たれたるやらん」と、親の身なれば、[70]心もとなげに申しけるを、馬の前なる[71]中間《ちゅうげん》、「放れ馬の数百疋《びき》走り散つたる中に、毛色《けいろ》、[72]鞍具足《くらぐそく》を委《くわ》しく見て候ふに、ここに、[73]黒鴾毛《くろつきげ》なる馬の[74]連著《れんじゃく》の鞦《しりがい》懸けたるは、八郎殿の召されたりつる御馬にて候ふ。早や討たれさせ給ひぬとこそ覚え候へ」と申しければ、「さて、その馬鞍《くら》に血や付きたる」と問ひ給へば、「いや、[75]烏頭《からすがしら》に矢は一《ひと》筋《すじ》立つて見え候ひつれども、鞍に血は付き候はず」とぞ答へける。さしも勇める伊賀守、涙を[76]一目《ひとめ》に浮かべて、「さては、この者[77]幼稚《ようち》なれば、生け捕られてけり。軍暫《いくさしばら》くも隙《ひま》あらば、八郎[78]いかさま切られぬと覚ゆる。いざ懸けて、今一軍《ひといくさ》せん」と云ふ処《ところ》に、[79]岡本信濃守《おかもとしなののかみ》、打ち笑うて、「敵の大将を見知らぬ程こそ、[80]葉武者《はむしゃ》に逢うて組んで勝負はせじとて、軍《いくさ》はしにくかりつ

69 公頼の子。
70 心配そうに。
71 侍と小者の中間の従者。
72 鞍とそれに付随した鐙などの馬具。
73 灰色を帯びた月毛（赤みがかった白毛）の馬。
74 連着の鞦（しりがい）。総飾りを間隔を置かずに連ねた、馬の尻にかける紐。
75 馬の後ろ足の外に向いてとがった関節。
76 目にいっぱいに。
77 未熟者なので。
78 きっと切られたと思われる。
79 正高。芳賀禅可の弟。
80 身分の低い無名の武者。

れ。先に白糸《しろいと》の鎧《よろい》着て下《お》り立《た》つたりつる若武者は、慥《たし》かに鎌倉《かまくら》殿《どの》と見すましたり。鎧の毛を注《しるし》にて組討ちに討ち奉らんずる事、何よりも安かるべし」とて、[81]仰《の》り(たる)太刀を押し直し、紛《まぎ》れて敵に組まんと[82]笠符《かさじるし》を投げ捨てて、[83]時衆《じしゅう》に[84]最後の十念受けて、思ひ切つたる機[85]を顕《あらわ》す。

ここに、[86]岩松治部大輔《いわまつじぶのたいふ》は、よく思慮《おもんばかり》あつて軍《いくさ》の[87]変《へん》を謀《はか》る人なりければ、大将左馬頭殿《さまのかみどの》の鎧の毛を、敵いかさま見知りぬらんと推量して、御大事《おんだいじ》に替はらんと思はれければ、わが今まで着たりつる紺糸《こんいと》の鎧に、鎌倉殿の白糸の鎧を俄《にわ》かに着替へてぞひかへたりける。暫《しば》くあれば、両陣また乱れ逢うて、入れ替へ入れ替へ戦ひけるに、岡本信濃守《おかもとしなののかみ》、白糸の鎧着たる岩松を、左馬頭殿ぞと目に懸けて、組んで討たんと相近づく。岩松はまた、元来《もとより》左馬頭の命に替はらんと鎧解《ぬ》ぎ替《か》ふる上は、なじかは命を惜しむべき、二人《ににん》ともに馬をしづしづと歩ませ寄せて、あはひ[88]

81 曲がった太刀。
82 敵味方を識別する布きれ。
83 従軍する時衆の僧。
84 死に赴く者に、南無阿弥陀仏の名号を十回唱えること。
85 気勢。
86 直国。政経の子。足利一門。
87 臨機応変。
88 あいだ。

すでに[89]草鹿《くさじし》の垜《あずち》たけになりける時、[90]金井《かない》新左衛門《しんざえもん》、岩松治部大輔が馬の前に馳《は》せ塞《ふさ》がつて、岡本信濃守と引つ組んで馬よりどうと落ちけるが、互ひに[91]中《ちゅう》にて差し違へ、ともに命を止《とど》めてけり。岩松は、左馬頭の命に替はらんと鎧を着替へ、金井は、岩松が命に替はつて落つ。主従ともに義を守り、節を重んずる忠《ちゅう》貞《てい》、あり難《がた》かるべき人々なり。

芳賀《はが》が八百余騎の兵、昨日は二日路《ふつかじ》を一夜に打ちしかば、馬皆疲れぬ。今日は入れ替ふる勢《せい》もなくて、つひに戦ひ負けしかば、兵息《いき》を継《つ》ぎあへず。[92]所存《しょぞん》今はこれまでとや思ひけん、日すでに夕陽《せきよう》になりしかば、討ち残されたる兵わづかに三百余騎を助けて、宇都宮《うつのみや》へぞ引つ返しける。これを見て、勝方《かちかた》に付かんと伺《うかが》ひつる白旗一揆《しらはたいっき》、[93]弊《つい》えに乗り、疲れを攻めて、いづくまでもと芳賀が勢を追《お》つ攻《つ》めて打ち止めんと、[94]高名顔《こうみょうがお》にぞ追うたりける。これのみならず、芳賀が勢打ち負けて引くと聞こえし

89 鹿の形に作った弓の的の距離。垜は、的をかける盛り土。
90 岩松の一族。
91 馬から落ちるときの空中。
92 自分の願う所。
93 弱みにつけこみ。
94 手柄顔。

かば、後《おく》れ馳《ば》せに御陣へ参りける兵ども、橋を引き道を塞いで、落とさじとしける程に、道にて百余人討たれにけり。[95]辛《から》き命を助かりて、故郷《ふるさと》へ帰りける(者も)、大略は皆髻《もとどり》を切り、遁世《とんせい》して無きが如くになりにけり。

軍《いくさ》散じければ、[96]やがて宇都宮《うつのみや》を悉《ことごと》く退治《たいじ》せらるべしとて、左《さ》馬頭《まのかみ》、八十万騎の勢にて、先《ま》づ[97]小山《おやま》が館《たち》へ打ち越え給ふ。[98]宇都宮、やがて馳《は》せ参《さん》じて、「禅可《ぜんか》がこの間の振る舞ひ、全くわが同意したる事にて候はず。[99]主従向背《きょうはい》の自科《じか》遁《のが》れ難《がた》きによつて、その身すでに逐電《ちくでん》仕《つかまつ》りぬる上は、御勢《おんぜい》を向けらるまでも候ふまじ」と申しければ、左馬頭も、深き慮《おもんぱかり》やおはしけん、翌日《つぎのひ》やがて鎌倉《かまくら》へ打ち帰り給ひけり。

[100]「君に諫《いさ》むる臣無き則《とき》は、君その国を失ふ。父に諍《しず》むる子無き則《とき》は、父その家を亡ぼす」と云へり。禅可、たとひ[101]老僻《ろうへき》してかかる悪行《あくぎょう》を企《くわだ》つとも、子ども、もし義を知つて制《せい》し止《とど》むる事

95 あやうい命。
96 すぐさま。
97 栃木県小山市に住んだ豪族。秀郷流藤原氏。
98 氏綱。
99 主従の道に背いた罪科。芳賀は、宇都宮配下の清党の旗頭。
100 「国に諫むる臣あれば、その国必ずやすく、家に諫むる子あれば、その家必ず正し」(平家物語巻二・烽火の沙汰)。「国の将に興らんとするに、諫臣在るを貴び、家の将に興らんとするに、諫子在るを貴ぶ」(臣規・匡諫)。
101 もうろくして。
102 大勢。
103 大名が徒党を組んで行う強引な訴え。

あらば、豈《あ》に若干《そこばく》[102]の一族ども討たせて、諸人に嘲哢《ちょうろう》せられんや。思慮なき禅可が合戦ゆゑに、鎌倉殿の威勢、いよいよ重くなりしかば、大名一揆《だいみょういっき》[103]の嗷儀《ごうぎ》どもも、これより定止《ちょうや》[104]みにけり。

神木入洛《しんぼくじゅらく》の事、付《つけたり》鹿都《しかみやこ》に入《い》る事　5

足利尾張修理大夫《あしかがおわりしゅりのだいぶ》[1]入道道朝《にゅうどうどうちょう》は、将軍兄弟合戦[2]の時、恵源禅《えげんぜん》[3]門方《もんがた》に属《しょく》して打ち負けしかば、鬱陶《うっとう》[4]を散ぜずして、且《しばら》くは宮方《みやがた》に身を寄せけるが、将軍の方《かた》より、さまざま幣礼《へいれい》[5]を尽《つ》くして頻《しき》りに招請《しょうせい》し給ひける間、また御方《みかた》になり、三男子息治部大輔《じぶのたいふ》[6]義将《よしまさ》を面《おもて》に立てて執事《しつじ》の職に居《きょ》し、武家の成敗《せいばい》[7]をぞ心に任せられける。越前国《えちぜんのくに》は、義貞追罰《よしさだついばつ》[8]の賞によつて多年の守護にて、寺[9]社本所領を半済《はんぜい》[10]して家人《けにん》どもに分かち行ひけるに、南都《なんと》の所領河口《かわぐち》[11]の庄をば、一円《いちえん》[12]に家中《かちゅう》の料所《りょうしょ》にぞなされたりける。

104　ぴたりと止んだ。

5

1　斯波高経。尾張足利家。
2　足利尊氏と直義。
3　直義。法名恵源。
4　不満で憤る気持ち。
5　贈り物をして礼をつくして。
6　斯波義将。細川清氏のあと、父道朝の推挙で管領(執事)となる(第三十七巻・5)。
7　政務と訴訟の裁決。
8　新田義貞を追討した褒賞。義貞追討は、第二十巻・10、11、参照。
9　寺社や公家の荘園。
10　年貢の半分を兵粮として守護が徴収すること。
11　福井県坂井市・あわら市にあった興福寺の荘園。
12　一括して一門の兵粮所とした。

この処《ところ》は、毎年[13]維摩会《ゆいまえ》の[14]要脚《ようきゃく》たるのみにあらず、[15]一寺《いちじ》の学徒、これを以て[16]朝三《ちょうさん》の暮資《ぼし》を得て[17]飡霞《さんか》の飢ゑを止《とど》め、[18]夜窓《やそう》の燈《とぼしび》を挑《かか》げ(て)蛍雪《けいせつ》の光に易《か》ふ。しかるを近年は、かの押領《おうりょう》によつて諸事の[19]料脚《りょうきゃく》悉《ことごと》く闕如《けつじょ》しぬれば、維摩の会場《えじょう》には、[20]柳《りゅう》条《じょう》乱れて垂手《すいしゅ》の舞ひを列《つら》ね、[21]講問《こうもん》の床《ゆか》の前には、鶯舌代《おうぜつか》はつて緩声《かんしょう》の歌を唱《とな》ふ。「(これ)一寺《いちじ》滅亡の基《もとい》、または[22]四海擾乱《しかいじょうらん》の端《はし》たるべし。早く当庄押領の儀を止《とど》めて、[23]大会《だいえ》再興(の礼)に復せしめ給ふべし」と、公家に奏聞《そうもん》し、武家に触れ訴へけれども、[24]公家の勅裁《ちょくさい》はなれども人用ゐず、[25]武家の奉書《ほうしょ》は憚《はばか》つて渡す人なし。

これによつて、[26]嗷儀《ごうぎ》の若輩《じゃくはい》、氏人《うじびと》の国民《くにたみら》等、[27]春日《かすが》の神木《しんぼく》を飾り奉つて、大夫《たいふ》入道道朝《にゅうどうどうちょう》が宿所へ振り捨て奉る。その日、やがて勅使参向《ちょくしさんこう》し給ひて、神木をば[28]長講堂《ちょうこうどう》へぞ入れ奉りける。天子自ら[29]玉扆《ぎょくい》をぞ下《お》りさせ給ひて、[30]常《つね》の御膳《ごぜん》を降《くだ》され、[31]摂家《せっけ》皆高《こう》

13　維摩経を講じる法会。十月に行われる興福寺最大の法会。
14　費用を出す領地。
15　興福寺全体。
16　「朝三暮四の資」がよい。生計のもとで。他本「朝三の資」。「朝三暮四」(荘子・斉物論)。
17　とぼしい食事。
18　晋の車胤が蛍の光で、孫康が雪あかりで勉学に励んだ故事(蒙求・車胤聚蛍、同・孫康映雪)。
19　費用。
20　舞楽の舞人の代わりに柳の枝が空しく揺れ。垂手は、中国の楽府雑曲の名。以下、「緩声の歌を唱ふ」まで、「詩人玉屑」巻七・属対に載る詩句による。
21　講師問者の声の代わりに、鶯が緩声(楽府雑曲の名)の歌を歌っている。

門《もん》を掩《おお》うて、日《ひ》の御供《みく》を備《そな》へ奉る。

今、[32]澆末《ぎょうまつ》の風《ふう》に向かつて大本《たいほん》の遠きを見るに、政道《せいどう》は捨てて無きに似たりと雖《いえど》も、神慮《しんりょ》は明らかにして在《ま》すが如し。「あはれ、疾《と》くして裁許《さいきょ》あれかし」と、人々申し合はれけれども、時の権威に憚《はばか》つて、これをと申し沙汰する人もなく、[33]神子《きね》が鈴振る袖の上、託宣《たくせん》の涙塞《せ》きあへず、[34]社人《みやうど》の夙夜《しゅくや》する枕の下に、夢《む》想《そう》の告《つ》げ止《や》む時《とき》なし。

[35]同じき五月十七日、いづくの山より出でたりとも知らぬ[36]大鹿《おおじか》二頭《にとう》、京中に走り出でたりけるが、家の[37]棟《むね》、[38]築地《ついじ》の覆《おお》ひの上を走り渡つて、長講堂の南の門前にて四声《よこえ》鳴いて、いづくの山へ帰るとも見えず失せにけり。

これをこそ不思議の事かなと、人皆[39]あつかひけるに、同じき二十一日、[40]酒池《さかいけ》の跡あつて髪長々と生《お》ひたる生《なま》しき入道の頸《くび》一つ、[41]七条東洞院《しちじょうひがしのとういん》を北へころびありくと見えて、掻き消すやう

22　天下の争乱。
23　大規模な法会。興福寺では、維摩会のこと。
24　朝廷の決定。
25　将軍の意を奉じて発給する文書は(実質上の)執事の斯波道朝に憚って。
26　強訴する若い僧と、春日大社の神人(じにん)身分となっていた大和の在地武士。
27　春日大社の御神体の鏡を結びつけた榊の木。興福寺僧が強訴のときに用いた。
28　後白河院の御所六条殿の持仏堂に始まる寺院。当時、土御門東洞院内裏の南隣にあった。
29　玉座。
30　帝の日常の御膳を供え物として下され。
31　摂関家は皆大きな門を閉ざして、毎日のお食事を神にお供えする。
32　末世の風俗となって根

に失せにけり。

また、同じき二十八日、長講堂《ちょうこうどう》の大庭《おおにわ》に徘廻《はいかい》して遊びける童《わらん》部《べ》の中に、年の程十ばかりなるが、俄《にわ》かに物に狂うて、一、[42]二丈飛び上がり飛び上がり、跳《おど》る事三日三夜、参詣《さんけい》の人怪しみて、「いかなる神の付かせ給ひたるぞ」と問ふに、物付《ものつ》き、[43]口打《う》ち噤《すく》めてその返事をばせで、

[44]人や勝つ神や負くるとしばし待て三笠の山のあらん限りは

と、数万人の聞く所にて、高らかに二返詠じて、物付きは則ち醒《さ》めにけり。

見るも恐ろしく、聞くも[45]身の毛よだつ神託《しんたく》どもなれば、これに驚いて、[46]神訴《じんそ》忽《たちま》ちに裁許ありぬと覚えけれども、ひたすら[47]耳の外《ほか》に処《しょ》して三年《みとせ》まで差し置かれければ、[48]朱《あけ》の玉垣徒《いたず》らに、引く人もなき[49]御四目縄《みしめなわ》、その名も長く朽ちはてて、[50]霜の白幣《しらゆう》[51]かけまくも、賢《かしこ》き神の榊葉《さかきば》も、落ちてや塵《ちり》に交《まじ》るらん。

本となる道理が行われないのを見るにつけ。
33 (神の託宣を得るため)巫女が鈴を振り鳴らす袖の上には。
34 神官が朝晩おつとめする夢枕に。
35 貞治四年(一三六五)。以下、大鹿と生首の怪異は、類似の記事が、二条良基「さかき葉の日記」にみえる。
36 鹿は、春日大明神の使い。 37 屋根の頂。
38 土塀。
39 うわさし合っていると。
40 月代(さかやき)。俗人男性の額の髪を頭の中央にかけて半月形に剃った部分。
41 七条大路と東洞院大路との交点。斯波高経(道朝)邸があった。
42 一丈は、約三メートル。
43 口を閉じて。

今、国々の守護《しゅご》、所々《しょしょ》の大名どもを見るに、独《ひと》りとして寺社本所の所領を知行《ちぎょう》せずと云ふ者なし。しかれども、叶《かな》はぬ訴訟に[52]退屈《たいくつ》して、歎《なげ》きながら徒《いたず》らに黙《もだ》しぬれば、国々の政《まつりごと》に[53]僻事《ひがごと》多けれども、その人咎《とが》なきに似たり。しかるを、[54]この人独りかかる大社の強訴《ごうそ》に取り逢うて、神訴を得《え》、呪詛《しゅそ》を負はれけるも、ただその身の[55]不祥《ふしょう》とぞ見えたりける。

同じき十月三日、道朝《どうちょう》が宿所七条東洞院《しちじょうひがしのとういん》より、俄《にわ》かに失火《しっか》出で来て、財宝一つも残らず、[56]内厩《うちむまや》の馬どもまで多く焼《や》け失《う》せければ、「すはや、これこそ春日大明神《かすがだいみょうじん》の御祟《おんたた》りよ」と、[57]云《い》ひ沙汰《さた》せぬ人もなかりけり。

されども、道朝、やがて[58]三条高倉《さんじょうたかくら》に屋形を建て、[59]大樹《たいじゅ》に咫《し》尺《せき》し給へば、門前《もんぜん》に鞍置き馬の立《た》ち止《や》む隙《ひま》もなく、庭上《ていしょう》に酒《さけ》肴《さかな》を舁《か》き列《つら》ねぬ時もなし。それ[60]富貴《ふっき》の家をば、鬼これを睨《にら》むと云へり。いかに況《いわ》んや、神訴を負へる人なり。これとても行末《ゆくすえ》

44　人が勝つか神が負けるか、三笠山(ふもとに春日大社がある)がある限り、しばらく様子を見よ。見るに三笠を掛ける。
45　底本「病悸(ミノケヨダツ)」。
46　神威をかさに起こした訴訟。
47　聞こえないふりをして。
48　朱塗りの垣。
49　注連縄。
50　霜のように白い木綿(ゆう＝注連縄や榊に付ける幣)。
51　木綿を懸けると、申す意の「かけまくも」を掛ける。　52　気力をなくして。
53　道理に合わぬ事。不正。
54　斯波道朝。　55　災難。
56　邸内のうまや。
57　うわさ。
58　三条大路と高倉小路との交点。
59　将軍(三条坊門万里小路に御所があった)の側近

いかがあらんと、才《ざえ》ある人は怪《あや》しめり。

諸大名《しょだいみょう》道朝《どうちょう》を讒《ざん》する事、付《つけたり》道誉《どうよ》大原野《おおはらの》花会《はなえ》の事 6

そもそもこの道朝と申すは、[1]将軍家にも宗徒《むねと》の一族なれば、誰《たれ》かはその職を猜《そね》む人もあるべきなれば、[2]器《き》用《よう》と皆思ひ合へり。また、[3]関東の盛りなりし世をも見給ひたりし人なれば、[4]礼儀法《はっ》度《と》もさすが今の人のやうにはあるまじければ、これぞ誠《まこと》に、[5]武家の世をも久しく治めんずる人よと覚えけるに、諸人の心に違《たが》ふ事ありて、[6]わづかに身を失はれけるも、ただ春日大明神《かすがだいみょうじん》の冥慮《みょうりょ》に背《そむ》くかと覚えたり。

諸人の心に違ひけるも、一つには、近年日本国の地頭《じとう》、御家《ごけ》人《にん》の所領に、五十分の一の[7]武家役《ぶけやく》を毎年懸けられけるを、この管領《かんれい》の時になつて、二十分の一になる。これ天下の人の、先例

くに移り住んだので。

60 「高明の家、鬼その室を瞰む」(文選・揚雄・解嘲)。

6

1 足利家においても格別な一族。斯波家の祖家氏(道朝の曾祖父)は、足利泰氏の長子、家督を継いだ頼氏(尊氏の曾祖父)の兄にあたる。家氏以来、代々尾張守に任じられ、尾張足利家と呼ばれた。

2 しかるべき器量の人物。

3 鎌倉幕府のすぐれた治世。

4 礼節と法令(の遵守)。

5 武家(足利将軍)によって統一された世。

6 たちどころに失脚してしまったことも。

7 幕府が地頭や御家人の所領に課した税。

にあらずと憤《いきどお》りを含む処《ところ》なり。

次には、将軍、三条万里小路《さんじょうまでのこうじ》に屋形を立てらるる時、一殿一《いちでんいっ》閣《かく》を大名一人づつに充《あ》て造《つく》らせらる。[8]赤松律師則祐《あかまつのりっしそくゆう》もその人数《にんじゅ》たりけるが、作事《さくじ》遅々してその日限《にちげん》わづかに過ぎければ、法を犯す咎《とが》ありとて、[9]新恩《しんおん》の地大庄《たいしょう》一処没収《もっしゅ》せらる。これまた赤松が恨みを含む随一なり。

次に、[10]佐々木佐渡判官入道道誉《ささきさどのほうがんにゅうどうどうよ》、五条《ごじょう》の橋を渡すべき奉行《ぶぎょう》を承《うけたまわ》つて、洛中の[11]棟別《むなべつ》を取りながら、事[12]大営《たいえい》なれば少し延引《えんいん》しけるを励《はげ》まさんとて、道朝、他《た》の力をも借らず、民の煩《わずら》ひをもなさず、数日《すじつ》の間に渡《わた》し出《い》だして往来の人をぞ悦《よろこ》ばしめける。これまた道誉が鬱憤《うっぷん》の至極《しごく》なり。

また、去んぬる春の季《すえ》に、[13]柳営庭前《りゅうえいていぜん》の花、紅白《こうはく》色を交《まじ》へてその興《きょう》類ひなかりければ、道朝、種々《しゅじゅ》の酒肴《さけさかな》を用意して、[14]三月四日を点じ、将軍の御屋形《おんやかた》にて[15]花《はな》の本《もと》の遊びあるべしとて、殊《こと》

8 円心の三男。赤松の家督を継いだ。
9 新たに恩賞としてもらった地で大きな荘園一か所。
10 俗名高氏。上総・摂津などの守護を兼ね、幕府の要職を歴任。当代一流の文化人でもある。
11 棟別銭。土木工事等に際して家屋ごとに課された臨時の税。
12 大事業。
13 将軍御所の前庭の桜。柳営は、将軍の陣営、幕府の唐名。
14 貞治五年（一三六六）。
15 桜の花の下で行う連歌会。
16 参加すると約束していたが。
17 諸芸諸道の芸達者。
18 京都市西京区大原野。
19 流布本により補う。
20 軽い皮衣を着て肥えた

更道誉《さらどうよ》にぞ相触れたりける。道誉、かねては必ず[16]予参《よさん》すべしと領状《りょうじょう》したりけるが、わざと引き違《ひちが》へて、京中の[17]道々《みちみち》の物の上手ども独《ひと》りも残さず皆引き具して、[18]大原野《おおはらの》の花の下《もと》に宴《えん》を儲《もう》け、席を粧《かざ》つて、世に類《たぐ》ひなき遊びをぞしたりける。

[19](すでにその日になりしかば、[20]軽裘肥馬《けいきゅうひば》の家を伴ひ、[21]大原や小塩《おしお》の山にぞ赴きける)。麓《ふもと》に車を駐《とど》めて、手を採つて[22]碧蘿《へきら》を攀《よず》るに、[23]曲径幽処《きょくけいゆうしょ》に通じて、禅房《ぜんぼう》に花木《かぼく》深し。寺門《じもん》に当たつて、[24]渓洲《けいしゅう》の湑《せせらぎ》を渉《わた》れば、[25]路羊腸《みちようちょう》を遶《めぐ》つて、橋に[26]雁歯《がんし》をなせり。高欄を[27]金襴《きんらん》にて裹《つつ》みて、[28]金帽子《ぎぼうし》に銀薄《ぎんぱく》を押し、橋板《はしいた》に[29]蜀江《しょっこう》の錦を色々に布《し》き展《の》べたれば、落花上に積もつて、[30]朝陽渓陰《ちょうようけいいん》の処《ところ》に到らず、留《とど》まれば横橋一板《おうきょういっぱん》の雪を得《う》るに相似たり。

歩むに足冷《すさ》まじく、履香《くつこう》ばしくして、遥《はる》かに[31]風磴《ふうとう》を登れば、[32]竹筧《ちくかん》に泉を分けて、石鼎《せきてい》に茶の湯を立《た》てたり。[33]松籟《しょうらい》声を譲りて、芳甘《ほうかん》春濃《こま》やかなれば、一椀《いちわん》の中に[34]天仙《てんせん》をも得つべし。[35](紫《し》

馬に乗る富裕な家の人々。「肥馬に乗って軽裘を衣（き）たり」(論語・雍也)。
21 「大原や小塩の山もけふこそは神代のことも思ひ出づらめ」(伊勢物語七十六段)。小塩山は、西京区大原野南春日町、大原野神社の西方の山。天台宗寺院の勝持寺がある。
22 みどり色のつたかずら。
23 「曲径幽処に通じて、禅坊花木深し」(常建・破山寺後禅院に題す)。
24 渓流の中洲。
25 道は羊の腸のように曲がりくねって。
26 橋の上に渡した横板。
27 金糸で模様を織りだした絹織物。 28 擬宝珠。
29 蜀江で産した高級な錦。
30 朝日は谷間の陰に届かず、立ち止まると橋板に渡した一枚の板に雪が積もっ

藤《とう》)屈曲せる枝ごとに、高く[36]平江帯《ひんごうたい》を掛けて、[37]螭頭《ちとう》の香炉に、[38]鶏舌《けいぜつ》の沈水《じんすい》を薫《くん》じたれば、春風《しゅんぷう》香り暖かにして、覚えず[39]栴檀《せんだん》の林に入《い》るかと怪しまる。[40]四山《しざん》の遠霞《えんか》重畳《ちょうじょう》として、山川《さんせん》雑《まじ》はり峙《そばだ》ちたれば、[41]丹青《たんせい》借らずして、[42]十日《とおか》一水《いっすい》の精神顕《あらわ》れぬ。足を寸歩《すんぽ》に移さずして、[43]四《し》海五《かいご》湖《こ》の風景たちどころに得たり。

[44]一歩《いっぽ》三歎《さんたん》して遥《はる》かに本堂の庭に躋《のぼ》れば、[45]十囲《じゅうい》の花木《かぼく》四本あり。この本《もと》に、一丈余りの[46]鍮石《ちゅうじゃく》を以て華瓶《かびん》に鋳懸けて、[47]一双の立《りっ》花《か》に作り成し、その間に、両囲《りょうい》の香炉《こうろ》を置いて、[48]一斤《きん》の名香《めいこう》を一度に焙《た》き上《あ》げたれば、香風四方に散じて、皆人[49]浮香世界《ふきょうせかい》に在るが如し。その陰《かげ》に、幔《まん》を引き、[50]曲録《きょくろく》を立て並べて、[51]百味《ひゃくみ》の珍膳《ちんぜん》を調《ととの》へ、百服[52]の本非《ほんぴ》を飲みて、懸物《かけもの》山の如くに積み上げたり。[53]優工《ゆうく》一度《ひとたび》[54]廻鸞《かいらん》の翅《つばさ》を翻《ひるがえ》し、[55]傀儡《かいらい》濃《こま》やかに春鶯《しゅんおう》の舌を暢《の》ぶれば、座中の人々、[56]大口《おおぐち》、小袖《こそで》を解《と》いて抛《な》げ与《あた》へ、興闌《きょうたけなわ》に酔《え》ひに和《か》して、帰路《きろ》に月なければ、松明《たいまつ》天を耀《かかや》かす。

ている風情である(李頎・渓行)。
31 風の吹きつける石段。
32 竹の懸け樋で泉の水を分けて流し、石製のかなえで茶の湯を立てる(韓愈・石鼎の聯句詩序)。
33 松風は湯の煮立つ音に声を譲り、茶の香りに春の気配が色濃いので。
34 仙人の境地。
35 ふじ(藤)の唐名。
36 中国の平江(江蘇省)に産した、両端にふさのある帯。
37 みずち(蛇に似て四脚をもつ想像上の動物)の形を模した香炉。
38 香の名。沈水は、ここは香を意味する。
39 インド産の香木。
40 四方の山。
41 赤や青の絵の具を使わずに。

[57]鈿車《でんしゃ》軸々《じくじく》として轟《とどろ》き、[58]細馬《さいば》轆々《ろくろく》として鳴らして馳《は》せ散《ち》り、喚《おめ》き叫《さけ》びたる有様、ただ[59]三尸《さんし》[60]百鬼《ひゃっき》の夜《よ》深《ふか》くして衢《ちまた》を過ぐるに異ならず。「[61]花開き花落つる事二十日、一城《いちじょう》の人皆狂せるが如し」と、牡《ぼ》丹妖艶《たんようえん》の色を[62]風《ふう》せしも、げにさこそはありつらめと思ひ知らるるばかりなり。

この遊び洛中の[63]口遊《くちずさ》みとなつて、管領方《かんれいがた》へ聞こえしかば、これはただ、わが申し沙汰する将軍家の花《はな》の下《もと》の会を、[64]かはゆげなる遊びどもかなと[65]欺《あざむ》きけるものなりと、[66]安からぬ事にぞ思はれける。さりながら、これは心中の憤《いきどお》りにて、[67]公儀《こうぎ》に出だすべき咎《とが》にあらず。あはれ道誉《どうよ》、何事にても公方《くぼう》の事について法を犯す事あれかし、辛《から》く沙汰《さた》を致さんと、心を付けて待たれける処《ところ》に、二十分の一の武家役を、道誉[68]両年まで沙汰せざりければ、管領、すはや、[69]究竟《くっきょう》の罪科《ざいか》は出で来たりぬと悦《よろこ》びて、道誉が近年賜《たまわ》りたりける摂州《せっしゅう》の守護職を改め、同国の旧領[70]多田《ただ》の庄を

42　十日間かけて一つの川を画くように、画家が丹誠こめて画くこと(杜甫・戯れに王宰の画く山水図に題す)。
43　中国の全ての景勝地。
44　歩みを運ぶごとに感嘆して。「一唱三嘆」(礼記・楽記)。
45　囲は、両手を広げて抱える大きさ。
46　真鍮。
47　二本一組みの生け花に仕立て。
48　約六〇〇グラム。なお、今日の香道(聞香)で焚かれる香木片は、一回につき約〇・一グラム以下という。
49　芳香のただよう世界。「維摩経」にみえる香積如来の浄土。
50　曲彔。寺院で用いる椅子。
51　多くの珍しい料理。
52　茶を飲んで本茶(栂

没収《もっしゅ》して、71政所料所《まんどころりょうしょ》にぞなしたりける。

　これによつて、道誉が鬱憤《うっぷん》72等閑《なおざり》ならず。いかにもしてこの管領を失はばやと思ひて、諸大名を語らふに、73六角入道《ろっかくにゅうどう》は一族なり、74赤松《あかまつ》は婿なり、75なじかは何ぞ異儀《いぎ》に及ぶべき。この外《ほか》の大名ども、大略道誉を諂《へつら》はずと云ふ者なければ、事に触れて、この管領天下の世務《せいむ》に叶《かな》ふまじき由《よし》を、将軍へぞ讒《ざん》し申《もう》しける。

　76魯叟《ろそう》言へることあり。曰はく、「77衆これを悪《にく》むをも必ず察せよ。衆これを好《よみ》んずる事をも必ず察せよ」。78或いはその衆79阿党《あとう》比周《ひしゅう》して、好《よみ》んずる事あり。或いはその人80不祥《ふしょう》にして、悪《にく》まるる事あり。毀誉《きよ》倶《とも》に察せずんばあるべからず。諸人の讒言《ざんげん》、つひに真偽を正されざりしかば、道朝咎《どうちょうとが》なくして、忽《たちま》ちに討たるべきに定まりにけり。このために、内々《ないない》佐々木《ささき》六角判官入《ろっかくほうがんにゅう》道崇永《どうそうえい》に仰せられて、江州《ごうしゅう》の勢《せい》をぞ召《め》し上《のぼ》せられける。

尾・宇治の本場の茶)と非茶(本場以外の茶)を言い当てる闘茶。それを百回分。
53 舞人。
54 旋回する鸞(中国の想像上の鳥)の翼のような袂。優雅な舞のたとえ。
55 くぐつ女(め)。遊女。
56 大口袴や筒袖の着物。
57 金と青貝で飾った車。軸々、鏕々は、擬音語。
58 美しい馬。
59 道教で、人の体内に住む三匹の虫。庚申の夜に人が寝ていると抜けだし、その罪を天帝に告げるという。
60 夜行する百の妖怪。
61 「花開き花落つ二十日、一城の人皆狂えるが如し」(白居易・牡丹の芳〈はな〉)。花が咲いて散るまでの二十日間は、町中の人が皆狂ったようになる。
62 遠回しに時勢を批判し

道朝《どうちょう》没落《ぼつらく》の事　7

道朝、この由《よし》を伝へ聞いて、[1]八月四日の晩景《ばんけい》に、将軍の御前《おんまえ》に参じて申されけるは、「御不審を蒙《こうぶ》る由、内々《ないない》告げ知らする人の候ひつれども、身に於て不忠不義《ふちゅうふぎ》の事候はねば、申す人の謬《あやま》りにてぞ候ふらんと、[2]愚意《ぐい》を遣《や》り候ひつるに、近日、江州《ごうしゅう》の勢《せい》ども、合戦の用意にて罷《まか》り上《のぼ》り候ひける由、承《うけたまわ》り及《およ》び候へば、風聞《ふうぶん》の説早や実《まこと》にて候ひけりと信を取つて候ふ。そもそも道朝、才なくして[3]庸愚《ようぐ》の身を以て、[4]大任重器《たいにんちょうき》の職を汚《けが》し候ひぬれば、さぞ讒言《ざんげん》も多く候ふらんと覚え候ふ。しかるを、讒者《ざんしゃ》の御糺明《ごきゅうめい》までもなくて、御不審を蒙《こうぶ》るべきにて候はば、国々の勢を召さるるまでも候ふまじ。侍《さぶらい》一人に仰せ付けられ候ひて、[5]死を忠諫《ちゅうかん》の下《もと》に賜《たまわ》り、屍《かばね》を衰老《すいろう》の後《のち》に曝《さら》されん事、何の子細《しさい》か

たのも。　63 評判。
64 たわいない。
65 あざ笑う。
66 心中穏やかではなかった。　67 おおやけ。
68 二年間納めなかったので。　69 好都合の。
70 兵庫県川西市多田院。
71 幕府の政所が管理する闕所地。
72 通りいっぺんではなかった。
73 法名崇永。佐々木氏頼。近江守護。道誉の娘婿。
74 則祐も、道誉の娘婿。
75 どうして何の異論があろうか。
76 魯国の翁。孔子をさす。魯は、孔子の生国。
77 「衆これを悪(にく)むをも必ず察し、衆これを好(よみ)するをも必ず察す」(論語・衛霊公)。人々が悪くいうこともよく言うことも、必

候ふべき」と、恨みの面《おもて》に涙を拭《のご》ひて申されければ、将軍も理《り》に服したる体《てい》にて、さしたる言《ことば》もなし。やや久しく黙然《もくねん》として、涙を[6]一目《ひとめ》に浮かめ給ふ。

暫《しばら》くあつて、道朝[7]すでに退出せんとせられける時、将軍、席を近づけ(給ひ)て、「条々の趣《おもむき》、げにもさる事にて候へども、今の世の中、わが心に任《まか》せたる事にても候はねば、暫《しばら》く越前《えちぜん》の方《かた》へ下向《げこう》あつて、諸人の申す所をも宥《なだ》められ候へかし」と宣《のたま》へば、道朝、「畏《かしこ》まつて承り候ひぬ」とて、[8]やがて退出せられぬ。

さる程に、崇永《そうえい》、かねてより用意したる事なれば、稠《きび》しく鎧うたる兵八百余騎を率《そっ》して、将軍の御屋形《おんやかた》へ馳《は》せ参《まい》り、[9](四門《しもん》を警固仕《つかまつ》る。これより京中ひしめき渡つて、将軍へと馳せ参る武士もあり、)また管領《かんれい》へ馳する人もあり。両陣のあはひわづかに[10]半町ばかりなれば、いづれを敵、いづれを御方《みかた》の勢《せい》とも見え分かず。

ずその真相を調べよ。
78 以下は、何晏の注(論語集解)による文。
79 おもねり親しくすること。
80 不運。

7

1 貞治五年(一三六六)。
2 私の考えを伝えましたが。
3 凡庸で愚かな身。自分の謙称。
4 将軍の補佐や越前守護の要職。
5 忠義の諫めにより死を賜わり、年をとり衰えた屍を獄門にさらされることは、何のさしつかえもございません。
6 目いっぱいに。
7 もはや。
8 すぐさま。
9 底本「其後有テ」。玄玖本・流布本等により補う。
10 五〇メートル強。

道朝《どうちょう》、始めは一矢《ひとや》射て腹を切らんと企《くわだ》てけるが、将軍より三《さん》[11]宝院僧正《ぼういんのそうじょう》を使ひにて、度々《どど》宥《なだ》め仰《おお》せられける間、さらばとて、北国《ほっこく》下向の儀に定まりけり。さりながら、をめをめと都を落ちて下《くだ》る体《てい》ならば、悪《にく》む敵追つ懸くる事もあるべしとて、八月八日の夜半《やはん》ばかりに、二宮信濃守《にのみやしなののかみ》[12]、五百余騎を率《そっ》し、高倉西《たかくらにし》[13]の門《もん》より将軍家へ押し寄する体《てい》を見せて、時[14]の声をぞ揚げたりける。これを聞いて、将軍家へ馳《は》せ参《まい》りたる大勢《おおぜい》ども、内へ入《い》らんとするもあり、外へ出でんとするもあり、何と云ふ事もなくせき[15]合ふ程に、鎧の袖、甲《かぶと》を奪はれ、太刀、長刀《なぎなた》を取られ、馬、物具《もののぐ》[16]を失ふ者数《かず》を知らず。未だ戦はざる先に、禍《わざわ》ひ蕭牆《しょうしょう》[17]の中《うち》より出でたるかとぞ見えたりける。このひしめきに、道朝は、三百余騎の勢《せい》を率し、長坂《ながさか》[18]を経て越前《えちぜん》へぞ落ちられける。

先陣今は一里ばかりも落ち延びぬらんと覚ゆる時に、二宮、跡を追うて落ち行く処《ところ》に、諸大名(の勢)ども、疲れ[19]に乗つて討《う》

11 光済。三宝院門跡。日野資明の子。
12 貞家。斯波道朝の家臣。越前守護代。
13 高倉通りに面した西門。
14 鬨(とき)の声。
15 押し合ううちに。
16 鎧・兜などの武具。
17 目かくしの塀の中。転じて一家の内部、うちわ。
18 京都市北区鷹峯(たかがみね)から右京区京北を経て、若狭・越前へ至る周山街道。京都七口の一。
19 弱みにつけこんで。

ち止《とど》めんと追つ懸けたり。二宮、長坂の嶽《とうげ》にひかへて、少しも[20]漂《ただよ》へる機を見せず、馬に[21]路《みち》の草飼ひ、あざ笑うたる[22]声《こわ》ざしにて申しけるは、「都にて軍《いくさ》をせざりつるは、敵を恐るるにはあらず、ただ将軍に[23]所を置き奉る処なり。都をも立ち出でぬ、夜も明けぬ。敵も御方《みかた》も、ただ今まで知り知られたる人々なり。[24]ここにてわれ人の剛臆《こうおく》の程を呈《あらわ》さでは、いつを期《ご》すべき。馬の[25]腹帯《はるび》の延びぬ先に、早やこれへ御入《おんい》り候へ。われらが頸《くび》ども御引出物《おんひきでもの》に進《まいら》するか、御頸どもを[26]餞《はなむけ》に賜《たまわ》るか、その二つの間に自他《じた》の運否《うんぴ》を定め候はん」と、高声《こうしょう》に呼ばはり懸け、馬上《ばじょう》にて[27]鎧ゆり揚げ、[28]上帯《うわおび》しめて、[29]東頭《ひがしがしら》にひかへたり。その勇気誠《まこと》に死を軽《かろ》んずる義ありて、恐るべき敵もなしと見えければ、数《す》万騎《まんき》の追手《おって》、[30]よしや、今はこれまでぞとて、長坂の麓《ふもと》より、やがて引つ返しければ、道朝、二宮を待ち連れて、越前国《えちぜんのくに》へ下着《げちゃく》しぬ。

20　たじろぐ気配。
21　道ばたの草を食わせ。
22　声の調子。
23　遠慮したからだ。
24　ここで我と汝らの剛胆か臆病かを示さずには、いつ示せようか。
25　鞍を固定するため馬の腹にしめる帯。
26　餞別。
27　戦闘態勢に入るときに、鎧を揺すって札(さね)の透き間をなくす動作。
28　鎧の胴を締める白帯。
29　馬を東向きに。
30　もうよい。
31　福井県南条郡南越前町阿久和の山。山頂北に杣山城址がある。
32　丹生郡越前町厨。

わが身は[31]杣山城《そまやまのじょう》に籠《こ》もり、子息治部大輔《じぶのたいふ》義将《よしまさ》を、[32]栗屋城《くりやのじょう》に籠めて、北国《ほっこく》を打《う》ち順《したが》へんとぞ議せられける。将軍、さらば、討手《うって》を下せとて、[33]畠山尾張守義深《はたけやまおわりのかみよしふか》、[34]山名中務大輔《やまななかつかさのたいふ》、佐々木《ささき》判官入道崇永《ほうがんにゅうどうそうえい》、舎弟[35]山内判官入道崇誉《やまのうちほうがんにゅうどうそうよ》、[36]佐々木治部少輔高《じぶのしょうたか》秀《ひで》、[37]土岐左馬助《ときさまのすけ》、[38]赤松大夫判官《あかまつたいふほうがん》、同じき[39]兵庫助顕範《ひょうごのすけあきのり》、その外《ほか》、能登《のと》、加賀《かが》、若狭《わかさ》、越前《えちぜん》、美濃《みの》、近江《おうみ》の軍勢相共《あいとも》に七千余騎、同じき年十月より、二つの城を囲んで日夜朝暮《にちやちょうぼ》に攻めけれども、城郭《じょうかく》高く聳《そび》えて、兵粮《ひょうろう》も水木《すいぼく》も乏《とぼ》しからねば、何年攻むるとも、この城落とさるべしとは見えざりけり。

かかる処《ところ》に、[40]翌年七月に、道朝俄《どうちょうにわ》かに病《やまい》に侵《おか》されて逝去《せいきょ》しければ、子息治部大輔義将、様々《さまざま》に歎《なげ》き申《もう》さるるによつて、同じき九月に[41]宥免安堵《ゆうめんあんど》の御教書《みきょうじょ》をなされて、京都へ召《め》し還《かえ》さる。幾《いく》程《ほど》なく越中《えっちゅう》の討手《うって》を承《うけたまわ》つて、[42]桃井播磨守直常《もものいはりまのかみただつね》を退治《たいじ》したりしかば、やがて越中の守護職に補《ふ》せられ畢《おわ》んぬ。これより北国《ほっこく》

33 国清(法名道誓)の弟。斯波道朝の失脚後に越前守護となる。
34 氏冬。時氏の子。師義(師氏)の弟。
35 俗名信詮。
36 道誉の三男。
37 不詳。
38 光範。範資の子。
39 貞範の子。前出、第三十六巻・6。底本「範顕」を改める。
40 貞治六年(一三六七)。
41 罪を許し所領を認める旨の、将軍の発給する文書。
42 応安四年(一三七一)のこと。「太平記」の記事の下限か。 43 平穏なこと。
44 事の起こり。
45 あやまち。
46 楚の懐王に仕えた大夫。讒言にあい、江南に追放され、憂苦のあまり「懐沙(かいさ)の賦」を作り、湖南省の

[43]無為《ぶい》になりにけり。

この濫觴《らんしょう》[44]そもそも道朝が僻事《ひがごと》[45]ぞや。楚《そ》の屈原《くつげん》[46]が汨羅《べきら》[47]の沢《たく》に吟《さまよ》うて、「天下皆酔へり、われ独《ひと》り醒《さ》めたり」と世を恨みしかば、漁父《ぎょほ》、笑うて云はく、「天下皆酔へらば、何ぞその糟《かす》を喰《く》らはざる」と欺《あざむ》[48]いて、滄浪《そうろう》[49]の月に棹《さお》さししも、げにやさる道もありけりと、思ひ知らるる代になりにけり。愚かなりし事どもなり。

神木御帰座《しんぼくごきざ》の事 8

貞治《じょうじ》[1]五年八月十二日、越前国河口《えちぜんのくにかわぐち》の庄《しょう》をば南都《なんと》へ返し付けられければ、神訴《じんそ》すでに達して、同じき日に、神木御帰座あり。今度《このたび》は、いつよりも藤氏《とうし》[2]の卿相雲客《けいしょううんかく》奇麗《きれい》を尽《つ》くして神幸《しんこう》に供奉《ぐぶ》せらるべしと、その沙汰あり。将軍を始め奉り武家大名の構へ、申すに及ばず。刻限《こくげん》は卯刻《うのこく》[3]と定められたるに、その暁《あかつき》より、雨

汨羅の淵に身を投じた(史記・屈原賈生列伝)。
47　川の名。「屈原既に放たれ、江潭に遊び、行きて沢畔に吟ず。…屈原曰はく、世を挙げて皆濁れども我独り清(す)めり。衆人皆酔へども、我独り醒めたり。…漁父曰はく、…衆人皆酔へらば、何ぞ其の糟を餔(くら)ひて其の釃(しる)を歠(すす)らざる」(楚辞・漁父)。
48　(何事も時勢のなりゆきにまかすべきだと)あざ笑って。
49　湖北省を流れる漢水の一部の称。

8

1　一三六六年。
2　藤原氏の公卿殿上人。
3　午前六時頃。
4　天気までも人々に感銘を与えた。
5　以下、二条良基「さか

暗く、風暴《あら》かりしが、天の怒りなほ何事にか残るらんと怪しかりしに、その期《ご》に臨《のぞ》んで、雨晴《は》れ、風閑《しず》まりて、天気も殊《こと》に麗《うるわ》しかりしかば、[4]これさへ心の色を感ぜしめたり。洛中の貴賤、桟敷《さじき》を構へ拝し奉る。

[5]すでにその日になりしかば、長講堂《ちょうこうどう》[6]南庭《なんてい》に席を布《し》き、参仕《さんし》の諸卿《しょきょう》、[7]次第に着座《ちゃくざ》せらる。先《ま》づ、[8]南曹《なんそう》の弁嗣房《つぐふさ》参じて、諸事の奉行《ぶぎょう》を取り給ふ。[9]午刻《うまのこく》ばかりに、[10]鷹司《たかつかさ》左大臣《だいじん》、[11]九条殿《くじょうどの》、[12]一条殿《いちじょうどの》、大中納言《だいちゅうなごん》、[13]大理《だいり》以下《いげ》、次第に参り給ふ。[14]関白殿《かんぱくどの》御着座あれば、[15]数輩《すはい》の僧綱《そうごう》以下《いげ》、御座《ぎょざ》の前にしてその礼を致す。これ時の[16]長者《ちょうじゃ》の験《しるし》なり。

御出《ぎょしゅつ》の程になりぬれば、数万人立ち並びたる大衆《だいしゅ》の中より、一人《いちにん》進み出でて、僉議《せんぎ》[17](あり。音声《おんじょう》雲に響《ひび》き、言語玉を連《つら》ねたり。僉議)を訖《おわ》りければ、左右の[18]伶人《れいじん》、色々の唐装束《からしょうぞく》にて[19]幄陣《あくじん》に参るに、[20]帷《い》を巻いて[21]乱声《らんじょう》を奏す。[22]翕如《きゅうじょ》たる声の中に、先づ一

き葉の日記」による文が多い。

6 本堂正面の庭。

7 序列にしたがい。

8 大学寮の南に位置した勧学院の長官(弁官が長官を兼ねた)、万里小路嗣房。仲房の子。 9 正午頃。

10 冬通。師平の子。

11 忠基。経教の子。

12 経房。経通の子。

13 検非違使別当の中国風の呼称。

14 二条良基。道平の子。

15 多くの僧正・僧都・律師などの僧官。

16 藤原氏の氏の長者。

17 流布本により補う。

18 楽人は、色とりどりの中国風の衣裳で。

19 神事にさいして庭に設ける仮屋。 20 とばり。

21 笛に鉦鼓や太鼓を合わせる楽曲。舞楽の始めや行

番に、[23]石上布留《いそのかみふる》の神宝《じんぽう》を出だし奉る。関白殿以下、卿相雲客《けいしょううんかく》、席を避けて皆跪《ひざまず》き給ふ。その次に、[24]本社の御榊《みさかき》、[25]五所《ごしょ》の御正《みしょう》体《たい》、光明《こうみょう》[26]赫奕《かくやく》として動《ゆる》ぎ出《い》でさせ給へば、数千の神官《しんかん》ども、覆面《ふくめん》をしておのおの捧《ささ》げ奉る。南門《なんもん》を東へ神幸《じんこう》なれば、両列の[27]伶倫《れいりん》、膝を屈して、[28]還城楽《げんじょうらく》を(奏)して[29]正始《せいし》の声を調《ととの》へ、[30]神人《じにん》、[31]警蹕《けいひつ》の声を揚《あ》げて、非常を誡《いまし》む。榊の御正体、夕日《せきじつ》に耀《かかや》いて、厳重《げんじょう》なる有様を親《まのあた》り拝見し奉り、貴賤男女《きせんなんにょ》、同じく渇仰《かつごう》の信心をぞ催《もよお》しける。

先づ、[32]赤仕丁《せきじちょう》数人、白杖《はくじょう》を持つて、御前《おんまえ》に二行に列《れつ》す。その次に、黄衣《こうえ》白衣《びゃくえ》の神人、神宝を頂戴《ちょうだい》して、続々《つぎつぎ》に順《したが》ふ。その外《ほか》の神主《かんぬし》神官、束帯《そくたい》にて列を曳《ひ》き、神木《しんぼく》を捧げたり。その次に、本朝第一の臣二条関白良基公《にじょうかんばくよしもとこう》、[33]柳の下襲《したがさね》に[34]糸鞋《しあい》を召して、傍《あた》りも輝《かかや》くばかりに歩み出でさせ給へば、前駆《ぜんく》四人左右に随ひ、殿《てん》上人《じょうびと》二人御裾《おんすそ》を持つ。随身《ずいじん》十人ありと雖《いえど》も、[35]御先《おんさき》をば追はれ

幸の到着などに奏す。
22　音律・声調などが揃っているさま。
23　奈良県天理市の石上神宮。神宝は七支刀(ななつさやのたち)。石上は「古」の枕詞。石上神宮のある布留(ふる)の地名を掛ける。
24　春日大社の神木の榊。
25　春日明神四所に若宮を加えて五所。
26　光り輝くさま。
27　楽人。
28　還御に用いる雅楽。
29　古代の正しい楽の声(詩経大序)。
30　神社に奉仕する下級の神職。　31　先払い。
32　赤い狩衣を着た神人。
33　上は白、下は青の襲(かさね)。
34　糸を編んで作った沓。
35　先払いはなさらなかった。

ず。神威に恐れをなし奉るゆゑなり。その次に、[36]左大臣道嗣公《さだいじんみちつぐこう》、衛府《えふ》の長《おさ》、殿上人《てんじょうびと》、前駆《ぜんく》、随身《ずいじん》、粲《きらび》やかに辺りを払うて目を驚かす。

その次には、[37]今出川大納言《いまでがわだいなごん》、[38]花山院大納言《かさんのいんだいなごん》、九条大納言《くじょうだいなごん》、一《いち》条大納言《じょうだいなごん》、[39]坊城中納言《ぼうじょうちゅうなごん》、[40]西園寺中納言《さいおんじちゅうなごん》、[41]四条宰相《しじょうさいしょう》、[42]洞院宰《とういんさい》相中将《しょうちゅうじょう》、殿上人には、[43]左中将忠頼《さちゅうじょうただより》、[44]右中将季村《うちゅうじょうすえむら》、[45]新中将《しんちゅうじょう》親忠《ちかただ》、左中弁嗣房《さちゅうべんつぐふさ》、[46]新中弁基信《しんちゅうべんもとのぶ》、[47]蔵人右中弁宣方《くろうどうちゅうべんのぶかた》、[48]権右中弁《ごんのうちゅうべん》資康《すけやす》、[49]蔵人左少弁仲光《くろうどさしょうべんなかみつ》、[50]右少弁宗顕《うしょうべんむねあき》、[51]左少将為有《さしょうしょうためあり》、[52]右少将兼《うしょうしょうかね》時《とき》、[53]行粧《ぎょうそう》を調《ととの》へ、威儀《いぎ》を正しくして、位次《いじ》を守りて供奉《ぐぶ》せられたり。

その跡には、[54]別当忠光《べっとうただみつ》、[55]中原頼章《なかはらよりのり》、[56]御後《ごご》の官人にて、[57]火長《かちょう》、看督長《かどのおさ》、搔副《かいぞえ》、走《はし》り下部《しもべ》、いづれも美々《びび》しくぞ見えたりける。中にも、西園寺、四条、洞院、衣冠《いかん》に帯剣《たいけん》して、随身の侍《さぶらい》、[58]如《じょ》木《ぼく》の雑色童僕《ざっしきどうぼく》まで、悉《ことごと》く善を尽《つ》くし、美を竭《つ》くし、今日の壮観《そうかん》

36 近衛基嗣の子。流布本「鷹司左大臣」(冬通)。
37 公直。実尹(さねただ)の子。
38 兼定。長定の子。
39 俊冬。俊実の子。
40 公永。実俊の子。
41 隆右。鷲尾隆職の子。
42 公頼。実夏の子。
43 鷹司宗平の子。
44 一条公村の子。
45 坊門清忠の子。
46 持明院相保の子。
47 中御門宣明の子。
48 日野時光の子。
49 広橋兼綱の子。
50 葉室長顕の子。
51 二条為定の子。
52 楊梅(やまもも)兼親の子。
53 行列の装い。
54 検非違使別当、日野忠光。
55 明法博士の官人。
56 行列の後ろの警固役。
57 いずれも検非違使の下

を事とせり。

この後は、59和州《わしゅう》の国民《くにたみ》、同じき60南都《なんと》の衆徒等《しゅとら》、61裹頭徒歩《かとうかちはだし》にて供奉《ぐぶ》して、二万人法螺《ほら》を吹《ふ》き連《つら》ねて、雲霞《うんか》の如く前後62三十余丁《ちょう》に支へたり。訇《ののし》り渡《わた》りて供奉したる体《てい》、誠《まこと》に比類なくぞ見えし。

凡そ63摂籙《せつろく》の大臣、藤氏《とうし》の諸家《しょけ》、64三公九棘《さんこうきゅうきょく》のやんごとなき御方々も、忽《たちま》ちに泥土《でいど》を踏んで神幸《しんこう》に随ひ給へば、盛りなるかな、65朝廷無事《ぶじ》の化《か》、遠く徳《とく》は、はるかに66天津児屋根《あまつこやね》の往古《おうこ》に立ち帰り、67博陸輔佐《はくりくふさ》の政《まつりごと》、68具瞻《ぐせん》の徳、再び69高彦霊尊《たかみむすびのみこと》の勅《ちょく》を新たにし給へり。誠に70利物《りもつ》の垂迹《すいじゃく》、71順逆《じゅんぎゃく》の縁《えん》に光を和《やわ》らげ給へりと、再び72大織冠《たいしょっかん》の風《ふう》を揚《あ》ぐる事を得たり。巷《ちまた》に満つる貴賤上下《きせんじょうげ》、皆押《お》し並《な》めて、今かかる神幸を拝し奉ると、神徳《しんとく》を貴《たっと》まぬはなかりけり。

級役人。
58 糊で固めた衣装の。底本「如前(キサ)ノ」を改める。
59 大和の在地武士で春日社の神人身分。
60 興福寺の僧徒。
61 頭巾をかぶり裸足で。
62 三キロメートル余り。
63 摂政・関白の唐名。
64 大臣・公卿の唐名。
65 朝廷の平穏な徳治。
66 天児屋命。中臣氏、藤原氏の祖神。天の岩屋戸の前で祝詞を唱え、天照大神の出現を祈った。
67 関白の唐名。
68 仰ぎ見る徳。
69 高皇産霊尊。天地開闢の始め、天御中主(あめのみなかぬし)尊・神皇産霊(かみむすび)尊とともに現れた造化三神の一であり、「日本書紀」では、天孫降臨の命令主体として、天照大神以上の重要な位置

高麗人来朝《こうらいびとらいちょう》の事 9

四十余年が間、本朝《ほんちょう》大いに乱れて、[1]外国《がいこく》暫《しばら》くも静かならず。この動乱に事を寄せて、山路《さんろ》には[2]山立《やまだち》あつて、旅客《りょかく》[3]緑林《りょくりん》の陰《かげ》を過ぎ得ず。海上《かいしょう》には海賊《かいぞく》多くして、[4]白浪《はくろう》の難《なん》を去りかねたり。欲心強盛《よくしんごうせい》の[5]溢《あぶ》れ者《もの》どもの類《たぐい》、多く集まりしかば、浦々島々多く盗賊に押し取られ、駅路《えきろ》には駅屋《えきおく》の長《おさ》もなく、関屋《せきや》には関守《も》る人を替へたり。[6]結句《けっく》、この[7]賊徒《ぞくと》数千艘の舟をそろへ、元朝《げんちょう》、高《こう》麗《らい》の津々《つつ》泊々《とまりとまり》へ押し寄せて、[8]明州《みょうしゅう》、[9]福州《ふくしゅう》の財宝を奪ひ取り、官舎《かんしゃ》、寺院を焼き払ひける間、元朝、[10]三韓《さんかん》の吏民《りみん》、これを防きかねて、浦近き国々数十ヶ国、住む人もなく荒れにけり。

これによつて、高麗国の王より、元朝皇帝の勅宣《ちょくせん》を受けて、[11]牒使《ちょうし》十七人わが国に来朝す。この使ひ、異国の[12]至正《しせい》二十三年

づけがされる。

70 衆生利益のために神として姿を顕すこと。

71 順縁と(悪事が仏道の機縁となる)逆縁。

72 藤原氏の祖、大職冠(冠位制の最高位)鎌足のおしえ。

9

1 日本の周囲。

2 山賊。

3 中国、前漢末に王匡・王鳳らが窮民を率いて湖北省の緑林山にこもり盗賊となったことから、盗賊の異称。

4 後漢末に黄巾の乱の残党が西河の白波谷にこもり略奪をしたことから、盗賊(海賊)の異称。白波に白浪の字をあて、それを音読したもの。

5 ごろつき。

八月十三日、高麗を立つて、日本[13]貞治《じょうじ》五年九月二十六日、出《いず》雲国《ものくに》に着岸す。[14]道駅《どうえき》を重ねて程なく京都に着きしかば、洛中へは入《い》れられず、[15]天龍寺《てんりゅうじ》にぞ置《お》かれける。この時の長老[16]春屋《しゅんおく》和尚《しょう》、牒状《ちょうじょう》を進奏《しんそう》せらる。その詞《ことば》に云はく、

[17]皇帝聖旨《せいし》裏《り》、[18]征東行中書省《せいとうぎょうちゅうしょしょう》、日本と本省所轄《ほんしょうしょかつ》の高麗と地《ち》境《きょう》水路《すいろ》相接《あいせつ》することを[19]照得《しょうとく》す。凡《およ》そ貴国の[20]飄風《ひょうふう》に遇《あ》ふ人物、往々理《り》に依《よ》つて護送す。期《ご》せざるに、[21]至正《しせい》十年庚寅《かのえとら》より、賊船数多《あまた》有つて、貴国の地面より出で、前《すす》んで本省[22]合浦《がっぽ》等《とう》の処《ところ》に来たる。[23]官廨《かんかい》を焼《や》き毀《やぶ》り、[24]百姓《はくせい》を掻擾《そうじょう》すること甚《はなは》だしくして、殺害《せつがい》に至る。経《ふ》ること一十余年に及んで、海船《かいはく》通ぜず、辺界《へんかい》の居民《きょみん》、寧《やす》んじ処《お》ること能《あた》はず。蓋《けだ》し是《これ》、[25]島嶼《とうしょ》の居民《きょみん》、官法《かんぽう》を懼《お》ぢず、専《もっぱ》ら貪婪《どんらん》を務《つと》め、地を潜《くぐ》り海を出でて却《おびや》かし奪ふ。尚《なお》慮《おもんばか》るに、[26]貴国の広きこと、豈《あ》に能《よ》く周《あまね》く知らんや。若《も》し兵を発《おこ》し、勦《もと》め捕《と》らへしめば、恐

6　あげくのはて。
7　いわゆる倭寇。
8　浙江省寧波(にんぽう)。
9　福建省福州。
10　高麗(朝鮮)をさす。
11　国書を携えた使者。
12　元の順宗の年号。日本の貞治二年(正平十八年=一三六三)にあたる。
13　貞治五年二月に、元と高麗の使者が出雲に上陸したことは、「後愚昧記」貞和五年三月二十四日条。
14　多くの宿駅を経て。
15　京都市右京区嵯峨。後醍醐帝の菩提をとむらうため足利尊氏が創建。開山は夢窓疎石。
16　春屋妙葩(みょうは)。天龍寺住持(長老)。夢窓疎石の甥。
17　皇帝(順宗)の思し召しで。
18　元が日本征討のために高麗に設置した役所。

らくは交隣《こうりん》[27]の道に非《あら》じ。徐《ようや》くに已《すで》に日本国に移文《いぶん》[28]して照験《しょうけん》せん。煩《わずら》[29]はしくも、行下《あんか》を為《な》して、地面の海島《かいとう》を概管《がいかん》し、厳《きび》しく禁治《きんち》を加へ、前《さき》の似《ごと》く境《きょう》を出でて耗《こう》[30]を作《な》さしむること毋《な》かれ。本省府、今本職《ほんしょくら》[31]等を差して、一同に駅を馳《は》せ、恭《うやうや》しく国王の前に詣《けい》して啓稟《けいひん》[32]す。仍《よ》つて、日本国の廻文《かいぶん》[33]を守取《しゅしゅ》して省《しょう》に還らん。合下《ごうか》[34]照験《しょうけん》を仰ぐ。上の施行《しこう》に依つて、須《すべか》らく箚付《さっぷ》[35]を議《はか》るべし。者《てえ》[36]れば一実《いちじつ》右を起こし、箚付して差し去る。

　　万戸《ばんこ》[37]金《きん》(乙《いつ》)貴《き》、千戸《せんこ》金龍《きんりゅう》等

とぞ書きたりける。賊船《ぞくせん》の異国を犯し奪ふ事は、皆四国、九州の海賊どもがなす処《ところ》なれば、帝都より厳刑《げんけい》を加ふるに拠《よ》[38]んどころなしとて、返牒《へんちょう》をば送られず。ただ、来献《らいけん》の報酬《ほうしゅう》とて、鞍置き馬十疋、鎧二両、白太刀《しろたち》[39]三振《ふり》、御綾《おんあや》[40]十段《たん》、綵絹《さいけん》百段、扇三百本、国々の奉送使《ほうそうし》[41]を副《そ》へて、高麗《こうらい》へぞ送り着けられける。

19　よく存知している。
20　暴風。
21　一三五〇年。
22　朝鮮半島南東部、慶尚南道の地名。
23　役所。
24　人民を騒ぎ乱すこと。
25　日本の島々の住民。
26　貴国は広いため、どうして周辺のすべてを管轄できようか。
27　隣国との友好の道。
28　公文書を送って照会することとする。
29　面倒なことだが、命令を下して。
30　略奪。
31　この使節。
32　謹んで申し上げる。
33　回答の文書。
34　どうか徹底した調査をお願いする。合下は、根本の意(宋代の語)。
35　上から下に下す公文書。

太元《たいげん》より日本《にほん》を攻《せ》むる事、同《おなじく》神軍《かみいくさ》の事　10

三余《さんよ》[1]の暇《いとま》に寄せて、千古《せんこ》の記《き》する処を見るに、異国よりわが朝《ちょう》を攻めし事は、開闢《かいびゃく》より以来《このかた》、すでに七ヶ度に及べり。殊更《ことさら》文永《ぶんえい》[2]、弘安《こうあん》両度の戦ひは、太元国の皇帝、支那《しな》[3]四百州を討ち取つて、勢ひ天地を凌《しの》ぐ時なりしかば、小国《しょうこく》の力にては禦《ふせ》き難《がた》かりしかども、たやすく太元の兵を亡ぼして、わが国無為《ぶい》[4]なりし事は、ただ尊神霊祇《そんしんれいぎ》[5]の冥助《みょうじょ》に依《よ》るゆゑなり。

その征伐《せいばつ》の法を聞けば、先《ま》づ、太元の大将、小船《しょうせん》を構へ、三年三月に波風《なみかぜ》を凌《しの》いで推《お》し廻して、日本の地形を見て寄すべき便りを伺《うかが》ひ、王畿《おうき》[6]五ヶ国を四方三千七百里に勘《かんが》へて、その地に兵を透《す》き間《ま》もなく立て並べてこれを数ふるに、三百七十万人に当たれり。この勢《せい》を大船《たいせん》七万余艘に乗せて、津々浦々より押し

36　よって事は右のような次第で、文書を送る。
37　「師守記」貞治六年六月二十六日条に、高麗の使者「万戸金乙、千戸金龍」が帰ったことを記す。万戸は、一万戸の領主。
38　すべきようがない。
39　銀細工で飾った太刀。
40　綾模様のある絹織物。
41　見送りの使者。

10
1　読書に都合のよい時。冬・夜・雨天。
2　文永十一年(一二七四)の文永の役と、弘安四年(一二八一)の弘安の役。
3　中国全土をいう。
4　無事だったこと。
5　天神地祇のご加護。
6　朝廷の直轄地、畿内五か国(山城・大和・摂津・河内・和泉)の広さを。

出だす。この企《くわだ》て、かねてより[7](わが朝に聞こえしかば、その用意を致せとて)、四国、九州の勢《せい》は筑紫《つくし》の[8]博多《はかた》に馳《は》せ寄《よ》せ、山陽《せんよう》、山陰《せんおん》の勢は帝都に馳《は》せ参《まい》る。東山《とうせん》、北陸《ほくろく》の兵は越前国《えちぜんのくに》[9]敦賀《つるが》の津をぞ堅めける。

　さる程に、[10]文永《ぶんえい》二年八月十三日、太元《たいげん》七万余艘の大船《たいせん》、同時に博多の津に押し寄せたり。[11]大舶《たいはく》は舳艫《へとも》を並べて[12]舫《もやい》を入れ、歩み板を渡して、[13](陣々に[14]油幕《ゆばく》を引き、干戈《かんか》を立て並べたれば、[15]五島《ごとう》より東、博多の)浦々に至るまで、海上《かいしょう》の四囲《しい》三百余里、俄《にわ》かに陸地《くがち》になつて、[16]蜃気《しんき》ここに[17]乾闥婆城《けんだつばじょう》を吐き出だせるかと怪しまる。

　日本の地の構へは、博多の浜端《はまばた》十三里に、石の堤《つつみ》を高く築き、前は敵のために切り立てたるが如く、後ろは御方《みかた》のために平らにして、懸け引き自在なり。その陰《かげ》に、塀《へい》を塗り、陣屋《じんや》を作つて、数万《すまん》の兵並《な》み居《い》たれば、敵に勢の大小をも見透[18]かされじと

7　他本により補う。
8　福岡市博多区の海岸。
9　福井県敦賀市。
10　史実は、文永十一年(一二七四)十月十五日。
11　大型船。舳艫は、船首と船尾。
12　船と船を繋ぎ合わせること。
13　他本により補う。
14　油をひいた陣幕。
15　長崎県南松浦郡五島列島。
16　蜃気楼。
17　帝釈天に仕える楽人乾闥婆が人々に幻視させた城(大日経・住心品)。
18　底本「見透サント」。他本により改める。

思へる処《ところ》に、敵の船の舳前《へさき》に、[19]桔槹《はねつるべ》の如くなる柱を、[20]数十丈高く立てて、横たはれる木の端《はし》に座を構へて、人を登せたれば、日本の(陣の)内目の下に直下《みおろ》されて、[21]秋毫《しゅうごう》の先をも数へつべし。また、面《おもて》の四、五丈の広き板を、筏《いかだ》の如く畳《たた》み鏁《くさ》りて水上《すいじょう》に敷き並べたれば、波の上に平らなる地あまた作り出だされて、[22]三条の広路《こうじ》、十二の街衢《がいく》の如くなり。この道より敵数万の兵馬を懸け出だし、死をも顧《かえり》みず戦ふに、御方の軍勢、鋒《ほこ》たゆみ鏃尽《やじりつ》きて、今は[23]退屈《たいくつ》してぞ見えたりける。

大鼓《たいこ》を打つて兵刃《へいじん》すでに交《まじ》はる時、[24]鉄炮《てっぽう》とて[25]鞠《まり》の勢《せい》なる鉄丸《てつがん》の迸《ほとばし》る事、坂を下《くだ》す車輪の如く、[26]霹靂《へきれき》して電光《でんこう》を消す程なるを、一度に二、三千投《な》げ出《い》だしたるに、日本の兵多く焼き殺され、木戸《きど》、櫓《やぐら》に火燃え付きて、打ち消すべき[27]便りもなかりけり。

[28]上松浦《かみまつら》、下松浦《しもまつら》の者ども、この軍《いくさ》を見て、[29]尋常《よのつね》の如くにしては叶《かな》はじと思ひければ、外《ほか》の浦より廻《まわ》つて、わづかに千余人の

19　棒の両端に重しと釣瓶をつけ、中央を柱に固定した水くみの仕掛け。
20　一丈は、約三メートル。
21　秋に抜け代わる獣の新しい細い毛。細かい物の意。
22　三筋の広い道は、長安の十二の大通りのようだ。
23　しりごみして。
24　「蒙古襲来絵詞」に、「てつはう」が描かれる。
25　鞠の大きさ。
26　雷鳴が轟いて稲光を上回る程の炎。
27　手段。
28　肥前国松浦郡に住んだ松浦氏族。上松浦は、今の佐賀県北部、下松浦は、長崎県北部。
29　ふつうのいくさのようにしては叶わない。

勢《せい》にて夜討《ようち》をぞしたりける。志《こころざし》の程は武《たけ》けれども、[30]九牛《きゅうぎゅう》の一《いち》毛《もう》、大倉《たいそう》の一粒《いちりゅう》にも当たらぬ程の小勢《こぜい》にて寄せたれば、敵を討つ事二、三万人なりしかども、つひには皆生け虜《いど》られて、身を[31]縲紲《るいせつ》の下に苦しめて、[32]掌《たなごころ》を連索《れんさく》の舷《ふなばた》に貫かれたり。かかりし後は、重ねて戦ふべき様《よう》もなかりしかば、筑紫《つくし》九国《くこく》、四国の兵ども、一人も残らず四国、中国へぞ落ちたりける。

[33]日本一州の貴賤上下《きせんじょうげ》、いかがせんと、周章《あわ》て騒《さわ》ぐ事斜《なの》めならず。諸社の行幸《ぎょうこう》御幸《ごこう》、諸寺の大法秘法《だいほうひほう》、[34]宸襟《しんきん》を傾《かたぶ》け、肝胆《かんたん》を砕《くだ》かる。すべて六十余州の大小の[35]神祇《じんぎ》、霊験《れいげん》の仏閣《ぶっかく》に勅使《ちょくし》を下され、奉幣《ほうへい》を捧《ささ》げられずと云ふ処《ところ》なし。

かくの如く御祈禱すでに七日に満じけるが、[36]諏訪《すわ》の湖《うみ》の上より、五色《ごしき》の雲西に聳《たなび》き、大蛇《だいじゃ》の形に見えたり。[37]八幡《やわた》の宝殿の扉《とびら》開いて、馬の馳《は》せ散《ち》る音、轡《くつばみ》の鳴る音、虚空《こくう》に充《み》ち満《み》ちたり。[38]日吉《ひよし》の二十一社の[39]錦帳《きんちょう》の鏡動《ゆる》ぎて、神宝《じんぼう》の[40]刃研《やいばと》がれて、御沓《おんくつ》

30 多数の中の一小部分のたとえ。
31 罪人として縛られること。
32 手のひらを貫き連ねて船端に吊された。
33 日本国中。
34 院や帝は心をこめ、熱心に祈られた。
35 天神地祇の略。
36 諏訪大社のある長野県の諏訪湖。
37 石清水八幡宮(京都府八幡市)。
38 比叡山の鎮守神、日吉山王権現(滋賀県大津市坂本の日吉大社)。上中下各七社からなる。
39 錦のとばりの奥に祀った神鏡。
40 住吉大社(大阪市住吉区)に祭られる四神。底筒男命・中筒男命・表筒男命・息長足姫命(神功皇后)。

皆西に向かへり。[40]住吉《すみよし》四所《ししょ》の神馬《じんめ》、鞍の下に汗を流し、[41]小守《こもり》、勝手《かって》の鉄《くろがね》の楯、[42]己れと立つて敵の方《かた》に差し向かひたり。

凡《およ》そ[43]上中下《かみなかしも》二十一社の霊動奇瑞《れいどうきずい》は申すに及ばず、[44]名帳《みょうちょう》に載《の》する所の三千七百五十余社、ないし山家《さんか》村里《そんり》の小社《しょうしゃ》、[45]礫社《れきしゃ》、道《どう》祖神《そじん》までも、御戸《みと》の開《あ》かぬはなかりけり。この(外《ほか》)、[46]日吉《ひよし》の猿、春日野《かすがの》の鹿、熊野山《くまのさん》の霊烏《れいう》、気比《けひ》の白鷺《しらさぎ》、稲荷山《いなりやま》の命婦《みょうぶ》、社々《やしろやしろ》所々《ところどころ》の仕者《ししゃ》、悉《ことごと》く虚空を西へ飛び去ると、人ごとの夢に見えければ、さりとも、この神々の助けにて、異賊を退け給はぬ事はあらじと思ふばかりにて、[47]幣帛《へいはく》を捧げぬ人もなし。[48]

さる程に、太元の[49]万将軍《まんしょうぐん》、七万余艘の舫《もやい》を解き、八月十七日の[50]辰刻《たつのこく》に、[51]文司《もじ》、赤間《あかま》の関を経て、長門《ながと》、周防《すおう》へ押し渡る。兵すでに渡中《となか》を渡る時、さしも風止《や》み雲閑《しず》かなりつる天気、俄《にわ》かに替はつて、黒雲一村《くろくもひとむら》[52]艮《うしとら》の方《かた》より立つて、おびたたしくぞ見えし。風励《はげ》しく吹いて、逆浪《げきろう》天に漲《みなぎ》り、雷鳴《いかずちな》り霆《はた》めき、電

41　吉野山に鎮座する吉野水分神社(子守明神)と勝手神社(勝手明神)。
42　ひとりでに。
43　朝廷の異変のときに朝廷から奉幣使が立てられる上・中・下各七社の二十一社。伊勢・石清水・住吉・北野など。日吉を加えて二十二社ともいう。
44　神名帳(延喜式巻九と巻十)に記載される二八六一の神社、三一三二の祭神。
45　礫(小石)のような小さな神社。
46　それぞれ神の使い。日吉大社、奈良の春日大社、和歌山県熊野大社、福井県敦賀市の気比神宮。京都市伏見区の伏見稲荷大社。命婦(底本「名婦」)は、稲荷神の使いの狐。
47　御幣。
48　他本は、ここに、伊勢

光地に激烈《げきれつ》す。異賊七万余艘の兵船《ひょうせん》ども、或いは荒礒《あらいそ》の岩に当たつて微塵《みじん》に打《う》ち砕《くだ》かれ、或いは逆巻《さかま》く浪に打《う》ち還《かえ》されて、一人も残らず死ににけり。かかりけれども、万将軍《まんしょうぐん》一人は風にも放たれず、波にも沈まず、53窈冥《ようめい》たる空中に飛び上がつてぞ立つたりける。

西天《さいてん》の方より、54呂洞賓《りょどうひん》と云ふ仙人飛び来たつて、万将軍に告《しめ》しけるは、「日本一州の天神地祇《てんじんちぎ》、三千七百余社来たつて、この悪風を起こし、逆浪《げきろう》を漲《みなぎ》らしむ。人力《じんりき》の及ぶ所にあらず。汝《なんじ》早く一箇の破船《はせん》に乗つて、本国へ帰るべし」とぞ申しける。万将軍、この言《ことば》を信じて、一箇の破船のありけるに、ただ一人万《ばん》里《り》の波を凌《しの》いで、程なく明州《みょうしゅう》の津にぞ着きにける。

船より上がつて、帝都《ていと》へ参らんとする処《ところ》に、また呂洞賓、忽《こつ》然《ぜん》として来たつて申しけるは、「汝日本の軍《いくさ》に打ち負けたる罪によつて、天子怒つて、親類骨肉皆55三族《さんぞく》の罪に行はれぬ。汝

の内宮・外宮の神官による奇瑞奏上の記事がある。

49　万戸将軍の意か。弘安の役の元軍の大将は、范文虎(はんぶんこ)。

50　午前八時頃。

51　門司。関門海峡の九州側の門司半島にあった関所。赤間の関は、本州側の下関市。

52　東北。鬼門の方角。

53　暗く奥深いさま。

54　中国・唐末の道士。仙人として尊ばれ、道教で神格化された(前出、第二十六巻・5)。以下、万将軍が呂洞賓から膏薬をもらう話は、北宋の将軍狄青(てきせい)の話として類話があるという(張静宇の説による)。

55　罪人の父母・兄弟・妻子などの親族をも死刑にする罪科。

帝都に帰らば、必ずともに刑せらるべし。早くこれより剣閣《けんかく》[56]を経て、蜀《しょく》の国へ行き去れ。蜀王、汝を以て大将軍として、雍《よう》[57]州《しゅう》を攻めばやと羨《こ》ひ念《おも》ふ事切《せつ》なり。至らば必ず大功《たいこう》を達すべし」と云ひて別れけるが、「われ汝が餞送《はなむけ》[58]のために、囊中《のうちゅう》[59]を探るに、この一物の外《ほか》はなし」とて、膏薬《こうやく》を一付《ひとつけ》与へけり。その銘に、「至癰発《しようはつ》」とぞ書き付けたりける。

　万将軍、呂洞賓が申す詞《ことば》に任《まか》せて、蜀の国に行きたるに、蜀王、これを悦《よろこ》び給ふ事限りなし。やがて[60]万将軍に上将《じょうしょう》[61]の位を授《さず》け、雍州をぞ攻められける。万将軍、兵を率《そっ》し、旅《たむろ》[62]を出だして雍州に至るに、敵、山隘《さんあい》[63]の高く峙《そばだ》ちたるに、石の門を閉ぢてぞ待ちたりける。誠《まこと》に一夫《いっぷ》[64]怒つて関《かん》に臨《のぞ》めば、百万も未だ傍《とぶら》ふべからずと見えたり。

　この時に、万将軍思ひけるは、呂洞賓がわれに与へる膏薬の銘に、「癰《よう》に至つて発せよ」と書きたりしは、この雍州の石門《せきもん》

56 長安から蜀（四川省の地）へ至る途中の難所。
57 陝西・甘粛省の旧名。
58 餞別。
59 袋の中。
60 すぐさま。
61 惣大将。
62 軍勢を進めて。
63 山と山との間のけわしくせばまった所。
64 「一夫怒りて関に臨めば、百万も未だ傍《とぶら》ふべからず」（杜甫・剣門）。「傍ふ」は、近づく意。

に付けよと教へけるにぞと心得て、ひそかに人をして、ただ一《ひと》付《つけ》ありける膏薬《こうやく》を、石門の柱にぞ付けさせたりける。付くと斉《ひと》しく、石門の戸も柱も雪霜《ゆきしも》の如く溶《と》けて、山崩れ道平らになりしかば、雍州《ようしゅう》の敵数十万騎、防くべき便りを失ひて、皆蜀王《しょくおう》にぞ降《くだ》りける。この功[65]併《しか》しながら万将軍《まんしょうぐん》が徳なりとて、やがて公侯《こうこう》の位《くらい》にぞ登せける。居《お》る事三十日あつて、万将軍の背《せなか》に[66]癰《よう》瘡《そう》出でたりけるが、日を経ずして忽《たちま》ちに死ににけり。

[67](雍州の雍の字と)癰瘡の癰の字と、[68]韻声《いんせい》通ぜり。呂洞賓《りょどうひん》、膏薬の銘に、「癰に至つて発せよ」と書きけるは、雍州の石門に付けよと教へつるか、また癰瘡の出でたらんに付けよと占《しめ》しけるか、その二つの間を知《し》り難《がた》し。功は高くして、命は短し。何をか捨て、何をか取らん。もし休《や》む事《こと》を得ずして、その一つを捨てば、命《めい》は天に在り。われは必ず功を取らん。

そもそも太元《たいげん》三百万騎の蒙古《もうこ》ども、一時《いっし》に亡びし事、全くわ

65 すべて万将軍の手柄である。
66 悪性の腫れ物。
67 他本により補う。
68 漢字の子音と母音が相通じている。
69 皇室の先祖をまつるみたまや。伊勢神宮や石清水八幡宮。冥助は、神仏の助け。

11

1 以下の神功皇后説話は、「和漢朗詠集和談鈔」帝王の所載説話に近い。
2 日本武尊の第二子。応神天皇の父。后は、神功皇后。
3 天皇の文武の徳。
4 朝鮮半島古代の馬韓・弁韓・辰韓の三王朝。
5 中国をさす。
6 教わる謝礼。「論語」述而篇の語。

が国の武勇にあらず。ただ三千七百五十余社の大小の神祇《じんぎ》、宗《そう》[69]廟《びょう》の冥助《みょうじょ》に依《よ》るにあらずや。

神功皇后《じんぐうこうごう》新羅《しんら》を攻《せ》めらるる事 11

昔[1]、仲哀天皇《ちゅうあいてんのう》[2]、聖文神武《せいぶんしんぶ》[3]の徳を以て、高麗《こうらい》[4]の三韓《さんかん》を攻めさせ給ひけるが、戦ひ利なくして帰らせ給ひたりしを、神功皇后、これ智謀武備《ちぼうぶび》の足らざる処《ところ》なりとて、唐朝《とうちょう》[5]の師《いくさ》の束脩《そくしゅう》[6]のために、沙金《しゃきん》三万両を遣《つか》はされ、履道翁《りどうおう》[7]が三巻の秘書《ひしょ》を伝へらる。これは、黄石公《こうせきこう》[8]が第五日の鶏鳴《けいめい》に、渭水《いすい》[9]の圯橋《つちはし》の上にて張良《ちょうりょう》に授《さず》けし書なり。

事すでに定まつて後《のち》、評定《ひょうじょう》[10]のために、皇后、もろもろの天《てん》神地祇《じんちぎ》を請《しょう》じ給ふに、日本一州の大小の神祇、冥道《みょうどう》[11]、皆勧請《かんじょう》に随つて来たり給ふ。海底に跡を垂れ給ふ阿度女《あとめ》[12]の礒良《いそら》一人、召

7　不詳。「李道翁」(本巻・4)。「和漢朗詠集和談鈔」帝王に「履道翁」。

8　張良に太公望の兵法書を授けた秦末の隠者(史記・留侯世家、蒙求・子房取履)。始皇帝の殺害に失敗して下邳(ひか)＝江蘇省)に隠れた張良が、橋で出会った老人に命じられて、橋の下に落とした履(くつ)を拾う。老人は五日後の早朝に訪ねてくるように告げ、張良が五日後に訪ねると、老人は先に来ていて、さらに五日後に来るように言う。そして三度目の五日後、張良が夜中に行って待っていると、喜んだ老人は太公望の兵法書を張良に与え、自分は「済北の穀城山下の黄石」と名のって去る。

9　陝西省を流れ、潼関付近で黄河と合流する川。

しに応ぜず。[13]いかさまの故《ゆえ》にかあらんとて、もろもろの神達、[14]燎火《にわび》を焼《た》き、榊《さかき》の枝に[15]白幣《しらにぎて》、青幣《あおにぎて》を取り懸け、[16]風俗《ふぞく》、[17]催馬楽《さいばら》、梅枝《うめがえ》、桜人《さくらうど》、安尊《あなとうと》、美濃山《みののやま》、石河《いしかわ》、葦垣《あしがき》、葛木《かつらぎ》、山背《やましろ》、本滋《もとしげし》、婦我《いもとわれ》、浅緑《あさみどり》、御馬草《みうまくさ》、竹河《たけかわ》、此殿《このとの》、倉垣《くらかき》、総角《あげまき》、田中井戸《たなかのいど》、婦《いもが》門《かど》、高沙古《たかさご》、夏引《なつひき》、貫河《ぬきがわ》、走井《はしりい》、青柳《あおやぎ》、伊勢海《いせのうみ》、我門《わがかど》、更衣《ころもがえ》、鶏鳴《とりはなきぬ》、難波梅《なにわのうめ》、かやうの[18]呂律《りょりつ》を調べて、[19]本末《もとすえ》を返して数返《すへん》歌ひ舞ひかなでさせ給ひしかば、儀良《いそら》、感に堪《た》へかねて、[20]神遊びの庭にぞ参りたりける。

その貌《かたち》を御覧ずるに、[21]細螺《したたみ》、[22]石花《かき》、海鼠《なまこ》、海老《えび》、海月《くらげ》、藻に棲《す》む虫、手足五体に取り付きて、更《さら》に人の形にてはなかりけり。神達、怪しみ御覧じて、「何故《なにゆえ》にかかる貌にはなりにけるぞ」と御尋ねありければ、儀良、答へて曰はく、「われ[23]滄海《そうかい》の鱗《うろくず》に交《まじ》はりて、これを利せんために、久しく海底に住み侍りぬる間、かかる[24]無量の鱗われに縁《ゆかり》して、かかる形になつて候ふなり。さ

「圯」は、土橋。
10 軍議。
11 冥界を司る神。
12 安曇磯良(あずみのいそら)。福岡市東区志賀島の志賀海(しかうみ)神社の祭神。「阿知女(あじめ)の作法」は、宮中の神楽で最初に歌われる。以下は、その起源説話。
13 きっとわけがあるのだろう。
14 神楽を奏する時の篝火。
15 楮(こうぞ)で作った白い幣と、麻で作った青みがかった幣。
16 上代の地方民謡。神楽で歌われる。
17 上代歌謡を唐楽の旋律で歌う神楽。「梅枝」以下は、催馬楽の曲名。
18 音楽の調子。
19 神楽の演奏で本方(先に唱えうたう側)と末方(後に唱えうたう側)の順序を

れば、かかる不思議の形にて、やんごとなき御神の前に参らん事の恥づかしさに、今までは参りかねて候ひつるを、[25]曳々融々《えいえいゆうゆう》たる律雅《りつが》の御声に、恥をも忘れ、身をも顧みずして参りたり」とぞ答へ申しける。やがてこれを御使ひにて、龍宮城《りゅうぐうじょう》の宝にする[26]干珠《かんじゅ》、満珠《まんじゅ》を借り召さるるに、龍神《りゅうじん》、即ち神勅《しんちょく》に応じて二つの珠《たま》を奉る。

神功皇后《じんぐうこうごう》、一巻の秘書を智謀《ちぼう》として、両顆《りょうか》の明珠《めいしゅ》を武備《ぶび》として、高麗《こうらい》へ向かはんと[27]し給ふに、胎内《たいない》に宿り給ふ[28]八幡大菩薩《はちまんだいぼさつ》、すでに五月《いつつき》にならせ給ひしかば、皇后の御腹《おんはら》太くなつて、御鎧を召さるるに御膚《おんはだえ》あきたり。このために、鎧の[29]脇立《わいだて》をばし出《い》だしけるなり。

諏訪《すわ》、住吉大明神《すみよしだいみょうじん》を副将軍にて、自余《じょ》の大小の神祇《じんぎ》、[30]楼艘《ろうそう》を漕《こ》ぎ並《なら》べ、高麗へ寄せ給ふ。これを聞いて、高麗の夷《えびす》ども、兵《ひょう》船《せん》一万余艘に取り乗つて海上《かいしょう》に出で合ふ。闘ひ半ばにして、雌《し》

変えて。
20 神々が集まり、楽を奏して歌舞すること。神楽。
21 巻貝。
22 牡蠣(かき)。
23 大海のうろこをもつ生き物。
24 きわめて多くの。
25 ゆったりとして優美な雅楽の音色。
26 海に入れると潮が干く珠。満珠は、潮が満ちる珠。
27 底本「シ給ヒ」。他本により改める。
28 応神天皇。八幡神の化現とされた。
29 鎧の胴の右脇の合わせ目の透き間をふさぐ防具は、この時に初めて作られた。
30 高殿の屋形のある船。

雄《ゆう》未だ決せざる時、皇后[31]、先《ま》づ干珠《かんじゅ》を海中に投げ給ひしかば、潮《しお》俄《にわ》かに退《しりぞ》いて、海中陸地《くがち》になりにけり。三韓の兵ども、「天われに利を与へたり」と悦《よろこ》びて、皆船より下《お》り、徒立《かちだち》になつてぞ戦ひける。この時また、皇后、満珠《まんじゅ》を取つて海に投げ給ひしかば、潮十方より漲《みなぎ》り来《き》たつて、数万人の夷《えびす》ども、一人も残らず浪に溺れて亡びにけり。これを見て、三韓の夷の王、自ら罪を謝《しゃ》[32]して降参し給ひしかば、神功皇后《じんぐうこうごう》、御弓《おんゆみ》の末筈《うらはず》[33]にて、「高麗王《こうらいおう》はわが日本の犬なり」と、石の壁に書き付けて帰らせ給ふ。

これより、高麗、わが朝《ちょう》に順《したが》ひて、多年その功貢《みつぎもの》を奉る。呉服《くれはとり》[34]と云ふ綾織《あやおり》、王仁《わに》[35]と云ふ才人、わが朝に来たりけるも、この貢《みつぎもの》に備はり、大文《だいもん》[36]の高麗もその逮《よろこび》[37]とぞ承《うけたまわ》る。

その徳天に叶《かな》ひ、その化《か》[38]遠きに及びし上古《しょうこ》の代《よ》にだにも、異国を順へられし事は、天神地祇《てんじんちぎ》の御力を仮《か》りてこそ、たやすく征罰せられしに、ただ今末世《まっせ》の賊徒等《ぞくとら》、元朝《げんちょう》、高麗を奪《うば》ひ犯《おか》し、

31　底本「皇帝」は誤写。
32　底本「受テ」。他本により改める。
33　弓の上部の弦をかける所。
34　呉から渡来した機織りの工人。底本「侍俘」。
35　百済から諸典籍を携えて応神天皇十六年に渡来したという人物。
36　高麗縁。畳の縁で、白地で雲や菊花模様を黒く織りだしたもの。
37　余慶。
38　徳化。朝廷の政。

牒使《ちょうし》を立てさせ、その捷《かちもの》[39]を送らしむる事、前代未聞《ぜんだいみもん》の不思議なり。かくてはなかなか、わが国を却《かえ》つて異国に奪はるる事もやありぬらんと、怪《あや》しき程の事どもなり。

されば、福州《ふくしゅう》の呉《ご》[40]元輔《げんふ》王乙《おういつ》がわが朝へ贈りける詩[41]も、この意を暢《の》べたり。

[42]日本の狂(奴)《きょうど》浙東《せっとう》を乱る
将軍変を聴《き》いて気虹《にじ》の如し
[43]沙頭《しゃとう》に陣を列《つら》ぬれば烽烟《ほうえん》暗く
夜半《やはん》に兵を鏖《みなごろ》しにすれば海水紅《くれない》なり
[44]篳篥《ひつりつ》に歌を按《あん》じて落月《らくげつ》を吹き
髑髏《どくろ》に酒を盛つて清風《せいふう》を飲む
[45]何《いず》れの時か南山《なんざん》の竹を切《き》り尽《つ》くして
細《こまか》に当年《そのかみ》殺賊《せつぞく》の功《こう》を写さん

この詩の言《ことば》に付いて思ふに、日本一州に近年竹の皆枯《か》れ失《う》す

39　戦利品。
40　玄玖本「呉元師平乙」。流布本「呉元帥王乙」。
41　詩の出典は、元代の迺賢撰「金台集」(森田貴之の説による)。
42　日本の賊徒が浙江省の東を侵し、将軍は異変を聞いて大いに勇み立つ。
43　海岸に陣を列ねると戦いの狼煙が空を暗くし、夜半に敵兵を皆殺しにすると、海水は血で赤く染まる。
44　篳篥の音に歌を合わせて傾く月を歌い、清風に吹かれながら敵兵のどくろで酒を飲む。
45　いつの日か南山の竹を切り尽くして、竹簡に賊を殺した功績を詳細に記したい。
46　まえぶれ。
47　心配な。

るも、もしかやうの前表《ぜんぴょう》[46]にてやあらんと、おぼつかなき[47]行末《ゆくすえ》なり。

光厳院禅定法皇崩御《こうごんいんぜんじょうほうおうほうぎょ》の事 12

光厳院の禅定法皇[1]は、正平《しょうへい》[2]七年の比《ころ》、南山賀名生《なんざんあのう》の奥より楚《そ》[3]の囚《とら》はれを許させ給ひて、都へ還御《かんぎょ》なりたりし後《のち》、世の中をいと憂き事に思《おぼ》し召《め》し知《し》らせ給ひしかば、姑射山《こやさん》[4]の雲を辞し、汾水陽《ふんすいよう》[5]の花を捨てて、なほ御身《おんみ》を軽く持《たも》たばやと思し召しなされけり。

御《おん》[6]あらましの末《すえ》通つて、方袍円頂《ほうほうえんちょう》[7]の出塵《しゅつじん》とならせ給ひしかば、伏見《ふしみ》の里の奥、光厳院[8]と聞こえし幽閑《ゆうかん》の地にぞ住ませ給ひける。これもなほ都近き所なれば、旧臣の参《まい》り仕《つか》へんとするも厭《いと》はしく、浮世《うきよ》の事御耳に触るるもいかが(と)思し召しければ、「来[9]

12

1　出家した上皇の尊称。

2　北朝の文和元年(一三五二)。正平七年は、賀名生(奈良県五條市西吉野町)に連れ去られた年。帰洛は、延文二年(一三五七)。第三十三巻・1、参照。

3　囚われて他郷にあること。楚の鍾儀(しょうぎ)が晋に囚われた後も、楚の冠をつけて故国を忘れなかった故事(春秋左氏伝・成公九年)。

4　仙人の住む山(荘子・逍遥遊)。転じて仙洞(上皇御所)をいう。

5　姑射山で四人の仙人と出会った尭(中国古代の聖帝)が、汾水の陽(きた=陽は川の北岸)まで帰って来て茫然とし、自分が天下の王であることを忘れた故事(荘子・逍遥遊)。ここも仙

るに来る所なく、去るに去る所なし。[10]拄杖頭辺《しゅじょうとうへん》に活路《かつろ》通ず」と、元《げん》の[11]中峰和尚《ちゅうほうおしょう》の[12]送行《そうあん》の偈《げ》、誠《まこと》に[13]由《よし》ありと御心《みこころ》に染《し》みて、[14]人工《にんぐ》、行者《あんじゃ》の一人《いちにん》をも召し具せられず、ただ[15]順覚《じゅんかく》と申しける僧を一人御倶《おんとも》にて、[16]山川斗藪《さんせんとそう》のために立ち出でさせ給ふ。

先《ま》づ西国《さいごく》の方《かた》を御覧ぜんと思し召して、摂津国《つのくに》[17]難波《なにわ》の浦を過ぎさせ給ふに、[18]御津《みつ》の浜松霞《はままつかす》み渡《わた》りて、明けぼのの気色《けしき》物あはれなれば、遥《はる》かに御覧ぜられて、

　[19]誰待《たれま》ちて御津の浜松霞むらんわが日《ひ》の本《もと》の春ならぬ代《よ》に

と慰《なぐさ》ませ給ふ。山遠くして浦の夕日《せきじつ》浪に沈まんとするまで興《きょう》ぜさせ給ひて、なほ[20]過ぎうしと思し召したるに、「[21]望むに窮《きわ》まりなく水は天の色を接《まじ》へ、看《み》るに尽《つ》きず山は夕陽《せきよう》に映ず」と云ふ対句の、時節《おりふし》に相叶《あいかな》ひたるにも、「[22]捨てぬ世ならば、何故《なにゆえ》にかかる風景をも見るべし」と仰せられけるも物悲し。

これより[23]高野山《こうやさん》を御覧ぜんと思し召して、住吉《すみよし》の[24]遠里小野《おりおの》へ

洞をさす。
6 ご願望。　7 袈裟を着て頭を円めた出家者。
8 京都市伏見区桃山町の伏見城山(木幡山)にあった。
9 来ても来る所はなく、帰っても帰る所はない。安住の場所はない意。
10 杖の赴く所に道が開ける。
11 中峰明本（みょうほん）。元代の杭州に住んだ臨済禅の僧。
12 行脚僧を送る偈。出典未詳。　13 いわれがある。
14 人工・行者ともに、禅寺で雑事を行う下部。
15 不詳。
16 山川での修行の旅。
17 今の大阪湾の海岸。
18 難波津の松。歌枕。
19 日本の国に一向に春が訪れない時節に、一体誰を待って御津の浜松は美しく春霞にかすんでいるのか。

出でさせ給ひたれば、[25]焼痕《しょうこん》緑を廻《めぐ》らして、春(容)《しゅんよう》速やかなり。松影紅《しょうえいくれない》を穿《うが》つて、日脚《にっきゃく》西なり。[26]海天野景《かいてんやけい》、歩むに随うて新たなる風流《ふりゅう》に、御足《みあし》たゆむとも思《おぼ》し召《め》さず。昔は、[27]銷金軽羅《しょうきんけいら》の茵《しとね》ならでは、仮にも踏ませ給はざりし[28]玉趾《ぎょくし》を、深泥湿土《じんでいしつど》の點《いや》しきに汚《けが》させ給ひて、[29]一鉢《いっぱつ》を脇に懸けさせ給ふ。

今夜《こよい》は[30]境《さかい》の浦《うら》までと歩ませ給へば、[31]塩干《しおひ》の鷗《かもめ》群《む》れ居《い》て、[32]玉《たま》(藻《も》)を拾ひ儀菜《いそな》取る海士《あま》どもの、おのおの[33]つげの小櫛《おぐし》を差して、葦間《あしま》に隠《かく》れ顕《あらわ》れたる様《さま》を御覧ぜらるるにも、[34]御調《みつぎ》に備へし民の営み、これ程身を苦しめけるを知らで、[35]等閑《なおざり》にすさみける事よと、今更《いまさら》[36]あさましく思し召し知らせ給ふ。

頭《こうべ》を廻《めぐ》らして東を望めば、雲に連なり霞に泛《うか》び、高く峙《そばだ》ちたる山あり。道の樵《きこり》に山の名を問はせ給へば、「これこそ音に聞こえ候ひし[37]金剛山《こんごうせん》の城とて、日本国の武士どもの、幾千万と云ふ数を知らず討たれ候ひし所にて候ふ」とぞ申しける。「あな

20 行き過ぎがたい。
21 望めば果てしなく水は天の色と交じり合い、見ればどこまでも山は夕日に映えている。出典不詳。
22 世を捨てなかったら、こんな風景を見られようか。
23 弘法大師空海が開いた霊場。和歌山県伊都郡。
24 大阪市住吉区遠里小野。貞和三年(一三四七)十一月、楠正行と細川顕氏・山名時氏の激戦があった。「瓜生野」(第二十六巻・6)。
25 焼け野に緑が萌え出て、春の景色は速やかである。松は夕日に紅に染まり、日は西に傾いている。出典不詳。
26 海上の空と野の景色。
27 金箔を散らした薄い絹の敷物。
28 天子のおみあし。
29 托鉢に用いる一つの鉢。

あさましや。この合戦と云ふも、われ一方《いつぽう》の皇統《こうとう》の流れにて天下を争ひしかば、その亡卒《ぼうそつ》[38]の悪趣《あくしゅ》[39]に堕ちて多却《たごう》[40]が間苦《く》を受けん事も、わが罪障《ざいしょう》にこそならめ」と、先非《せんぴ》を悔いさせおはします。

日を経て紀伊川《きのかわ》[41]を渡らせ給ひける時、橋柱《はしばしら》朽ちて、見るも危ふき柴橋《しばはし》[42]あり。御足冷《すさま》じく[43]御肝《おんきも》消えて、渡りかねさせ給ひたれば、げにならはせ給はぬ橋の半ばに立ち迷ひておはするを、誰《たれ》とは知らず、いかさま[44]この辺《あた》りに、臂《ひじ》を張り作《つく》り眼《まなこ》をする者にてぞあるらんと覚えたる武士七、八騎、跡より来たりけるが、法皇の橋の上に立たせ給ひたるを見て、「ここなる僧の臆病《おくびょう》げなる、見たうもなさよ[45]。これ程急ぎ道の一つ橋を、渡らばとく渡れかし。さなくば後《のち》に渡れかし」とて、押《お》し除《の》け奉りける程に、法皇、橋の上より押し落とされさせ給ひて、水に沈ませ給ひにけり。「あら悲しや」とて、順覚《じゅんかく》、衣《ころも》着ながら飛び入りて、引き起こしまゐらせたれば、御膝《おんひざ》は岩の角《かど》に当たりて血になり、

30 大阪府堺市の海岸。
31 潮干。潮が引いて干潟になった海岸。
32 藻の美称。
33 黄楊(つげ)で作った櫛。
34 貢ぎ物。
35 ぞんざいに扱ったことよ。
36 嘆かわしく。
37 大阪府と奈良県境にある金剛山地の主峰。西側に楠正成の赤坂城、千剣破城があった。
38 戦死した士卒。
39 現世で悪事をなした者が、死後に赴く苦しみの世界。六道(衆生が輪廻する六種の世界)のうち、地獄・餓鬼・畜生の三悪道。
40 永遠。
41 高野山の北を経て、和歌山平野を流れる川。上流は、吉野川。
42 雑木で作った橋。
43 足がすくみ恐ろしくて。

御衣《おんころも》は水に漬《つ》かりて絞《しぼ》り得《え》ず。泣く泣く辺《あた》りなる46辻堂《つじどう》へ入れ奉り、御衣を脱《ぬ》ぎ替《か》へさせ奉りけり。47古《いにし》へかかる事やはある(と)、君臣ともに捨てし世を、さすがに48思《おぼ》し召《め》し出《い》でければ、涙の懸かる御袖は、濡れて干《ほ》すべき隙《ひま》もなし。

49行末《ゆくすえ》細き針道《はりみち》を経て御登山《ごとうざん》あれば、山また山、水また水、50登り臨《のぞ》んで何ヶ日をか尽《つ》くさんと、身の力疲れて思し召さるるにも、先年51大覚寺法皇《だいかくじのほうおう》の、この寺へ御幸《ごこう》なりしに、供奉《ぐぶ》の卿相《けいしょう》雲客《うんかく》(もろともに)、52一町に三度の礼拝をして、首《こうべ》を地に付け誠《まこと》を至されける事、あり難《がた》かりける御願《ごがん》かな、予が在位《ざいい》の時、世閑《しず》かなりせば、などかその53芳躅《ほうしょく》を踏まざらんと、思し召しなぞらへらる。

54大塔《だいとう》の扉を開かせて55両界《りょうかい》の曼陀羅《まんだら》を御拝見あれば、金剛界《こんごうかい》の七百余尊をば、56入道太政大臣清盛《にゅうどうだじょうだいじんきよもり》が手づから書きたる尊容《そんよう》なり。さしも57積悪《しゃくあく》の58浄海《じょうかい》、いかなる59宿善《しゅくぜん》を催《もよお》して、かかる60大善根《だいぜんごん》

44 さぞこの辺で威張ってにらみをきかせる者。
45 みっともないことよ。
46 道ばたの仏堂。
47 以前にはこんなことはあるはずがなかった。
48 底本「多キ其中ニ」。他本により改める。
49 行末も心細い針のように細い道。
50 山に登り川を眺めて何日をついやすだろうと。
51 後宇多法皇(後醍醐帝の父)。大覚寺(右京区嵯峨)を院の御所とした。正和二年(一三一三)八月、高野山に御幸。
52 一町は、約一〇九メートル。 53 すぐれた先蹤。
54 高野山金剛峯寺の根本大塔(こんぽんだいとう)。保元元年(一一五六)、平清盛が再建した。
55 金剛界・胎蔵界の両曼荼羅(密教の法門を理と智

を致しけん。[61]六大無碍《ろくだいむげ》の月晴るる時あつて、四曼相即《しまんそうそく》の花開《さ》くべき春を待ちけり。さてはこれも、ただ[62]一向《いっこう》の悪人にてはなかりけるよと、今ここに思ひ知らせ給ふ。[63]落花《らっか》雪となれども、笠《かさ》重きこととなし。[64]深樹昏《じんじゅくれ》を繆《あや》まれども、日未だ傾《かたぶ》かず。

その日やがて奥院《おくのいん》へ御参詣あつて、[65]大師《だいし》御入定《ごにゅうじょう》の扉を開かせ給へり。嶺松《れいしょう》風を含みて[66]瑜伽上乗《ゆがじょうじょう》の理《り》を顕《あらわ》し、[67]山花《さんか》雲を籠《こ》めて、赤肉中台《しゃくにくちゅうだい》の相を秘《ひ》す。[68]前仏《ぜんぶつ》の化縁《けえん》は過ぎぬれど、[69]五時《ごじ》の説今耳にあるかと覚え、[70]慈尊《じそん》の出世《しゅっせ》は遥《はる》かなれども、[71]三会《さんえ》の儀《よそおい》すでに眼《まなこ》に遮《さえぎ》るが如し。奥院に御通夜《おつや》あつて、暁《あかつき》出でさせ給ひ、一首の御製《ぎょせい》あり。

[72]高野山《たかのやま》迷ひの夢も覚《さ》めやとてその暁《あかつき》を待たぬ夜ぞなき

[73]安居《あんご》の間は、御心閑《みこころしず》かにこの山中《さんちゅう》にこそ御座《ぎょざ》あらめと思し召して、諸堂御巡礼《ごじゅんれい》ある処《ところ》に、ただ今出家したる者と覚しくて、濃き[74]墨染《すみぞめ》の衣《ころも》にしほれたる桑門《よすてびと》二人、御前《おんまえ》に畏《かしこ》まつて、その事

恵の両面から画いた図像)。

56　「平家物語」巻三・大塔建立に、金堂の東曼荼羅(胎蔵界曼荼羅)を平清盛が自筆で画いたとある。

57　積もり重ねた悪事。

58　清盛の法名。

59　前世の善行。

60　来世で善い果報をもたらす莫大な善行。

61　万象を作る六つの要素(地・水・火・風・空・識)は融通無碍で衆生も仏も同体であり、四種の曼荼羅は一体であり衆生の成仏を待っている。

62　まったくの。

63　散る花が雪のように降りつもるが。出典不詳。

64　鬱蒼とした森が日暮れかと思わせるが。

65　空海入定の廟所。

66　仏と合一する三密の行が最上であること。

となくただ、さめざめとぞ泣き居たりけり。何者やらんと怪しく思《おぼ》し召《め》してつくづくと御覧ずれば、紀伊川《きのかわ》を御渡りありし時、橋の上より法皇を押し落としまゐらせたりし者どもにてぞありける。不思議や、何事に今遁世《とんせい》しけるぞや、これ程に心なき放《ほう》逸《いつ》の者も、世を捨つる心のありけるかと思し召して、過ぎさせ給へば、この遁世者《とんせいしゃ》、御蹤《おんあと》に随ひて順覚《じゅんかく》に泣く泣く申しけるは、「紀伊川を御渡り候ひし時、かかるやんごとなき御事とも知りまゐらせ候はで、玉体《ぎょくたい》に悪《あ》しく触れ奉り候ひし事、余りにあさましく存じ候ひて、この貌《かたち》に罷《まか》りなりて候ふ。[75]仏種《ぶっしゅ》は縁より起こる儀も候ふなれば、今よりは、薪《たきぎ》を拾ひ、水を汲む態《わざ》にて候ふとも、三年が間、[76]常随給仕《じょうずいきゅうじ》仕《つかまつ》り候ひて、仏神《ぶつじん》[77]三宝《さんぼう》の御咎《おんとが》めをも免《まぬか》れ候はん」とぞ申しける。「[78]よしや、[79]不軽菩薩《ふきょうぼさつ》の道を行ひ給ひしに、罵詈誹謗《ばりひぼう》する人をも咎めず、打擲蹂躙《ちょうちゃくじゅうりん》する者をも却《かえ》つて敬礼し給ひき。況《いわ》んや、われすでに貌《かたち》を窶《やつ》して、人

67　山の花は雲に隠れて胎蔵界曼荼羅中央の八葉院を秘めているようだ。
68　釈迦をさす。その化縁(教化の因縁)が過ぎたとは、末法の世をいう。
69　釈迦が一生の間(五時に分かつ)に説いた教え。
70　釈迦入滅後五十六億七千万年後に出現する弥勒仏。
71　弥勒が出現して行う三度の説法は、すでに目に見えるようである。
72　煩悩の夢も覚めよと、高野山に弥勒が出現する暁を待たぬ夜はない。
73　夏冬の二季、僧が籠もって修行する期間。
74　黒い僧衣。
75　成仏の因はふとした機縁で起こること。
76　常に随ってのお世話。
77　仏と法と僧で仏教。
78　まあよい。

その昔を知らず。一時《いっし》の誤り、何か苦しかるべき。出家は誠《まこと》に因縁不可思議《いんねんふかしぎ》なれども、随順《ずいじゅん》せん事はゆめゆめ叶《かな》ふまじき」由《よし》を仰せられけれども、この者、強《し》ひて片時《へんし》も離れまゐらせざりしかば、暁《あかつき》、[80]阿伽《あか》の水汲みに遣《つか》はされたるその間に、順覚ばかり召し具して、ひそかに高野をぞ御出でありける。

御下向《ごげこう》は大和路《やまとじ》に懸からせ給へば、道の便りもよしとて、[81]南《なん》方《ぽう》の主上《しゅしょう》のおはします吉野殿《よしのどの》へ入らせ給ふ。三、四年が先までは、両統南北に分かれて、ここに戦ひかしこに寇《あた》せしかば、呉《ご》越《えつ》の[82]会稽《かいけい》に謀《はか》りしが如く、漢楚《かんそ》の[83]覇上《はじょう》に軍《いくさ》せしにも過ぎたりしに、今は[84]散聖《さんじょう》の道人《どうじん》とならせ給ひて、玉体《ぎょくたい》を[85]麻衣《まえ》草鞋《そうあい》に窶《やつ》し、[86]鸞輿《らんよ》を跣行徒《せんこうと》歩《ほ》に易《か》へて、遥々《はるばる》とこの山中まで分け入らせ給ひたれば、[87]伝奏《てんそう》未だ事の由を奏せざるに、直衣《のうし》の袖[88]を濡らし、主上未だ御《ご》[89]相看《しょうかん》なき先に、御涙《おんなみだ》をぞ流させ給ひける。

ここに一日一夜御逗留《ごとうりゅう》あつて、様々《さまざま》の御物語ありしに、主上、

79　釈迦の過去世、常不軽菩薩は、一切衆生は仏性があるからとこれを軽んぜず、いかに迫害・誹謗されても、逢う人ごとに礼拝したという(法華経・常不軽菩薩品)。
80　閼伽。仏に供える水。
81　後村上帝。
82　中国、浙江省中部の山。春秋時代に呉王夫差と越王勾践が山麓で戦った。第四巻・5、参照。
83　陝西省西安の東、霸水のほとり。漢の高祖と楚の項羽が対峙した(第二十八巻・9)。
84　世を捨てた修行者。
85　麻の衣とわらじ。
86　天子の輿を裸足の徒歩に替えて。
87　取り次ぎの上奏役。
88　底本「袖ヲヌラシケル」。他本により改める。
89　対面(禅語)。

仰せありけるは、「ただ今の[90]光儀《こうぎ》、誠《まこと》に覚《さ》めて後《のち》の夢、夢の中の迷ひかとこそ覚《おぼ》えて候へ。たとひ仙院《せんいん》の故宮《こきゅう》を棄てて、[91]釈氏《しゃくし》の真門《しんもん》に入らせ給ふとも、[92]寛平《かんぴょう》の昔にも准《なずら》へ、[93]花山《かさん》の古き跡をこそ追はれ候ふべきに、[94]尊体《そんたい》を浮萍《ふへい》の水上に寄せて、[95]叡心《えいしん》を枯《こ》木《ぼく》の禅余《ぜんよ》に付けられ候ひぬる事、いかなる御発心《ごほっしん》にて候ひけるぞや。御羨《おんうらやま》しくこそ候へ」と、尋ね申させ給ひければ、法皇、(御)涙に咽《むせ》びて、暫《しばら》くは御言《おことば》を出だされず。ややあつて、「[96]聡《そう》明文思《めいぶんし》の四徳《しとく》を集め、叡旨《えいし》に懸けられ候へば、一言《いちごん》未だ挙げざる先に、[97]三隅《さんぐう》の高察《こうさつ》も候はんか。予、元来《もとより》[98]万劫煩悩《まんごうぼんのう》の身を以て、[99]一樹虚空《いちじゅこくう》の塵《ちり》にあるを、本意《ほい》とは存ぜざりしかども、[100]前業《ぜんごう》のかかる処《ところ》、旧縁《きゅうえん》を離れかねて、住むべき[101]あらましの山は心にありながら、遠く待たれぬ老《おい》の来る道をば、留《とど》むる関もなくて年月《としつき》を送る程に、天下の乱一日《いちじつ》も休《や》む時なかりしかば、[102]元弘《げんこう》の初めには、江州番馬《ごうしゅうばんば》まで落ち下りし五百余人の兵どもが自害

90 ご来訪は、うつつに見る夢のようで信じがたい。
91 釈尊の説いた仏道。
92 宇多帝の年号。退位後、仁和寺を営んで住した。
93 花山法皇。退位後、書写山や熊野で修行した。
94 お体を水上の浮き草になぞらえて漂泊し。
95 お心を禅宗(枯木)の修行に傾けられたこと。
96 完璧な徳を備えて思慮深い帝のお心ですので。聡明文思は、中国古代の聖帝、堯の四つの徳(書経・堯典)。
97 一を知って全てを知ること。「一隅を挙げて之に示し、三隅を以て反(かえ)らざれば、則ち復(また)せざる也」(論語・述而)。
98 永遠に煩悩に惑わされる身。
99 虚空の塵のように取るに足らない一本の木のごと

せし中に交《まじ》はりて、[103]腥羶《せいせん》の血に心を酔はしめ、[104]正平《しょうへい》の末には、当山の幽閉《ゆうへい》に逢ひて、両年を過ぐるまで[105]愁刑《しゅうけい》の罪(に肝《きも》)を嘗《な》めき。これ程、されば世は憂き物にてありけるかと、初めて驚くばかりに覚え候ひしかば、[106]重祚《ちょうそ》の位《くらい》に望みをもかけず、[107]万機《ばんき》の政《まつりごと》に意《こころ》をも留《とど》めざりしかども、一方《いっぽう》の戦士、われを強《あなが》ちに本《ほん》主《しゅ》とせしかば、遁《のが》れ出《い》づべき隙《ひま》なくして、あはれ、いつか深き棲家《すみか》に雲を伴とし松を隣としても、心安く生涯《しょうがい》を尽《つ》くすべしと、心に懸けて念じし処に、[108]天地命《めい》を革《あらた》めて譲位の儀出来《しゅったい》せしかば、[109]蟄懐一時《ちっかいいっし》に啓《ひら》けて、この姿になつてこそ候へ」と、御涙の中に語り尽くさせ給へば、[110]一人《いちじん》、諸卿《しょきょう》もろともに、御袖絞《しぼ》るばかりなり。

今はとて、御帰りあらんとするに、[111]寮《りょう》の御馬《おんうま》を奉《まいら》せられたれども、堅く御辞退ありて召されず。いつしか窶《やつ》れさせ給ひぬれども、なほ雪の如くなる御足に、荒々《あらあら》としたる草鞋《わらんじ》召されて立

き今の境涯。
100 前世の業や因縁にからめられて。　101 心あて。
102 元弘三年(一三三三)五月、六波羅探題一行が番場(滋賀県米原市番場)で自害したとき、院もその場にいたこと。第九巻・7。
103 なまぐさい血。
104 正平七年(一三五二)、南朝方に賀名生へ連れ去られたこと。第三十巻・21。
105 秋刑。「周礼」で、刑罰は秋官が司る。秋刑に、辛い意の「愁」を宛てた。
106 再び帝位につくこと。
107 帝の政務。
108 天命により天子が交代すること。
109 多年の不満。
110 帝(後村上帝)。
111 宮中の馬寮の馬。
112 警固の武士の控え所。
113 山中の宿と、野の小屋。

ち出でさせ給へば、主上《しゅしょう》、[112]武者所《むしゃどころ》まで出御《しゅつぎょ》なつて、御簾《みす》を懸上《かか》げらる。月卿雲客《げっけいうんかく》は、庭の外まで送り奉り、皆御涙にこそ立ち濡れさせ給ひけれ。道すがら[113]山館野亭《さんかんやてい》を御覧ぜらるるに、先年[114]牖里《ゆうり》の囚《とら》はれに逢はせ給ひて、一日片時《へんし》も過《す》ぎ難《がた》しと、御心《みこころ》を傷《いた》ましめ給ひし[115]松門茅屋《しょうもんぼうおく》あり。あはれ、[116]戦図《せんと》に入らざる山中ならば、かかる所にぞ住みなましと、今は昔の憂き栖家《すみか》を御願ひありけるぞ悲しき。

諸国の御斗藪《ごとそう》の後《のち》に、光厳院《こうごんいん》へ御帰りあつて、暫《しばら》く御座《ぎょざ》ありける中、[117]宣使《せんし》頻《しき》りに到つて、松風《しょうふう》の夢を破り、旧臣常に参じて、[118]蘿月《らげつ》の寂《じゃく》を妨《さまた》げける程に、ここも今は住み憂しと思《おぼ》し召《め》して、丹波《たんば》の[119]山国《やまぐに》と云ふ所へ銷《き》え移《うつ》らせ給ひけり。

[120]山菓《さんか》庭に落ちて、朝三《ちょうさん》の食秋風《しゅうふう》に飽き、[121]柴火《さいか》炉に宿《やど》して、夜《や》薄《はく》の衣寒気《かんき》を防く。[122]吟肩《ぎんけん》骨痩《や》せて、泉を担ふに慵《ものう》し。座する時は、[123]石鼎《せきてい》に雪を湘《に》て、三椀《さんわん》の茶に清風《せいふう》を領し、[124]仄歩《そくほ》に山嶮《けわ》しく

「山館の雨の時…野亭の風の処…」(和漢朗詠集・虫)。
114 羑里。周の文王が殷の紂王によって幽閉された獄舎の名。
115 松を門代わりにした茅葺きの粗末な家。
116 戦場。 117 勅使。
118 蔦の葉を漏れる月光。
119 京都市右京区京北井戸町の常照皇寺。光厳院の開基。境内に山国陵がある。山国庄は、大堰川上流の禁裏御料の荘園。
120 木の実が庭に落ちて、それを日々の食事(朝三の食)とする暮らしに満足し。
121 柴をいろりで燃やして、薄い夜着の寒さを防ぐ。
122 詩を吟ずる風雅の士の肩。
123 石製のかなえで雪をとかし、三杯の茶に清風を味わい。 124 たどたどしい

して、[125]薇《わらび》を折るに倦《ものう》し。寝《ぬ》る時は、[126]岩窓《がんそう》に梅を嚼《しゃく》して、一聯《れん》の句に閑味《かんみ》を甘んじ給ふ。身の安きを得《う》る処《ところ》、即ち心安し。出づるに[127]江湖《ごうこ》あり。入るに山あり。[128]乾坤《けんこん》の外《ほか》に逍遥《しょうよう》して、破蒲団《はふとん》の上に[129]光陰《こういん》を送らせ給ひけるが、[130]翌年《つぎのとし》の夏の比《ころ》より、俄《にわ》かに御《ご》[131]不豫《ふよ》の事あつて、つひに七月二日に隠れさせ給ひにけり。

この時の[132]新院光明院殿《しんいんこうみょういんどの》も、[133]山門《さんもん》の貫首梶井宮《かんじゅかじいのみや》も、ともに皆禅僧にならせ給ひて、[134]伏見殿《ふしみどの》に御座あれば、急ぎ皆[135]遷化《せんげ》の山《せん》陰《おん》へ御下向《ごげこう》あつて、御《おん》[136]茶毘《だび》の事ども執《と》り営《いとな》ませ給ひて、後ろの山に葬《そう》し奉る。あはれ、[137]僊院芝山《せんいんしざん》の晏駕《あんが》ならましかば、百官涙を滴《した》でて葬車《そうしゃ》の御跡に随ひ、[138]一人《いちじん》悲しみを呑んで[139]虞附《ぐふ》の御祭《おんまつり》をこそ営ませ給ふべきに、御事《おんこと》とだに知る人なき山中《さんちゅう》の御葬礼《ごそうれい》なれば、鳥啼《な》いては[140]挽歌《ばんか》の響《ひび》きを添へ、松咽《むせ》んでは[141]哀慟《あいどう》の声を助くるばかりなり。

夢なるかな、往昔《おうせき》の七夕《たなばた》には、[142]長生殿《ちょうせいでん》にして[143]二星一夜《じせいいちや》の契《ちぎ》り

歩みでは山道は険しく。
125 隠棲して首陽山に蕨を折った伯夷・叔斉の故事をふまえる(史記・伯夷列伝)。
126 岩の間に生える梅の花を噛んで詩を作り、閑寂を楽しんだ。 127 川と湖。
128 天地の間(俗世)の外の気ままな暮らしを楽しみ。
129 年月。
130 貞治三年(一三六四)。
131 病。
132 後伏見院第二皇子。光厳院の弟。
133 天台座主、承胤法親王。後伏見院第八皇子。
134 伏見区桃山町にあった持明院統の仙洞御所。
135 高僧の死をいう。
136 火葬。
137 仙洞御所での崩御。僊は仙に同じ。芝山は宮中。
138 帝。
139 埋葬後の祭祀。

を惜しみて、144六宮《りっきゅう》の美人、145両階《りょうかい》の伶倫《れいりん》、146台下《だいか》に曲を奏して147乞巧《きっこう》奠《でん》をこそ修せられしに、悲しいかな、今年の今日《きょう》は、148幽邃《ゆうすい》の地にして149三界八苦《さんがいはっく》の別れに逢うて、150万乗《ばんじょう》の先主《せんしゅ》、151一山《いっさん》の貫頂《かんちょう》、山中に柩《ひつぎ》に封《ふう》して御葬送を営ませ給ふ。152秋思亭《しゅうしてい》の月は153有待《うだい》の雲に隠れ、154万年樹《まんねんじゅ》の花は無常《むじょう》の風に順《したが》ふが如し。されば、155砌《みぎり》を遶《めぐ》る山もこれを悲しんで、雨となり雲となるかと怪しまれ、心なき草木《そうもく》もこれを悼《いた》んで、葉落ちて花落つるかと疑はる。恩を感じ徳を慕ふ旧臣《きゅうしん》多しと雖《いえど》も、勅《ちょく》を遺《のこ》されしによつて、参り集まる人も稀《まれ》なりしかば、わづかに156籠僧《こもりそう》三、四人の勤めにて、157御中陰《ごちゅういん》の菩提《ぼだい》をぞ資《たす》け奉りける。

御《ご》158遠忌《おんき》の第三159廻《かい》に当たりける時、160継体《けいたい》の天子今上皇帝《きんじょうこうてい》、御手づから161一字《いちじ》三礼《さんらい》の紺紙《こんし》金泥《こんでい》の法華経《ほけきょう》をあそばして、162十種の御供養あり。これまた、163善性《ぜんしょう》、善子《ぜんし》の珊提嵐国《さんだいらんこく》に仕《つか》へし孝にも過ぎ、164浄蔵《じょうぞう》、浄眼《じょうがん》の妙荘厳王《みょうしょうごんおう》を化《け》せし功にも超えたれば、十方《じっぽう》

140 葬礼の歌。 141 慟哭。
142 玄宗皇帝の離宮、華清宮の宮殿。ここは宮中の意。
143 七夕の夜の長生殿で、玄宗と楊貴妃が比翼連理の愛を契った故事(長恨歌)。
144 後宮。 145 宮殿の東西の階段に並ぶ楽人。
146 宮殿の下。
147 七夕の祭。
148 奥深く遠い地。
149 衆生が生死輪廻する世界(三界)での人間の八つの苦しみ。死別など。
150 上皇。 151 天台座主。
152 秋の寂しさを味わう四阿《あずまや》から仰ぐ月。
153 限りある人の身。
154 長寿の樹の花。
155 庭。
156 喪屋で仏事を営む僧。
157 人が死後に赴く場所が定まるまでの四十九日。
158 没後長い期間を経て行

の諸仏も明らかに[165]御《ご》追贇《ついひ》を随喜し給ひ、[166]六趣《りくしゅ》の群類《ぐんるい》も定めてその[167]余薫《よくん》にこそ関《あずか》るらめと、思ひ知らるる御作善《ごさぜん》なり。

われる年忌法要。
159 後光厳帝の宸筆の法華経による供養は、応安三年(一三七〇)の七回忌のこと。「太平記」の記事の下限か。本巻7・注42、参照。
160 皇位を継承した天子。後光厳帝をさす。
161 紺紙に金泥で一字書いて三度礼拝する写経。
162 「法華経」法師品に説く十種の供養。
163 善性は、不詳。善子は、刪提嵐国(さんだいらんこく)の大臣の子、宝蔵。出家し、無諍念王に説法して菩提心を起こさせ、王は法蔵比丘となり、のち阿弥陀如来となった(悲華経巻二)。
164 妙荘厳王の二子。外道を行う父王を教化した(法華経・妙荘厳王本事品)。
165 追善供養。 166 六道の衆生。 167 恩恵。

太平記　第四十巻

第四十巻　梗概

貞治《じょうじ》六年(一三六七)三月十八日、後光厳帝《ごこうごんてい》は、後白河法皇遠忌《ごしらかわほうおうおんき》のため長講堂に行幸した。諸道の復興に熱心な帝は、とりわけ太平の世の象徴として和歌・管絃の盛儀である中殿御会の再興を望んだ。臣下一同は、中殿御会は当今不相応な盛儀であり、しかも不吉な前例が多いとして反対したが、朝儀の再興にこだわる帝の熱意によって、同年三月二十九日、中殿御会は挙行された。建保《けんぽう》六年(一二一八)の先例を模した御会は、将軍足利義詮《あしかがよしあきら》も出席して盛大にとり行われたが、しかしその前日、天に異変が現れ、当日には天龍寺が焼亡するなど、不吉なきざしがあった。はたして、四月二十六日、鎌倉公方の足利基氏《もとうじ》が病死した。六月十八日、三井寺と南禅寺の僧が争い、三井寺が南禅寺の破却をもとめて強訴するという事件があった。また、八月十八日、内裏で行われた最勝講《さいしょうこう》の法会の最中、興福寺と延暦寺の衆徒が刃傷沙汰に及び、多数の死傷者を出すという一大不祥事があった。九月下旬、将軍足利義詮が病に臥し、療治のかいもなく、十二月七日に死去した。将軍と鎌倉公方の兄弟があいついで死去したことは、人々に天下の争乱を予感させた。そうした中、中国管領の細川頼之《ほそかわよりゆき》が上洛し、幕府の執事(管領)職となった。義詮の若君(三代将軍足利義満《あしかがよしみつ》)を補佐した頼之は、鎌倉幕府の盛時にも比せられるすぐれた政治を行い、これにより、天下は「中夏無為《ちゅうかぶい》」の太平の世となった。

中殿御会《ちゅうでんぎょかい》の事 1

さる程に、[1]貞治《じょうじ》六年三月十八日、[2]長講堂《ちょうこうどう》へ[3]行幸《ぎょうこう》あり。これは、後《ご》白河法皇《しらかわほうおう》の[4]御遠忌《ごおんき》 [5]追賁《ついひ》のために、三日まで御逗留《ごとうりゅう》あつて法《ほっ》華《け》御《み》読経《どきょう》あり。[6]安居院《あぐい》 良憲法印《りょうけんほういん》、[7]竹中僧正慈昭《たけのうちそうじょうじしょう》、[8]導師《どうし》にぞ参られける。あり難《がた》き法会《ほうえ》なれば、聴聞《ちょうもん》の[9]緇素《しそ》、随喜《ずいき》せずと云ふ者なし。

総じて[10]この君御治天《ごちてん》の間、万《よろ》づ絶《た》えたるを継《つ》ぎ、廃《すた》れたるを興《おこ》しおはします叡慮《えいりょ》なりしかば、諸事の御遊《ぎょゆう》に於て到《いた》り尽《つ》くされずと云ふ事なし。ことさらに[11]中殿の御会は、[12]累世《るいせい》の奇模《きぼ》なり。(しかるを、)この御世《みよ》に未だその御沙汰《おんさた》なし。よつて、[13]連々《れんれん》に思《おぼ》し召《め》し立《た》ちしかば、[14]関白殿《かんぱくどの》その外《ほか》の近臣《きんしん》に内々《ないない》仰せ含めらる る処《ところ》に、中殿の宸宴《しんえん》は[15]大儀《たいぎ》なる上、毎度天下の凶事《きょうじ》にて[16]先規《せんき》快

1

1　一三六七年。
2　後白河院の御所六条殿の持仏堂に始まる寺院。当時、土御門東洞院内裏の南隣にあった。
3　後光厳帝の。
4　没後長い期間を経て行われる年忌法要。後白河法皇は、建久三年(一一九二)没。
5　追善供養。
6　安居院澄俊の子。
7　曼殊院門跡(竹内)。洞院実泰の子。
8　法会を主宰する僧。
9　僧侶と俗人。
10　後光厳帝。
11　中殿(清涼殿)で行われる和歌・管絃の遊宴。
12　代々のすぐれた先例。
13　しきりに。
14　二条良基。道平の子。
15　朝廷の重大儀式。大典。

からざる由《よし》、面々一同《めんめんいちどう》に申されければ、重ねて勅定《ちょくじょう》ありけるは、「[17]聖人《せいじん》謂へることあり、「[18]詩三百、邪《よこしま》なからんことを思へ」とありしかば、されば、「[19]治まれる代の音《こえ》は、安くして楽しむ。乱れたる(代の)音《こえ》は、恨みて怒《いか》る」と曰《い》へり。日本《やまと》の歌も、かくの如くなるべし。[20]政教《せいきょう》の邪正《じゃせい》を正《ただ》し、王道《おうどう》の興廃《こうはい》を知るは、この道なり。されば、[21]昔の代々《よよ》の帝《みかど》、春の花の朝《あした》、秋の月の夜、事に付けつつ歌を合はせ、奉らん人の恵愚《さかしおろか》なるをも知ろし召しけるにや。[22]神国《しんこく》の風俗なり、いづれの君かこれを捨て給はん。聖代の教誡《きょうかい》なり、誰人《たれひと》かこれを弄《もてあそ》ばざらん。

そもそも中殿《ちゅうでん》の宴《えん》と申し侍るは、[23]後冷泉院《ごれいぜいいん》の[24]天喜《てんぎ》四年閏《うるう》三月に、[25]画工《がこう》の桜花《さくらばな》を叡覧《えいらん》あつて、[26]土御門《つちみかど》大納言師房卿《だいなごんもろふさきょう》に勅《ちょく》して、「新たに桜花《おうか》を成す」と云ふ題を献ぜしめ、清涼殿《せいりょうでん》に群臣を召されて[27]御製《ぎょせい》を加へらる。同じく[28]糸竹《しちく》の宴会あり。しかつしより以来《このかた》、[29]白河院《しらかわいん》[30]応徳《おうとく》元年三月に、[31]左大弁匡房《さだいべんまさふさ》に勅して、「花に多《た》

16 前例。
17 孔子をさす。
18 「詩経」の三百篇を要約すれば、邪な心がないということだ。「詩三百、一言以てこれを蔽えば、曰はく、邪無からんことを思へ」(論語・為政)。以下の記述は、二条良基「貞治六年中殿御会記」による。
19 「治世の音は安く以て楽し、その政和なればなり。乱世の音は、怨みて以て怒る、その政乖(そむ)けばなり」(詩経・国風序)。
20 政治と教化。
21 「古への代々の帝、春の花の朝、秋の月の夜ごとに、侍ふ人々を召して、事につけつつ歌を奉らしめ給ふ」(古今和歌集・仮名序)。
22 日本をさす。
23 在位一〇四五―六八年。後朱雀帝皇子。
24 一〇

春《しゅん》を契《ちぎ》る」と云ふ題を献ぜしめ、中殿に於てこれを講ぜらる。

また、[32]堀河院《ほりかわいん》[33]永長《えいちょう》元年三月に、権中納言匡房卿《ごんのちゅうなごんまさふさきょう》に課《おお》せて、「花に千年を契る」と云ふ題を奉らしめ、宴遊《えんゆう》を展《の》べられき。

また、[34]崇徳院《すとくいん》の御宇《ぎょう》[35]天承《てんしょう》元年十月、[36]権中納言師頼《ごんのちゅうなごんもろより》に勅して、「松樹《しょうじゅ》緑を久しうす」と云ふ題を献ぜしめ、宸宴《しんえん》ありき。

その後《のち》、[37]建保《けんぽう》六年八月に、[38]順徳院《じゅんとくいん》、[39]光明峯寺関白《こうみょうぶじのかんぱく》に勅し、「池の月久しく澄む」と云ふ題を献ぜしめ、講ぜられき。次に、[40]後醍醐院《ごだいごいん》[41]元徳《げんとく》二年二月に、[42]権中納言為定卿《ごんのちゅうなごんためさだきょう》に勅して、「花に万春《まんしゅん》を契る」と云ふ題にて、中殿の御会《ぎょかい》を行はれき。この外《ほか》、
[43]承保《しょうほう》二年四月、[44]長治《ちょうじ》二年三月、[45]嘉承《かしょう》二年三月、[46]建武《けんむ》二年正月、清涼殿にして和歌の宴《えん》これありと雖《いえど》も、(一)[47]、二度にあらざれば、中殿の会の真規《しんき》には加へ侍らざるにや。
かやうの先蹤《せんしょう》、皆聖代《せいだい》の[48]洪化《こうか》なり。蓋《なん》ぞ不快の例と云はんや。

しかるに、今春《こんしゅん》は[49]九城《きゅうじょう》の裏《うち》花香《こう》ばしく、[50]八島《やしま》の外《ほか》に風治まれ

五六年。 25 造花。
26 具平親王の子。
27 帝の詠んだ和歌。
28 管弦。 29 在位一〇七二―八六年。後三条帝皇子。
30 一〇八四年。
31 大江成衡の子。
32 在位一〇八六―一一〇七年。白河帝皇子。
33 一〇九六年。 34 在位一一二三―四一年。鳥羽帝皇子。
35 一一三一年。
36 源俊房の子。村上源氏。
37 一二一八年。「建保六年中殿御会図」が伝わり、その後の御会の範とされた。
38 在位一二一〇―二一年。後鳥羽帝皇子。
39 九条道家。良経の子。
40 在位一三一八―三九年。後宇多帝皇子。
41 一三三〇年。
42 二条為道の子。「新千載和歌集」撰者。

る時至れり。早く建保《けんぽう》の[51]芳躅《ほうたく》を尋ねて、題并《なら》びに序の事、関白《かんぱく》これを献ぜらるべき」由《よし》、強《あなが》ちに勅定《ちょくじょう》ありしかば、中殿《ちゅうでん》の会の事、内々《ないない》すでに定まりにけり。

[52]征夷将軍《せいいしょうぐん》も、[53]この道に数奇《すき》給ふ事なれば、[54]勅撰《ちょくせん》なんども申し行はるる上は、近来《ちかごろ》は[55]建武《けんむ》の宸宴《しんえん》、贈左府《ぞうさふ》の嘉躅《かしょく》なきにあらざる由《よし》仰せ出だされしかば、子細《しさい》に及ばず領状《りょうじょう》申されけり。

これによつて、[56]蔵人左少弁仲光《くろうどのさしょうべんなかみつ》を奉行《ぶぎょう》にて、三月二十九日に定められ、[57]勅喚《ちょっかん》の人々に題を賦《くば》る。「花は多春《たしゅん》の友《とも》」と云ふ題を、建保《けんぽう》の例に任《まか》せて、[58]兼日《けんじつ》に関白これを出だされけるとかや。

将軍御参内《しょうぐんごさんだい》の事　2

すでにその日になりしかば、[1]母屋《もや》の廂《ひさし》の御簾《みす》を捲《ま》いて、[2]階《はし》の

43　一〇七五年。白河帝の代。　44　一一〇五年。堀河帝の代。　45　一一〇七年。堀河帝の代。

46　一三三五年。後醍醐帝の代。

47　同じ帝の代に再三行われた中殿の歌会は、中殿御会の正規の先例に加えない。

48　大いなる徳治。

49　九重。皇居。

50　日本の異称。

51　すぐれた先例。

52　足利義詮。

53　和歌の道に熱心なので。

54　延文四年(一三五九)に成立した「新千載和歌集」(十八番目の勅撰集)をさす。

55　建武二年(一三三五)の御会で、故贈左府(足利尊氏)が和歌を詠んだ吉例。

56　広橋兼綱の子。

57　勅命によって呼び出された人々。

西の間《ま》より[3]三間《みま》北にして、二間《ふたま》におのおの菅《すげ》の円座《えんざ》を布《し》いて、公卿の座と為《な》す。[4]長治《ちょうじ》元年には、二行たりと雖《いえど》も、今度は、関白殿かやうに座を儲《もう》けらる。[5]御帳《みちょう》の東西には、三尺の几帳《きちょう》を立てられたる。[6]昼《ひ》の御座《おまし》の上には、御剣《ぎょけん》、御硯《おんすずり》の筥《はこ》を措《お》かれたり。大臣の座の末、参議《さんぎ》の座の前に、おのおの[7]高燈台《たかとうだい》を立てられたり。

関白は、今朝より[8]直廬《ちょくろ》に参らる。[9]右大臣、[10]内大臣は、今日より[11]直衣始《のうしはじ》めあり。関白は、直廬より御参内《ごさんだい》あれば、内大臣已上《いじょう》相随ひ給ふ。[12]保安《ほうあん》の例に任《まか》せて、直廬より直衣始めの事あり。前駆《ぜんく》[13]布袴《ほうこ》、随身《ずいじん》[14]褐衣《かちえ》常の如くなれば、さしたる見事《みごと》はなかりけり。

[15]丑刻《うしのこく》ばかりに、将軍すでに参内あり。その[16]行粧《ぎょうそう》、見物の貴賤《きせん》皆目を悖《おどろ》かせり。

[17]武家家礼《けらい》の人々、[18]為秀《ためひで》、[19]行忠《ゆきただ》、[20]実綱卿《さねつなきょう》、[21]為邦朝臣《ためくにあそん》なんど、庭《てい》

58　予め題を出すこと。

2

1　寝殿造りの中央の建物の庇の間。　2　階段。
3　間は、柱と柱の間隔。
4　「長治元年」(諸本同じ)は誤り。「貞治六年中殿御会記」の「長治元徳には二行たりといへども…」を誤写したもの。
5　御座所のとばり。
6　清涼殿の帝の御座所。
7　丈の高い燭台。
8　摂政関白・大臣などの宮廷内の休息所。
9　西園寺実俊。公宗の子。
10　二条師良。良基の子。
11　関白・大臣などが直衣(貴族の平服)での参内を許され、それを着用する儀式。
12　一一二〇—二四年。鳥羽帝の年号。
13　麻製のくくりばかま。

上《しょう》に下《お》りて礼あり。22左衛門《さえもん》の陣《じん》の四脚《よつあし》へ即ち参入《さんにゅう》あり。

先《ま》づ、帯刀《たてわき》十人左右に相番《あいつが》うて、列を曳《ひ》く。左は、23佐々木佐渡四郎左衛門時秀《ささきさどのしろうざえもんときひで》、地白《じしろ》の直垂《ひたたれ》に、金銀の薄《はく》にて24四目結《よつめゆい》を押し、紅《くれない》の25腰に26梅花魚作《かいらぎづく》りの太刀を帯《は》く。右は、27小串次郎左衛門尉詮行《おぐしじろうざえもんのじょうのりゆき》、地緇《じぐろ》の直垂に、銀薄《ぎんぱく》にて28二雁《ふたつかり》を押し、29白太刀《しろたち》を佩《は》く。次に、30伊勢七郎左衛門尉貞行《いせしちろうざえもんのじょうさだゆき》、地白の直垂に、金薄《きんぱく》にて31村蝶《むらちょう》を押し、白太刀を佩いて左に歩む。（右は、）32斎藤三郎清永《さいとうさぶろうきよなが》、33地香《じこう》の直垂に、筋違《すじかい》の中に銀薄にて34瞿麦《なでしこ》を押し、黄腰《きごし》に鰄《かいらぎ》の太刀帯《は》いたり。次に、35大内修理亮詮弘《おおうちしゅりのすけのりひろ》、地香の直垂に、金薄にて36大菱《おおびし》を印《お》し、打鰄《うちかいらぎ》に金作《こがねづく》りの太刀を佩く。右は、37海老名七郎左衛門尉詮秀《えびなしちろうざえもんのじょうのりひで》、地黒《じぐろ》に茶染めの直垂に、金薄にて38大笳籠《おおかご》を押し、黄腰に白太刀を帯いたり。次に、39本間左衛門太郎義景《ほんまさえもんのたろうよしかげ》、地白紫《じしろむらさき》の40片身《かたみ》易《が》はりの直垂に、金銀の薄にて41十六目結《めゆい》を印《お》し、紅の腰に白太刀を佩く。右に、42山城四郎左衛門尉師政《やましろしろうざえもんのじょうもろまさ》、地白

14 随身が着用する狩衣の一種。 15 午前二時頃。
16 いでたち。よそおい。
17 将軍家に仕える公家。
18 冷泉為相の子。
19 世尊寺行尹の子。
20 正親町忠季の子。
21 冷泉為秀の子。
22 左衛門府の武官が詰める建春門の四足門（二本の主柱に各二脚の副え柱のある門）。
23 時満の子。道誉の甥。
24 佐々木の紋。
25 腰紐。 26 鮫皮（かいらぎ＝鰄）で飾った太刀。
27 六波羅探題に仕えた小串範行の一族か。
28 小串の紋。
29 銀細工で飾った太刀。
30 玄玖本「貞信」。貞継の子。足利譜代の臣。
31 伊勢の紋。
32 かつて六波羅探題の奉

に金泥《こんでい》にて[43]洲流《すながれ》を書いたる直垂に、白太刀佩いて相随へば、[44]粟《あ》飯原弾正左衛門尉詮胤《いばらだんじょうざえもんのじょうのりたね》、[45]地《じ》黄紺《かりやす》に銀泥《ぎんでい》にて水を書き、金泥《きんでい》にて鶏冠木《かえで》を書いたる直垂に、[46]帷《かたびら》は香《こう》なるに、黄腰に太刀を帯いたり。[47]ゆゆしくぞ見えたりける。

この次に、征夷大将軍《せいいたいしょうぐん》正二《しょうに》位《い》大納言《だいなごん》源《みなもとの》義詮卿《よしあきらきょう》、[48]薄色《うすいろ》の立紋《りゅうもん》の織物の[49]指貫《さしぬき》に、紅《くれない》の[50]打衣《うちぎぬ》を出だし、常の直垂なり。左の傍《わき》に、[51]山名民部少輔氏清《やまなみんぶのしょうゆうじきよ》、濃紫《こむらさき》の指貫に、款冬《やまぶき》の[52]狩衣着《かりぎぬちゃく》して、[53]帯剣《たいけん》の役に随へり。右は、[54]摂津掃部頭能直《つのかもんのかみよしなお》、薄色《うすいろ》の指貫に、[55]白青《あさぎ》の織物の狩衣着て、[56]沓《くつ》の役に候《こう》す。[57]佐々木備前五郎左衛門尉高久《ささきびぜんのごろうざえもんのじょうたかひさ》、二重《ふたえ》狩衣《かりぎぬ》にて、[58]調度《ちょうど》の役、[59]本郷左近大夫将監詮泰《ほんごうさこんのたいふしょうげんのりやす》、香《こう》の狩衣にて、笠《かさ》の役に随ふ。[60]今川伊予守貞世《いまがわいよのかみさだよ》は、[61]侍《さぶらい》所《どころ》にて、爽《さわや》かに冑《よろ》うたる随兵《ずいひょう》を百騎ばかり召し具して、[62]轅門《えんもん》の警固《けいご》に相随ふ。

[63]土岐伊予守直氏《ときいよのかみなおうじ》、[64]山城中務少輔行元《やましろなかつかさのしょうゆきもと》、[65]赤松大夫《あかまつたいふ》判官光範《ほうがんみつのり》、

行だった斎藤一族。
33 香色。黄味を帯びたうす赤色。 34 斎藤の紋。
35 弘世の子か。
36 大内の紋。
37 神奈川県海老名市出身の武士。 38 竹籠の紋。
39 神奈川県厚木市の武士。
40 背縫いを中心に左右色違いの直垂。
41 括り染めの四角の目を十六個並べた紋。
42 不詳。
43 州浜の紋の一種か。
44 清胤の子。千葉一族。
45 かりやすは、黄の染料。
46 直垂の下に着るひとえ。
47 立派に。
48 うす紫色の模様を浮き立たせた織物。
49 指貫袴。裾口に紐を通し裾をくくって結んだ。
50 叩いて光沢を出した絹織物。それを袖口から出し。

[66]佐々木《ささき》尾張守《おわりのかみ》高信《たかのぶ》、安東信濃守《あんどうしなののかみ》高泰《たかやす》、[67]曾我《そが》美濃守《みののかみ》氏助《うじすけ》、小島《こじま》掃部助《かもんのすけ》詮重《のりしげ》、[68]朝倉《あさくら》小次郎《こじろう》詮繁《のりしげ》、[69]彦部《ひこべ》新左衛門《しんざえもんの》尉《じょう》秀光《ひでみつ》、藤民部《とうのみんぶ》五郎《ごろう》盛明《もりあき》、屋代《やしろ》新蔵人《しんくろうど》師国《もろくに》、佐脇《さわき》左京亮《さきょうのすけ》明秀《あきひで》、藁科《わらしな》新左衛門《しんざえもんの》尉《じょう》家治《いえはる》、中島《なかしま》弥次郎《やじろう》家信《いえのぶ》、後藤《ごとう》伊勢守《いせのかみ》、[70]久下《くげ》筑前守《ちくぜんのかみ》、[71]荻野《おぎの》出羽守《でわのかみ》、横地《よこじ》山城守《やましろのかみ》、波多野《はだの》出雲守《いずものかみ》、[72]浜名《はまな》左京亮《さきょうのすけ》、[73]長《ちょうの》次郎《じろう》、これらの人々、思ひ思ひの直垂《ひたたれ》にて、[74]飼うたる馬どもに[75]厚総《あつぶさ》懸けて、花を折つて美を尽《つ》くす。

将軍[76]堂上《とうしょう》の後《のち》、帯刀《たてわき》の役人、皆中門《ちゅうもん》の外に布皮《しきがわ》を帯びて列《れっ》居《きょ》す。先《ま》づ、[77]別勅《べっちょく》によって御前《おんまえ》の召しあり。関白殿《かんばくどの》、御前に参らる。その後《のち》、刻限に至つて、人々殿上《てんじょう》に着座《ちゃくざ》あり。右大臣、内大臣、[78]按察使《あぜち》実継《さねつぐ》、[79]藤中納言《とうのちゅうなごん》時光《ときみつ》、冷泉中納言《れいぜいちゅうなごん》為秀《ためひで》、[80]別当《べっとう》忠光《ただみつ》、侍従宰相《じじゅうさいしょう》行忠《ゆきただ》、[81]小倉《おぐら》前宰相《さきのさいしょう》実名《さねな》、[82]二条中将《にじょうちゅうじょう》為忠《ためただ》、[83]富小路《とみのこうじ》前宰相中将《さきのさいしょうちゅうじょう》実遠《さねとお》なんどぞ参られける。

関白殿、奉行《ぶぎょう》の[84]職事《しきじ》仲光《なかみつ》を召して、事の[85]具否《ぐひ》を尋ねらる。や

51 時氏の子。明徳の乱（一三九一）で足利義満に滅ぼされた。52 武家の正装。公家の略装。53 主の身辺を護衛する役。54 幕府評定衆。55 緑がかった水色。56 主君の履物の脱着、保管にあたる役。57 高秀の子。道誉の孫。58 主君の矢を負い、弓を持って供奉する。59 家泰の子。60 範国の子。61 御家人の統制・検断にあたる侍所の長官(所司)。62 御所の外門。63 頼清の子。64 二階堂高貞の子。65 範資の子。66 六角満高の子か。67 師助の子。68 正景の子。69 高一族。70 兵庫県丹波市山南町の

がて[86]出御《しゅつぎょ》を伺《うかが》はる。御衣《おんぞ》は、黄《き》の直衣《のうし》、[87]打《うち》の御袴なり。関白、着座あつて後《のち》、[88]頭左中将嗣房朝臣《とうのさちゅうじょうつぐふさあそん》を召して、公卿座《くぎょうざ》に着《ちゃく》すべき由《よし》を仰《おお》す。嗣房、殿上に出でて、諸卿《しょきょう》を召す。右大臣、内大臣以下《いげ》、次第に着座ありしかば、将軍は、殿上には着座し給はで、直《じき》に御前に進着《しんちゃく》す。

その後、嗣房朝臣、仲光、[89]懐国《やすくに》、五位の殿上人[90]伊顕《これあき》なんど、面々の役に随うて、燈台《とうだい》、円座《えんざ》、懐紙《かいし》等《とう》を措《お》き、[91]為敦《ためあつ》、[92]為有《ためあり》、為邦朝臣《ためくにあそん》なんどまで着座ありしかども、[93]右兵衛督為遠《うひょうえのかみためとお》は、御前には着《ちゃく》せず、殿上の辺に徘徊《はいかい》す。これは、建保《けんぽう》に[94]定家《ていか》かくの如くの行跡《ふるまい》たりしその例とぞ、[95]衣被《きぬかずき》どもは申し合ひける。

富小路前宰相中将、冷泉中納言、藤中納言、[96]鎌倉大納言《かまくらだいなごん》、内大臣、右大臣、関白なんど、[97]懐紙の名、[98]膝行《しっこう》皆思ひ思ひなり。関白は、建保の例によつて、[99]序者《じょしゃ》たりと雖《いえど》も、位次《いじ》に任《まか》せてこれを置く。また、直衣[100]踏みくくみて膝行《しっこう》あり。[101]故《こ》太閤《たいこう》、元徳《げんとく》の

武士。底本「久家」。
71 丹波市氷上町の武士。
72 詮政（中殿御会記）。
73 但馬の武士。
74 よく手入れした馬。
75 鞅（むながい）・鞦（しりがい）の総（さふ）飾り。
76 清涼殿に上がった後。
77 特別の詔。
78 三条公秀の子。
79 日野資名の子。
80 日野資明の子。
81 公脩の子。
82 為藤の子。
83 小倉季雄の子。
84 蔵人の別称。仲光は、広橋兼綱の子。
85 式の進行具合。
86 帝のお出ましを促す。
87 打って光沢を出した袴。
88 万里小路仲房の子。
89 藤原親尹の子。「物かはの蔵人」（経尹）の子孫。
90 白川伊俊の子。

中殿《ちゅうでん》の御会《ぎょかい》に参られしに、この作法侍りけるとかや。

右大臣、[102]読師《とくし》たるによつて、直《じき》に御前《おんまえ》の円座《えんざ》に着《ちゃく》し給ひて、[103]講師《こうじ》仲光《なかみつ》を召す。序を講ぜんために、別勅《べっちょく》によつて時光卿《ときみつきょう》を召さる。[104]右大弁為重《うだいべんためしげ》を召して、懐紙《かいし》を重ねしむ。序より次第にこれを読み上げたり。

春の日中殿《ちゅうでん》に侍《さぶら》ひて、同じく花は多春《たしゅん》の友《とも》といふを詠《えい》ず、

[105]製《せい》に応じて和歌《やまとうた》一首并《なら》びに序

関白従一位臣藤原朝臣良基上《かんぱくじゅいちいしんふじわらのあそんよしもとたてまつ》る

夫《そ》れ[106]天の仁《じん》は春なり。[107]地の和《か》は花なり。天地悠久《ゆうきゅう》の道に則《のっと》つて、而《しか》も[108]不二《ふじ》の仁を施《ほどこ》し、[109]煙霞《えんか》明媚《めいび》の景を玩《もてあそ》んで、[110]大和《たいか》の和《か》を布《し》く。[111]黄鶯《こうおう》友を呼んで、万年の枝に遷《うつ》り、[112]粉蝶《こちょう》舞を作《な》して、百里の囿《その》に戯《たわむ》る。鑠《さか》りなるかな聖徳《せいとく》、[113]時なるかな宸宴《しんえん》、爰《ここ》に、歌詠《かえい》を[114]五雲《ごうん》の間《あいだ》に騰《あ》げて、忽《たちま》ちに治世《ちせい》の[115]風《ふう》を興《おこ》し、[116]簫韶《しょうしょう》を[117]九天《きゅうてん》の上に奏して、再び大古の調べを声《き》く。

91 藤原為量の子。
92 二条為定の子。
93 二条為定の子。
94 藤原定家。新古今時代の代表歌人。
95 衣を頭からかぶって顔を隠した女房たち。
96 足利義詮をさす。
97 「貞治六年中殿御会記」にある「懐紙の見やう」が正しい。
98 膝を床にすりつけて行く礼法。
99 序文を書く役ではあるが、席次のとおりに懐紙を置く。
100 裾長に着て。
101 良基の父、関白道平。
102 歌会の進行役。
103 歌を読み上げる役。
104 二条為冬の子。「新後拾遺和歌集」撰者。
105 勅命に応じて作った和歌一首と序文。

また、[118]玉笙《ぎょくしょう》の操《あや》つり、高く[119]紫鸞《しらん》の声を引く。[120]奎章《けいしょう》の巧《たく》み、新たに[121]素鵝《そが》の詞《ことば》を賡《つ》ぐ。[122]盛乱《せいらん》の世、未だ必ずしも雅楽《ががく》を弄《もてあそ》ばず。これを兼ぬるは、この時なり。[123]好文《こうぶん》の主《しゅ》、未だ必ずしも[124]和語《わご》に携《たずさ》はらず。これを兼ぬるは、我が君なり。一場《いちじょう》の偉観《いかん》、[125]千載《せんざい》の徽猷《きゆう》なる者か。小臣《しょうしん》久しく龍顔《りょうがん》に近づき奉りて、忝《かたじけ》なくも[126]万機《ばんき》の政《まつりごと》を佐《たす》く。親しく[127]鳳詔《ほうしょう》を奏して、聊《いささ》か一日《いちじつ》の遊びを記《き》す。その辞《ことば》に曰はく、

[128]つかえつつ齢《よわい》は老いぬ行く末の千年《ちとせ》も花になほや契《ちぎ》らん

この次に、右大臣《うだいじん》正二位《しょうにい》臣藤原朝臣実俊《しんふじわらのあそんさねとし》、内大臣正二位《ないだいじんしょうにい》臣藤原朝臣師良《しんふじわらのあそんもろよし》、正二位《しょうにい》行陸奥出羽按察使《ぎょうみちのくでわのあぜち》藤原朝臣実継《ふじわらのあそんさねつぐ》、この次は、征夷大将軍正二位《せいいたいしょうぐんしょうにい》臣源朝臣義詮《しんみなもとのあそんよしあきら》、正二位行権《ごんの》中納言《ちゅうなごん》藤原朝臣時光《ふじわらのあそんときみつ》、正二位《しょうにい》権中納言《ごんのちゅうなごん》藤原朝臣為秀《ふじわらのあそんためひで》、権《ごんの》中納言従三位《ちゅうなごんじゅさんみ》上《じょう》行左衛門督《ぎょうさえもんのかみ》臣藤原朝臣忠光《しんふじわらのあそんただみつ》、この次は、参《さん》議《ぎ》従三位《じゅさんみ》行侍従備中権守《ぎょうじじゅうびっちゅうのごんのかみ》臣藤原朝臣行忠《しんふじわらのあそんゆきただ》、従三位《じゅさんみ》行右兵《ぎょううひょう》

106 天のいつくしみ。
107 地のやわらぎ。
108 二つとないいつくしみ。
109 春の美しい景色。
110 大いなる和の徳治。
111 うぐいす。
112 美しい蝶。
113 時宜を得た宴よ。
114 仙界。宮中をさす。
115 おしえ。
116 聖帝舜の治世の音楽。
117 九重の天。宮中。
118 帝の奏する笙。後光厳帝は笙を深く嗜んだ。
119 紫色の鸞(声が美しいとされる想像上の鳥)。
120 帝の文章の巧み。
121 月宮に住む仙女。
122 大いに乱れた世。
123 文事を好む帝。
124 やまと言葉。和歌。
125 とわに残る立派な企て。
126 帝の政務。
127 帝の仰せ。

衛督《えのかみ》臣《しん》藤原《ふじわらの》朝臣《あそん》為遠《ためとお》、蔵人《くろうど》内舎人《うどねり》六位《ろくい》上《じょう》行《ぎょう》式部《しきぶの》大丞《たいじょう》臣《しん》藤《ふじ》原《わらの》朝臣《あそん》懐国《やすくに》等《ら》に至るまで、[129]披講《ひこう》事終はつて、講師《こうじ》、読師《とくし》皆退き給ひければ、講誦《こうじゅ》の人々なほ候《こう》すべき由《よし》、[130]天気《てんき》によつて、関《かん》白《ばく》講師の円座《えんざ》に着き給ひしかば、別して権中納言《ごんのちゅうなごん》時光卿《ときみつきょう》を召され、御製《ぎょせい》の講師として、

[131]開《さ》き匂へ雲居《くもい》の花の本《もと》つ枝《え》に百代《ももよ》の春をなほ契るらん

講誦十反《べん》ばかりに及びしかば、[132]日すでに内樋《うちひ》に耀《かかや》く程なり。されば、物の色合ひさだかに、花の薫《にお》ひも懐《なつ》かしく、霞《かすみ》立つ気《け》配《はい》も、いと艶《えん》あるに、面々の詠歌《えいか》の声も、[133]雲居に通《とお》る心地して、身に入《し》むばかりぞ聞こえける。

御製の披講《ひこう》終はつて、おのおの[134]本座《ほんざ》に退けば、[135]伶人《れいじん》にあらざる人々も座を退く。その後《のち》、やがて[136]御遊《ぎょゆう》始まり、笛は、[137]三条《さんじょう》大納言《だいなごん》実知卿《さねともきょう》、[138]和琴《わごん》は、左宰相中将《ひだりのさいしょうちゅうじょう》実綱《さねつな》、[139]篳篥《ひちりき》は、[140]前兵《さきのひょう》部卿《ぶきょう》兼親《かねちか》、[141]笙《しょう》は、[142]前右衛門督《さきのうえもんのかみ》教言《のりとき》、[143]拍子《ひょうし》は、[144]綾小路三位《あやのこうじさんみ》成方《なりかた》、

128 久しく帝にお仕えして年老いてしまったが、末永く咲く花のような帝に今後もお仕えしよう。
129 和歌の読詠。
130 帝の意向。
131 花は宮中に咲きにおえよ。その木の幹に近い枝として私は幾久しい春を約束しよう。
132 朝日がもう懸け樋を照らす時分である。
133 大空。
134 もとの座席。
135 楽人以外の人々も。
136 管絃の遊び。
137 公秀の子。
138 日本古来の琴。
139 リードのある縦笛。
140 楊桃（やまもも）兼高の子。
141 長さの違う竹管を縦に並べて吹く楽器。
142 山科教行の子。
143 笏拍子。

[145]琴《きん》は、[146]公全朝臣《きんまさあそん》、[147]付歌《つけうた》は、[148]宗泰朝臣《むねやすあそん》なり。[149]呂《りょ》には、此殿《このとの》、(鳥)破《とりのは》、席田《むしろだ》、鳥急《とりのきゅう》、[150]律《りつ》には、万歳楽《まんざいらく》、伊勢海《いせのうみ》、三台急《さんだいのきゅう》なりけり。[151]玉笙《ぎょくしょう》の声の中には、鳳鳥《ほうちょう》も来儀《らいぎ》し、[152](和琴の調べの間には、)[153]鬼神《きじん》も感通《かんつう》するかとぞ覚えし。この[154]宸宴《しんえん》も、[155]御所作《ごしょさ》ある事は、邂逅《たまさか》なり。[156]建保《けんぽう》には、御琵琶《おんびわ》にてありけるなり。その外《ほか》は、稀《まれ》なる御事なるを、今この御宇《ぎょう》に、詩歌《しいか》両度の宸宴に毎度の御所作、あり難《がた》き事とぞ聞こえし。

かかる[157]大会《だいえ》は、聊《いささ》かの故障《こしょう》もある事なるに、一事《いちじ》の違乱煩《いらんわずら》ひなく、無為《ぶい》に遂げ行はれぬれば、万邦《ばんぽう》[158]磯城島《しきしま》の政道《せいどう》に帰し、[159]四海難波津《しかいなにわづ》の古風《こふう》を仰ぐ。人皆[160]柿下《かきのもと》の遺愛《いあい》を恋ふるのみならず、世挙《こぞ》つて[161]柳営《りゅうえい》の数奇《すき》を感歎して、翌日の[162]午刻《うまのこく》ばかりに人々退出せられしかば、めでたしなんど云ふばかりなし。

さても、中殿《ちゅうでん》の御会《ぎょかい》と云ふ事は、わが朝《ちょう》不相応の宸宴たるによつて、毎度、天下に[163]重事《ちょうじ》起こると、人皆申《もう》し慣《なら》はせる上、近

144 成賢。有頼の子。
145 七弦琴。中国渡来の琴。
146 室町実郷の子。
147 楽の音に添える歌。
148 中御門宗重の子。
149 陰旋律の楽曲。以下は、雅楽・催馬楽の曲名。
150 陽旋律の楽曲。以下は、雅楽・催馬楽の曲名。
151 帝の奏でる笙の美しい調べには、鳳凰も飛来するかと思われ。
152 他本により補う。
153 鬼神の心も動かすかと思われる。
154 天子の催す宴。
155 帝による楽器演奏。
156 建保六年(一二一八)の中殿御会で、順徳帝は琵琶の名器玄上を奏した。
157 大規模な和歌・管絃の遊宴。
158 日本の古称。
159 天下は朝廷の古来の徳

臣悉《ことごと》く眉を顰《ひそ》めて諫言《かんげん》を上《たてまつ》りたりしかども、つやつや[164]御承引《ごしょういん》なかりけり。[165]さるに合はせり、

貞治《じょうじ》六年三月二十八日天変《てんぺん》の事、同《おなじく》二十九日天龍寺炎上《てんりゅうじえんしょう》の事 3

[1]同じき三月二十八日申刻《さるのこく》に、おびたたしく天変[2]西より東を指して飛び行くと見えしかば、翌日《つぎのひ》二十九日申刻に、天龍寺の新たなる[3]大厦《たいか》、土木《どぼく》の功《こう》未だ終らざるに、失火《しっか》忽《たちま》ちに燃え出でて、一時《いっし》の灰燼《かいじん》となりにけり。

[4]ことさらこの寺は、公家武家の尊崇《そんすう》他《た》に異《こと》にして、[5]五山《ごさん》第二の[6]招提《しょうだい》なれば、[7]聊爾《りょうじ》にも攘災集福《じょうさいしゅうふく》の懇祈《こんき》を専《もっぱ》らにする大伽藍《だいがらん》なるに、時日《じじつ》こそあるに不思議の[8]表示《ひょうじ》かなと、貴賤《きせん》[9]唇をぞ翻《ひるがえ》しける。これによつて、[10]将軍御参内《ごさんだい》の事は斟酌《しんしゃく》あるべき由《よし》、再三奏《そう》聞《もん》を経《へ》られしかども、「この寺すでに勅願寺《ちょくがんじ》たる上は、最も

治に従う。「難波津の歌は帝の御始めなり」(古今和歌集・仮名序)。
160 歌聖である柿本人麻呂が遺した功績。
161 将軍(柳営)義詮の風雅を好む心。 162 正午頃。
163 重大事。
164 まったく。
165 そんな折も折。

3
1 中殿御会の前日、午後四時頃。 2 流星の類。
3 大きな建物。
4 とりわけ。
5 幕府が定めた京都・鎌倉の禅宗寺院の格式。将軍足利義詮の時代は、第一位南禅寺(京都)・建長寺(鎌倉)、第二位天龍寺・円覚寺、第三位寿福寺、第四位建仁寺、第五位東福寺・浄智寺・浄妙寺・万寿寺とさ

[11]天聴《てんちょう》を驚かす所なれども、[12]災殃《さいおう》によつて、期《ご》に臨《のぞ》んで[13]宸宴《しんえん》を止《とど》めらるること、先規《せんき》なし」と、早く諸卿《しょきょう》に(仰せ)下されしかば、この問答に時遷《うつ》りて、御参内《ごさんだい》も夜深《ふ》け過《す》ぐる程になり、御《ぎょ》遊《ゆう》も翌日になり及びけるとかや。[14]あさましかりし事なりけり。

鎌倉左馬頭基氏逝去《かまくらのさまのかみもとうじせいきょ》の事　4

かくては、天下もいかがと危ぶめる処《ところ》に、今春《こんしゅん》の比《ころ》より、鎌[1]倉左馬頭基氏、聊《いささ》か例ならざる事ありと声《き》こえしが、[2]貞治六年四月二十六日、生年《しょうねん》二十八歳にて、忽《たちま》ちに逝去し給ひけり。[3]連《れん》枝《し》の鍾愛《しょうあい》は多けれども、別れに到《いた》つては悲しかるべし。況《いわ》んや、これはただ二人《ににん》、[4]羽翼両輪《うよくりょうりん》の如くに[5]花夷《かい》の鎮撫《ちんぶ》となり給ひしか。[6]去らぬ別れの悲しさもさる事なれども、関東の柱石摧《ちゅうせきくだ》けぬれば、[7]柳営《りゅうえい》の力衰へぬと、愁歎特《しゅうたんこと》に浅からず。

れ、天龍寺は京都五山の第二位だった。　6　寺院。
7　かりそめにも災いを祓い福を集める祈禱を専らにする大寺院であるのに。
8　前兆。　9　非難した。
10　(中殿御会のための)将軍義詮の参内は、再考すべき由を。
11　帝の耳を驚かしたことではあるが。
12　「殃」は、災い。
13　中殿御会をさす。
14　嘆かわしい。

4
1　鎌倉公方足利基氏。義詮の弟。
2　一三六七年。
3　兄弟の愛情は深いが。底本「連理」を改める。
4　鳥の両翼、車の両輪のように互いに助け合う関係で。

南禅寺《なんぜんじ》と三井寺《みいでら》と確執《かくしつ》の事　5

これにつけても、京都大きに怖《おそ》れ慎《つつし》みて、祈禱などもあるべしと、内々沙汰《ないないさた》ある処《ところ》に、同じき六月十八日、[1]園城寺《おんじょうじ》の衆徒《しゅと》蜂起《ほうき》して、公武《こうぶ》に[2]列訴《れっそ》を致すことあり。

その所謂《いわれ》を何事ぞと尋ぬれば、[3]南禅寺造営のために、この比《ころ》建てられたる新関《しんせき》に於て、三井寺へ帰院の児《ちご》を、[4]関務《かんむ》の禅僧等《ら》これを殺したり。(これ)希代《きたい》の珍事《ちんじ》、寺門鬱憤《じもんうっぷん》を散《さん》じ難《がた》しとて、大衆《だいしゅ》等、大勢《おおぜい》を率《そっ》し、[5]不日《ふじつ》に押し寄せ、[6]当務《とうむ》の僧ども、[7]人工《にんぐ》、行者《あんじゃ》に至るまで打ち殺すのみならず、なほも憤《いきどお》りを休《や》めず、南禅寺を破却《はきゃく》せしめ、[8]達磨宗《だるましゅう》の蹤跡《しょうせき》を削りて、[9]宿訴《しゅくそ》を達せしめんために、忽《たちま》ちに嗷訴《ごうそ》にぞ及びける。即ち、[10]山門《さんもん》、南都《なんと》へ牒送《ちょうそう》して、「[11]四箇《しか》の大寺《たいじ》の[12]案否《あんぴ》を共にす

5　都と田舎(京と鎌倉)で乱を鎮め民を安んじる任。　6　避けられない別れ。死別。　7　幕府。

5

1　滋賀県大津市園城寺町の天台宗寺門派の本山、三井寺。

2　大勢で訴え出ること。

3　京都五山の第一位。のちに足利義満により、京都・鎌倉両五山の上に位する別格の禅寺とされる。京都市左京区南禅寺福地町。

4　関所の事務をつかさどる禅僧。

5　日をおかず、すぐに。

6　関務の僧。

7　人工・行者ともに、禅寺で雑事を行う下部。

8　中国禅の開祖達磨が始めた禅宗の事跡。禅寺をさす。

べき由《よし》、すでに往日《おうじつ》の堅約《けんやく》なり。何の[13]余儀《よぎ》にか覃《およ》ぶべき」と、一同に触れ訴へて、「事遅々《ちち》せしめば、[14]神輿《しんよ》、神木《しんぼく》、神座《しんざ》の本尊ともに入洛《じゅらく》あるべし」と訇《ののし》りければ、すはや、天下の重事《ちょうじ》出で来ぬるはと、才《ざえ》ある人はひそかにこれを危ぶみける。

されども、事大儀《たいぎ》なれば、山門も(南都も)[15]ひしひしとは思ひ立たず。[16]結句《けっく》、山門には、東西の両塔様々《さまざま》の異儀《いぎ》に及んで、[17]三《さん》塔《とう》の[18]事書《ことがき》、[19]鳥使翅《ちょうしつばさ》を費《ついや》すばかりなり。しかれば、[20]左右《そう》なく事行くべしとも覚えず。[21]公方《くぼう》の沙汰は、裁許その期《ご》なかりしかば、園城寺は[22]款状《かんじょう》徒《いたず》らに抛《な》げられて、怒りの中に日数《ひかず》をぞ送りける。

最勝《さいしょう》八講会《はっこうえ》闘諍《とうじょう》に及《およ》ぶ事　6

さる程に、同じき八月十八日、[1]最勝講《さいしょうこう》行はるべしとて、南《なん》

9 禅宗を破却するという年来の訴え。
10 延暦寺と興福寺・東大寺。　11 東大・興福・延暦・園城の四大寺。
12 安否に同じ。
13 異論。底本「与儀」を改める。
14 日吉大社の神輿、春日大社の神木(榊)、神の御正体(みしょうたい)。　15 即座には。
16 あげくのはて。
17 延暦寺を構成する東塔・西塔・横川。
18 文書。　19 急使。
20 たやすく。
21 幕府の処置は、裁定がいつとも知れないので。
22 嘆願書。

6
1 宮中の清涼殿で「金光明最勝王経」を講じ、天下泰平国家安穏を祈る法会。

都《と》北嶺《ほくれい》に課《おお》せ、所作《しょさ》[2]の人をぞ召されける。興福寺《こうふくじ》十人、東大寺《とうだいじ》二人、延暦寺《えんりゃくじ》八人なり。園城寺《おんじょうじ》は、今度の訴訟《そしょう》、是非[3]の左右《そう》に及ばざる間、公請《くじょう》[4]に随ふべからざるの由《よし》、所存を申すによつて、四箇《しか》の一寺は除かれ畢《おわ》んぬ。

証義《しょうぎ》[5]は、前大僧正懐雅《さきのだいそうじょうかいが》[6]、山門《さんもん》には慈能僧正《じのうそうじょう》[7]をぞ召されける。講演論場《こうえんろんじょう》[8]の砌《みぎり》には、学海《がっかい》[9]の智水《ちすい》を涌かし、恵剣《えけん》をこそ闘はしむる事なるに、今度は、南都《なんと》北嶺《ほくれい》の衆徒《しゅと》等《ら》、南庭《なんてい》[10]に於て不慮《ふりょ》に喧嘩《けんか》を引き出だして、散々《さんざん》の合戦にぞ及びける。

紫宸殿《ししんでん》の東、薬殿《くすどの》[11]の前には、南都の大衆《だいしゅ》、西の長階《ながはし》[12]の前には、山門の衆徒、列立《れつりゅう》したりけるが、南都の衆徒は、面々に脇差《わきざし》の太刀用意の事なれば、抜《ぬ》き列《つ》れて切つて懸《か》かる。山門の大衆は、太刀、長刀も持たざりければ、いかでか叶《かな》ふべき、一歩も踏《ふ》み止《とど》まらず、紫宸殿の大床《おおゆか》[13]の上へ捲《ま》くり上《あ》げられて、足手《あしで》[14]にも係《か》からざりけるに、光円坊《こうえんぼう》[15]の良覚《りょうかく》、一心坊《いっしんぼう》の越後注記覚存《えちごのちゅうきかくぞん》、行泉《ぎょうせん》

四箇の大寺の僧が務める。
2 法会に関わる僧。
3 よしあしの裁定がなされていないので。
4 朝廷の要請。
5 論議の内容を検証する役。
6 興福寺僧。尊懐の子。
7 洞院実明の子。
8 法会の場。
9 海のように深い学識を沸き立たせ、智恵の剣を闘わせるものだが。
10 紫宸殿の南の庭。
11 安福殿の中にあり、侍医・薬生(やくしょう)の控え所。
12 清涼殿と紫宸殿をつなぐ渡殿。
13 広縁。庇の間の外側にある板張りの吹き放し部分。
14 手も足も出なかったところに。
15 いずれも延暦寺の僧坊に住する僧。

坊《ぼう》の宗運《そううん》、明静坊《みょうじょうぼう》の学運《がくうん》、月輪坊《げつりんぼう》の[16]同宿円光坊《どうじゅくえんこうぼう》、十乗坊《じゅうじょうぼう》を始めとして、宗徒《むねと》の大衆、[17]腰刀《こしがたな》ばかりにて取つて返し、勇み誇りたる南都の（衆徒の）真中《まんなか》へ面《おもて》も振らず切つて入る。

中にも一心坊の越後注記は、南都の若大衆《わかだいしゅ》の持つたりける四尺余りの太刀を引き奪うて、[18]一人《いちにん》の大事と切つて廻《まわ》りけるに、奈良法師ども、切り立てられて[19]村雲《むらくも》立つて見えけるに、[20]手蓋《てがい》の侍従房《じじゅうぼう》、ただ一人踏《ふ》み留《とど》まり、一足《ひとあし》も退かず喚《おめ》き叫《さけ》んで斬り合うたり。追ひ廻し追《お》ひ靡《なび》け、時移る程闘《たたか》ひけるに、山門の衆徒は、初めは小勢《こぜい》にてしかも無用意《ぶようい》なりける間、叶ふべくも見えざりけるが、山徒《さんと》の召し仕ふ[21]中方《ちゅうほう》の者ども、太刀、長刀の鋒《きっさき》を調《そろ》へ、[22]四脚《よつあし》の門より込み入《い》りて、縦横無碍《じゅうおうむげ》に切つて[23]族《まわ》りしかば、南都は大勢《おおぜい》なりしかども、怺《こら》へかねて、北の門より一条大路《いちじょうおおじ》へ、白雲《しらくも》の風に雲珠巻《うずま》くが如くにぞ靉《たなび》き出《い》でたりけり。

南庭の白砂《しらす》の上には、手蓋の侍従を初めとして、宗徒《むねと》の大衆

16　同じ寺に住み、同じ師僧について学ぶ僧。
17　腰の帯にさす鍔（つば）のない短刀。
18　自分だけに関わる大事とばかりに。
19　浮き足だって。
20　東大寺の転害（てがい）門を名のりとする。
21　延暦寺で雑事を行う下部の僧。
22　四足門。二本の主柱に各二脚の副え柱のある門。
23　「族」は、みな殺しにする意。

八人まで屍《かばね》を並べて切り伏せらる。山門方《さんもんがた》にも、手負《ておい》あまたありける。半死半生《はんしはんしょう》の者どもを、戸板、楯なんどに乗せて舁《か》き連《つら》ねたる有様、前代未聞《ぜんだいみもん》の事どもなり。

あさましいかな、[24]紫宸北闕《ししんほっけつ》の雲の上、[25]玄圃茨山《げんぽしざん》の月の前には、[26]霜剣《そうけん》の光冷《すさま》じくして、[27]干戈《かんか》の場《にわ》となりしかば、[28]御溝《みかわ》の水も紅《くれない》を流し、着座《ちゃくざ》の公卿大臣《くぎょうだいじん》も、[29]束帯《そくたい》悉《ことごと》く緋《あけ》の色に染めなされて、[30]あきれ給ふばかりなり。さしもこれ程の騒動なりしかども、主上《しゅしょう》は、これにも騒がせ給ふ御事なく、手負、死人どもを取り捨てさせ、血を濯《あら》ひ清《きよ》めさせ、席を改めさせられて、最勝講《さいしょうこう》は、子細《しさい》なく遂《と》げ行《おこな》はれけるとかや。

征夷将軍義詮朝臣薨逝《せいいしょうぐんよしあきらあそんこうせい》の事　7

これ則ち厳重《げんじょう》の御祈願《ごきがん》、天下の[1]大会《だいえ》たるに、かかる不思議出

24　紫宸・北闕ともに皇居の意。
25　玄圃は、中国の崑崙山上の神仙の住む所。茨山は、漢の武帝が芝草（しそう）を得た山。ともに仙境。宮中の意。
26　霜のように冷たい剣の光はぞっとするほどで。
27　干（たて）と戈（ほこ）の場で、戦場。
28　殿舎に沿って設けられた溝を流れる水。
29　貴族の礼服。
30　茫然とする。

7
1　大規模な法会。最勝講をさす。
2　凶事が起こるのを恐れる気持。
3　ともに平安時代以来の

で来たりぬれば、公私《こうし》に就《つ》けて不吉《ふきつ》の前相《ぜんそう》かなと、人皆物を待[2]つ心地する処《ところ》に、同じき九月下旬《げじゅん》の末より、征夷大将軍義詮、身心例ならずして寝食《しんしょく》快からざりしかば、[3]和気《わけ》、丹波《たんば》の両流は申すに及ばず、医療に[4]その名を知らるる程の者どもを召し、様々《さまざま》に治術《ちじゅつ》に及びしかども、[5]かの大聖釈尊双林《だいしょうしゃくそんそうりん》の必滅に、[6]耆《ぎ》婆《ば》が霊薬もその験《しるし》なかりしかば、寔《まこと》に浮世《うきよ》の無常《むじょう》を予《あらかじ》め示《しめ》し措《お》かれし事なり。いづれの薬か[7]定業《じょうごう》の病《やまい》をば愈《いや》すべき、これ明《あき》らけき[8]有待転変《うだいてんぺん》の理《ことわ》りなれば、同じき十二月七日[9]子刻《ねのこく》に、御年三十八にして、忽《たちま》ちに薨逝し給ひにけり。天下久しく武将の掌《たなごころ》に入《い》り、恩を戴《いただ》き徳を慕《した》ふ者、幾千万と云ふ事を識《し》らず、歎《なげ》き悲《かな》しみけれども、その甲斐更《かいさら》になかりけり。

さてあるべきにあらずとて、泣く泣く喪礼《そうれい》の儀式を取り営み、衣笠山《きぬがさやま》の麓《ふもと》、[10]等持院《とうじいん》に遷《うつ》し奉る。同じき十二日[11]午刻《うまのこく》に、[12]荼毘《だび》の規則を調《ととの》へて、仏事の次第厳重なり。[13]鎖龕《さがん》は、東福寺《とうふくじ》の長老

医家。
4　その名を知られるすべての者を。
5　釈迦が沙羅双樹の下で入滅した時に。
6　釈迦の時代の名医。
7　前世から定められた宿命の病。
8　人の身（有待）の常ならぬ道理。
9　午前零時頃。
10　京都市北区等持院北町にある臨済宗寺院。足利氏の菩提寺。
11　正午頃。
12　火葬。
13　棺の蓋を閉じる儀式。
14　知親義堂（ちしんぎどう）。東福寺三十八世。
15　棺を送り出す儀式。
16　龍湫周沢（りゅうしゅうしゅうたく）。夢窓疎石の弟子。
17　湯を供える儀式。
18　桂岩運芳（けいがんうんぽう）。建仁

[14]信義和尚《しんぎおしょう》、[15]起龕《きがん》は、建仁寺《けんにんじ》の[16]沢龍湫《たくりゅうしゅう》和尚、[17]奠湯《てんとう》は、万寿寺《まんじゅじ》の[18]桂岩《けいがん》和尚、[19]奠茶《てんちゃ》は、真如寺《しんにょじ》の[20]清誾西堂《せいぎんせいどう》、[21]念珠《ねんじゅ》は、天龍寺《てんりゅうじ》の[22]春屋《しゅんおく》和尚、[23]秉炬《あこ》は、南禅寺《なんぜんじ》の[24]定山《じょうざん》和尚にてぞおはしける。文々《もんもん》に[25]悲涙《ひるい》の玉語《ぎょくご》を瑩《みが》き、句々《くく》に真理の法儀《ほうぎ》を宣《の》べられしかば、[26]尊儀《そんぎ》速やかに[27]三界《さんがい》の苦輪《くりん》を出でて、直《じき》に[28]四徳《しとく》の楽邦《らくほう》に到り給ふらんと、あはれなりし事(ども)なり。

さる程に、今年はいかなる歳《とし》なればや、京都《きょうと》と鎌倉《かまくら》と相《あい》同じく、[29]柳営《りゅうえい》の連枝《れんし》、忽《たちま》ちに同根空《どうこんむな》しく枯れ給ひぬれば、誰《たれ》か[30]武将に備はり、四海《しかい》の乱をも治むべきと、危ふき中に愁《うれ》へあり。世《せ》上《じょう》[31]今はさてとぞ見えたりける。

細川《ほそかわ》右馬頭《まのかみ》西国《さいごく》より上洛《しょうらく》の事　8

ここに、[1]細川《ほそかわ》右馬頭頼之《まのかみよりゆき》、その比《ころ》[2]西国の成敗《せいばい》を司《つかさど》り、敵を滅《ほろ》

寺五十三世。
19 茶を供える儀式。
20 中山清誾(ちゅうざんせいぎん)。建仁寺四十九世。
21 念誦。経文の読誦。
22 春屋妙葩(しゅんおくみょうは)。夢窓疎石の甥。
23 下火(あこ)。火葬の火を点ずる儀式。
24 定山祖禅(じょうざんそぜん)。南禅寺三十三世。
25 涙をさそう美しい言葉。
26 貴人(将軍義詮)の霊。
27 衆生が輪廻する欲界・色界・無色界。
28 常住・安楽・自在・清浄の四徳をそなえた安楽世界。涅槃。
29 幕府の将軍・鎌倉公方の兄弟。
30 将軍職と鎌倉公方職。
31 もうこれまで。

8

ぼし、(人を)狎付《なつ》け、[3]諸事《しょじ》の沙汰《さた》の途轍《とてつ》、少し先代[4]の[5]貞永《じょうえい》、[6]貞応《じょうおう》の旧規《きゅうき》に相似たりと云ふとぞ聞こえける間、則ち、天下の[7]管領職《かんれいしょく》に居《きょ》せしめ、(御幼稚《[8]ごようち》の[9]若君を補佐《ふさ》し奉るべしと、群議同じ趣《おもむき》に定まりしかば、右馬頭頼之、)武蔵守《むさしのかみ》に補任《ふにん》して、執《しつ》事職《じしょく》を司る。[10]外相内徳《げそうないとく》、げにも人の言ふに違《たが》はざりしかば、[11]氏《し》族《ぞく》もこれを重んじ、[12]外様《とざま》もかれの命《めい》を背かずして、[13]中夏《ちゅうか》[14]無為《ぶい》の代《よ》になりて、目出度《めでた》かりし事どもなり。

1　貞治六年(一三六七)九月に上洛した。
2　中国管領としての政務。
3　もろもろの政務の処理のすじみち。
4　足利氏の当代に対して、先代北条氏の時代。
5　一二三二―三三年。北条泰時が政務を行った時代。
6　一二二二―二四年。北条義時が政務を行った時代。
7　執事。将軍補佐の要職。
8　流布本・玄玖本等により補う。
9　足利義満。当時十歳。
10　外に現れる行いと内に備えた徳。
11　足利一門。
12　足利一門以外の大名。
13　中華に同じ。ここは日本国をさす。
14　天下がひとりでに治まる徳治の行われる世。

付録

『太平記』記事年表6

※『太平記』の記事を、年月順に配列した。記事のあとに、（巻数・章段番号）を付し、史実と年月が大きく相違するものは、（史実は、……）と注記した。また、『太平記』に記されない重要事項は、（　）を付けて記載した。

年（西暦　和暦）	月	『太平記』記事
一三六一　康安元（正平十六）	十二	・二十七日、南朝軍の侵攻により近江に退去していた後光厳帝のもとへ、将軍足利義詮から、京の無為と還幸をうながす知らせがもたらされる。（三十七・1） ・二十八日、後光厳帝、東坂本へ行幸。（三十七・1）
一三六二　貞治元（正平十七）	一	・十四日、南朝方の大将となった細川清氏、四国へ渡る。（三十七・2）
	二	・京で、彗星と客星が同時に出るという天の異変。（三十八・1）
	三	・十三日、後光厳帝、西園寺家の北山殿に入る。（三十七・1）
	四	・十九日、後光厳帝、土御門東洞院の内裏に帰る。（三十七・1） ・佐々木道誉の娘婿の斯波氏頼、細川清氏失脚後の執事職の候補にな

六

るが、父道朝が当腹の子義将を推挙したため、失意のうちに出家遁世する。（三十七・5、6、7、8）
・鎌倉の執事（公方補佐の要職）畠山道誓、公方の足利基氏に攻められて、伊豆の修善寺城に籠もる。（三十七・9、10）
・十一月の初めまで、旱ばつのため五穀実らず、飢饉となる。（三十八・1）
・琵琶湖の水が大幅に減って、さまざまな不思議が現れる。（三十八・2）
・二十七日、山名時氏・師氏父子、山陰から山陽へ攻め込む。（三十八・3）
・足利直冬と富田秀貞・直貞父子、備後の吉備津神社の宮兼信（入道道山）の懐柔に失敗し、石見・出雲へ退く。（三十八・3）
・山名の重臣小林重長、丹波で将軍方と戦うが、兵糧に窮して退却する。（三十八・3）
・越中の桃井直常、加賀の富樫を攻めて勝利するが、不在のすきに、降参してきた敵に本陣を攻め落とされ、井口城に逃げ籠もる。（三十八・4）
・斯波氏経、九州探題となって海路下向するが、その船には多くの遊女を乗せていた。（三十八・5、6）
・細川清氏、讃岐で兵を挙げる。中国管領細川頼之、清氏討伐のため

讃岐へ渡る。（三十八・9）

七 ・二十三日、細川清氏、白峯の麓の合戦で、細川頼之の知略によって討たれる。二十四日、清氏の弟頼和といとこの信氏、四国から和泉へ落ちる。（三十八・9）

八 ・十六日、和田・楠、摂津の神崎へ兵を進める。摂津守護代の箕浦（佐々木道誉の家臣）が神崎川で迎え撃つが、敵に裏をかかれて敗走する。（三十八・10）

九 ・十六日、和田・楠・石塔頼房ら、赤松光範・範実らが押さえる兵庫湊川の在家を焼き払う。（三十八・11）

・十八日、畠山道誓・国熙兄弟、伊豆の修善寺城を脱出する。弟の義深は、箱根の陣を脱出し、藤沢の遊行寺にかくまわれて助かるが、道誓は大和へ逃れ、南朝に降参を申し入れるが許されず、弟の国熙とともに都のほとりで客死する。（三十八・8）

・二十三日、菊池武光、九州探題斯波氏経が籠もる大友の居城、高崎城の攻略に向かう。（三十八・7）

・二十七日、長者原合戦。探題の軍勢、筑後の長者原で菊池勢を迎え撃つが敗走する。（三十八・7）

・菊池、豊後の国府に陣取り、高崎城の探題と大友、岳城の少弐、宗堅城の宗堅と三年間対峙する。（三十八・7）

・三十日、南朝の蜂起を静めるため、康安を貞治と改元する。（三十

		八・11)(史実は、九月二十三日改元)
一三六三 貞治二 (正平十八)		・光厳上皇、山川斗藪の旅に出、高野山を経て吉野の朝廷へ行き、後村上帝と対面する。その後、伏見の光厳院へ帰るが、丹波の山国庄に閑居する。(三十九・12)
一三六四 貞治三 (正平十九)	春	・大内弘世、南朝方として周防・長門を制圧したが、幕府に帰順する。(史実は、貞治二年)。長門守護を解任された厚東武村、菊池とともに、豊後で大内軍を破る。(三十九・1) ・大内、京へ上り、財力にものをいわせて都で評判を得る。(三十九・1) ・山名時氏・師氏父子、幕府に帰順し、因幡・伯耆・丹波・丹後・美作の守護職を安堵される。(三十九・2)(史実は、貞治二年) ・伊勢の仁木義長、将軍に降参を申し入れ、京に上る。(三十九・3) ・鎌倉公方足利基氏、直義党として宮方になっていた上杉憲顕を執事として鎌倉に迎え、また越後守護に任じたため、芳賀禅可、越後守護職を失う。(三十九・4) ・芳賀禅可、上杉憲顕と戦って敗れ、越後を奪われる。(三十九・4) ・足利基氏、芳賀討伐のために軍を進めると、禅可は子息の公頼・高家を向ける。(三十九・4)
	六	・十七日、苦林野合戦。武蔵の苦林野で、芳賀軍と公方軍の激戦。足利基氏は家臣の機転で死地を脱し、合戦に勝利する。芳賀禅可、逐

		電。(三十九・4)
	七	・二日、光厳上皇、丹波の山国で崩御。(三十九・12)
	十二	(新拾遺和歌集、成立。後光厳天皇下命、二条為明撰。)
一三六五 貞治四(正平二十)	五	・斯波道朝(越前守護)により越前の荘園を押領された興福寺の大衆、強訴し、春日の神木を道朝の屋敷に振り捨てる。神木は長講堂に移され、丁重に祭られる。(三十九・5) ・十七日、京の町を大鹿が走り、二十一日、生首が道朝の屋敷前を転がり、さらに二十八日、童子に憑いた春日神が託宣をくだすなど、道朝にとって不吉な怪異が現れる。(三十九・5)
	十	・三日、道朝の七条東洞院の宿所が焼亡。春日神の祟りと思われたが、道朝は三条高倉に新邸を建て、以前にも増す繁栄。(三十九・5)
一三六六 貞治五(正平二十一)		・斯波道朝、子息の管領義将の後見として政務をとり、大名や地頭・御家人に課役を強いて反感をかう。(三十九・6)
	三	・四日、道朝、将軍御所で花の下の連歌会を行う。その当日、佐々木道誉は大原野で大規模な花見の遊宴を催し、道朝の面目をつぶす。道朝、これに憤り、佐々木道誉の失脚をねらう。(三十九・6) ・斯波道朝、佐々木道誉が課役をないがしろにしたとして摂津守護職を取り上げる。道誉は佐々木崇永・赤松則祐らと結託し、将軍義詮に道朝を讒言する。(三十九・6)
	八	・四日、道朝、将軍御所に出向き申し開きをするが、将軍に越前に下

		向するようなだめられる。(三十九・7) ・八日、道朝、将軍御所を警固する佐々木崇永らとの合戦を避け、京を出て越前へ下り、杣山城に籠もる。(三十九・7) ・十二日、興福寺に越前の荘園が還付される。春日の神木、長講堂を出て、春日社に帰座。その盛儀がはなやかにとり行なわれる。(三十九・8)
	九	・二十六日、元の皇帝の使者として高麗人が出雲に着く。使者は京へ上り、倭寇の取り締まりを求める国書をもたらす。(三十九・9)
	十	・杣山城の斯波道朝、栗屋城の斯波義将、佐々木崇永・同高秀・土岐氏頼・赤松光範らの軍に攻められるが、落城せず。(三十九・7)
一三六七 貞治六 (正平二十二)	三	・十八日、後光厳帝、後白河法皇遠忌のため、長講堂に行幸。(四十・1) ・後光厳帝、中殿御会の準備。(四十・1) ・二十八日、天変(流星・彗星の類)が多く出現。(四十・3) ・二十九日、天龍寺、焼亡。(四十・3) ・同日夜、後光厳帝、中殿御会の盛儀を行う。(四十・1、2)
	四	・二十六日、鎌倉公方足利基氏、死去。(四十・4)
	六	・十八日、三井寺園城寺と南禅寺が闘諍。園城寺、南禅寺の破却をもとめて強訴するが、却下される。(四十・5)
	七	・斯波道朝、越前杣山で病死。(三十九・7)

	八	・十八日、内裏で最勝講が行われるが、法会の最中、興福寺と延暦寺の衆徒が刃傷沙汰に及び、多数の死傷者を出す。（四十・6）
	九	・斯波義将、許されて越前から京へ帰る。まもなく義将、越中の桃井直常を退治し、越中守護となる。（三十九・7）
		・下旬、将軍足利義詮、病に臥す。（四十・7）
	十二	・七日、足利義詮、死去。（四十・7）
		・十二日、義詮の葬礼。（四十・7）
		・中国管領細川頼之、義詮の若君（三代将軍足利義満）を補佐する管領（執事）職として西国から上洛する。「中夏無為」の世となる。（四十・8）

［解説6］
『太平記』の影響――国家のかたち

はじめに

近世後期の随筆、『我衣《わがころも》』(加藤玄亀《げんき》著)は、「軍書講釈」の始めとして、「慶長の頃」に徳川家康の御前で行われた「太平記の講釈」をあげている。

軍書講釈の始は、赤松法印といへる人、慶長の頃、東照宮(注、徳川家康)の御前にて、太平記の講釈を度々せしとぞ。

軍書の講釈は「慶長の頃」にはじまったわけではない。『太平記』の講釈も、物語僧や談義僧らによって『太平記』の成立当初から行なわれていたが(第一分冊「解説」、参照)、しかし近世社会で行われた『太平記』講釈の指標《メルクマール》として、とくに「慶長の頃」が記憶された意味について考えたい。

「慶長」といえば、徳川家康の江戸入府にはじまり、豊臣秀吉の死(慶長三年〈一五九八〉)、関ヶ原合戦(同五年)をへて、家康の征夷大将軍就任(同八年)、そして大坂の陣(同十九—二十年)で終わる徳川氏の天下取り(豊臣氏の滅亡)を象徴する年号である。そのような「慶長の頃」に、家康は「度々」「太平記の講釈」を聴聞したというのである。

「慶長の頃」の家康と『太平記』との関連でまず思いあわされるのは、慶長年間の家康が、清和源氏新田流を称していたという事実である。慶長八年三月、征夷大将軍就任の拝賀のために参内《さんだい》した家康は、朝廷で「につた殿」と呼ばれている(『お湯殿上の日記』慶長八年三月)。「につた殿(新田殿)」と呼ばれることが、家康が足利将軍に代わる大義名分だったのだが、「新田殿」家康にとって、新田氏の事績にくわしい『太平記』は、「家の歴史」としての意味をもつものだった。

徳川氏が、もとは北三河の土豪松平氏であり、松平氏が賀茂姓を称していたことは、史料的に確認されている(葵の紋についても、ふつう賀茂姓から説明されている)。その松平家康が改姓した時期は、永禄九年(一五六六)十二月、家康が従五位下三河守に叙任されたときといわれる。

執奏をつとめた近衛前久《さきひさ》の書簡（子息信尹《のぶただ》宛て。慶長七年二月）によれば、家康が朝廷に提出した系図は、「源家にて二流候ふそうりやう（惣領）の筋に、藤氏に罷《まか》り成」るというもの（渡邊世祐「徳川氏の姓氏について」『史学雑誌』一九一九年）。「二流候ふそうりやうの筋」は、「源家」嫡流の新田・足利の二流だろう。また「藤氏に罷り成」るは、源氏から藤原氏に姓を改めたということ。以後の家康は「藤原家康」「源家康」の署名を使いわけているが（中村孝也『徳川家康文書の研究』）、それが清和源氏に確定したのは、家康が征夷大将軍への任官を望んだためという。近衛前久の書簡に、つぎのようにある。

……只今は、源氏にまた氏をかへられ候ふ。只今の筋は、そし（庶子）の筋にて候ふ。其の砌《みぎり》より如雪と申し候ふ者申し候ふは、将軍望むに付き候ひての事候ふと申し候ふ。義国よりの系図を、吉良家より渡され候ひての事候ふ。永々しき子細入《い》らざる事に候へども、御存じのためにて候ふ。

家康は「将軍望むに付き」「源氏にまた氏をかへ」たというのである。そのさい、「義国よりの系図を、吉良家より渡され候ひての事候ふ」とあるのは注意されてよい。「義国」とは、八幡太郎源義家の子であり、新田・足利両流の祖先である。新田氏初代の義重、足利氏初代の義康は、それぞれ源義国の長男と次男だが、その「義国よりの系図」を、「将軍望むに付き」「吉良家より渡され」たというのは、「永々しき子細入《い》らざる事に候へども」という(おそらく韜晦の)言にもかかわらず、徳川将軍家の起源にかかわる重大秘事だった。

家康に「義国よりの系図」を譲渡した吉良家は、足利長氏(足利氏三代義氏の長男)を初代とする足利一族の名門である。かつては将軍の御連枝ともいわれた吉良家は、足利宗家がすでに存在しない近世初頭にあって、足利将軍の名跡をつたえる家筋である。その吉良家から「義国よりの系図」すなわち源氏の嫡流系図が家康に譲渡されたとは、もちろん系図作成のためのたんなる資料提供ではなく、ある種の儀礼的・象徴的な意味があったろう。

源氏将軍家の「そうりやうの筋」が、系図の移譲とともに、清和源氏足利流から新田流の徳川氏へ移行するのである。近世の吉良家が高家職の肝煎《きもいり》(幕府の儀典係の筆頭)に任じられたことも、いわば服属した前王朝(前将軍家)のゆかりという資格からだったろう。

のちに赤穂浪人の討ち入り事件（元禄十五年〈一七〇二〉十二月）によって改易の憂き目にあう吉良家とは、家康の将軍職継承にかかわり、徳川幕藩体制という制度の起源に関与した家柄だった（拙著『太平記〈よみ〉の可能性』第五章）。

吉良家をつうじて源氏の「そうりやうの筋」を継承した「新田殿」家康は、慶長八年（一六〇三）二月に征夷大将軍に叙任された。たとえば、神龍院梵舜《ぼんしゅん》（家康に重用された神道家・学者）が書写した『尊卑分脈』に加筆された徳川関係系図によれば、家康の先祖は、新田氏の祖義重の四男で、上野国新田郡得川郷（現在の群馬県太田市徳川町）に住んだ義季である。前掲の近衛書簡にいう「そしの筋《（庶子）》」だが、その得川義季から八代目の親氏が、足利方の追求の手を逃れて東海道を西上し、三河の松平氏に入り婿して松平を名のったが、その親氏から九代目の家康の代にいたって、もとの名字の徳川（得川）に復帰したのだという（『武徳大成記』『徳川実紀』等）。

徳川氏と三河松平氏とをつなぐ得川氏五代の政義から九代泰親までは、近世の徳川氏関係の文書にしか名前がみられない。だが、この系図によって、ともかく朝廷（南朝）に代々忠節を尽くした清和源氏新田流の徳川氏の由緒が確定する。その由緒によって、家康は足利氏に代わって征夷大将軍に叙任されたのだが、武家政権の継承者を自任した家康の念頭には、足利氏の跡とともに、もう一つ織田氏の跡という意識があったろう。

本姓藤原を称した織田信長は、足利氏十五代将軍の義昭を京都から追放した元亀・天正頃には、桓武平氏を称していた。『織田系図』(『続群書類従』所収)は、織田氏の「元祖」を、壇ノ浦で入水した平資盛のご落胤の親真《ちかざね》とするが、もちろん信長が桓武平氏を称したのは、清和源氏の足利に代わるためである。その桓武平氏信長の後継者であるためにも、家康は清和源氏を称する必要があった(なお、家康からすれば、豊臣氏は織田の陪臣であり、しかも秀吉が近衛前久の猶子という名目で関白となったことも、家康の武家政権の継承観念からは外れていた)。

『平家物語』によって流布した源平交替史観が、南北朝期以降、武家政権の自己正当化の根拠となってゆく。『太平記』のとくに前半部分(第一―二部、第一―二十一巻)は、源平の「武臣」交替史として構想されているが(第三分冊「解説」、参照)、慶長年間の家康が「度々」聴聞した『太平記』とは、要するに「源平天下の争ひ」(第十巻)、あるいは「源氏一流(清和源氏の同じ流れ)の棟梁」(第十九巻)の新田・足利「両家の国の争ひ」(第十七巻)といった「物語」に、家康じしんを参加させたのだ。

一　朝廷と武家

江戸の町人は天皇の存在すら知らなかった、だから、幕末に天皇がかつぎ出される以前は、一部の学者や思想家をのぞいて、天皇の存在は問題にならない、といったような議論がある。新井白石『読史余論《とくしよろん》』の、「南朝既に亡び給ひし後は、天下の人、皇家あることを知らず」(上巻)といった見解が、その代表的な一例だが、しかしこの種の議論は、徳川幕藩体制という制度の起源を(白石のばあいは故意に)見落としている。

徳川氏は、足利氏(源氏)・織田氏(平氏)に代わる源氏嫡流の「武臣」として、武家社会を代表して独占的に天皇に忠節を尽くしている。その「奉公」にたいする「御恩」として、徳川氏は家職としての征夷大将軍に任じられ、日本国の統治権を委任される。朝廷と武家との「御恩」と「奉公」という関係は、『平家物語』巻二「教訓状」(その一異本である『源平盛衰記』巻六「小松殿父に教訓の事」)の、平重盛が父清盛をいさめる著名な諫言の一節として語られ、近世には、『平家物語』(『源平盛衰記』)は『太平記』とならぶ講釈の読み物として広汎に受容された。流通する「物語」の影響力は、一部の学者や思想家の言説とはくらべようもない。というより、学者や思想家の言説じたいが、流通する「物語」の枠組《コード》みによって構成されていた。

家康が新田流徳川氏を自称し、みずからを「源家康」と位置づけた時点で、日本近世の国家のかたちも決定されたのだ。徳川氏が清和源氏新田流の「武臣」である以上、徳川(水戸)光圀《みつくに》に代表される徳川氏の尊王の事績も、けっしてそれ自体は体制と矛盾するものではない。たとえば、光圀が国史(のちの『大日本史』)の編纂に着手していた貞享四年(一六八七)、五代将軍綱吉は、文正元年(一四六六)以来絶えていた大嘗祭を、東山天皇の即位にさいして再興した。

それ以前にも綱吉は、皇室御料の増献、天皇陵の調査・整備などを行っている。その礼文主義の一環としての朝儀の再興だが、しかし大嘗祭を再興するにあたって、綱吉は、「御禊行幸の儀」だけはみとめていない。御禊の行幸は、十一月中旬の大嘗祭当日へむけて、天皇が潔斎のために鴨川畔へ行幸する。一連の儀式のなかでも、一般の見物に供される盛大な行事だが、御禊の行幸がみとめられなかった理由は、たんに費用の問題だけではないだろう。家康が定めたという『公武法制応勅十八箇条』(後世の仮託とされる)に、当今《とうぎん》皇帝、法皇、仙洞《せんとう》・宮中の外は、行幸の儀止め奉る。

とあり、皇居外行幸の禁止は、幕府の対朝廷政策の基本であった。天皇が外部世界（徳川氏以外）と結びつくあらゆる可能性が抑圧されるわけで、その一環として、御禊行幸の儀も当然禁止されたのだ。

幕藩体制下の尊王の論理は、武臣徳川氏によって独占される。たとえば、『武家諸法度』（天和三年〈一六八三〉改訂）第一条の「文武忠孝を励まし礼儀を正すべきの事」の「忠孝」も、あくまでも将軍―藩主―藩士―下士（郷士）として階層化・序列化された「忠孝」である。階層の頂点に位置する徳川将軍は、武士社会さらに四民（士農工商）全体を代表して独占的に天皇に忠節を尽くしている。その密室的関係における「奉公」と「御恩」、尊王と統治権委任という関係が、近世の幕藩国家を支えていた天皇制だった。

しかし起源において天皇を抱え込んだ幕藩国家は、法制度とモラルとの関係において、潜在的な緊張をはらんでしまう。たとえば、荻生徂徠《おぎゅうそらい》が、八代将軍吉宗に献上した書『政談』のなかで、「官位は上方《かみかた》より綸旨・位記を下さる事なるゆゑ、下心には、禁裏を誠の君と存ずる輩もあるべし。（中略）世の末になりたらん時、安心なりがたき筋も有る也」(巻之三)と述べているのは、その点の懸念を表明したものだ。

同様の懸念は、新井白石によっても示されている。南朝の崩壊をもって古代以来の正統王朝の滅亡と考えた白石の『読史余論』は、南北両朝を合一させた足利義満が、実質的に「天下をしろしめし」ながらも臣下として朝廷から官位を受けたことを批判し、足利氏の代に「六十余州の人民等ことごとく其の臣たるべきの制あらば、今の代に至るとも遵用するに便あるべし」(下巻)と述べている。徂徠とおなじく、足利氏以降の武家政権がかかえこんだ根本的な矛盾を指摘したわけだ。

徳川幕藩体制は、家康がみずからを清和源氏新田流の「武臣」として位置づけた時点で、その内部に不安要因(徂徠のいう「安心なりがたき筋」)をかかえこんだのだといえる。そうした問題に、白石や徂徠とは逆の立場からいちはやく気づいていたのが、じつは近世初期の『太平記』講釈だった。

近世の『太平記』講釈(太平記読み)には、大別して、『太平記』本文を口演するものと、本文を敷衍して、裏話や秘話のたぐい、とりわけ楠正成の兵法・軍学を講釈するものとの二種類があった(亀田純一郎「太平記読について」)。後者は『太平記評判』『太平記秘伝理尽鈔《りじんしよう》』などの書名で成書化され、正保年間(一六四四―四八)には『太平記評判秘伝理尽鈔』として刊行されている(以下、『理尽鈔』と略称する)。

楠正成の兵法伝書の体裁をとる『理尽鈔』では、しばしば「正成云はく」として、名和長年などを聞き役として、正成が用兵・軍略の秘訣を伝授したことが語られる。一例をいえば、『理尽鈔』巻七では、楠正成の千早城(千剣破城)合戦が講釈されるが、そこではまず、小勢で大敵とたたかう用意として、山城の「拵《こしら》へ様」、地形の利用法、櫓、塀(城柵)の作り方が説明され、つぎに戦闘方法として、大石や大木の投げ方、その手ごろな寸法、合い言葉の使用法、夜討ちの警戒、兵糧攻めのしかた、用水と節水の心得などが講釈される。さらに士卒の訓練法、賞罰のしかたなどの用兵の秘訣があかされ、正成が定めたという「軍法」六箇条なども示される。

『太平記』本文にはない兵法談義が、本文を数倍うわまわる分量で(字数を単純比較して約五倍)語られるのだが、千早城合戦に先行する護良親王の吉野城合戦(巻七)でも、随所に「正成云はく」として、山城の構え方や用兵の秘訣が講釈され、護良親王を吉野城に立て籠もらせたのも、正成の策略だったなどの裏話があかされる。

こうした楠流の兵法・軍学の指南書である『理尽鈔』は、近世初期には、武家の教養書として広く行われたが(若尾政希『「太平記読み」の時代』)、『理尽鈔』講釈の最大の山場となる箇所は、正成自害の条である。

建武三年(一三三六)五月、筑紫から東上する足利軍を兵庫湊川で迎え撃った楠正成は、奮戦のすえに弟正氏(流布本は「正季」)と差し違えて自害した。いくさ神の権化ともいえる正成が、なぜ湊川合戦でむざむざ自害したのかという疑問は、近世をつうじて楠正成を論じるさいの最大の論点になっている。

『太平記』の正成討死の条にみえる「死を善道に守り」云々が、士道のあるべき姿とされ(山鹿素行『武教小学』『山鹿語類』等)、また正成兄弟の最期の言葉、「七生までも、ただ同じ人界同所に託生して、つひに朝敵をわが手に懸けて亡ぼさばや」は、頼山陽によって、「願はくは七たび人間に生まれ、以て国賊を殺さん(願七生人間、以殺国賊)」と簡潔に漢文訳され(『日本外史』巻之五・新田氏前記)、幕末から近代の「七生滅賊」「七生報国」のスローガンとなってゆく。だが、『理尽鈔』では、正成の自害は、倫理やイデオロギーの問題としてより、もっぱら兵法・軍略の問題として講釈されるのだ。

後醍醐天皇の命をうけて兵庫へ下向する正成は、途中、摂津国桜井で嫡子正行に遺訓する(第十六巻「正成兵庫に下向し子息に遺訓の事」)。『太平記』のなかでも古来喧伝された著名な一節である。それを講釈した『理尽鈔』巻十六「正成桜井にて正行に遺訓の事」では、正成・正行父子のやりとり以外に、正成とその配下の武士との長大なやりとりが語られる。本文には痕跡すらみえない裏話がながながと講釈されるのだが(字数を単純比較して、『太平記』本文のほぼ十倍)、その結果として、この巻における本話の位置づけさえ見えなくなる。

『太平記』第十六巻の前後は、「源氏一流の棟梁」といわれる新田・足利「両家の国の争ひ」(第十七巻)である。兵庫湊川合戦での後醍醐方の総大将も、新田義貞である。にもかかわらず、『理尽鈔』の湊川合戦では、総大将の新田の存在がはるか脇のほうへ押しやられる。押しやられるどころか、その源氏嫡流の「武臣」としての名分さえ否定されてしまう。

すなわち、正成配下の和田和泉守と恩地左近太郎が、この場を生き延びて再起をはかるのが「家の為、君の御為、国の為に候ふべし」と進言したのにたいして、正成はそれを断り、その理由をながながと弁じる。要約すると、自分が生きていれば、早晩足利尊氏は亡ぶが、「今尊氏亡びたりとも、また義貞天下を奪ひなん」。その義貞はいにしえの「(源)頼朝の如く世をば政《おさ》めんずる男」であり、いずれ自分も「新田が手に死なん事、疑ひなし」。新田義貞こそ「先ず以て朝敵」なのであり、よって、足利尊氏にまず新田一族をほろぼさせ、しかるのち機をみて足利をほろぼし、帝の天下になしまいらすべきである。そのために息子の「正行を留め置」くのだから、「正成死すべき時は今」をおいてないのだという。

ここで『理尽鈔』の史実性などを問題にしてもしかたがない。史実性の次元でいえば、もともと『太平記』本文でさえ、『理尽鈔』にたいして(文字テクスト化のイニシアティブは主張できても)史実性を主張できる位置にはない。ここで注目したいのは、たとえ「尊氏亡びたりとも、また義貞天下を奪ひなん」とする『理尽鈔』の認識が、義貞と尊氏を「源氏一流(清和源氏の同じ流れ)」の「武臣」とする『太平記』の歴史認識の延長上にあり、しかもそうした「武臣」の名分を相対化する立場(思想)も、『太平記』はすでに楠正成や児島高徳、名和長年らの物語としてかかえこんでいたということだ(第三分冊「解説」、参照)。

天皇と武臣という二極関係を軸とした『太平記』の歴史叙述の枠組みを相対化する楠的な世界は、新田・足利「両家の国の争ひ」といった対立図式そのものを相対化してしまうだろう。対立する新田と足利、南朝(吉野殿—新田)と北朝(持明院殿—足利)は、天皇と武臣の関係として、近世の幕藩国家に引き継がれた天皇制の一変異《ヴァリアント》でしかない。とすれば、『太平記』のより本質的な対立軸は、「源氏一流の棟梁」の新田・足利「両家」の対立よりも、おなじ後醍醐方(南朝方)である新田と楠との異質性、両者の対立点にこそあるはずだ。『理尽鈔』は、みぎにあげた以外にも、正成の言として、

尊氏・義貞が中をも一つ氏なれば、水魚《すいぎょ》の思ひを成すべし。(中略)新田とても忠臣に侍らず。最前に已《すで》に朝敵にならんずる体と見成してこそ候へ。

(巻十六「所々の城・国々の蜂起震《おびたた》しく京都へ聞へし事」)

とある。新田義貞と足利尊氏を「一つ氏」としたうえで、「新田とても忠臣に侍らず」「最前に已に朝敵にならんずる」とするのだが、このような『理尽鈔』が公刊されたのは、正保二年(一六四五)、三代将軍徳川家光の時代である。

徳川将軍が清和源氏新田流の由緒を主張していた時代に、新田義貞を「忠臣に侍らず」「最前に已に朝敵にならんずる」とする『太平記』講釈(その担い手)の位相に注目したいが(たとえば、慶安四年〈一六五一〉に幕府転覆を企てた軍学者の由比正雪が、『理

尽鈔』の伝来に関与したとする「太平記理尽抄由来」〈中村幸彦氏旧蔵〉の説もゆえなしとしない)、新田義貞を「朝敵」とする『理尽鈔』の説は、万治二年(一六五九)刊の『太平記大全』(『理尽鈔』の類書)にほぼ同文で引かれている。そして源氏嫡流の「武臣」である新田氏(=徳川氏)の対立軸として楠正成を位置づける発想は、近世の武家の修史事業にかなり危ういかたちで引き継がれてゆくことになる。

二　武家王朝観の難題《アポリア》

『理尽鈔』が公刊された十七世紀なかばは、『太平記』が版本として大量に流通した時代である。江戸初期(慶長・元和年間)以来、市場に流通した『太平記』版本は数千(あるいは数万)部にのぼっていたが、それにもかかわらず(それゆえにこそ、というべきか)、『太平記』講釈の芸能(学問)は、この時代に最盛期を迎えている。『理尽鈔』とその類書が刊行されたのは十七世紀なかばだが、『太平記』本文の広汎な流通と拮抗するかたちで、『太平記』講釈の所伝が流布してゆく。

たとえば、加賀前田家の尊経閣文庫は、現在まで、もっとも多くの『太平記』の古写本を所蔵する文庫である。その加賀藩は、『理尽鈔』講釈がさかんに行われた藩でもある（今井正之助『『太平記秘伝理尽鈔』研究』）。『太平記』の読み（講釈）は、近世の出版文化の時代にあっても、本文の一義的な読みに限定されるものではなかった。『理尽鈔』の所伝がいかに武家社会に流布していたかは、たとえば、寛文年間（一六六一―七三）に林鵞峰《がほう》が編修した『本朝通鑑《ほんちょうつがん》』が、その南北朝史の記述に『理尽鈔』を多用しているのをみてもよい。一例をあげれば、摂津桜井における楠正成の遺訓は、『本朝通鑑』ではつぎのように記される。

二子（注、和田と恩地）の言、皆善し。我また猶《なお》謀を運らさば、則ち死すべからざるの道有らん。敵を破るべきの術有らん。（中略）その（注、義貞の）勢ひ強くして、群士皆従ふ。然れば則ち、復《ま》た一尊氏を生じて、その威量、頼朝に劣るべからず。然れば則ち、我終《つい》に免れざるは必なり。我死してまた時至れば、則ち尊氏猶これ（義貞）を破るべし。我生きてまた義貞をして尊氏の如くせしむれば、則ちこれを破ること難《かた》かるべし。これを以て軽重を計れば、則ち暫くも命を延べんよりも、今に於て死するに如《し》かず。

（続編巻第百二十八）

前述した『理尽鈔』の正成遺訓をふまえて、それを抄出・要約して書かれた文章である。『本朝通鑑』の『理尽鈔』引用は、異説として(本文から一字下げて)引かれた箇所も含めると数十か所におよんでいる(加美宏《かみひろし》『太平記受容史論考』)。『理尽鈔』講釈の所伝が、『太平記』本文にくらべて、けっして下位のものとはみられていなかったこと、むしろ林家《りんけ》の修史方針では、『理尽鈔』の所伝が通行の本文と同程度に重視されたらしいことは、問題を考える前提として注意しておく必要がある。

正保元年(一六四四)に幕府が林羅山《らざん》に編修を命じた『本朝編年録』は、慶安三年(一六五〇)に、全四十巻(神武天皇から宇多天皇までの五十九代)として一応の成立をみたが、第六十代の醍醐天皇以後は史料の不足を理由に未編修とされた(六国史は宇多天皇までを記し、醍醐天皇以後は記事がない)。その十二年後の寛文二年(一六六二)、羅山の子鵞峰に『本朝編年録』の続修が命じられ、将軍家綱の命により書名を改めて寛文十年に完成したのが、『本朝通鑑』全三一〇巻である。

徳川光圀が江戸駒込の水戸藩別邸に史局を開いたのは、『本朝編年録』の続修が検討されはじめた明暦三年(一六五七)であり、駒込の史局を拡充して小石川の水戸藩邸に彰考館が開設されたのは、寛文十二年である(藤田幽谷《ゆうこく》撰『修史始末』)。『本朝通鑑』編修との時期的な並行関係をみても、光圀の修史事業が、林家のそれを多分に意識しつつ企てられたことはたしかだろう。

林鵞峰の日記『国史館日録』によれば、『本朝通鑑』の続修の作業が開始された寛文四年十一月二十八日、水戸藩邸に鵞峰をまねいた光圀は、その編修方針にかんしていくつかの問いを発し、別れぎわにつぎのように述べたという。

参議(注、光圀)また曰く、「我、本朝の史記を修せんとす。然るに、歳を歴《へ》て未だ成らず。請ふ、道設《どうせつ》(人見懋斎《ひとみぼうさい》)、生順《せいじゅん》(小宅處斎《おやけしょさい》)等をして時々国史館に往かしめ、通鑑編修の趣を見せしめんことを」と。

『本朝通鑑』は、司馬光《しばこう》の『資治通鑑《しじつがん》』にならって編年体で編修されている。光圀が「我、本朝の史記を修せんとす」と述べたのは、林家の「本朝の通鑑」を意識した発言である。『大日本史』が『史記』にならって紀伝体を採用したことには、林家の修史事業にたいする光圀の対抗意識があったろう。

光圀の史臣として『大日本史』の編修に主導的な役割をはたした安積澹泊《あさかたんぱく》は、元禄九年(一六九六)に修史方針をまとめた『重修《ちょうしゅう》紀伝義例』の後書きのなかで、編年体と紀伝体の相違をつぎのように述べている(『修史始末』元禄九年正月六日条、所引)。

編年は事を記して史也。紀伝は体を分かちて亦史也。編年は実録の祖にして、紀伝は諸史の帰するところ也。

おなじく「史」とはいっても、「事を記」す「実録の祖」である編年体にたいして、「体を分か」つのが紀伝体であるという。すなわち、紀伝体は、帝王と諸臣の伝記をそれぞれ別立てで編成する。本紀(歴代帝王の編年記録)と列伝(諸臣の伝記)からなる紀伝体は、君臣上下のあるべき関係を、編次構成として視覚的に表現するだろう。そのような「体を分か」つ紀伝体にたいして、編年体は、「実録」(具体的には、六国史やその史料となった記録類)の記事をしばしば無批判に採用し、その結果として、あるべき名分秩序をあいまいにしかねない。「実録」とは「当時撰ぶ所にして、過《あやま》ちの甚だしきは掩《おお》ひ匿《かく》す」のが通例だからである。

たとえば、編年体を採用する『本朝通鑑』は、おなじく編年体で書かれた六国史の記事を無批判に採用している。そのため、天武天皇の「簒奪《さんだつ》」については直書せず、桓武天皇の「淫縦《いんじゅう》」の行いにも言及していない。「実録」の記事を羅列するにとどめて、国王・人臣の是非や、政道善悪の判断を回避しているのだ。

編年体のもう一つの「難」として、安積澹泊は、それが「稗官小説《はいかんしょうせつ》の類」(民間の伝承・小説類を卑しめていう語)に接近する危険について述べている。できごとを年次順に記す編年体は、「年月備はらず」、実録・記録類の記事に「残欠」が生じるときは、「稗官小説の類」も取らざるをえない。

かりに「稗官小説の類」を取らないまでも、その年次順の記事排列は、史家が用意した意味づけや解釈をしばしば相対化してしまうだろう。個々の人物や事件は、編年叙述のあらたなストーリーのなかで意味づけられ、その時間的な因果関係の総体として、歴史が提示される。

たとえば、『大日本史』の初稿本(正徳本)とほぼ同時期に完成した編年形式の史論が、新井白石の『読史余論』(正徳二年〈一七一二〉)である。本書を執筆中の白石は、安積澹泊にたびたび書簡をおくり、国史編修上の疑問について意見をもとめている(『新安手簡《しんあんしゅかん》』

立原翠軒《たちはらすいけん》編)。白石が『大日本史』に少なからぬ関心を寄せていたことはたしかだが、しかし『読史余論』の「総論」の表題は、

本朝天下の大勢、九変して武家の代となり、武家の代また五変して当代に及ぶ総論の事。

というもの。「天下の大勢」が「九変」「五変」する過程とは、君臣上下の名分が時代とともに推移・変転する過程である。

『読史余論』上巻で、白石は、南朝の崩壊をもって古代以来の正統王朝の滅亡とし、「天下はまつたく武家の代とはなりたる也」と述べている(上巻「総論の事」「南北分立の事」)。そのような認識のもと、下巻の足利義満の条では、武家が実質的に「天下をしろしめし」ながら、なお臣下として官位を受けたことを、「世態すでに変じぬれば、その変によりて一代の礼を制すべ」きだったと批判している(下巻「室町家代々将軍の事」)。実においては天下に君臨した足利将軍は、それにふさわしく礼制(名)をあらため、公家・武家のすべてをみずからの臣下とすべきだったというのである。おなじく名と実の一致を

もとめる正名・名分の議論とはいっても、『大日本史』のそれの対極に位置する、きわめてプラグマティックな名分論である。(注)

編年形式を採用した『読史余論』のテーマは、けっして時代を超越したあるべき名分秩序にあるのではない。そこに示されるのは、できごとの因果関係としての歴史であり、そこから見えてくる「天下の大勢」の変化である。

たとえば、中国・朝鮮の史料にも目くばりのきいた新井白石が、『大日本史』の史料採用の偏りについて下した評価は、「本朝国史々々とのみ申す事に候ふ。まづは本朝の始末、大かた夢中に夢を説き候ふやうの事に候ふ」というもの(佐久間洞巌《どうがん》宛て書簡、享保九年〈一七二四〉正月二日)。『大日本史』が記す「本朝の始末」が、およそ実際からかけはなれて、「夢中に夢を説」くようなものだというのである。歴史を変化する動態として捉える白石の『読史余論』にたいして、変化の要因をその叙述形式から周到に排除していったのが、『大日本史』の紀伝体だった。

編年体が歴史の変化を主題化する叙述形式だとすれば、紀伝体は、歴史家の当為をスタティックに提示する叙述形式である。それは、個々の人物やできごとを、それらが置かれた状況や時間のコンテクストから切りはなして、あるべき名分秩序のなかに再構成して叙述する。

たとえば、本紀に南朝の四帝(後醍醐・後村上・長慶・後亀山)をかかげる『大日本史』は、列伝に多くの南朝の功臣を列記している。だが、列伝の第九十七巻を名和長年とほぼ二分する児島高徳のばあい、その叙述の分量は、この人物がはたした歴史的な役割の大小に比例するのだろうか。

『太平記』が語る児島高徳の一見はなばなしい活躍も、子細にみると、すべて「行き違ひのみ」で「元弘二年より正平七年迄二十三年の間、一向図の当りし事がない」(重野《しげの》安繹《やすつぐ》「児島高徳考」明治二十三年)。時代の推移になんら有効な働きをしていない児島高徳は、編年体の歴史叙述では不要な存在であり、それは明治二十年代に、重野安繹が東京大学史料編纂掛にあって編纂していた官撰国史『大日本編年史』から、児島高徳の存在が「抹殺」されるべき理由である。しかしそんな児島高徳が、『大日本史』ではきわめて大きなウエートをあたえられる。

『大日本史』の人物叙述(列伝)にとって、問題はけっして、その人物が果たした歴史的な役割の大小にはないということである。紀伝体のばあい、個々の人物叙述は、「天下の大勢」(『読史余論』)の変化を捨象したところで行われる。その行動が、重野がいうように「一向図の当りし事がない」にもかかわらず、児島高徳は、その百折不撓《ひやくせつぷとう》の志において特筆にあたいする。そのため、『大日本史』の「児島高徳伝」は、きわめて好意的かつ同情的に、その「兵を聚《あつ》めて勤王を謀《はか》」った行動の一部始終を(もっぱら『太平記』に依拠して)記述することになる。

徳川光圀にとっての歴史叙述のテーマは、皇統の不変性によって象徴される、わが国固有・不変の名分秩序である。変化を主題化する新井白石の『読史余論』は、かれの意図のいかんにかかわりなく、徳川政権の現在さえ過渡的な一時点としてしまうのではないか。現在のなりたちを説明する歴史は、現在を相対化する歴史でもある。

光圀があえて紀伝体という厄介な(編年形式にくらべてはるかに作為的な)叙述スタイルを選択した理由だが、しかし紀伝体の国史は、編修の前段階でさまざまな名分論上の難題に直面することになる。たとえば、天皇の治績を記す本紀は、皇統の歴代を確定してはじめて執筆が可能になるだろう。また、諸臣の列伝は、どの人物をどの部立てに(「将軍伝」か「将軍家臣伝」か、または「叛臣伝」か「逆臣伝」か)、どのような分量で叙述するかを最初に決めておく必要がある。

事実(史料)の時間排列がなかば自動的に歴史を構成する編年体にたいして、事実を

（あるいは事実にもとづいて）いかに正しく叙述するかに、紀伝体国史の眼目がある。そこから、『大日本史』の編纂過程をつうじて、さまざまな名分論上の議論が引きおこされることになる。そして『大日本史』の編纂過程からみちびかれた議論のなかでも、光圀の政治的立場ともからんで最も微妙な判断をせまられたのが、南北朝の正閏《せいじゅん》（正統と非正統）の弁別問題だった。

（注）新井白石の武家王朝観に類似した考え方は、荻生徂徠門下の太宰春台《だざいしゅんだい》『経済録』（享保十四年〈一七二九〉）のつぎのような一節にもうかがえる。「今の大将軍は、海内をたもち玉へば、これ則ち日本国王也。されば、室町家のとき、明の永楽の天子より、鹿苑院殿（注、足利義満）を日本国王と称して、書を遣り玉へり。当代には、東照宮より山城天皇を憚らせ玉ひ、謙遜に過ぎて、王号を称し玉はず。謙遜は誠に盛徳のことなれども、国家の尊号正しからざれば、文字にあらはし、書籍に載するに及んで、何とも称し奉るべき様なし」。

三　南朝正統論とはなにか

徳川光圀の修史事業が、『新撰紀伝』一〇四巻として一応の完成をみたのは、天和三年(一六八三)十一月である。明暦三年(一六五七)に史局が開かれてからすでに二十六年がたっていたが、しかし『新撰紀伝』は、「討論未だ精《くわ》しからず、其の書の体裁、公(注、光圀)の意に満たず」といわれ、ただちに「易稿重修《えきこうちょうしゅう》」が命じられた(『修史始末』天和三年十一月条)。

『新撰紀伝』は、神代に起筆し、第九十六代の後醍醐天皇までを叙述する。しかし安積澹泊の回想によれば、かれが天和三年八月に彰考館入りして、総裁の人見懋斎から見せられた紀伝の稿本は、後醍醐天皇以下の南朝四帝を本紀にかかげ、「北朝五主は降して列伝と為し、足利の党は悉く賊と書く」ものだったという(元文元年〈一七三六〉打越樸斎《うちこしぼくさい》宛て書簡、『修史始末』天和三年八月条、所引)。

『新撰紀伝』が完成する三か月まえ、すでに南北朝史の稿本は完成していたわけだが、にもかかわらず、『新撰紀伝』は叙述範囲を後醍醐天皇までとし、南北朝史は未編修として光圀の上覧に供せられた。「其の書の体裁、公の意に満たず」といわれた理由もそのへんにあったと思われ、とすれば、紀伝稿本の「北朝五主は降して列伝と為」すというのも、光圀の発案になる編修方針だったろう。

正徳五年(一七一五)に『新撰紀伝』を改修して成った『大日本史』(初稿本)の本紀は、

人皇初代の神武天皇から第百代の後小松天皇までを記す。叙述範囲を南北朝が合一した後小松天皇の時代までとすることは、はやくから光圀によって定められていた方針である。ただし、皇統問題については、紀伝稿本の方針が改められ、後小松天皇紀の巻頭に北朝の五帝を列記している。北朝五帝の即位をいちおう認めたかたちで妥協がはかられたのだが（ただし、北朝五帝は「天皇」とは称されず、「光厳院」「光明院」等の院号で称される）、この方針を提案したのは、元禄二年（一六八九）に上申された『修史義例』である。

提案者は安積澹泊と佐佐宗淳《さっさむねきよ》だが、たしかに安積らが危惧したように、「北朝五主は即ち今の天子の祖宗」である（前引、安積澹泊書簡）。北朝を偽朝と断じることは、光圀の修史事業の存続そのものを危うくしかねない。北朝五帝を後小松天皇紀の巻頭に列記することは、当時としては南朝正統論を展開できるぎりぎりのラインだったはずで、それは光圀本人も従わざるをえない妥協案だったろう。

『大日本史』のいわゆる三大特筆——南朝を正統と認めて本紀に立てたこと、大友皇子の即位を認めて大友天皇紀を立てたこと、神功皇后を本紀に立てずに后妃伝に入れたこと——は、どれも光圀の「卓見」に出たものといわれる（『修史始末』元禄四年五月条）。

皇統の正閏を確定することが、光圀の修史事業の主要な関心事だったのだが、なかでも南北朝の正閏問題への光圀の関心は、当時としてはかなり突出したものであり、それは光圀の史臣たちをもたじろがせる性格のものだった。

だが、注意したいのは、南朝を正統とする光圀の立場は、徳川御三家の一としての水戸家の政治的立場と矛盾するものではなかったということである。そのことは、安積澹泊が執筆した『大日本史』の論賛の、つぎのような一節からもうかがえる(『大日本史賛藪』)。

(足利)尊氏の譎詐《きつさ》・権謀、功罪相掩《おお》はず。以て一世を籠絡すべきも、天下後世を欺くべからず。果たして足利氏の志を得たるか、抑《あるい》は新田氏の志を得ざるか。天定まれば、亦能《よ》く人に勝つ。豈《あ》に信《まこと》に然らざらん。(「将軍伝」序)

南北朝の動乱を「譎詐・権謀」によって勝利した足利尊氏は、しかし「天下後世を欺く」ことはできなかった。はたして足利将軍が十五代でほろんだあと、足利氏に代わって将軍職を継承した徳川氏は、新田氏の後裔である。さきに述べたように、徳川家康は、新田氏族の由緒をもって、足利将軍に代わる正当性の根拠としたのだが、そのような新田流徳川系図の延長上に、『大日本史』の南朝正統史観は構想される。最終的に「志を得」たのは、たしかに「譎詐・権謀」を弄した足利氏ではなく、節義に殉じた新田氏だった。

同様の主張は、「新田義貞伝」の論賛でより明確に述べられている。

その(注、新田氏の)高風・完節に至りては、当時に屈すと雖《いえど》も、能《よ》く後世に伸ぶ。天果たして忠賢を佑《たす》けざらんや。その足利氏と雄を争ふを観れば、両家の曲直、赫々《かっかく》として人の耳目に在り。愚夫愚婦と雖も、亦能く新田氏の忠貞たるを知る。

「能く後世に伸ぶ」とは、現在の徳川氏が新田氏族であるということ。「足利氏と雄を争」って敗れた新田氏は、その「忠貞」ゆえに天佑を得て、家康の代に幕府を創業した。光圀が南朝の正統性を主張することは、かつて南朝と命運をともにした新田氏の「高風・完節」を主張することであり、それはとりもなおさず、徳川氏の政治的覇権の正当性を主張する論理につながっていた。

四　南朝正統論の読みかえ

『大日本史』の本紀は、南北朝の正閏をきわめてクリアなかたちで提示している。それは『理尽鈔』的な読みの夾雑物《ノイズ》(たとえば、前引の「新田とても忠臣に侍らず」「最前に已《すで》に朝敵にならんずる」などの『理尽鈔』所載の楠正成の言)をそぎ落とすことで再構成された、南朝(―新田義貞)対北朝(―足利尊氏)という『太平記』の叙述の枠組みである。さきに述べたように、『理尽鈔』の所伝を取り入れた林家の『本朝通鑑』にたいして、「太平記評判、大全等、並びに論ずるに足らず。故に取らず」(『参考太平記』凡例)とするのが、『大日本史』の基本的な編修方針だった。

そして南朝への節義に殉じた新田氏の正当性を主張する『大日本史』の叙述の延長上で、たとえば、頼山陽《らいさんよう》の『日本外史《にほんがいし》』は、その「徳川氏正紀」(巻之十八)を「我が徳川氏は新田義重(注、新田氏の祖)より出づ」と説き起こすだろう。その昂揚した文体で幕末の多くの「志士」たちを感化した『日本外史』ではあるが、南北朝の正閏問題にかんしては、山陽の歴史観は、新田流徳川氏の系図の延長上にあり、『大日本史』の南朝正統論の大枠のうえで展開された尊王史観だった。

南朝を正統とした徳川光圀は、神君家康が創始した徳川幕藩体制の歴史的な正当化を企てていた。光圀本人は、けっして後期水戸学的な意味での「勤王の唱主」「復古の指南」(明治三十三年の光圀贈位の詔)などではなかったのだが、しかし『大日本史』を考えるうえで注意したいのは、光圀によって構想された南朝正統史観が、テクストとしてその後どのように読まれていったかは、すでに光圀本人のおもわくを超えた問題であるということだ。

十八世紀末以降の危機的な政治状況のなかで、『大日本史』の南朝正統論は、現実に対処する政治イデオロギーとしてきわめて意図的に読みかえられてゆく。読みかえの中心的役割を担ったのは、天明八年(一七八八)に十五歳の若さで彰考館入りした藤田幽谷である。『大日本史』の解釈をめぐって藤田によってひき起こされた編修上の議論は、水戸学の前期と後期を画する指標《メルクマール》になっている。なかでもその核心的な議論は、『大日本史』の歴史解釈を一義的に方向づけている論賛の削除問題だった。

『大日本史』の論賛は、光圀の死去からほぼ二十年後、三代藩主徳川綱条《つなえだ》の命をうけた安積澹泊によって執筆された(享保五年〈一七二〇〉完成)。安積は元文二年(一七三七)に八十二歳で死去したが、『大日本史』の編修をながらく主導してきた安積の死をさかいに、彰考館の活動はながい停滞期にはいってゆく。そして安積の死からほぼ五十年後、彰考館の活動をふたたび活気づかせたのは、天明六年に彰考館総裁となった立原翠軒だった。

立原は総裁就任の三年目の寛政元年(一七八九)夏に、「日本史上梓の議」を藩当局に上書した。『大日本史』の刊行をもって、百数十年におよんだ彰考館の修史事業の完成と考えたのだ。そして藩当局の許可をえた立原は、ただちに刊行へむけた作業を開始したが、しかし作業の進展とともに生じた議論は、立原が予想もしなかった論争を彰考館内部に引きおこすことになる。

水戸学の「三大議論」と呼ばれる論争であり、論争をしくんだ中心人物は、かつて立原によってその才能を見いだされ、町人身分から彰考館員に取り立てられた藤田幽谷である。

寛政十一年の光圀百年忌へむけて『大日本史』の刊行を急いでいた立原は、紀伝体の歴史を構成する志(天文・地理・礼楽・刑政・食貨等々の部門別の制度史)と表(各種の年表や系譜)の編修断念を提案していた。『大日本史』の志・表の編修が決定されたのは、光圀の没後十七年目の享保元年である。その後も編修作業は遅々としてすすんでおらず、「義公(光圀)の志は、もっぱら紀伝に在り」(「日本史上梓の議」)とする立原の主張は、必ずしも強弁ではなかったろう。

しかし寛政九年(一七九七)八月、藤田幽谷は彰考館の同僚宛てに公開の質問状を送りつけ、「義公の意は、紀・伝・志・表のことごとく成るを竢《ま》ち、然る後にこれを天闕《てんけつ》(朝廷)に奏」することにあったとして、紀伝の刊行は、志・表の完成をまって行なうべきだと主張した(「校正局諸学士に与ふるの書」)。それはしかし、光圀の百年忌というタイムリミットを限ってすすめられる立原の刊行計画にたいして、事実上の計画断念を迫るものだった。これをさかいに、立原と藤田の師弟関係は急速に悪化してゆくが、藤田はこのとき、『大日本史』の題号にかんしても異議を申し立てている。

すなわち、中国歴代の正史が国号をもって書名とするのは、革命(いわゆる易姓革命)によって王室・王朝が交替したからである。わが国では「一姓」の天皇によって皇統が「無窮」に伝えられる。よって「日本史」という題号は、革命を既定事実とした中国正史の方法を、わが国史に準用するものにほかならない。

いかにも水戸学ふうのリゴリスティックな大義名分の議論である(「水戸学的」ともいえる議論のスタイルは、藤田幽谷によって確立する)。それにしても、本書が「大日本史」と呼ばれてすでに八十年余りが経過している以上、題号が名分にもとるとする主張は、名分論史学の正論を楯にした、ほとんど言いがかりめいた議論である。げんに文化六年(一八〇九)二月、朝廷から水戸藩に「旧に依りて大日本史と号して可なり」とする勅許がくだると、藤田はただちに題号の議をとりさげている。

『大日本史』と称する一応の名分が立ったということだが、ちなみに題号問題と同時に提起された志・表の編修問題は、藤田がその編修頭取に任じられた享和三年(一八〇三)以降も、作業は遅々としてすすんでいない。藤田の異議申し立てのねらいが、志・表の編修や題号それ自体よりも、もっと別のところにあったことが知られるのだ。

享和三年正月、「三大議論」の核心ともいえる論賛削除の議が、藤田の盟友高橋坦室《たんしつ》によって建議された。高橋が藩主徳川治保《はるやす》の意見として彰考館員に書き送った書簡によれば(岡崎正忠撰『修史復古紀略』享和三年正月十日条、所引)、中国の正史に論賛があるのは、現王朝が前王朝の得失を論じるからである。王朝の交替を既定事実とする中国正史に倣って、わが国史に歴代天皇の「失得を論じて忌憚する所な」い論賛を入れるのは穏当ではなく、それは「先公(光圀)の意」にもとるものである。よって、論賛はすみやかに「悉くこれを删去《さんきょ》」せねばならないという。

高橋のこの主張に、藤田がただちに同意したことはいうまでもない。そして高橋の建議から一か月後、立原翠軒は、彰考館内部の混乱の責めを負うかたちで、総裁の職を辞任することになる。

立原の失脚から四年後の文化四年(一八〇七)八月、高橋と藤田はそれぞれ彰考館総裁に任じられ(彰考館の総裁はしばしば複数名が選任された)、その一年半後の文化六年二月には、論賛の全文削除が決定し、それを受けて、高橋・藤田の両人は『大日本史』の刊行(かつてあれほど異議を申し立てた『大日本史』の刊行!)を急ぐことになる。そして同年十二月に、神武紀から天武紀までの本紀二十六巻の版本を幕府に献上し、翌七年十二月には、藤田幽谷の上表文を添えて朝廷に献上した(川口長孺《ちょうじゅ》撰『史館事記』)。藤田らの画策した「三大議論」のねらいが、刊行計画そのものにではなく、ひとえに論賛の削除問題にあったことは、立原失脚後のみぎの経緯をみてもあきらかだろう。

高橋や藤田が立原翠軒を失脚させてまで論賛の削除を企てた理由はなんだったのか。「安《いず》んぞ先公の意に負《そむ》かざるを知らんや」というかれらの主張を、額面どおりに受け取ることはできない。安積澹泊が執筆した論賛は、かれが光圀の史臣としてあつい信任を得ていたことを考えれば、「先公の意」にもとるものではなかったろう。むしろ藤田らの『大日本史』解釈が、しだいに「先公の意」からズレはじめていたところに、論賛の削除が企てられた真の原因もあったようなのだ。

すでに述べたように、『大日本史』の南朝正統論は、論賛の方向づけをとおして、一義的に徳川政権の正当化へ結びつけられる。南朝の正統を主張することは、新田流徳川氏の覇権の正当性を主張することである。しかし、仮に論賛を除外して考えればどうなのか。

論賛の削除問題とあわせて考えてみたいのは、やはり光圀の没後に編修上の争点となった続編(足利時代史)の執筆問題である。論賛の方向づけに従うなら、『大日本史』が南北朝の合一で擱筆すること(足利時代史を叙述しないこと)は、あるべき武家政治を新田流徳川氏の時代に暗示する構成である。だが論賛を除外して考えればどうなのか。

宝永・正徳年間(一七〇四－一六)に、彰考館総裁酒泉竹軒《さかいずみちくけん》らが建議した続編の執筆問題について、藤田幽谷は、酒泉らが失職を恐れたために画策した事業の引き延ばしと断じ、かれらの企てを「卑陋」「狡巧」と糾弾している(『修史始末』享保元年〈一七一六〉正月条)。『大日本史』が南北朝史で擱筆すべきことは、藤田にとって名分論史学のかなめとなる問題だった。たとえば、幼時から父幽谷の薫陶をうけた藤田東湖《とうこ》は、足利時代史を総括してつぎのように述べている。

足利尊氏また禍乱を作《な》し、敢へて至尊に抗し、しばしば皇子を害す。（中略）その家族・陪臣の、朝《あした》に向かひ夕《ゆうべ》に背き、互に相夷滅《あいいめつ》せし者の如きは、紛々擾々《ふんぷんじょうじょう》枚挙にいとまあらず。君臣の義、亦癈《すた》るに幾《ちか》し。稗官野史には、或は書して「天皇謀反」と曰ひ、或は称して「親王京師《けいし》に流さる」と曰ふ。（中略）その間、名分の錯乱せること一にあらず。而して足利義満の罪、もっとも大なりとす。その太政大臣たらんことを請ふて君を要し、臣を朱明《しゅみん》（注、朱は明の王室の姓）に称して国を辱しめ、出遊或は行幸に擬して上を僭す。尊卑・内外の分、亦ほとんど弁ぜざるに幾《ちか》し。

（『弘道館記述義』弘化三年〈一八四六〉）

後醍醐天皇に叛した足利尊氏の時代は、まさに「君臣の義」がすたれ、「名分の錯乱せる」時代である。とくに正統の王朝（南朝）をほろぼした三代将軍足利義満は、外国（明の永楽帝）に臣従して「日本国王」に封ぜられ、みずからの出遊を天皇の「行幸に擬し」ている。

南北朝の合一とは、南朝―新田氏にたいする北朝―足利氏の勝利などではなかった。それは、新井白石の『読史余論』がいみじくも喝破したように、古代以来の正統王朝の滅亡であり、それに代わる武家王朝の始発である。それが足利義満による南北朝合一の実態なのであれば、そのような「錯乱」した事態に対処すべき名分論上の議論は、すでに南北朝正閏の弁別問題などにあるのではない。正閏論や正統論の相対性を超えた、ある絶対的な名分論上の図式《シェーマ》が必要とされるわけで、そこに浮上してくるのが、いわゆる「国体」の観念だった。

寛政三年(一七九一)、藤田幽谷が十八歳の若さで執筆した「正名論」に、すでにつぎのような一節がみえている。

赫々《かつかく》たる日本は、皇祖開闢《かいびやく》より、天を父とし地を母として、聖子・神孫、世々《よよ》明徳を継ぎ給ひ、以て四海に照臨す。四海の内、これを尊びて天皇といふ。(中略) 君臣の名、上下の分、正しく且つ厳《おごそ》かなること、なほ天地の易《か》ふべからざるがごとし。これを以て皇統の悠遠、国祚《こくそ》の長久、舟車《しゆうしや》の至る所、人力の通ずる所、殊庭《しゆてい》絶域、未だ我が邦のごときはあらざるなり。豈《あ》に偉ならずや。

天皇の絶対的権威のみが強調されるこの(やや神がかり的な)文章のなかで、幽谷は、「皇朝自《おのず》から真天子あれば」徳川将軍は「よろしく王を称すべからず」と明言している。前述した新井白石らの武家王朝観の対極に位置する名分の議論である。こうした議論の延長上で、たとえば、論賛の削除を建議した高橋坦室の書簡の一節、「方今の代、至尊垂拱、政を関東に委ぬと雖も、然れども君臣の名分厳乎《げんこ》として乱れず」の主張もみちびかれるだろう。

光圀以来の水戸史学の正名・名分の議論は、藤田幽谷にいたって、あらたな思想的な転位を遂げたのだ。天皇の不可侵の権威をもって「未だ我が邦のごときはあらざるなり」とするみぎの文章には、幕末から明治以降に引き継がれたアジテーションの原型さえうかがえよう。

「国体」という語を、水戸学のキーワードとして定着させたのは、幽谷の門人、会沢《あいざわ》正志斎《せいしさい》の著になる『新論』(文政八年〈一八二五〉)である。だが、名分論史学の位相的な転換は、『新論』が書かれる三十年以上もまえに、すでに十八歳の藤田幽谷によって企てられていた。

南北朝時代につづく足利時代とは、「国体を欠くや甚だし」き時代であり（会沢正志斎『新論』国体上）、ゆえに『大日本史』にとって叙述のアポリアでありつづける。その叙述の空白部分を延長したところに現在の武家政権も位置づけられるのであれば、『大日本史』が引きおこす名分論上の議論は、たんに過去の歴史叙述だけに限定されるものではない。

たとえば、足利時代以降に失われた「国体」を回復する思想運動が、水戸学の尊王攘夷論である。「尊王」と「攘夷」を一語とした「尊王攘夷」の語の初出は、天保九年（一八三八）に藤田東湖が執筆した「弘道館記」（徳川斉昭撰）である。父幽谷の薫陶をうけた東湖が熱烈な攘夷論者だったことは、その『回天詩史』等が伝えるかずかずのエピソードからうかがえる。東湖のとなえる「攘夷」では、欧米列強はもちろん、その脅威に屈する幕府重臣さえ攘夷の対象となる。

『回天詩史』『弘道館記述義』などの東湖の著作が、幕末の志士たちに愛唱され、かれの私塾、青藍舎で教えをうけた水戸藩士の多くが、桜田門外の変から天狗党の乱にいたる攘夷の蹶起に参加していったことは知られている。

「国体」という観念のまえでは、将軍―藩主―藩士―下士という既存の序列が無化されてしまう。藩というローカルな名分を克服できたところに、水戸学が幕末の革命運動を主導する広汎なイデオロギーになりえた根拠もあったろう。そのような名分論史学の位相的な転換を、周到かつ巧妙に用意したのが藤田幽谷であり、それは『大日本史』の論賛の削除を画期とする、南北朝史テクストの読みかえをとおして達成されたのだ。もちろんそれは、徳川光圀がかつて予想もしなかった異形の名分論だった。

五　正閏論から国体論へ

徳川光圀の修史の目的については、かれ本人が「皇統を正閏し、人臣を是非し……」と述べている(「梅里先生の碑陰並びに銘」)。皇統の正閏弁別にかんする光圀の突出した関心が、『大日本史』のいわゆる三大特筆として具体化されたことはさきに述べた。

だがいっぽうで、光圀の修史事業の発端として、皇統の正閏弁別とはかならずしも合致しないような動機が伝えられている。『大日本史』の序文(徳川綱条撰、大井松隣《しょうりん》著)に記された光圀十八歳のときの伯夷伝体験である。

先人十八歳、伯夷伝を読み、蹶然としてその高義を慕ふ有り。巻を撫《ぶ》し、歎じて曰はく、載籍あらずんば、虞夏の文、得て見るべからず、史筆によらずんば、何を以てか後の人をして観感するところあらしめん、と。ここに於て、慨焉《がいえん》として修史の志を立て、上は実録に根拠し、下は私史を採摭《さいせき》し、旁《あまね》く名山の逸典を捜り、博く百家の秘記を索《もと》め、綴緝《てつしゅう》すること数十年、勒《ろく》して一書を成す。

「伯夷伝」とは、『史記』列伝第一に記された伯夷《はくい》・叔斉《しゅくせい》兄弟の伝である。周の武王が殷の紂王の討伐に向かうとき、兄弟はその乗馬を扣《ひか》えて諫め、武王が天下を統一すると、兄弟は周の禄を食《は》むことを恥じ、首陽山に隠棲して餓死したという。「不食周粟《ふしょくしゅうぞく》」の成語で知られる著名な話だが、その「伯夷伝」を読んで感激した十八歳の光圀が「慨焉として修史の志を立て」たという逸話は、光圀の『大日本史』が『史記』にならって紀伝体を採用した理由を説明している。と同時に、それは光圀の修史事業に伏在したもう一つのテーマを暗示しているのではないか。たとえば、光圀が晩年に執筆した『西山公随筆』は、伯夷説話に言及して、つぎのように述べている。

文王は聖人也。武王は聖と申しがたし。伯夷がいさめこそ正道なれ。武王簒弑《さんし》の義のがれがたし。又、書経をみるに、殷を伐《う》つ時さまざま諭言多く、殷を伐ちて後も民のなづきがたかりしを、言弁多くなだめられしこと、堯・舜にあるまじき事也。それ大義の正道はいひわけを用ひず。

武王による「簒弑」(君王を殺し、位を奪うこと)は、どのような「諭言」や「言弁」によっても正当化されることはないという。伯夷が身をもって示した「大義の正道」とは、君王への絶対的な恭順である。

光圀にとっての伯夷説話の眼目がうかがえようが、伯夷の「高義」をしたう光圀は、みずからの晩年を伯夷説話の世界になぞらえている。かれが隠棲の地にえらんだのは、久慈郡新宿村の西山(現在の茨城県常陸太田市内)である。西山は、伯夷・叔斉兄弟が隠棲した首陽山の別名でもあるが(『史記』所載「采薇の歌」)、西山に隠居した光圀は、みずから「西山(公)」と号し、その山荘も西山荘と名づけている。

伯夷伝への光圀の心酔のほどがうかがえるが、しかし伯夷が実践した「大義の正道」とは、光圀が「梅里先生の碑陰並びに銘」で述べている国史編纂の動機、「皇統を正閏し」云々と矛盾するのではないか。

「皇統を正閏」するとは、不可避的に天皇の名分（帝徳の有無や治績のよしあし）に言及することであり、それは要するに「論言」や「言弁」を弄することにほかならない。帝徳や治績をあげつらう名分論が、天皇の廃立にかんするどのような便宜的・ご都合主義的な解釈も可能にすることは、たとえば後醍醐天皇を廃して持明院統（北朝）の帝を擁立した足利尊氏の先例がある。その尊氏の行状を、皇統の「正閏の分を乱」した「不臣の罪」として糾弾しているのは、ほかならぬ『大日本史』だった（「足利尊氏伝」論賛）。

徳川光圀の修史事業は、その出発点において、ある重大な矛盾をはらんでいたのである。たとえば、『新撰紀伝』の改修が進行しつつあった元禄五年（一六九二）八月、光圀は摂津湊川の古戦場に、楠正成の墓碑「嗚呼《ああ》忠臣楠子《なんし》之墓」を建立している。正成の覚悟の戦死に、光圀が「大義の正道」をみていたことはあきらかである。「物語」としての南北朝時代史は、その叙述の枠組みを内側から相対化するかたちで、つねにもう一つの「忠臣」の物語を呼びおこしてしまうのだ（第三分冊「解説」、参照）。

見かたをかえていえば、光圀の「修史の志」がかかえていた矛盾と最初に向きあったのが、藤田幽谷の「正名論」だったといえようか。天皇の不可侵の権威を強調する藤田の「正名論」は、光圀のいう「大義の正道」の拡大・延長上にみちびかれる。以後の幽谷の議論は、ひとえに「義公の意」の再解釈と、その南朝正統論の読みかえに向けられていたといっても過言ではない。

水戸の名分論史学は、『大日本史』から論賛が削除された時点で、ある新しい段階にはいったのだといえる。帝徳や治績をあげつらう名分の議論を棚上げにすることは、正閏弁別の議論を、さらには「南北朝」という歴史認識の枠組みじたいを棚上げにすることであり、それは要するに、新田流徳川氏の「武臣」の名分を棚上げにすることにほかならない。たとえば、藤田東湖の『弘道館記述義』に、つぎのような一節がある。

唐虞三代(注、堯・舜・禹をさす)の道、ことごとく神州に用ふべきか。曰く否《いな》。(中略)決して用ふべからざるもの、二あり。曰く禅譲。曰く放伐。虞・夏は禅譲し、殷・周は放伐す。而して秦漢以降、孤児・寡婦を欺きて、以てその位を簒《うば》ふ者、必ず口を舜・禹に藉《か》り、宗国《そうこく》を滅ぼし、旧主を弑《しい》して、以て天下を奪ふ者、必ず名を湯・武に託す。

ここで否定されているのは、すでに易姓革命などといった遠い中国の話なのではない。「位を簒ふ者、必ず口を舜・禹に藉り、……天下を奪ふ者、必ず名を湯・武に託す」とは、ほかならぬ南北朝以後のわが国の「武臣」の歴史である。

問題はすでに、北朝にたいする南朝、足利政権にたいする新田流徳川政権の正統性などにはないわけだ。「国体」の絶対性のまえでは、足利氏はもちろん、「武臣」徳川氏の名分も相対化されてしまう。天皇を唯一絶対の例外者として位置づける(すなわち名分論の埒外におく)ことで、既存の武家社会のヒエラルキーが根底から相対化されてゆく。おそらくここからは、武家政権の存在そのものを止揚した、ある新しい国家像さえイメージされるはずである。

六　近代の国民国家へ

寛政八年(一七九六)正月、藤田幽谷が彰考館総裁の立原翠軒に宛てた上書に、

それ当今の制、大夫の子は恒《つね》に大夫たり。士の子は恒に士たり。尊官厚禄、未だ遽《にわ》

かには致《ち》を易《か》へず。

という一節がある。「門地資蔭《しいん》」(門閥・家柄)による官職と俸禄の差別を、「賢愚倒置」と批判したのだが(幽谷はこの年、徒目付《かちめつけ》から小十人組《こじゅうにんぐみ》に昇格していたが、依然として藩主からは遠く隔てられた下士身分である)、翌年の寛政九年(一七九七)十一月、幽谷は藩主徳川治保に宛てて藩政の改革案を具申し、つぎのような封事《ふうじ》(藩主に直接宛てた意見書)を上書している。

武人兵士は、官を世にし、職を世にして、酒肉の池、歌吹の海、耳目を蕩《とろ》かし、筋骨を治《と》かし、天下滔々として酔生夢死し、戦の危ふきを忘るること、また開闢《かいびゃく》以来なき所なり。(「丁巳封事《ていしふうじ》」)

「官を世にし、職を世に」する藩上層部の無能ぶりを糾弾し、官職の世襲制にたいして根本的な疑義を申し立てたのだ。この封事によって幽谷は不敬の罪に問われ、謹慎を命じられた。謹慎は二年後に許されたが、藤田幽谷をはじめ、長久保《ながくぼ》赤水《せきすい》、会沢正志斎、豊田天功《とよだてんこう》など、後期水戸学を代表する人材が、農民や町人(せいぜい下士)身分の出身者だったことは見落とせない事実である。農村の疲弊を身近に体験したかれらは、彰考館員として下士身分にとりたてられるや、ただちに農村の救済策を論じ、農政ひいては藩政全般の改革意見を具申した。

藤田幽谷のばあい、農政改革を論じた『農政或問《のうせいわくもん》』(寛政十一年)の著述のほかに、藩主に直接宛てた封事は、現存するものだけで二十数通におよんでいる(『幽谷全集』所収)。藩主に直書する「封事」という意見具申のスタイルは、かれの政治思想の具体化でもあったろう。藩政の序列《ヒエラルキー》をとび超える幽谷にとって、みずからの立場を正当化する名分論上の議論が「正名論」(寛政三年)だった。

天皇の唯一絶対の権威を主張することで、将軍―藩主―藩士―下士という幕藩体制のヒエラルキーが相対化・無化されてしまう。正閏論から国体論へ――、名分論史学の位相的な転換を企てた藤田幽谷の念頭に、現実の身分制社会にたいする根本的な懐疑があったことはたしかである。

水戸学の「国体」の観念は、吉田松陰《しょういん》のいわゆる「草莽崛起《そうもうくっき》」(民が身を起こして国事に奔走すること)のスローガンをへて、幕末の革命運動を主導する広汎なイデオロギーになってゆく。近世の身分制社会から近代の国民国家への移行が、明治期にあれほど速やかに行われた背景にも、幕末の尊攘派の志士たち(および明治の民権・国権論者たち)によって鼓吹された「国体」の観念が存在しただろう。「四民平等」の国民国家は、福沢諭吉らの啓蒙活動よりも以前に、すでに藤田幽谷や会沢正志斎らによって構想されていたのだが、それはくりかえしいえば、『大日本史』の論賛の削除を画期とした、水戸の名分論史学の位相的な転換によってみちびかれた日本型のネーション・ステートの思想だった。

『大日本史』の南北朝史テクストが、その内がわから読みかえられてゆく。読みかえの起点となるのは、武臣の名分を無化するもう一つの「忠臣」の物語である。

たとえば、藤田幽谷が没してから三十数年後、孫の小四郎は、攘夷の即時決行を企てて水戸の天狗党の蹶起に参加している。天狗党の呼称は、新田義貞の挙兵をいちはやくふれて回った天狗山伏にちなんだもの(『太平記』第十巻「天狗越後勢を催す事」)。そして天狗党の参謀格として藩上層部にはたらきかけて失敗した小四郎は、元治元年(一八六四)十一月、同志数百名とともに水戸藩を脱出して京都をめざしている。

藩というローカルな枠組みを超える根拠が、京都の天皇にもとめられるのだ。既存の武家社会からドロップアウトしてゆく小四郎の胸中に、かつて義公(光圀)によって顕彰された「忠臣楠子」のイメージが存在したことはたしかだろう。『太平記』第三巻の楠正成の言によれば、関東の幕府は「東夷」である。天狗党のめざした「攘夷」とは、要するに倒幕であった。

人名索引

1)『太平記』全6冊(第1巻―第40巻)の人名索引(神仏名を除く)である．当該の人物が登場する箇所を，巻数(丸数字)・章段番号で表示した．なお，項目は，煩雑さを避けて，可能なかぎり実名で立てた(たとえば，「足利左馬頭」「鎌倉左兵衛督」「高倉殿」「三条殿」「錦小路殿」「恵源」等々は，「足利直義」の項目にまとめた)．

2) 天皇は，即位後の呼称とした(八宮・義良親王→後村上天皇．量仁親王・東宮・持明院殿→光厳院)．南朝の帝はとくに「天皇」を自称したため「何々天皇」，北朝の帝は「何々院」とした．

3) 中国の王侯名は，〔 〕内に国号を記した(文帝→文帝〔漢〕・文帝〔魏〕，武帝→武帝〔漢〕・武帝〔梁〕，高祖→高祖〔漢〕・高祖〔隋〕)．

4) 配列は現代仮名づかいによる五十音順である．

あ

淡河時治　あいかわときはる　⑥7, ⑪9
哀公〔魯〕　あいこう　㉘1
藍田筑前守　あいだちくぜんのかみ　㉝7
藍田筑前入道　あいだちくぜんのにゅうどう　㉝7
饗場　あいば　⑭4, ⑮7
饗場重高　あいばしげたか　㉝7
饗場新左衛門　あいばしんざえもん　⑮18
饗庭尊宣　あいばたかのぶ　㉗11
饗場六郎　あいばのろくろう　⑮18
饗庭命鶴丸(氏直)　あいばみょうつるまる　㉙10, ㉛1
粟飯原氏光　あいばらうじみつ　⑲4
粟飯原清胤　あいばらきよたね　㉕2, ㉗10, ㉜3
粟飯原詮胤　あいばらのりたね　㊵2

粟原彦五郎　あいばらひこごろう　㉜12
粟生田小太郎　あおうだこたろう　㉖3
粟生田左衛門次郎　あおうださえもんのじろう　㉜12
青木五郎左衛門　あおきごろうざえもん　⑭8
青木次郎　あおきのじろう　㉖9
青地　あおち　㉟10
青砥左衛門　あおとさえもん　㉟8
青砥左衛門尉　あおとさえもんのじょう　㉖7
赤一揆　あかいっき　㉟10
赤木　あかぎ　㊳3
赤木五郎左衛門　あかぎごろうざえもん　㉘3
赤木次郎　あかぎのじろう　㉘3
明石忍阿　あかしにんあ　⑩9
赤符一揆　あかじるしいっき　㉛1
県下野守　あがたしもつけのかみ　㉖7
赤田孫次郎　あかだまごじろう　㊱8
赤橋　あかはし　⑩9
赤橋右馬頭　あかはしうまのかみ　⑥7, 8, 9
赤橋重時　あかはししげとき　⑫3
赤橋英時　あかはしひでとき　⑪7
赤橋宗時　あかはしむねとき　⑫3
赤橋盛時　あかはしもりとき　⑨1, 2, ⑩8
赤旗一揆　あかはたいっき　㉘3, ㉙2
赤星武世　あかほしたけよ　㉝7
赤松　あかまつ　⑧10, ⑯10, 11, ㉛5, 6, ㉟5
赤松顕範　あかまつあきのり　㊱6, ㊴7
赤松氏範　あかまつうじのり　㉗10, ㉜3, 12, 13, ㉞10, ㊱6, 17
赤松円心　あかまつえんしん　⑥6, ⑦5, 7, ⑧1, 2, 3, 5, 7, 9, 12, 13, ⑨2, 5, ⑪2, 4, 6, ⑫1, 4, ⑬2, ⑭2, 11, ⑯1, 2, 4, ㉗10
赤松貞範(世貞)　あかまつさだのり　⑦5, ⑧1, 2, 3, 5, ⑨5, ⑭8, 9, ⑮6, ㉖3, 6, ㉚3, ㉞5, ㉟7, ㊱6, 17
赤松則祐　あかまつそくゆう　⑤8, ⑥6, ⑧1, 2, 3, 5, ⑨5, ⑯4, ㉗10, ㉙7, 10, ㉚4, 5, ㉛4,

㉜6, 12, ㉞5, 10, ㉟7, ㊱6, 9, 15, 17, ㊴6
赤松直頼　あかまつただより　㉙10, ㉚3, ㉜12, ㉞5, ㊱6, ㊳3
赤松朝範　あかまつとものり　㉙7, ㉜12
赤松範実　あかまつのりざね　㉜12, ㉞5, 13, ㊱15, 17, ㊳11
赤松範資　あかまつのりすけ　⑧1, 3, 5, ⑨5, ⑭12, 14, ㉖3, 7, ㉙9, 10, ㊱8
赤松光範　あかまつみつのり　㉞5, ㉟3, ㊱6, 8, 9, ㊳11, ㊴7, ㊵2
赤松師範　あかまつもろのり　㉚3, ㉜12, ㊱6
秋月　あきづき　⑮18, ㉝7
秋月次郎兵衛　あきづきじろうびょうえ　⑨7
安芸十郎　あきのじゅうろう　㉘3
秋庭(飽庭)　あきば　㉛5
秋庭(飽庭)肥後守　あきばひごのかみ　㉜14, ㊳3
秋庭兵庫助　あきばひょうごのすけ　㉜12
秋山　あきやま　㉜12, ㉞5
秋山九郎　あきやまのくろう　㉙2
秋山光政　あきやまみつまさ　㉚7
秋山弥六郎　あきやまやろくろう　㉖7
鼎王　あきらおう　⑭4, ⑯12
安居院行知　あぐいゆきとも　㉚13, ㉜5
悪讃岐　あくさぬき　②11
悪七兵衛景清　あくしちびょうえかげきよ　㉔2
芥河資直　あくたがわすけなお　㊳10
悪八郎(為頼)　あくはちろう　㉓1, 3
飽間光泰　あくまみつやす　⑧1, 2, 3
飽浦　あくら　⑮16, ⑯1
明智下野入道　あけちしもつけのにゅうどう　㉞5
明智三郎　あけちのさぶろう　㉖7
明智兵庫助　あけちひょうごのすけ　㉖6
阿古　あこ　㉗9
浅井胤信　あさいたねのぶ　㉝7
朝井名三郎(義秀)　あさいなのさぶろう　⑮3, ⑰9, ㊴4
浅香　あさか　㉟10
朝倉　あさくら　㊱12
朝倉弾正忠　あさくらだんじょうのちゅう　㉞5

朝倉詮繁　あさくらのりしげ　㊵2
朝倉彦三郎　あさくらひこさぶろう　㉑7
朝倉広景　あさくらひろかげ　㉑7
朝倉正景　あさくらまさかげ　㉜13
浅沼小四郎　あさぬまこしろう　㉜12
浅沼三郎　あさぬまのさぶろう　㉜12
浅羽　あさば　㉛1
浅原為頼　あさはらためより　⑯13
阿佐美三郎左衛門　あさみさぶろうざえもん　㉙12
浅海六郎　あさみのろくろう　㉔5
朝山次郎　あさやまのじろう　⑦9
朝山太郎　あさやまのたろう　⑪2
朝山備後守　あさやまびんごのかみ　⑭11
足利　あしかが　㉑1
足利貞氏　あしかがさだうじ　②3, ⑨1
足利尊氏　あしかがたかうじ　③4, ⑨1, 2, 3, 4, 5, ⑩1, 2, 3, 8, ⑪2, 6, 7, ⑫1, 4, 9, 10, ⑬2, 3, 7, 8, ⑭1, 2, 3, 4, 5, 7, 8, 9, 10, 11, 12, 13, 15, 18, 19, 20, ⑮1, 2, 3, 5, 6, 7, 8, 9, 10, 12, 13, 15, 16, 17, 18, 19, ⑯1, 2, 4, 5, 6, 7, 8, 9, 10, 11, 13, ⑰1, 2, 3, 5, 7, 8, 9, 10, 11, 12, 13, 14, 17, 19, 20, 24, ⑱1, 13, ⑲1, 2, 3, 4, 6, 7, 8, 9, ⑳4, 5, 9, ㉑1, 3, 4, 7, 8, ㉓8, 9, ㉔1, 2, 4, ㉕2, 4, ㉖3, 4, 7, ㉗3, 5, 7, 9, 10, 11, 12, 13, ㉘1, 2, 5, 6, 8, ㉙1, 2, 3, 4, 6, 7, 9, 10, 11, 12, ㉚1, 3, 5, 6, 7, 8, 9, 10, 12, ㉛1, 2, 3, 4, 8, ㉜1, 3, 7, 10, 11, 12, 13, 14, ㉝4, 6, 7, 8, ㉞1, 2, 10, ㉟2, ㊱8, 15, ㊲3, ㊳9, ㊴4, 5, ㊵1
足利尊氏の御台(登子)　あしかがたかうじのみだい　⑨1
足利直冬　あしかがただふゆ　㉗7, 10, 11, ㉘2, 3, 5, ㉙11, ㉜7, 9, 10, 11, 12, 13, 14, ㉝1, ㉞1, ㊱2, ㊲3, ㊳3
足利直義　あしかがただよし　⑨1, ⑪6, ⑫4, 9, ⑬4, 5, 6, 7, 8, ⑭2, 5, 6, 8, 10, ⑮6, 10, 11, 12, 18, ⑯4, 5, 7, 10, 11, ⑰1, 8, 17, ⑱13, ⑲2, 4, 6, 9, ⑳4, ㉑3, 8, ㉓7, 8, ㉔2, 7, ㉕2, 4, ㉖2, 4, 7, ㉗3, 5, 7, 10, 11, 13, ㉘1, 6, 7, 8, 9, ㉙1, 9,

10, 11, ㉚1, 3, 5, 6, 7, 8, 9, 10, 11, 12, ㉛1, ㉜11, ㉞1, ㊱2, ㊲3, ㊴4, 5
足利直義の北の方　あしかがただよしのきたのかた　㉖2, ㉚1
足利又太郎(忠綱)　あしかがまたたろう　⑧3, ㉘3
足利基氏　あしかがもとうじ　㉙11, ㉛2, ㉝8, 9, ㉞2, ㊱11, 14, ㊲9, ㊳8, ㊴4, ㊵4
足利義詮　あしかがよしあきら　⑨1, ⑩1, 3, ⑭1, 2, ⑲7, 8, ㉘1, 3, 5, ㉙1, 2, 3, 4, 5, ㉚1, 5, 6, 8, 9, 12, 17, 19, ㉛1, 4, ㉜3, 4, 5, 6, 7, 10, 11, 12, 14, ㉝4, 8, ㉞1, 2, 5, 8, 10, 17, ㉟1, 2, 3, 4, 5, 6, ㊱1, 2, 8, 9, 11, 14, 15, 16, 17, ㊲1, 2, 3, 5, ㊳3, 5, 9, ㊴1, 2, 6, 7, 8, ㊵1, 2, 3, 7
足利義満　あしかがよしみつ　㊵8
葦田　あしだ　⑨5
葦名判官　あしなほうがん　㉛1, 2, 3
葦名盛員　あしなもりかず　⑬4, 8
葦堀七郎　あしほりのしちろう　⑭8
飛鳥井雅孝　あすかいまさたか　⑯12
飛鳥井雅経　あすかいまさつね　④2
足助重成(重範)　あすけしげなり　①5, 6, ③2
阿瀬籠豊前守　あぜくらぶぜんのかみ　⑮17
阿蘇　あそ　㉝6
愛曾　あそ　⑭8, ⑰11
愛曾伊賀守　あそいがのかみ　㉙7
愛曾伊勢守　あそいせのかみ　⑭6
愛曾伊勢三郎　あそいせのさぶろう　⑭4
阿蘇大宮司(惟村)　あそのだいぐうじ　㉝7
阿蘇大宮司九郎　あそのだいぐうじのくろう　⑮18
阿蘇大宮司八郎(惟直)　あそのだいぐうじのはちろう　⑮18
阿曾治時(時治)　あそはるとき　③4, ⑥7, 8, ⑪11
愛多義中務　あたぎなかつかさ　⑨7
愛多義弥次郎　あたぎやじろう　⑨7
愛宕山の太郎房　あたごやまのたろうぼう　㉗13
足立　あだち　⑨5, ⑲5

足立源五 あだちげんご ⑨7
足立五郎左衛門尉 あだちごろうざえもんのじょう ㉘3
足立新左衛門 あだちしんざえもん ㉜12
足立新左衛門尉 あだちしんざえもんのじょう ⑲3
安達高景 あだちたかかげ ①11
安達時顕 あだちときあき ⑤4, ⑩9
足立三郎 あだちのさぶろう ⑧13
足立正成 あだちまさなり ㉘3
厚木左近将監入道 あつぎさこんのしょうげんにゅうどう ⑨7
厚木七郎次郎 あつぎしちろうじろう ⑨7
厚木七郎 あつぎのしちろう ⑨7
厚木彦七 あつぎひこしち ⑨7
熱田大宮司(昌能) あつたのだいぐうじ ⑬8, ⑭4, 6, 8, 10, ⑲8, ㉑6, ㉓4
敦文親王 あつふみしんのう ⑮1
当木 あてき ㉞5
阿度女礒良 あとめのいそら ㊴11
阿野公廉 あのきんかど ①2
阿野廉子(新待賢門院) あのれんし ①2, ④3, 5, ⑦7, ⑫1, 9, ㉖9, ㉗1, ㉚14, ㉝5
安保左衛門入道 あぶさえもんのにゅうどう ⑥7
安保修理亮 あぶしゅりのすけ ㉛1
安保(阿保)忠実 あぶただざね ㉖9, ㉙2, ㉜4, ㊱6, ㊳3
安保道潭 あぶどうたん ⑩7
安保泰規 あぶやすのり ㉚9, ㉛1
安保六郎左衛門 あぶろくろうざえもん ㉛1
安倍貞任 あべのさだとう ⑯13, ㉟8
安倍宗任 あべのむねとう ⑯13, ㉟8
安間 あま ㉔1
阿間 あま ⑰8, ㉑6
甘名左近将監 あまなさこんのしょうげん ⑩9
甘名駿河守 あまなするがのかみ ⑩9
天野和泉守 あまのいずみのかみ ㉛3
天野政貞 あまのまささだ ⑱4, 6, ⑲3, ㉛1
天野三河守 あまのみかわのか

み　㉛3
阿間了願 あまのりょうがん
㉖6
安間六郎左衛門 あまのろくろうざえもん　⑱9
綾小路重賢 あやのこうじしげかた　⑨6
綾小路成賢 あやのこうじなりかた　㊵2
綾部修理亮 あやべしゅりのすけ　㉝7
菖蒲前 あやめのまえ　㉑8
荒尾 あらお　㉗11
荒尾九郎 あらおのくろう
③2
荒尾弥五郎 あらおやごろう
③2
荒川 あらかわ　⑨1, ⑭9, ⑯4, 10, ⑰1, 10
荒川詮頼 あらかわあきより
⑰24
有井三郎左衛門尉 ありいさぶろうざえもんのじょう　④2
有井庄司 ありいのしょうじ
⑱11
有元 ありもと　㉑6
有元新左衛門 ありもとしんざえもん　㉖7
有元佐久 ありもとすけひさ
㊱6
有元佐弘 ありもとすけひろ
⑧11
有元佐光 ありもとすけみつ
⑧11
有元佐吉 ありもとすけよし
⑧11
有元民部大夫入道 ありもとみんぶのたいふにゅうどう
㊱6
在原業平 ありわらのなりひら
②4, ⑫1, ⑱11
安東左衛門入道 あんどうさえもんにゅうどう　⑨7
安東左衛門次郎 あんどうさえもんのじろう　⑨7
安東左衛門太郎 あんどうさえもんのたろう　⑨7
安東七郎三郎 あんどうしちろうさぶろう　⑨7
安東聖秀 あんどうしょうしゅう　⑩8
安東新左衛門尉 あんどうしんざえもんのじょう　⑨7
安東高泰 あんどうたかやす
㊵2
安東藤三 あんどうとうぞう
⑨7
安東三郎 あんどうのさぶろう
⑨7
安東十郎 あんどうのじゅうろう　⑨7
安東又次郎 あんどうまたじろ

う　⑨7
安徳天皇　あんとくてんのう　㉖4, ㉗13, ㉚14
安禄山　あんろくざん　①序, ⑭16, ⑮19, ⑰8, 16, ㉖9, ㊲10, ㊳12

い

飯田　いいだ　㊱6
伊井弾正忠　いいだんじょうのちゅう　㉝8
伊井道政　いいみちまさ　⑲5, ㉑6
伊尹　いいん　⑫1
韋偃　いえん　㉕2
伊賀高光　いがたかみつ　㊳9
伊賀光季　いがみつすえ　⑪2
井上皇后　いがみのこうごう　⑯13
五十嵐文五　いがらしぶんご　㉛3
五十嵐文四　いがらしぶんし　㉛3
伊木　いき　⑭4, ⑮7
壱岐孫四郎　いきまごしろう　⑨7
生夷四郎左衛門　いくいなしろうざえもん　㉜12
印具尾張守　いぐおわりのかみ　⑧5
一宮善民部大輔　いぐせみんぶのたいふ　③4
伊具時邦　いぐときくに　⑥7, 8
印具時高　いぐときたか　⑧12
印具宗末　いぐむねすえ　⑩9
池　いけ　⑭4, 12, ㉑6
池田九郎　いけだのくろう　⑰2
夷吾(恵公)〔晋〕　いご　⑫10
懿公〔衛〕　いこう　①1, ④4
伊佐治部丞　いさじぶのじょう　⑨7
伊佐三郎　いさのさぶろう　⑨7
伊佐孫八　いさまごはち　⑨7
伊佐弥次郎　いさやじろう　⑨7
石井中務丞　いしいなかつかさのじょう　⑨7
石井四郎　いしいのしろう　⑨7
石井孫三郎　いしいまごさぶろう　⑨7
石谷　いしがえ　⑭4, ⑮7
石川九郎　いしかわのくろう　⑨7
石川又次郎　いしかわまたじろう　⑨7
石沢　いしざわ　㊳10
石塔　いしどう　⑮6, ⑯4, 10,

11, ⑰1, 10, ㉚3, ㉜3, 12, 13, 14
石塔修理亮 いしどうしゅりのすけ ⑭5
石塔義房 いしどうよしふさ ⑭5, ㉚5, 7, 9, ㉛1, 2, 3, 8
石塔義基 いしどうよしもと ㉙9, ㉛1
石塔頼房 いしどうよりふさ ⑭5, ㉗11, ㉘6, 7, ㉙7, 9, ㉚9, ㉟10, ㊱2, 13, 15, ㊳11
石橋和義 いしばしかずよし ⑯1, ㉗11, ㊱12, ㊳3
石浜上野介 いしはまこうずけのすけ ㉛3
石原左衛門三郎 いしはらさえもんのさぶろう ㉜12
伊自良 いじら ⑳9
伊自良次郎左衛門尉 いじらじろうざえもんのじょう ⑲3
和泉筑前守 いずみちくぜんのかみ ㉛1
和泉小次郎(親衡) いずみのこじろう ⑮3, ⑰9, ㊴4
伊勢左衛門太郎 いせさえもんのたろう ㉜12
伊勢貞継 いせさだつぐ ㊱11
伊勢貞行 いせさだゆき ㊵2
礒辺左近将監 いそべさこんのしょうげん ㉗11
井田 いだ ㉜3
板垣三郎左衛門 いたがきさぶろうざえもん ㉛3
板垣四郎 いたがきのしろう ㉛3
井田友泰 いだともやす ㉜12
伊丹大和守 いたみやまとのかみ ㊳10
市河 いちかわ ⑭11
市川五郎 いちかわのごろう ㉝8
一行阿闍梨 いちぎょうあじゃり ②3
一条院 いちじょういん ⑫2
一条内嗣 いちじょううちつぐ ㉛7
一条季村 いちじょうすえむら ㊴8
一条経房 いちじょうつねふさ ㊴8
一条三郎 いちじょうのさぶろう ㉛3
一条四郎 いちじょうのしろう ㉛3
一条次郎 いちじょうのじろう ⑭10
一条行実 いちじょうゆきざね ⑲3, ⑳1
一条行房 いちじょうゆきふさ ④3, 5, ⑪2, ⑯12, ⑰16, ⑱9,

⑳13
一条行尹　いちじょうゆきまさ　⑰16
一井　いちのい　⑩8, ⑳9, ㉑6, ㉛1
一井氏政　いちのいうじまさ　㉓1, 3
一井兵部大輔　いちのいひょうぶのたいふ　⑭4
一井義時　いちのいよしとき　⑰16
一宮有重　いちのみやありしげ　㉛7
一宮有種　いちのみやありたね　㉜12
一宮御息所　いちのみやみやすどころ　⑱11
一文字一揆　いちもんじいっき　㉛1
伊陟　いちょく　㉚16
一角仙人　いっかくせんにん　㊲7
一色　いっしき　⑯4, 10, 11
一色直氏　いっしきなおうじ　㉝6, ㉞5
一色範氏(道祐)　いっしきのりうじ　⑮18, ㉝7
伊東(大和)祐直　いとうすけなお　㉕2
伊藤摂津守　いとうせっつのかみ　㉝7
伊藤彦次郎　いとうひこじろう　①9
伊藤常陸前司　いとうひたちのぜんじ　⑥7
伊東大和守　いとうやまとのかみ　⑧3, 9, ⑯2, 3
伊東大和次郎　いとうやまとのじろう　⑦5, 6, 7, ⑲3
伊藤大和入道　いとうやまとのにゅうどう　⑥7
糸田頼時　いとだよりとき　⑫3, ⑱12
稲佐治部大輔　いなさじぶのたいふ　㉝7
因幡民部大輔　いなばみんぶのたいふ　③4
犬飼六郎　いぬかいのろくろう　㉖6
井上　いのうえ　⑭11
井上源四郎　いのうえげんしろう　㉘3
稲生平次兵衛　いのうへいじびょうえ　㊳8
飯尾修理入道(宏昭)　いのおしゅりのにゅうどう　㉗10
井口　いのくち　⑬4, ⑰22, ㊳4
射越　いのこし　⑯3, ㉑6
井野弥四郎　いののやしろう　㉙12
居野七郎　いののしちろう

㉖7
猪俣(猪股) いのまた ③4, ⑭5, 8
猪俣弾正左衛門 いのまただんじょうざえもん ㉙9
猪俣党 いのまたとう ㉛1
猪俣兵庫入道 いのまたひょうごのにゅうどう ㉚9
伊庭 いば ②11
伊庭入道 いばにゅうどう ㉟10
今川 いまがわ ⑨1, ⑭9, ⑮7, ⑯10, ⑰1, 10, ㉟5
今川氏家 いまがわうじいえ ㉞5
今川氏兼 いまがわうじかね ⑭5
今川左衛門入道 いまがわさえもんのにゅうどう ㉜5
今川貞世 いまがわさだよ ㉚9, ㉞5, 8, ㉟3, ㊱11, 15, 16, 17, ㊳3, ㊵2
今川助時 いまがわすけとき ㉜5
今川範氏 いまがわのりうじ ㉚10, ㉞5, 14, ㉟3, ㊱11
今川範国 いまがわのりくに ⑲8, 9, ㉖7, ㉗11, ㉚9, ㉛1
今川頼貞 いまがわよりさだ ⑰24, 26, ⑱6, 10, ㉗11, ㉜5
今川頼基 いまがわよりもと ㉛1
今木 いまき ⑦9, ⑯3, ⑰11, ㉑6
今木範家 いまきのりいえ ⑯12
今木範景 いまきのりかげ ⑰3
今木範仲 いまきのりなか ⑯3
今木範秀 いまきのりひで ⑯3
今木隆賢 いまきりゅうけん ⑰3
今小路良冬 いまこうじよしふゆ ㉚13
今庄久経 いまじょうきゅうけい ⑰21
今庄浄慶 いまじょうじょうけい ⑰21, 22
今出川兼季 いまでがわかねすえ ②11
今出川公顕 いまでがわきんあき ⑱11
今峯駿河守 いまみねするがのかみ ㉞5
今峯光行 いまみねみつゆき ㊱1
今村惣五郎 いまむらそうごろう ㉜12
今村五郎 いまむらのごろう ㉜5

芋瀬庄司　いもぜのしょうじ　⑤8, ㉟6
伊予親王　いよのしんのう　⑯13
入江　いりえ　③4
入江春倫　いりえはるとも　⑬7
岩城次郎入道　いわきじろうにゅうどう　③4
岩切三郎左衛門尉　いわぎりさぶろうざえもんのじょう　⑨7
岩切新左衛門尉　いわぎりしんざえもんのじょう　⑨7
岩切四郎　いわぎりのしろう　⑨7
岩郡　いわこり　㉜12, ㉞5
岩崎弾正左衛門　いわさきだんじょうざえもん　③4
岩野　いわの　㊳7
岩松　いわまつ　⑩8, ⑯4, 10, ⑰1, ㉛1
岩松相模守　いわまつさがみのかみ　㉝7
岩松式部大夫　いわまつしきぶのたいふ　㉛1
岩松直国　いわまつなおくに　㊴4
岩松民部大夫　いわまつみんぶのたいふ　⑭4
岩松義正　いわまつよしまさ　⑯12
岩松頼有　いわまつらいう　⑭5
石見宮　いわみのみや　㉛7
石見彦三郎　いわみひこさぶろう　⑨7
位田　いんでん　⑨5

う

上木　うえき　⑬8, ⑰7
上木家光　うえきいえみつ　⑲3, ⑳9, ㉑7, ㉓3
上杉　うえすぎ　⑨1, ⑭5, 8, 9, 10, ⑮6, 8, 19, ⑯4, 11, ⑰1, ㉑1, ㉕4, ㉗4, 9, ㉙7, 12, ㉚3
上杉宮内少輔　うえすぎくないのしょう　⑲8, 9
上杉重藤　うえすぎしげふじ　㉗3
上杉重能　うえすぎしげよし　⑭5, 8, ⑮7, ⑰10, ⑱13, ㉕2, ㉖2, ㉗3, 5, 7, 10, 11, 12, ㉘1, ㉙10, ㉚11
上杉朝定　うえすぎともさだ　㉕2, ㉙6
上杉朝房　うえすぎともふさ　㉕2, ㉗11, ㉙9
上杉憲顕　うえすぎのりあき　⑭5, ⑮18, ⑲7, 8, 9, ㉙9, 11, ㉚9, 10, ㉛3, 8, ㊴4

上杉憲房　うえすぎのりふさ　⑭5
上杉憲藤　うえすぎのりふじ　⑲7
上杉憲将　うえすぎのりまさ　㉛3
上杉能憲　うえすぎよしのり　㉙9, 11
殖月重佐　うえつきしげすけ　⑧11
上山左衛門　うえやまさえもん　㉖7, 8
魚住大夫房　うおずみたいふぼう　㉜12
烏獲　うかく　⑮3
宇佐見摂津前司　うさみつのぜんじ　⑥7
氏家貞朝　うじいえさだとも　㉚9
氏家重国　うじいえしげくに　⑳11
氏家忠朝　うじいえただとも　㉚9
氏家周綱　うじいえちかつな　㉚9
氏家綱経　うじいえつなつね　㉚9
氏家綱元　うじいえつなもと　㉚9
氏家光範　うじいえみつのり　⑳10, 11
牛糞越前権守　うしくそえちぜんのごんのかみ　㉝7
牛糞刑部大輔　うしくそぎょうぶのたいふ　㉝7
宇治の橋姫　うじのはしひめ　⑪10
宇治の八宮　うじのはちのみや　⑮15, ⑱11
碓井盛景　うすいもりかげ　⑭11
宇多河　うたがわ　㉜12
歌河左衛門次郎　うたがわさえもんのじろう　㉜12
宇多上皇　うだじょうこう　⑫2, ⑱1, ㉟8, ㊴12
内川彦三郎　うちかわひこさぶろう　⑮18
宇津木平三　うつぎへいぞう　㉖7, ㉛1
宇都宮　うつのみや　⑭6, 8, ⑯3, 4, ⑰1, 6, 7, 10, ⑱5, ⑳12, ㉑7, ㉜13, ㉞17, ㉟5, 6, ㊳7
宇都宮安芸前司　うつのみやあきのぜんじ　③4
宇都宮壱岐守　うつのみやいきのかみ　㉝7
宇都宮氏綱　うつのみやうじつな　⑲7, ⑳14, ㉑1, ㉚9, 10, ㉛3, ㊴4
宇都宮刑部丞　うつのみやぎょ

うぶのじょう　㉝7
宇都宮公綱　うつのみやきんつな　⑥4, ⑦4, 6, ⑪6, ⑭4, 7, 10, 15, ⑮2, 3, 10, 11, ⑯2, 11, 12, ⑰16, 17, ⑲5, 7, ㉑1, ㉛8
宇都宮貞宗　うつのみやさだむね　⑥7, ㉖3, 7, ㉗11, ㉘5, ㉛1, ㊱11, 17
宇都宮貞泰　うつのみやさだやす　⑭5, 7, ㉖7, ㉗11
宇都宮肥後守　うつのみやひごのかみ　③4
宇都宮(城井)冬綱　うつのみやふゆつな　⑯2, ㊱7
宇都宮三河三郎　うつのみやみかわのさぶろう　㊱15
宇都宮美濃入道　うつのみやみののにゅうどう　③4
宇都宮民部少輔　うつのみやみんぶのしょう　㉜3
宇都宮泰氏　うつのみややすうじ　⑰16
宇都宮泰藤　うつのみややすふじ　⑭12, 14, ⑯12, ⑰16, ⑱4, 6, 9, ⑲3, ⑳9
宇都宮大和前司　うつのみややまとのぜんじ　㉝7
内海範秀　うつみのりひで　㉜12
内海光範　うつみみつのり　㉞13
尉繚　うつりょう　㊳12
海上八郎　うなかみのはちろう　⑨7
宇野　うの　⑧9, ⑨5, ㉞5
宇野国頼　うのくにより　⑧2, 3
宇野部　うのべ　㉟10
右兵衛大夫有清　うひょうえのたいふありきよ　③6
宇屋　うや　㉜12
浦上五郎兵衛　うらかみごろうびょうえ　㉙7
浦上行景　うらかみゆきかげ　㉙7, ㊳3
卜部(吉田)兼員　うらべかねかず　㉖4, 5
卜部(吉田)兼前　うらべかねさき　㉖1
卜部宿禰　うらべのすくね　②7, ⑥5
瓜生　うりゅう　⑬8, ⑰7, 18, 22, ⑲3, ⑳9, 12, ㉑6, 7
瓜生源左衛門　うりゅうげんざえもん　㉘3
瓜生重　うりゅうしげし　⑰19, ⑱4, 6, 9, ⑲3
瓜生次郎左衛門　うりゅうじろうざえもん　㊱8
瓜生保　うりゅうたもつ　⑰19, 20, 21, ⑱4, 5, 6, 7, 8, 9

瓜生豪　うりゅうつよし　⑲3
瓜生照　うりゅうてらす　⑰19, ⑱4, 6, 9, ⑲3, ⑳13
瓜生七郎　うりゅうのしちろう　⑱7
瓜生の母　うりゅうのはは　⑱7
雲暁　うんぎょう　㉙5
雲景　うんけい　㉗13

え

栄西　えいさい　㉕2
英澄　えいちょう　⑰3
慧遠　えおん　⑫5
恵崇　えそう　㉕2
江田　えだ　⑦9, ⑩8, ⑭11, ⑮3, 11, ⑰1, 10, ㉑6, ㉛1, ㊳3
江田氏明　えだうじあき　⑯12
江田丹後守　えだたんごのかみ　㉝7
江田源八(泰武)　えだのげんぱち　⑰1
江田行義　えだゆきよし　⑩8, ⑭4, 12, ⑯2, 3, 11, ⑰13, 16, ⑲5
越後殿　えちごどの　㉗7
越後中太家光　えちごのちゅうたいえみつ　㉙10
恵鎮(円観)　えちん　①4, ②1, 3, ⑫1, ⑭2, ⑰17, ㉚17
江戸　えど　⑩7, ⑲3, ⑳9, 12, ㉑7
江戸景氏　えどかげうじ　⑰16
江戸上野介　えどこうずけのすけ　㉛1
江戸下野守　えどしもつけのかみ　㉛1, ㉝8, ㉞16
江戸修理亮　えどしゅりのすけ　㉛1, ㊳8
江戸遠江守　えどとおとうみのかみ　㉛1, ㉝8, 9, ㉞16
榎原下総守　えばらしもうさのかみ　⑭8
海老名和泉守　えびないずみのかみ　㉜12
海老名五郎左衛門尉　えびなごろうざえもんのじょう　⑭12
海老名信濃守　えびなしなののかみ　㉛1, ㉟4
海老名修理亮　えびなしゅりのすけ　㉛1
海老名四郎左衛門　えびなしろうざえもん　㉛1, 3
海老名新左衛門　えびなしんざえもん　㉜12
海老名四郎　えびなのしろう　⑨7
海老名詮秀　えびなのりひで

㊵2
海老名六郎　えびなのろくろう　㉙10
海老名判官　えびなほうがん　⑥7
海老名与三　えびなよぞう　⑨7
江馬越前守　えまえちぜんのかみ　⑥7
江馬朝宣　えまとものぶ　⑪11
江馬彦次郎　えまひこじろう　⑨7
江見　えみ　⑦9, ⑯1
江見勘外由左衛門　えみかげゆざえもん　㉜12
恵美押勝　えみのおしかつ　⑯13
燕王　えんおう　㉗6
円海　えんかい　㊱4
円実　えんじつ　③6
円守　えんしゅ　㊱5
円俊　えんしゅん　㊱5
円照　えんしょう　②3
円成　えんじょう　㉖4
轅生　えんせい　㉘9
円珍（智証大師）　えんちん　⑮1
円仁（慈覚大師）　えんにん　⑮1, ㉚22
役小角　えんのおづぬ　㉖10
塩冶貞泰　えんやさだやす　㉑8
塩冶高貞　えんやたかさだ　⑦9, ⑪2, 6, ⑫3, ⑬1, ⑭4, 8, 9, ⑰24, ㉑8
塩冶高貞の妻　えんやたかさだのつま　㉑8
塩冶六郎　えんやのろくろう　㉑8
塩冶宗村　えんやむねむら　㉑8
塩屋六郎左衛門　えんやろくろうざえもん　㊳10
延朗　えんろう　⑧14

お

大井田　おいだ　⑩8, ⑯11, ⑳9, ㉑6, ㉛1
大井田氏経　おいだうじつね　⑭4, ⑯3, 5, 12, ⑳2, ㉛3
大井田経隆　おいだつねたか　⑩3
大井田義政　おいだよしまさ　⑰16, ⑳2
王安石　おうあんせき　㉕2
王乙　おういつ　㊴11
扇一揆　おうぎいっき　㉙2
王羲之　おうぎし　㉖4, ㊱16
王質　おうしつ　⑱11
王昭君　おうしょうくん　⑪11, ㉑8, ㉗12

応神天皇　おうじんてんのう　④3
王謳与　おうせきよ　④5
生地(恩地)　おうち　⑱1, ㉞3, 7, 8, ㉟5, ㊱15
黄檗希運　おうばくきうん　⑬2
王弼　おうひつ　⑪2
王莽　おうもう　⑫7
王離　おうり　㉘9
王陵　おうりょう　⑩8, ㉘9
王陵の母　おうりょうのはは　⑩8
大石山丸　おおいしのやままる　⑯13
大磯　おおいそ　㉛1
大炊御門家信　おおいみかどいえのぶ　㉚13, ㉜5
大内　おおうち　⑮12, ⑯4, ⑰10
大内詮弘　おおうちのりひろ　㊵2
大内弘直　おおうちひろなお　⑭4
大内弘幸　おおうちひろゆき　⑥7, ⑭11, ⑯9, 10
大内弘世　おおうちひろよ　㊱17, ㊴1
大内山城前司　おおうちやましろのぜんじ　③4
大江朝綱　おおえのあさつな　⑫1, ⑰16
大江匡房　おおえのまさふさ　⑮1, ㊵1
正親町実綱　おおぎまちさねつな　㊵2
正親町(裏築地)忠季　おおぎまちただすえ　㉚13, ㉜5
大草三郎左衛門　おおくささぶろうざえもん　㉖7
大胡　おおご　⑩7, ㉚9
大塩次郎　おおしおのじろう　㉜12
大島　おおしま　⑭5
大島讃岐守　おおしまさぬきのかみ　⑩8, ⑭4
大島周防守　おおしますおうのかみ　㉝8
大島義高　おおしまよしたか　㉟9, ㊳3
大島義政　おおしまよしまさ　㉚9, ㉛1
太田　おおた　⑳9, ㉔3
太田三郎左衛門尉　おおたさぶろうざえもんのじょう　④2, ⑧13
太田信濃守　おおたしなののかみ　㉑6
太田帥法眼(賢覚)　おおたそつのほうげん　⑰25, ⑱9
大館　おおたち　⑩8, ⑮11, ⑰1, 10, ㉑6, ㉛1

大館氏明　おおたちうじあきら　⑮3, 6, 7, ⑯2, 8, 11, ⑰13, 16, ⑲5, ㉔1, 3, 4, 6, 7
大館氏義　おおたちうじよし　⑭4
大館左近蔵人　おおたちさこんくらんど　⑮6
大館宗氏　おおたちむねうじ　⑩8
大館幸氏　おおたちゆきうじ　⑮2
大館義氏　おおたちよしうじ　⑯12
太田時連　おおたときつら　④2, ⑰9
大谷新左衛門　おおたにしんざえもん　㉜12
大谷十郎　おおたにのじゅうろう　㉜12
大谷彦次郎　おおたにひこじろう　㉜12
大谷孫次郎　おおたにまごじろう　㉜12
太田滝口　おおたのたきぐち　⑳2, ㉛3
大田(朝田)全職　おおたまさもと　⑭11, ⑯13
大富　おおとみ　⑦9, ⑯3, ⑰11, ㉑6
大友　おおとも　⑫3, 4, ⑮12, ⑯4, 9, 10, ⑰10, ㉝6, ㉞1
大友氏時　おおともうじとき　㉝7, ㊱7, ㊳5, 7
大友氏泰(千代松丸)　おおともうじやす　⑭8, 12, 15
大友貞載　おおともさだのり　⑭4, 8, 9, 20
大友貞宗(愚鑑)　おおともさだむね　⑪7, 8, ⑮13
大友筑後守　おおともちくごのかみ　⑮18
大友皇子　おおとものおうじ　⑮1, 19, ⑯13, ⑱1, ㉖9
大伴乙丸　おおとものおとまる　⑲2
大友真鳥　おおとものまとり　⑯13
大伴家持　おおとものやかもち　⑲2
大友夜須良麿　おおとものやすらまろ　⑮1
大野　おおの　㊱6
大野式部大夫　おおのしきぶのたいふ　㉝7
大野弾正忠　おおのだんじょうのちゅう　㉜12
大庭三郎左衛門　おおばさぶろうざえもん　㉜12
大旗一揆　おおはたいっき　㉖6, 7, ㉘3, ㉙9, ㉛1
大庭孫四郎　おおばまごしろう　㉘3

大原　おおはら　㉟10
大平惟家　おおひらこれいえ　㉛1
大平義尚　おおひらよしなお　㉕2, ㉛1
大村弾正少弼　おおむらだんじょうのしょうひつ　㉝7
大森　おおもり　㉛1
大森彦七（盛長）　おおもりひこしち　㉔2, 7
太山　おおやま　㉛1
大山王子　おおやまのおうじ　⑯13
大類弾正　おおるいだんじょう　㉚10
小笠原　おがさわら　⑧2, 9, ⑭8, 10, ⑰8, 10, ㉔1, 5, ㉛3, ㉜13
小笠原越前守　おがさわらえちぜんのかみ　㉛3
小笠原近江守　おがさわらおうみのかみ　㉛3
小笠原宮内大輔　おがさわらくないのたいふ　㊳9
小笠原貞宗　おがさわらさだむね　⑥7, ⑭4, ⑰11, 24, 25, 26, ⑲9
小笠原孫六　おがさわらまごろく　①9
小笠原政長　おがさわらまさなが　㉕2, ㉗11
小笠原政道　おがさわらまさみち　⑯12
小笠原三河守　おがさわらみかわのかみ　㉛3
小笠原美濃守　おがさわらみののかみ　㊳9
岡田兵六兵衛　おかだへいろくびょうえ　⑨7
岡部新左衛門　おかべしんざえもん　㉚9
岡部出羽守　おかべでわのかみ　㉔3, 6, ㉚9
岡辺宗縄　おかべむねつな　⑮18
岡本重久　おかもとしげひさ　㉙10
岡本三河（祐次）　おかもとのみかわ　⑤8
岡本正高　おかもとまさたか　㊴4
小河中務（兵部丞）　おがわなかつかさ　㉟6, 9
荻遠江守　おぎとおとうみのかみ　㉛3
荻野　おぎの　⑨5, ⑯1, ㉙4
荻野出羽守　おぎのでわのかみ　㊵2
荻野朝忠　おぎのともただ　⑧13, ㉕4, ㉖7, ㉜4
興良親王　おきよししんのう　㉚4, 5, ㉛4, ㉞10, 12

小串詮行　おぐしのりゆき　㊵2
小串範行　おぐしのりゆき　①9
小串秀信　おぐしひでのぶ　④2, ⑨6
奥次郎左衛門　おくじろうざえもん　㉙10
小国　おぐに　⑭4, 12, ㉑6
小国播磨守　おぐにはりまのかみ　㉜12
小倉実名　おぐらさねな　㊵2
御妻　おさい　㉓9
御妻(乳母)　おさい　⑩8
大仏貞直　おさらぎさだなお　③4, 7, ⑩8, ⑫1
大仏高直　おさらぎたかなお　⑪11
大仏武蔵左近将監　おさらぎむさしさこんのしょうげん　⑥7, 8
石子彦三郎　おしこひこさぶろう　⑯3
小島越後守　おじまえちごのかみ　⑲3
小田　おだ　⑯4, 10
織田小次郎　おだこじろう　㉘3
小田左衛門五郎　おださえもんのごろう　㉙12
小田貞知　おださだとも　②10, ③4, 7, ⑭4, ⑮7
小田尊朝　おだたかとも　㉞2
小田時知　おだときとも　②10, ③7, ⑥7, ⑧1, 9
小田治久(高知)　おだはるひさ　④2, ⑫1, ⑭5, ㉛3
越智　おち　㉙1, ㉚17, ㉞8
落合　おちあい　⑭4, ⑮7
越智家澄　おちいえずみ　㉘7, 8
小野寺　おのでら　⑱5, 6
小野妹子　おののいもこ　㉙9
小野小町　おののこまち　⑮15
小野篁　おののたかむら　④2
小野道風　おののとうふう　⑫1
小幡　おばた　⑭11, ㉛1, ㉜3
小幡出羽守　おばたでわのかみ　㉜12
小原半四郎　おはらはんしろう　㉘3
小原備中守　おはらびっちゅうのかみ　⑥7
小原孫次郎入道　おはらまごじろうにゅうどう　㊱6
小原(大原)義信　おはらよしのぶ　㊱17
朧月夜　おぼろづきよ　④3, ⑫1
小俣　おまた　⑯10, 11

小俣義弘　おまたよしひろ　㉛1, 2, 3, ㉝8
尾村二郎　おむらのじろう　⑧3
小山　おやま　⑨5, ⑯4, 10, ㉞2, ㊴4
小山氏政　おやまうじまさ　㉚10, ㉛3
小山五郎左衛門尉　おやまごろうざえもんのじょう　④3
小山田高家　おやまだたかいえ　⑯11
小山出羽入道　おやまでわのにゅうどう　③4
小山朝氏　おやまともうじ　⑭5, 10, ㉛8
小山秀朝　おやまひでとも　⑥7, ⑩8, ⑬4
小山美作守　おやまみまさかのかみ　③4
折立一揆　おりたついっき　㉚9
折兵庫助　おりひょうごのすけ　㉞5
尾張宮　おわりのみや　⑮7

か

懐王〔楚〕 かいおう　㊲4
懐雅　かいが　㊵6
快実　かいじつ　②11
海東　かいとう　㉜3, 13
海東幸若　かいとうこうわか　②11
海東左近将監　かいとうさこんのしょうげん　②10, 11
加賀守　かがのかみ　⑧9
加賀彦太郎　かがひこたろう　⑨7
加賀孫太郎　かがまごたろう　⑨7
賈誼　かぎ　⑫1
柿原孫四郎　かきはらまごしろう　㊳9
覚都　かくいち　㉑8
学運　がくうん　㊵6
覚家　かくげ　㊱5
覚助法親王　かくじょほっしんのう　①3
覚成　かくせい　㊱5
覚存　かくぞん　㊵6
覚尊法親王　かくそんほっしんのう　㉗3
覚鑁　かくばん　⑱2
覚誉法親王　かくよほっしんのう　㊱5
覚蓮　かくれん　㉜11
勘解由七郎左衛門　かげゆしちろうざえもん　⑨7
加子　かこ　⑯4
夏后　かご　㉓3
娥皇　がこう　㉜9
夏侯嬰　かこうえい　㉘9

葛西　かさい　⑩7
葛西三郎兵衛　かさいさぶろうびょうえ　③4
風間　かざま　⑭4, 12, ⑳9, 12, ㉑6, 7
風間信濃守　かざましなののかみ　⑳2
風間信濃入道　かざましなののにゅうどう　㉛3
花山院兼定　かさんのいんかねさだ　㉚13, ㉜5, ㊴8
花山院四位少将　かさんのいんしいのしょうしょう　㉝7
花山院師賢　かさんのいんもろかた　①5, 6, ②9, 10, 11, ③6, ④2
花山法皇　かさんほうおう　⑱1, ㉚21, ㊴12
加治源太左衛門　かじげんたざえもん　⑦5, ⑧9, ⑭4
加地三郎左衛門　かじさぶろうざえもん　㉜12
加治次郎左衛門入道　かじじろうざえもんにゅうどう　⑩4, 6
加治丹内左衛門　かじたんないざえもん　㉛1
賈似道　かじどう　㊳12
加治豊後守　かじぶんごのかみ　㉛1
鹿島越前守　かしまえちぜんのかみ　㉛1
勧修寺(坊城)経顕　かじゅうじつねあき　②11, ⑧4, ⑨6, 7, ⑯12, ⑰16, ㉕2, ㉖4
哥舒翰　かじょかん　⑮19, ⑰16, ㊲10
柏原　かしわばら　⑧9, ⑨5, ㊱6
梶原　かじわら　㉛1
梶原景季　かじわらかげすえ　③5
梶原景時　かじわらかげとき　③5, ㉙9
梶原景広　かじわらかげひろ　㉗11
梶原上野太郎左衛門　かじわらこうずけのたろうざえもん　③4
梶原弾正忠　かじわらだんじょうのちゅう　㉙9, ㉛1
梶原三郎　かじわらのさぶろう　㉔1
梶原孫七　かじわらまごしち　㉙12
梶原孫六　かじわらまごろく　㉙9, 12
春日中納言(大納言)　かすがちゅうなごん　㉝7
春日局　かすがのつぼね　⑬3
春日部　かすかべ　⑰7, 10
春日部家縄　かすかべいえつな

⑰16
春日部時賢 かすかべときかた ⑯12, ⑰1
上総高政 かずさたかまさ ⑫3, ⑱12
糟屋(糟谷) かすや ⑧9, 11
糟屋伊賀三郎 かすやいがのさぶろう ⑨7
糟屋大炊次郎 かすやおおいのじろう ⑨7
糟谷資行 かすやすけゆき ㉙10
糟屋七郎 かすやのしちろう ⑨6
糟屋次郎 かすやのじろう ⑨7
糟屋次郎入道 かすやのじろうにゅうどう ⑨7
糟屋六郎 かすやのろくろう ⑨7
糟屋彦三郎入道 かすやひこさぶろうにゅうどう ⑨7
糟屋孫三郎入道 かすやまごさぶろうにゅうどう ⑨7
糟屋(糟谷)宗秋 かすやむねあき ③2, 7, ⑨6, 7
糟屋弥次郎入道 かすややじろうにゅうどう ⑨7
葛原親王 かずらはらのしんのう ⑩9
葛山 かずらやま ㉛1
葛山備中守 かずらやまびっちゅうのかみ ㊲9
華佗 かだ ㉓7, ㉝4
片岡八郎 かたおかのはちろう ⑤8, 9
片沢右京亮 かたざわうきょうのすけ ㉝8, 9
鳩酸草一揆 かたばみいっき ㉛1
片山一郎次郎入道 かたやまいちろうじろうにゅうどう ⑨7
勝代 かつしろ ㉛1
葛貫大膳介 かつらぬきだいぜんのすけ ⑭4
勘解由小路兼綱 かでのこうじかねつな ㉚13
加藤太 かとうだ ⑫1
加藤大夫判官 かとうたいふほうがん ㉝7
賈島浪仙 かとうろうせん ⑫1
金井新左衛門 かないしんざえもん ㊴4
金沢有時 かなざわありとき ⑩8
金沢貞顕 かなざわさだあき ⑩9
金沢貞冬 かなざわさだふゆ ③4, 7
金沢貞将 かなざわさだまさ

⑩4, 8
金沢貞義　かなざわさだよし　⑫3
金持　かなじ　⑦9
金持太郎左衛門　かなじたろうざえもん　⑳10
金持三郎　かなじのさぶろう　⑧13
金持大和守　かなじやまとのかみ　⑪2
金谷　かなや　㉑6
金谷経氏　かなやつねうじ　⑭4, ⑲5, ㉔3, 4, 5
金子　かねこ　⑳9
金子十郎左衛門尉　かねこじゅうろうざえもんのじょう　⑨7
金子十郎　かねこのじゅうろう　㉘3
金子次郎　かねこのじろう　㉘3
金田　かねだ　⑨5
懐良親王　かねよししんのう　⑰16, ㉑7, ㉝7, ㊱7
鹿窪十郎　かのくぼのじゅうろう　㉞15
鹿子木大炊助　かのこぎおおいのすけ　㉘5
鹿子木将監　かのこぎしょうげん　㊳7
鹿子木三郎　かのこぎのさぶろう　㉝7
鹿子木民部大夫　かのこぎみんぶのたいふ　㊳7
狩野貞綱　かのさだつな　⑯12
狩野重光　かのしげみつ　⑩8
狩野七郎左衛門　かのしちろうざえもん　⑥7
狩野下野前司　かののしもつけのぜんじ　①9
狩野新介　かののしんすけ　⑭5
狩野介　かののすけ　㉛1, 3, ㊲9
鹿目　かのめ　㉙10
鹿目平次左衛門　かのめへいじざえもん　㉙12
童　かぶろ　㉞7
賈平相　かへいしょう　㊳12
鎌倉　かまくら　⑩7, ㉛1
鎌倉権五郎(景政)　かまくらごんごろう　⑯3
蒲屋美濃守　かまやみののかみ　㉛3
上松浦　かみまつら　㊱7
賀屋兵部大輔　かやひょうぶのたいふ　㉝7
唐子十郎左衛門　からこじゅうろうざえもん　㉛1
河合　かわい　㉟10
河合種経　かわいたねつね

㉑7
河越 かわごえ ⑩7, ⑭8, ⑯4, ㉟5
河越円重 かわごええんじゅう ④2, ⑥7
河越上野介 かわごえこうずけのすけ ㉛1
河越直重 かわごえなおしげ ㉛1, ㉞2, ㉟3
河越三河守 かわごえみかわのかみ ⑭4, 5, 8
河島 かわしま ⑰7, ⑳9, ㉑6, 7
河島維頼 かわしまこれより ⑰14, 23, ⑱9, ⑲3, ⑳12
川尻備後入道 かわじりびんごのにゅうどう ㉝7
川尻幸俊 かわじりゆきとし ㉗11, ㉘2, 5
河田 かわだ ㉔1
河内 かわち ⑭4, ㉑6
河津 かわづ ㉖7
河津氏明 かわづうじあき ㉙6, 9, 10, 12
川浪新右衛門 かわなみしんえもん ⑭8
河野辺 かわのべ ㉜12
河辺 かわのべ ㉞5
河辺石菊丸 かわのべいわきくまる ㉖9
河辺次郎太郎 かわのべじろうたろう ㉝7
河村(川村) かわむら ⑦9, ⑩7, ⑭5, 11, ㉛1, 3, ㉝8, ㊳3
河村左京亮 かわむらさきょうのすけ ㉜12
河村弾正(頼秀) かわむらだんじょう ㉜12
河村隼人助 かわむらはやとのすけ ㉜12
河村山城守 かわむらやましろのかみ ㉖6
河原次郎 かわらのじろう ㉜12
河原太郎 かわらのたろう ㉜12
河原林弾正左衛門 かわらばやしだんじょうざえもん ㊳10
河原兵庫亮(重行) かわらひょうごのすけ ㉜12
瓦葺出羽守 かわらぶきでわのかみ ㉛1
桓栄 かんえい ⑫1
灌嬰 かんえい ㉘9
監翁士昭 かんおうししょう ㉝4
韓王成 かんおうせい ㉘9
顔回 がんかい ⑰17, ㊳12
菅家 かんけ ⑦9, ⑧9, 11, ⑨5, ⑯1, 3, ㉖3, ㊱6
桓公〔斉〕 かんこう ①1, ⑤

2, ⑩8, ㊲3, ㊴1
韓広　かんこう　㉘9
神崎　かんざき　⑧7
寒浞　かんさく　㉓3
管叔　かんしゅく　㉚6
韓湘　かんしょう　①7
干将鏌鋣　かんしょうばくや　⑬6
韓信　かんしん　⑬2, ⑮6, ⑯6, ⑲10, ㉘9
神田八郎　かんだのはちろう　㉘3
管仲（夷吾）　かんちゅう　⑤2, ⑫1, ㉘8, ㊲3, ㊴1
寛朝　かんちょう　㉗13
甘寧　かんねい　⑫2
漢の三傑　かんのさんけつ　㉗4
蒲原　かんばら　③4
桓武天皇　かんむてんのう　⑤3, ⑫1, 8, ⑰8, ⑱13, ⑳4, ㉕2, ㉛4
韓愈（昌黎）　かんゆ　①7, ㊱16
甘露寺藤長　かんろじふじなが　⑯12, ⑰16

き

黄一揆　きいっき　㉞8, ㉟10
儀俄　ぎが　㉟10
季桓子（季孫斯）　きかんし　㉘1
義鑑房　ぎかんぼう　⑰20, ⑱4, 5, 6, 7, 8
桔梗一揆　ききょういっき　㉜3, 13, ㉞8, 13, ㊱17
菊池　きくち　⑫4, ⑭12, ⑯3, 4, 5, ㉑6, ㊴1
菊池武明　きくちたけあき　㉝7
菊池武家　きくちたけいえ　㉝7
菊池武重　きくちたけしげ　⑪7, ⑭4, 8, 10, ⑯2, 10, 11
菊池武時（寂阿）　きくちたけとき　⑪7, ㉞16
菊池武俊　きくちたけとし　⑮17, 18, ⑰16, 17, ⑱1
菊池武朝　きくちたけとも　⑯10
菊池武信　きくちたけのぶ　㉝7
菊池武光　きくちたけみつ　㉝6, 7, ㉞1, ㊱7, 17, ㊳5, 7
菊池武義　きくちたけよし　㊳7
菊池次郎　きくちのじろう　㉝7
菊池頼隆　きくちよりたか　⑪7
菊亭（今出川）公直　きくていきんなお　㉚13, ㉜5, ㊴8

菊亭実真 きくていさねまさ ⑯12
菊亭殿 きくていどの ㉓9
喜久(規矩)時秋 きくときあき ⑫3, ⑱12
記五左衛門(紀政綱) きごのさえもん ⑩3
私市 きさい ㉛1
紀氏(播磨) きし ⑭14
貴志 きし ⑱1, ㉜3, ㉞6, 7, 8
岸島刑部大輔 きしじまぎょうぶのたいふ ㉝7
紀信 きしん ②11, ⑤8, ⑦2, ㉘9
義真 ぎしん ②1
紀清両党 きせいりょうとう ⑥4, ⑦4, ⑪11, ⑭7, ⑮2, 3, 7, ⑯5, ⑰1, 3, ⑱4, 6, ⑲5, 7, 8, 9, ㉚9, ㉞2
木曾義仲 きそよしなか ⑨1, ⑯13, ⑰5, ⑲2, ⑳4, ㉙2, 10, ㊳9
北畠顕家 きたばたけあきいえ ⑮2, 3, 6, 7, 8, 10, 11, ⑯2, 12, ⑲7, 8, 9, 10, ⑳14, ㉑1, ㉖9, ㉚14, ㉜14, ㉝8
北畠顕信 きたばたけあきのぶ ⑲9, ⑳3, 5, 14, ㉑7, ㊴3
北畠顕能 きたばたけあきよし ㉚16, 17, 20, 21, ㉛4, 5, ㊱1
北畠顕子(皇后) きたばたけけんし ㉖9, ㉗1, ㉚14
北畠親房 きたばたけちかふさ ㉑7, ㉘9, ㉚14, 20
北畠具行 きたばたけともゆき ②6, 9, ③6, 7, ④2
北畠源中納言 きたばたけのげんちゅうなごん ㉝7
魏徴 ぎちょう ⑫1, ⑬2, ⑱11, ⑳14, ㊱16, ㊲3
橘 きつ ⑮6, ㉔7, ㉖6
吉川八郎 きっかわのはちろう ⑥9
橘家 きっけ ⑭11, ㉔5, ㉜12
義帝(懐王)〔楚〕 ぎてい ㉘9, ㉜14, ㊲4
城所藤五 きどころとうご ㉘3
木所彦五郎 きどころひこごろう ㉞13
木戸兵庫助 きどひょうごのすけ ㊴4
衣笠 きぬがさ ⑧2, 4, 5, 9, ⑨5
衣摺助房 きぬずりすけふさ ①9
絹脇播磨守 きぬわきはりまのかみ ㉝7
紀蔭連 きのかげつら ⑫2
紀古佐美 きのこさみ ⑲2

紀貫之　きのつらゆき　②2, ⑱11
紀党　きのとう　㉚9
紀友尾　きのともお　⑯13
耆婆　きば　㉑5, ㊵7
魏豹　ぎひょう　⑤8, ㉘9
義宝　ぎほう　㊱5
魏無知　ぎむち　㉘9
木村　きむら　②11
木村源三　きむらげんぞう　㉑8
木村次郎左衛門　きむらじろうざえもん　㊳9
木村四郎　きむらのしろう　⑨7
木村次郎　きむらのじろう　③4
咎犯　きゅうはん　⑰8
堯(唐堯)　ぎょう　⑨5, ⑫1, 7, ㉗1, 13, ㉛6, ㉜9, ㊴1
行恵　ぎょうえ　㉗9
教円　きょうえん　②1
教快　きょうかい　㊱5
行海　ぎょうかい　③6
行基　ぎょうき　㉕3
共敖　きょうごう　㉘9
京極御息所(褒子)　きょうごくのみやすどころ　⑫2, ㊲8
経深　きょうじん　㊱5
教待　きょうたい　⑮1
経超　きょうちょう　⑨6
堯の八元　ぎょうのはちげん　㉗4
刑部大輔景繁　ぎょうぶのたいふかげしげ　⑱1
教密　きょうみつ　③6
慶命　きょうみょう　⑮1
行明　ぎょうめい　㉟2, 9
清久山城守　きよくやましろのかみ　⑬4, 8
蘧伯玉　きょはくぎょく　⑫1
清原家衡　きよはらいえひら　⑯13
清原武衡　きよはらのたけひら　⑯13
許由　きょゆう　⑤2, ㉜9
吉良　きら　⑨1, ⑭10, ⑮6, ⑯4, 10, 11, ⑰1, 10, ㉜3, 12, 13
吉良三河守　きらみかわのかみ　⑭5
吉良満貞　きらみつさだ　⑭5, ㉕2, ㉛8, ㉟6, 9, ㊱15
吉良満義　きらみつよし　⑬8, ⑭5, ㉗11
梧一揆　きりいっき　㉟10
金乙貴　きんいつき　㊴9
靳彊　きんきょう　㉘9
禁峯　きんぷ　㉖9
金龍　きんりゅう　㊴9

く

空海(弘法大師) くうかい ⑫1, 8, ⑱2, ㊱5, ㊴12
公暁 くぎょう ①1
久下 くげ ③2, ⑯1, ㉙4
久下重光 くげしげみつ ⑨5
久下筑前守 くげちくぜんのかみ ㊵2
久下時重 くげときしげ ⑨5, ⑭11, 12
久下五郎 くげのごろう ⑭12
虞公 ぐこう ㊴1
草壁六郎 くさかべのろくろう ㉝7
草野 くさの ㉝6
草野筑後守 くさのちくごのかみ ㉝7
草野肥後守 くさのひごのかみ ㉝7
虞氏 ぐし ⑨6, ㉘9
櫛橋伊朝 くしはしこれとも ㉙10, ㉜12
櫛橋次郎左衛門尉 くしはしじろうざえもんのじょう ⑨7
櫛橋彦七 くしはしひこしち ⑨7
櫛橋又五郎 くしはしまたごろう ⑨7
孔将軍 くしょうぐん ㉘9
九条大外記 くじょうだいげき ㉝7
九条忠基 くじょうただもと ㊴8
九条道家 くじょうみちいえ ㊵1
九条光経 くじょうみつつね ⑫1, ⑰16
九条主水頭 くじょうもんどのかみ ㉝7
楠 くすのき ㉑6, ㉗10, ㉙1, ㉚4, 12, 15, 17, 18, ㉜3, 12, ㉞2, 5, 6, 9, 10, 13, 14, 15, ㉟5, 7, ㊱16, 17, ㊳8
楠(和田)正氏 くすのきまさうじ ③8, ⑯10
楠正成 くすのきまさしげ ③1, 3, 8, 9, ④4, ⑥2, 3, 4, 5, 9, ⑦3, 5, 7, ⑪5, 6, 11, ⑫3, 4, ⑬2, ⑭2, 11, 12, ⑮3, 7, 8, 11, ⑯2, 7, 8, 9, 10, 11, 12, 14, ⑰8, ㉔2, 7, ㉖3, 7, ㉛6, ㉞16
楠正行 くすのきまさつら ⑯7, 14, ⑱1, ㉑6, ㉖3, 6, 7, 9, ㉗1, ㉛6
楠正行の母 くすのきまさつらのはは ⑯14
楠(和田)正時 くすのきまさとき ⑱1, ㉖7, 9
楠正儀 くすのきまさのり ㉗

1, ㉛4, 5, 6, ㉞3, ㉟3, ㊱8, 15, ㊳10, 11
葛葉新左衛門　くずはしんざえもん　⑲3
虞世南　ぐせいなん　⑫1, ⑬2
久世八郎　くぜのはちろう　㉜12
屈原　くつげん　㊴7
工藤四郎左衛門　くどうしろうざえもん　⑬4
工藤高景　くどうたかかげ　②7, ⑦3, ⑨1, ㉞16
工藤判官　くどうほうがん　㉟10
邦良親王　くによししんのう　⑱11
具平親王　ぐへいしんのう　⑥6
窪二郎　くぼのじろう　⑨7
窪能登守　くぼのとのかみ　㉝7
窪能登太郎泰助　くぼのとのたろうやすすけ　㉝7
熊谷　くまがい　⑦9, ⑭11, ⑰18, ㉛1
熊井五郎左衛門尉　くまがいごろうざえもんのじょう　㉘3
熊谷直実　くまがいなおざね　③5, ⑥9
熊谷直経　くまがいなおつね　⑥7
熊谷直鎮　くまがいなおつね　㉜5
熊谷備中守　くまがいびっちゅうのかみ　⑲3
熊谷豊後守　くまがいぶんごのかみ　㉝7
熊谷民部大輔　くまがいみんぶのたいふ　㉝7
熊野八庄司　くまののはっしょうじ　⑤8, ⑰2, ㉚15
阿新(日野邦光)　くまわか　②6
阿新の母　くまわかのはは　②6
倉満　くらみつ　⑬4, ㊳4
栗生　くりう　⑩8, ⑭5
栗生左衛門　くりうさえもん　⑭10, ⑮3, ⑰22, 25, ⑱9
黒田　くろだ　㉟10
黒田次郎右衛門尉　くろだじろうえもんのじょう　⑨7
黒田新左衛門尉　くろだしんざえもんのじょう　⑨7
黒治彦四郎入道　くろはりひこしろうにゅうどう　⑩2
鍬形一揆　くわがたいっき　㉛1

け

羿　げい　⑫7, ㉓3
荊軻　けいか　⑩8, ⑪7, ⑬6

倪寛 げいかん ⑫1
桂岩運芳 けいがんうんぽう ㊵7
景行天皇 けいこうてんのう ㉖4
奚斉 けいせい ⑫10
恵帝〔漢〕 けいてい ㉑6
鯨布 げいふ ⑳10, ㉘9
経弁 けいべん ㊱5
桀王〔夏〕 けつおう ①序, ④5
気比大宮司太郎 けひのだいぐうじのたろう ⑰25, ⑱9
気比弥三郎大夫(氏治) けひのやさぶろうたゆう ⑰18, ⑱9
玄恵[1] げんえ ①6, 7, ⑱13, ㉗7, 11
玄恵[2] げんえ ㉕2
玄基 げんき ①6
元献皇后 げんけんこうごう ㊲10
兼好 けんこう ㉑8
献公〔晋〕 けんこう ⑫10
厳光(子陵) げんこう ㉛1
蹇叔 けんしゅく ㉓6
賢俊 けんしゅん ⑯4
源俊(成願房) げんしゅん ⑰11
玄奘三蔵 げんじょうさんぞう ⑤7, ㊳3
顕宗〔後漢〕 けんそう ㉕2
玄宗〔唐〕 げんそう ⑩8, ⑭16, ⑮19, ⑰16, ㉖9, ㉘1, ㉙5, ㉝8, ㉟8, ㊲10
厳武 げんぶ ㊲10
顕宝 けんぽう ②9
顕宝(佐々目) けんぽう ⑫3
玄昉 げんぼう ㉗13
建礼門院(徳子) けんれいもんいん ㉚14

こ

小池新左衛門 こいけしんざえもん ㉙6
小磯 こいそ ㉛1
高 こう ⑭5, 8, 9, ⑮8, 11, 19, ⑯4, 11, ㉑1, ㉕4, ㉗4, 9
鼏 ごう ㉓3
孔安国 こうあんこく ⑫4
項羽〔楚〕 こうう ②11, ④5, ⑦1, ⑧10, ⑨6, ⑩8, 9, ⑬1, 3, ⑭18, ⑮6, 18, ⑯4, ⑰10, ⑲10, ⑳4, ㉓3, ㉖7, ㉗7, ㉘9, ㉞10, ㊱13, ㊲3, 4
侯嬴(侯生) こうえい ⑪7
弘演 こうえん ④4
侯王〔楚〕 こうおう ㉖5
孝覚 こうがく ㊱5
豪鑑 ごうかん ⑧8
広義門院(寧子) こうぎもんいん ⑤1, ⑨5, 6, ㉚21, ㉜1

皇極天皇　こうぎょくてんのう　㊳1
高家　こうけ　⑨1, ⑰1, ㉘6, 7, ㉙2, 8, 9, 10
纐纈　こうけつ　⑮7
纐纈九郎　こうけつのくろう　⑭4
孝憲　こうけん　㊱5
孝謙天皇　こうけんてんのう　⑫1
侯公　こうこう　㉘9
光厳院　こうごんいん　①3, ②5, 11, ③7, ④3, ⑤1, 2, ⑧4, 5, 6, ⑨5, 6, 7, 8, ⑫1, ⑮9, ⑯4, 13, ⑲1, ㉑3, 4, ㉓7, 8, ㉕2, ㉖1, 4, 5, ㉚21, 22, ㉛4, ㉜1, 2, ㉝1, ㊴12
光済(三宝院)　こうさい　㊱11, ㊴7
香西　こうざい　⑭11, ㉔5
高坂掃部助　こうさかかもんのすけ　㉛1
高坂下総守　こうさかしもうさのかみ　㉛1
高坂下野守　こうさかしもつけのかみ　㉛1
高坂七郎　こうさかのしちろう　⑭5
高坂兵部大輔　こうさかひょうぶのたいふ　㉛1
高坂孫三郎　こうさかまごさぶろう　⑨7
孔子　こうし　①1, 10, ②5, ⑤2, ⑧13, ⑫2, ⑬1, ⑯8, ㉗6, ㉘9, ㉙11, 13, ㉜9, ㊳12, ㊴1, 6, ㊵1
公子糾　こうしきゅう　㊴1
後主〔蜀〕　こうしゅ　⑳14
後主〔陳〕　こうしゅ　⑬3
絳樹　こうじゅ　①2
上野七郎三郎　こうずけしちろうさぶろう　③4
黄石公　こうせきこう　⑩5, ㉙2, ㊴4, 11
勾践〔越〕　こうせん　③6, ④4, 5, ⑭18, ⑰8, 14, ⑳4
好専(按察法眼)　こうせん　⑤7
豪仙　ごうせん　⑧8
高祖〔漢〕　こうそ　②11, ⑦2, ⑨6, 7, ⑩8, ⑮18, ⑰10, ⑲10, ⑳4, 10, ㉑6, ㉗7, ㉘9, ㉜14, ㉞2, ㊲3, 4
高祖〔隋〕　こうそ　⑰8
項荘　こうそう　⑦1, ㉘9
香象大師　こうぞうだいし　㉕2
公孫無知　こうそんぶち　⑩8
神田　こうだ　⑮18, 19
合田　ごうだ　㉔3
後宇多院　ごうだいん　①1, ㉕2, ㊴12

光澄(金輪院) こうちょう ⑰3
上月 こうづき ⑧1, 2, 3, ⑨5, ㊱6
厚東 こうとう ⑭8, 11, ⑮12, ⑯4, 10, ⑰10
厚東武実 こうとうたけざね ⑥7
厚東武村 こうとうたけむら ⑭4, ㉖7, ㊴1
勾当内侍 こうとうのないし ⑯1, ⑳13
江都王 こうとおう ②1
河野 こうの ⑦7, ⑮12, ⑰1, 18, ㉞5
高尾張守 こうのおわりのかみ ⑲8
高定信 こうのさだのぶ ㉗12
高重茂 こうのしげもち ⑮3, ⑲7, 9
河野通里 こうのみちさと ㉔5
河野通為 こうのみちため ⑲3
河野通綱 こうのみちつな ⑰16
河野通遠 こうのみちとお ⑨5
河野通治 こうのみちはる ⑥7, ⑧5, 7, 9, 13, ⑨5, ⑭11, ⑰16, ⑱9
高師秋 こうのもろあき ⑰1, ㉓9
高師詮 こうのもろあきら ㉜4, 5
高師有 こうのもろあり ㉛1
高師景 こうのもろかげ ㉙10, 12
高師兼 こうのもろかね ㉕2, ㉖7
高師茂 こうのもろしげ ⑭5, ⑮19, ⑰8, ⑲8
高師親(三戸七郎) こうのもろちか ㉙11, ㉚9
高師直 こうのもろなお ⑨5, ⑭5, 6, 13, ⑯9, ⑰5, 9, ⑱13, ⑳5, ㉑8, ㉕2, ㉖2, 7, 8, 9, 10, ㉗2, 3, 5, 7, 10, 11, 12, 13, ㉘1, 2, 5, 6, 7, 8, ㉙2, 6, 7, 8, 9, 10, 11, 12, 13, ㉚1, 2, 9, 11, ㉜4, ㉞3, ㊱2
高師夏 こうのもろなつ ㉗2, 11, ㉙6, 9, 10, 12
高師治(師春) こうのもろはる ㉑8, ㉓1
高師久 こうのもろひさ ⑭5, ⑮18, ⑰1, 2, 3, 4, 5
高師秀 こうのもろひで ㊳3
高師冬 こうのもろふゆ ⑮18, ⑲9, 10, ㉕2, ㉖7, 9, ㉙11
高師泰 こうのもろやす ⑬

8, ⑭5, ⑮6, ⑰9, 24, ⑱4, 6, 9, ⑲9, 10, ㉕2, ㉖2, 7, 9, ㉗1, 3, 5, 7, 10, 11, 12, ㉘1, 3, 4, 8, ㉙1, 6, 7, 9, 10, 11, 12, 13, ㉚1, 11, ㉞3, 6, ㊱2
高師幸　こうのもろゆき　㉙10, 12
高師世　こうのもろよ　㉙9, 10, 12
項伯　こうはく　⑦1, ㉘9, ㊲3
光武帝〔後漢〕　こうぶてい　⑫7, ⑬2, ⑯8, ⑳1, ㉞9
光明院　こうみょういん　⑯13, ⑰17, ㉓8, ㉖4, ㉗13, ㉚20, 21, ㉛4, ㉜1, 2, ㉝1, ㊴12
豪誉　ごうよ　②10, 11
閎夭　こうよう　㉚6
高麗王　こうらいおう　㊴11
高力士　こうりきし　㉟8, ㊲10
闔閭〔呉〕　こうりょ　㉓5
項梁(武信君)　こうりょう　⑩7, ㊲4
光輪房源尊　こうりんぼうげんそん　⑤8
光林房源存　こうりんぼうのげんそん　②11
河匂左京進入道　こうわさきょうのしんにゅうどう　㉖7
香勾高遠　こうわたかとお　㉕5
河匂弥七　こうわやしち　㉜12
胡亥(二世皇帝)〔秦〕　こがい　㉗6, 7
久我通相　こがみちすけ　㉚13
呉起　ごき　⑧9, ㉙2, ㊳12, ㊴4
御器所七郎　ごきそのしちろう　⑨7
国分次郎　こくぶんのじろう　㉝7
後光厳院　ごこうごんいん　㉑3, ㉜1, 3, 5, 10, 12, ㉝1, 4, ㉞1, ㉟1, ㊱16, ㊲1, ㊵1, 6
五護殿　ごごどの　㉗3
小坂　こさか　⑦9, ⑭11
後嵯峨院　ごさがいん　①3
後三条院　ごさんじょういん　⑫2
伍子胥　ごししょ　④5, ⑩4, ⑰13
小芝新左衛門　こしばしんざえもん　㉙12
児島　こじま　⑦9, ⑨5, ⑰11, ㉑6
児島高徳　こじまたかのり　④4, 5, ⑧13, ⑭11, ⑯3, ⑳4, ㉕4, ㉛8
小島次郎　こじまのじろう　㉟4

小島詮重 こじまのりしげ ㊵2
後白河院 ごしらかわいん ①1, ②11, ⑱13, ㉑4, ㊵1
小周防大弐 こすおうのだいに ⑭11
後朱雀院 ごすざくいん ⑮1
呉芮 ごぜい ㉘9
巨勢金岡 こせのかなおか ⑫1
瞽叟 こそう ㉜9
五大院右衛門(宗繁) ごだいうえもん ⑩8, ⑪1
後醍醐天皇 ごだいごてんのう ①1, 2, 3, 7, 10, 11, ②1, 3, 5, 8, 9, 10, 11, ③1, 2, 6, 7, ④1, 2, 3, 4, 5, ⑤2, 3, 7, ⑥1, 5, 9, ⑦2, 4, 7, 8, 9, ⑧1, 10, 12, 13, ⑨1, 2, 5, 7, ⑩8, ⑪2, 3, 4, 5, 7, 8, 11, ⑫1, 4, 9, 10, ⑬1, 2, 3, 4, 7, ⑭2, 5, 11, 15, 16, 17, 18, 20, ⑮1, 2, 14, 15, ⑯7, 10, 12, ⑰1, 8, 11, 12, 13, 14, 16, 17, 19, 20, ⑱1, 2, 3, 9, 11, 12, ⑲3, 5, 6, 7, ⑳3, 4, 11, 13, 14, ㉑5, 6, 7, 8, ㉓7, ㉔1, 2, ㉕2, ㉖2, 3, 7, ㉗13, ㉘8, ㉚20, ㉛3, ㉝8, ㉞10, 16, ㊲4, ㊵1
後高倉院 ごたかくらいん ⑫6
児玉庄左衛門 こだましょうざえもん ⑭4
児玉党 こだまとう ⑧13, ⑩9, ⑭5, ⑰10, ㉚10, ㉛1
火作久七郎 こつくりきゅうしちろう ㉜12
小寺 こでら ⑧1, 2, 4, 5, 7
小寺藤兵衛尉 こでらとうひょうえのじょう ⑯2
木寺相模(頼季) こでらのさがみ ⑤8, ⑦1, ⑧3
小寺六郎 こでらのろくろう ⑯3
後藤壱岐守 ごとういきのかみ ㉜12
後藤伊勢守 ごとういせのかみ ㊵2
後藤掃部助 ごとうかもんのすけ ㉜13
後藤木村泰則(泰範) ごとうきむらやすのり ㉘3, ㊳10
後藤貞重 ごとうさだしげ ㉜3
後藤助光 ごとうすけみつ ②7
後藤種則 ごとうたねのり ㉘3
後藤弾正 ごとうだんじょう ㉟10
後藤五郎 ごとうのごろう ㉜12

後藤兵衛(盛長)　ごとうびょうえ　㊴4
後藤基明　ごとうもとあき　㉜12
後鳥羽院　ごとばいん　①1, ⑫6, ㉕2, ㉗13
後二条院　ごにじょういん　⑱11
近衛関白太政大臣　このえかんぱくだじょうだいじん　㉑8
近衛経忠　このえつねただ　⑯12
近衛道嗣　このえみちつぐ　㉚13, ㊴8
小早川　こばいかわ　③2, ⑦9, ⑧9, 10, 13, ⑰10
小早川勘解由左衛門　こばいかわかげゆざえもん　㉛1
小早川刑部大夫　こばいかわぎょうぶのたいふ　㉛1
小早川貞平　こばいかわさだひら　㉖7
小早川七郎　こばいかわのしちろう　⑯9
小旗一揆　こはたいっき　㉖6, 7, ㉘3, ㉙6, ㉛1
小林右馬助　こばやしうまのすけ　㉛1
小林掃部助　こばやしかもんのすけ　㉙12
小林重長　こばやししげなが　㉑8, ㉜3, 12, ㊱6, ㊳3
小林又次郎　こばやしまたじろう　㉙12
後伏見院　ごふしみいん　②11, ④3, ⑤1, ⑧4, ⑨5, 6, 7, 8, ⑮15, ⑯4, 13, ㉖1, ㉝1
護法菩薩　ごほうぼさつ　㉕2
後堀河院　ごほりかわいん　⑫6, ㉕2
小牧五郎左衛門　こまきごろうざえもん　㉜13
小町朝実　こまちともざね　⑩9
小松原刑部左衛門　こまつばらぎょうぶざえもん　㉖6
古見宗久　こみむねひさ　㉗3
小見山五郎　こみやまのごろう　⑨7
小見山次郎　こみやまのじろう　③5
小見山孫太郎　こみやままごたろう　⑨7
小見山六郎次郎　こみやまろくろうじろう　⑨7
後村上天皇　ごむらかみてんのう　⑳14, ㉑5, 6, 7, ㉓4, 6, ㉔1, ㉖7, 9, ㉗1, ㉘8, 9, ㉙1, ㉚12, 14, 15, 16, 17, 19, 20, 21, ㉛1, 4, 6, 7, 8, ㉜1, 3, 6, 7, 9, 10, ㉞3, 9, 10, 14, 16, 17, ㊱1, 2, 4, 15, 17, ㊲2, 4,

㊴12
薦田弾正左衛門 こもだだんじょうざえもん ㉜12
籠守沢 こもりざわ ⑭5, 12, ㉑6, ㉛1
籠守沢入道 こもりざわにゅうどう ⑭4
籠守沢美濃守 こもりざわみののかみ ㉞5
小屋木七郎 こやきのしちろう ⑨7
後冷泉院 ごれいぜいいん ㊵1
木幡左近将監 こわたさこんのしょうげん ㉝7
近衛院 こんえいん ⑫7, ㉑8
近衛忠包 こんえのただかね ⑫2
金乗坊侍従 こんじょうぼうのじじゅう ㉜13
誉田 こんだ ㉞6
近藤大蔵丞 こんどうおおくらのじょう ㉜12
言同行盛 ごんどうゆきもり ㉝7
近部七郎 こんべのしちろう ⑨7
金蓮房 こんれんぼう ②11

さ

西園寺禧子(中宮) さいおんじきし ①2, 4, ②9, ③7, ④2, 3, ⑫1, ⑬3, ⑱11
西園寺公経 さいおんじきんつね ⑬3
西園寺公永 さいおんじきんなが ㊴8
西園寺公衡 さいおんじきんひら ⑤1
西園寺公宗 さいおんじきんむね ②11, ⑬3, 4
西園寺公宗の北の方 さいおんじきんむねのきたのかた ⑬3
西園寺実兼 さいおんじさねかね ①2
西園寺実俊 さいおんじさねとし ⑬3, ㉚13, ㉜5, ㊵2
雑賀次郎 さいがのじろう ㉖7
雑賀隼人佐 さいがはやとのすけ ②1
西行 さいぎょう ②4, ㉔1
西景 さいけい ㉑3
崔乾祐 さいけんゆう ⑮19, ㊲10
西光 さいこう ㉑3
西郷弾正右衛門 さいごうだんじょうえもん ㉟6
西郷兵庫助 さいごうひょうごのすけ ㉟9
斉所助 さいしょのすけ ㉝7

最澄(伝教大師)　さいちょう　①3, ②1, 3, ⑧8, ⑮1, ⑱13, ⑳4, ㉕2
斎藤　さいとう　②2, ⑱6
斎藤清永　さいとうきよなが　㊵2
斎藤宮内丞　さいとうくないのじょう　⑨7
斎藤玄基　さいとうげんき　⑨5
斎藤五郎兵衛入道　さいとうごろうびょうえにゅうどう　㉗10
斎藤実永　さいとうさねなが　⑲7
斎藤実盛　さいとうさねもり　⑲7, ㉜13
斎藤十郎兵衛　さいとうじゅうろうびょうえ　④2
斎藤季基　さいとうすえもと　⑳12
斎藤道猷　さいとうどうゆう　⑳8, 12
斎藤時頼(滝口入道)　さいとうときより　㉔1
斎藤利泰　さいとうとしやす　㉗11
斎藤利行　さいとうとしゆき　①8, 11
斎藤三郎　さいとうのさぶろう　⑨7, ㉑7
斎藤七郎　さいとうのしちろう　⑨7
斎藤豊後次郎　さいとうぶんごのじろう　⑲7
西左衛門四郎　さいのさえもんのしろう　㉙12
佐井七郎　さいのしちろう　⑭11
西四郎　さいのしろう　㉔1
西木七郎　さいぼくのしちろう　㉛1
酒井　さかい　⑨5
酒井真信　さかいさねのぶ　⑭12
嵯峨天皇　さがてんのう　⑧14, ⑫1
坂上明清　さかのうえのあききよ　㉖1
坂上田村麿　さかのうえのたむらまろ　⑲2, ㉜11
酒辺　さかべ　㉜12, ㉞5
酒間　さかま　㉛1
酒匂　さかわ　㉛3, ㉞6
酒匂左衛門　さかわさえもん　㉛1
坂和左衛門四郎　さかわさえもんのしろう　㉛3
崎山　さきやま　㉜12, ㉞5
桜井　さくらい　㉛1
桜田貞国　さくらださだくに　⑩4, 6

桜田俊秀 さくらだとしひで ㉜12
桜山 さくらやま ⑰11, ㉑6
桜山四郎入道 さくらやましろうにゅうどう ③3, 9
佐々木 ささき ⑯4, 11, ⑰10, 18, ㉚5, ㉛4, 5, 6, ㉞3, 17, ㉟5
佐々木明信 ささきあきのぶ ④3
佐々木氏詮 ささきうじあきら ㉑3, ㊱8
佐々木氏綱 ささきうじつな ㉕2
佐々木氏泰 ささきうじやす ㉖3
佐々木氏頼(崇永) ささきうじより ⑲9, ㉑8, ㉖3, 7, ㉗11, ㉜3, 13, ㉞5, 14, ㉟2, 3, 4, 10, ㊱15, 17, ㊴3, 6, 7
佐々木永寿丸 ささきえいじゅまる ⑨7
佐々木隠岐前司(清高) ささきおきのぜんじ ③7, ④5, ⑦7, 8, 9, ⑧1, ⑨7
佐々木貞高 ささきさだたか ㉜5
佐々木(加地)貞信 ささきさだのぶ ㉕2
佐々木貞満 ささきさだみつ ⑭5, 7
佐々木佐渡前司 ささきさどのぜんじ ⑦9
佐々木三郎兵衛尉 ささきさぶろうびょうえのじょう ⑨7
佐々木次郎右衛門尉 ささきじろううえもんのじょう ⑨7
佐々木(高屋)高秋 ささきたかあき ㉜5
佐々木高綱 ささきたかつな ③5
佐々木高信 ささきたかのぶ ㊵2
佐々木高久 ささきたかひさ ㊵2
佐々木高秀 ささきたかひで ㉟10, ㊱15, 16, 17, ㊴7
佐々木(黒田)高満 ささきたかみつ ㉜13, ㊱15
佐々木直綱 ささきただつな ㉖6
佐々木弾正左衛門 ささきだんじょうざえもん ⑦9
佐々木弾正忠 ささきだんじょうのちゅう ㉜12
佐々木道誉 ささきどうよ ④2, ⑫9, ⑬8, ⑭5, 7, ⑰11, ⑲9, ㉑2, 3, ㉖7, ㉗11, ㉙2, 3, ㉚3, 7, 19, ㉜3, 12, ㉞1, ㉟2, 4, ㊱8, 9, 10, 11, 15, 16, 17, ㊲5, ㊳10, ㊴2, 6
佐々木時信 ささきときのぶ

①9, ②10, 11, ③2, 7, ④2, ⑧1, 9, 13, ⑨6, 7, ⑮2
佐々木時秀 ささきときひで ㊵2
佐々木能登守 ささきのとのかみ ⑦7, 9
佐々木能登権守 ささきのとのごんのかみ ㉜12
佐々木(山内)信詮 ささきのぶあきら ㉜3, 5, ㉞5, 14, ㉟10, ㊴7
佐々木(飽浦)信胤 ささきのぶたね ⑭11, ⑯9, ㉓9, ㉔1, ㊳9
佐々木秀詮 ささきひであきら ㉑3, ㉞1, ㊱8, 9
佐々木秀定 ささきひでさだ ㉕2
佐々木秀綱 ささきひでつな ⑲9, ㉑2, 3, ㉚7, ㉜5, ㉞1
佐々木(加地)秀長 ささきひでなが ㉕2
佐々木秀宗 ささきひでむね ㉑3
佐々木判官 ささきほうがん ⑪6
佐々木三河守 ささきみかわのかみ ⑦7, 9
佐々木宗満 ささきむねみつ ㉖7
佐々木守賢 ささきもりかた ⑯12
佐々木盛綱 ささきもりつな ③5, ⑧3
佐々木義縄 ささきよしつな ⑦7, 9
佐治 さじ ㉜12
佐志将監 さししょうげん ㉝7
佐治孫次郎 さじまごじろう ⑧8
佐介越前守 さすけえちぜんのかみ ②3
佐介貞俊 さすけさだとし ⑪11
佐介遠江守 さすけとおとうみのかみ ②3
佐介宣俊 さすけのぶとし ⑪11
佐介宗直 さすけむねなお ⑩9
佐々宇六郎左衛門 さそうろくろうざえもん ㉙12
佐竹 さたけ ⑯4, 10, ㉛1, ㉜13, ㉟6
佐竹上総入道 さたけかずさのにゅうどう ③4
佐竹師義 さたけもろよし ㉕2, ㉛3, ㉞2
佐竹義篤 さたけよしあつ ⑭5, ㉛3
佐竹義長 さたけよしなが

㉕2
薩摩氏長 さつまのうじなが ⑧12, ㉓1
佐渡但馬守 さどたじまのかみ ㉜12
佐渡弾正忠 さどだんじょうのちゅう ㉜12
里見 さとみ ⑩3, 8, ⑭5, 10, 12, ⑮7, 11, ⑯11, ⑳9, ㉑6
里見伊賀守 さとみいがのかみ ⑭4, ⑱6, 7
里見大炊助(時義, 義氏) さとみおおいのすけ ⑱9, 10
里見大膳亮 さとみだいぜんのすけ ⑭4
里見十郎 さとみのじゅうろう ㉝7
里見義益 さとみよします ⑯12, ⑰16
佐野孫太郎 さのまごたろう ③4
佐分利加賀 さぶりのかが ㉙10
佐海八郎三郎 さみのはちろうさぶろう ⑨7
寒河弥四郎 さむかわやしろう ③4
覚井三郎 さめがいのさぶろう ⑨7
佐用 さよ ⑧1, 3, 9
佐用貞久 さよさだひさ ㊱6
佐用範家 さよのりいえ ⑧2, ⑨3, 5
佐良々 さらら ㉞5
沢 さわ ⑦9
佐波 さわ ㉜12
佐和 さわ ㉜12, ㉞5
佐脇明秀 さわきあきひで ㊵2
佐脇三河守 さわきみかわのかみ ㉟10
佐波善四郎 さわぜんしろう ㉘3, 4
早良太子 さわらのたいし ⑯13
三条公明 さんじょうきんあきら ③6, ④2, ⑯12, ⑰16
三条公忠 さんじょうきんただ ㉚13, ㉜2
三条公豊 さんじょうきんとよ ㉚13
三条公秀 さんじょうきんひで ㉜1
三条実継 さんじょうさねつぐ ㉚13, ㉜5, ㊵2
三条実音 さんじょうさねとし ㉚21
三条実知 さんじょうさねとも ㊵2
三条雅賢 さんじょうまさかた ㉛7

三条泰季　さんじょうやすすえ　⑰16
山東　さんとう　㉞3, 7
三の真国　さんのさねくに　㉜11
三宮　さんのみや　㉛1

し

塩飽聖円　しあくしょうえん　⑩8
塩飽忠頼　しあくただより　⑩8
塩飽四郎　しあくのしろう　⑩8
志一房（志一上人）　しいちぼう　㉗5, ㊱10, 11
椎名孫八　しいなまごはち　③4
志宇知　しうち　⑨5
志宇智（斯知）　しうち　⑰8, ㉑6
志宇津　しうつ　㉞7
子嬰（三世皇帝）〔秦〕　しえい　⑨7, ㉗7, ㉘9
慈円（慈鎮）　じえん　①3
塩田国時　しおだくにとき　⑩8, 9
塩田俊時　しおだとしとき　⑩8
塩谷孫三郎　しおのやまごさぶろう　⑨7
塩谷民部大夫　しおのやみんぶのたいふ　⑬4
塩見源太　しおみのげんた　㉜12
塩屋右馬允　しおやうまのじょう　⑨7
塩谷中務　しおやなかつかさ　㉞3, 7, 8
塩屋八郎　しおやのはちろう　⑨7
志賀　しが　⑭4, ⑮7
志賀寺上人　しがでらのしょうにん　㊲8
直源　じきげん　②11
敷地　しきじ　⑬8, ⑰7, ⑳9
敷地伊豆守　しきじいずのかみ　⑲3
敷美小五郎　しきみこごろう　㉜12
四凶　しきょう　㊴1
竺法蘭　じくほうらん　㉕2
滋野　しげの　㉛8
繁野八郎　しげののはちろう　㉛3
師涓　しけん　⑬3
師曠　しこう　⑬3
始皇帝〔秦〕　しこうてい　⑫1, ⑬6, ㉑5, ㉔3, ㉖5, ㉗6, 7, ㉘9, ㊲4
慈厳（竹内僧正）　じごん　⑫3

子産 しさん ⑫1
鹿草 ししくさ ⑲3
鹿草出羽守 ししくさでわのかみ ㊳4
鹿草彦太郎 ししくさひこたろう ⑳10
鹿草兵庫助 ししくさひょうごのすけ ⑳1, ㉑7, ㉓3
獅子尊者 ししそんじゃ ㉕2
宍戸安芸守 ししどあきのかみ ㉗10, ㉛1
宍戸朝重 ししどともしげ ⑮18
史思明 ししめい ㊲10
侍従 じじゅう ㉑8
慈什 じじゅう ⑧6
侍従坊 じじゅうぼう ㊵6
慈俊 じしゅん ㊱5
慈昭 じしょう ㊵1
慈勝 じしょう ②3
四条有資 しじょうありすけ ㉔1
四条隆家 しじょうたかいえ ㉚13
四条隆蔭 しじょうたかかげ ㉗3, ㉚21
四条隆貞 しじょうたかさだ ⑦4
四条隆右 しじょうたかすけ ㊴8
四条隆資 しじょうたかすけ ①5, 6, ②10, 11, ⑫1, ⑯12, ⑰8, 11, 16, ㉑7, ㉓4, ㉔1, ㉖7, 9, ㉘8, ㉛7
四条隆俊 しじょうたかとし ㉜3, 6, 12, ㉞7, 8, 9, 10, ㊱15
四条隆持 しじょうたかもち ㉚13, ㉜5
子推 しすい ㉜5
閑屋 しずや ㉗9
設楽五郎左衛門尉 しだらごろうざえもんのじょう ⑨5
七条弁坊 しちじょうのべんぼう ⑭11
実縁 じつえん ㊱5
実算 じっさん ㉜1
実遍 じっぺん ㊱5
自徹 じてつ ㉕2
持統天皇 じとうてんのう ⑥5
倭文修理亮 しとりしゅりのすけ ㉜12
慈能 じのう ㊱5, ㊵6
篠塚 しのづか ⑩8, ⑭5, 10
篠塚伊賀守 しのづかいがのかみ ⑮3, ㉔7
篠塚五郎左衛門 しのづかごろうざえもん ⑲3
信夫 しのぶ ⑮3, ⑲7
四宮 しのみや ㉛1
斯波 しば ⑯4, 11
司馬懿(仲達) しばい ⑤9,

⑳8, ㉔3, ㊳9
斯波家兼　しばいえかね　⑲3, 4
斯波家長　しばいえなが　⑲7, 8, ㉜5
斯波氏経　しばうじつね　㉜5, ㊳5, 7
斯波氏頼　しばうじより　⑮16, ㉕2, ㉜5, 12, 13, ㉞5, ㊱9, 17, ㊲5
司馬欣　しばきん　㉘9
司馬卬　しばこう　㉘9
司馬光　しばこう　㊴2
司馬相如　しばしょうじょ　⑰17, ㊳12
斯波高経(道朝)　しばたかつね　⑭5, 11, ⑮7, ⑰4, 11, 18, 19, 21, 24, ⑱4, 5, 10, ⑲3, 4, ⑳1, 3, 4, 6, 7, 8, 11, ㉑7, 8, ㉓1, 3, ㉚5, ㉜10, 11, 12, 13, ㉝1, ㊱17, ㊲5, ㊳4, 5, 11, ㊴5, 6, 7
柴田橘六(兼能)　しばたきつろく　㉘3
斯波時家　しばときいえ　⑭5
斯波松王丸　しばまつおうまる　㊳7
斯波義将　しばよしまさ　㊲5, ㊴5, 7
渋川　しぶかわ　⑯4, 10, 11, ⑰1
渋川義季　しぶかわよしすえ　⑬4
渋谷　しぶや　③8, ⑦9, ⑩7
渋谷石見守　しぶやいわみのかみ　㉛1
渋谷右馬允　しぶやうまのじょう　㉛3
渋谷修理亮　しぶやしゅりのすけ　㉝7
渋谷遠江権守　しぶやとおとうみのごんのかみ　⑥7
渋谷十郎　しぶやのじゅうろう　⑥9
渋谷播磨守　しぶやはりまのかみ　㉝7
渋谷三河守　しぶやみかわのかみ　㉝7
渋谷木工左衛門　しぶやもくざえもん　㉛1
史編　しへん　㉚6
島田備前守　しまだびぜんのかみ　㉛1
島津　しまづ　㉝6
島津安芸前司　しまづあきのぜんじ　⑧9, 10
島津上総四郎　しまづかずさのしろう　㉝7
島津貞久　しまづさだひさ　⑪8, ⑭4, ⑮7, ㉝7
島津四郎　しまづのしろう　⑩8, ⑮18

島津光久 しまづみつひさ ㉗11
清水冠者 しみずのかじゃ ⑨1
持明院基信 じみょういんもとのぶ ㊴8
持明院基行 じみょういんもとゆき ⑭4, ⑮7
持明院保有 じみょういんやすあり ⑯12
下総入道 しもうさのにゅうどう ③4
下条小三郎 しもじょうこさぶろう ㉛3
下田帯刀 しもだたてわき ㊳7
下松浦 しもまつら ㊱7
下山 しもやま ⑧13, ⑲7, 9
下山十郎左衛門 しもやまじゅうろうざえもん ㉛3
赤帝 しゃくてい ㉞12
周殷 しゅういん ㉘9
周王 しゅうおう ㉓2
戎王 じゅうおう ㉓2
周苛 しゅうか ㉘9
周公旦 しゅうこうたん ①1, ⑫2, ㉓7, ㉗6, ㉚6, ㉜3
十五夜の月弓一揆 じゅうごやのつきゆみいっき ㉛1
周の十乱 しゅうのじゅうらん ㉗4
周勃 しゅうぼつ ⑲3, ㉓1, ㉘9, ㉞2
周瑜 しゅうゆ ⑳4
周呂公 しゅうりょこう ㉘9
叔斉 しゅくせい ⑤2, ⑬2
粛宗〔唐〕 しゅくそう ㊲10
叔孫通 しゅくそんつう ⑫1, ㉘9
寿子内親王(皇后) じゅしないしんのう ⑧4, ⑨5, 6
述婆迦 じゅつばが ⑪10
守敏 しゅびん ⑫8
舜(虞舜) しゅん ⑨5, ⑩8, ⑫1, ⑬1, ㉗1, 13, ㉛6, ㉜9
春屋妙葩 しゅんおくみょうは ㊴9, ㊵7
春雅 しゅんが ③6, ④2, ⑪8, ㉖2
順覚 じゅんかく ㊴12
春信(春申君) しゅんしん ㉞2
俊増 しゅんぞう ③6
順宗〔元〕 じゅんそう ㊴9
順徳院 じゅんとくいん ㊵1
淳仁天皇 じゅんにんてんのう ㉗13
舜の八凱 しゅんのはちがい ㉗4
俊明極 しゅんみんき ④3
荀鳴鶴(荀隠) しゅんめいかく ㉕2

庄　しょう　⑦9, ⑭11, ⑯1, ㉛1
象　しょう　㉜9
章安大師(灌頂)　しょうあんだいし　㉕2
承胤親王　じょういんしんのう　㉜1, ㊴12
蕭何　しょうか　⑫1, ⑬2, ㉘9
定快　じょうかい　②11
定海　じょうかい　⑰8
章邯　しょうかん　⑩7, ⑭2, ㉗7, ㉘8, 9, ㊱13, ㊲3, 4
勝行坊侍従　しょうぎょうぼうのじじゅう　②11
性空　しょうくう　⑪3
貞慶(解脱上人)　じょうけい　⑫6
勝賢　しょうけん　⑱2
鄭玄　じょうげん　⑫1
小康　しょうこう　㉓3
襄公〔斉〕　じょうこう　⑩8
召忽　しょうこつ　㊴1
定山祖禅　じょうざんそぜん　㊵7
成就房律師　じょうじゅぼうのりっし　③1
浄勝　じょうしょう　⑨6
常勝　じょうしょう　②3
性勝親王(大覚寺宮)　しょうしょうしんのう　⑰8
少将の局　しょうしょうのつぼね　㉝8
聖尋　しょうじん　②9, ③6, 7
盛深　じょうじん　㊱5
小正茅　しょうせいぼう　㊴1
浄蔵　じょうぞう　⑫2
静尊法親王　じょうそんほっしんのう　①3, ④2, ⑧13, ⑨5
浄智(目代)　じょうち　⑭11
承鎮法親王　じょうちんほっしんのう　①3
聖徳太子　しょうとくたいし　⑤4, ⑥4, 5, 9, ㉘7, ㉙5, 9, ㊱3
少弐　しょうに　⑫3, 4, ⑰10, ㉘5, ㉝6, ㉞1
少弐貞経(妙恵)　しょうにさだつね　⑪7, 8, ⑮13, 16, 17, 18, 19
少弐冬資　しょうにふゆすけ　㊳7
少弐武藤新左衛門　しょうにむとうしんざえもん　㉝7
少弐頼国　しょうによりくに　㊳7
少弐頼高　しょうによりたか　㉝7, ㊳7
少弐頼尚　しょうによりひさ　⑪7, ⑮16, 17, ㉘2, ㉝7, ㊱7, ㊳5
少弐頼光(太宰)　しょうにより

みつ　㉝7
少弐頼泰(太宰)　しょうによりやす　㉝7
庄左衛門四郎　しょうのさえもんのしろう　⑨7
庄三郎　しょうのさぶろう　⑧13
庄長久　しょうのながひさ　⑩9
庄美作守　しょうのみまさかのかみ　㉝7
城有時　じょうのありとき　⑩9
城越前守　じょうのえちぜんのかみ　㉝7, ㊱7
城武顕　じょうのたけあき　㊳7
城太宰少弐入道　じょうのだざいのしょうににゅうどう　⑥7
城師顕　じょうのもろあき　⑩9
定範　じょうはん　⑰1
定遍　じょうべん　⑤8
清弁菩薩　じょうべんぼさつ　㉕2
肇法師　じょうほうし　②3
浄法寺左近大夫　じょうほうじさこんのたいふ　㉛1
聖武天皇　しょうむてんのう　②1, ㉕3
青龍寺　しょうりゅうじ　㉑6, ㉛1
女英　じょえい　㉜9
諸葛亮(孔明)　しょかつりょう　⑤9, ⑫1, ⑳4, 8, 14, ㉔3
杵臼　しょきゅう　⑱8
蜀王　しょくおう　㊴10
徐福　じょふく　㉗6
白石三河入道　しらいしみかわのにゅうどう　㉝7
白岩彦太郎　しらいわひこたろう　⑮18
白江源次　しらえのげんじ　㊱8
白河院　しらかわいん　⑮1, ㉚14, ㊵1
白川伊顕　しらかわこれあき　㊵2
白川少輔　しらかわのしょう　㉛3
白塩下総守　しらしおしもうさのかみ　㉛1
白塩入道　しらしおにゅうどう　㉞2
白洲上野介　しらすこうずけのすけ　㉛3
白旗一揆　しらはたいっき　㉖7, ㉛1, ㉞7, ㉟6, ㊴4
子路　しろ　⑯8, ㊳12, ㊴1
神　じん　㉛3, 8
深恵　じんえ　㊱5

新垣平　しんえんぺい　㊲10
秦王　しんおう　㉗4, ㉘9
新開真行　しんかいさねゆき　㊳9
神功皇后　じんぐうこうごう　⑩8, ㊴11
神宮寺　じんぐうじ　㉚17
尋源　じんげん　㊱5
真城　しんじょう　㉑8
申生　しんせい　⑫9, 10
真済　しんぜい　㉗13
進藤六郎　しんどうのろくろう　⑨7
進藤彦四郎　しんどうひこしろう　⑨7
秦舞陽　しんぶよう　⑬6
神保　じんぼ　㊲9
神武天皇　じんむてんのう　①1, ⑦2, ⑯13, ㉜2
申陽　しんよう　㉘9

す

随何　ずいか　㉘9
崇侯虎　すうこうこ　㉚6
陶器　すえ　㉜12
周防内侍　すおうのないし　⑮19
須賀清秀　すがきよひで　⑭8, ㉗11
菅野五郎左衛門　すがのごろうざえもん　㉙7
菅原在仲　すがわらのありなか　⑯12
菅原在登　すがわらのありのり　㉗3
菅原公時　すがわらのきんとき　㉓7
菅原是善　すがわらのこれよし　⑫2
菅原道真　すがわらのみちざね　⑫2, ⑱11, ㉕2, ㉖10
菅原道真の北の方　すがわらのみちざねのきたのかた　⑫2
杉　すぎ　㊳10
杉坂又次郎　すぎさかまたじろう　㉗11
杉原　すぎはら　㉞7, ㊲9
杉原下総守　すぎはらしもうさのかみ　⑭4
杉原周防入道　すぎはらすおうのにゅうどう　㉟5
杉原判官　すぎはらほうがん　⑮6
杉原与一　すぎはらよいち　㉔5
資継王　すけつぐおう　⑯12
輔の局　すけのつぼね　④2
崇光院　すこういん　㉖1, ㉗13, ㉚21, ㉛4, ㉜1, 2, ㉝1
朱雀院　すざくいん　⑯13, ㉘7, ㉙5
崇神天皇　すじんてんのう

㉖4
鈴河御前 すずかごぜん ㉜11
白魚三郎左衛門 すすきさぶろうざえもん ㉜12
鱸四郎 すずきのしろう ㉖9
鈴付一揆 すずつけいっき ㉙2
鈴村 すずむら ㉟10
下濃の旗一揆 すそごのはたいっき ㉖6, ㉛1
隅田新左衛門尉 すだしんざえもんのじょう ⑨7
隅田藤三 すだとうぞう ⑨7
隅田藤内右衛門尉 すだとうないうえもんのじょう ⑨7
隅田時親 すだときちか ⑨7
隅田五郎 すだのごろう ⑨7
隅田三郎 すだのさぶろう ⑨7
隅田四郎 すだのしろう ⑨7
隅田孫五郎 すだまごごろう ⑨7
隅田孫八 すだまごはち ⑨7
隅田又五郎 すだまたごろう ⑨7
隅田通治 すだみちはる ③2, ⑥3, 4, ⑧3, 5, 9, 13
隅田与一 すだよいち ⑨7
首藤左衛門尉 すどうさえもんのじょう ㉜13
首藤次郎左衛門 すどうじろうざえもん ㉜12
崇徳院 すとくいん ㉕2, ㉝6, 7, ㊵1
陶山 すやま ⑭11, ⑯1, ㊳3
陶山小五郎 すやまこごろう ⑨7
陶山高直 すやまたかなお ㉙6
陶山次郎 すやまのじろう ⑧5, 7, 9, 13, ⑨5, 6, 7
陶山師高 すやまもろたか ㉙6
陶山義高 すやまよしたか ③5
陶山吉次 すやまよしつぐ ③5
諏訪左衛門 すわさえもん ②4
諏訪直性 すわじきしょう ⑩1, 8, 9
諏訪信濃守 すわしなののかみ ㉞5
諏訪下宮の祝部 すわしものみやのはふり ㉙11, ㉚5
諏訪五郎（盛世） すわのごろう ㉙11
諏訪の祝（祝部） すわのはふり ⑩8, ㉜11, ㉞7, ㊱14
諏訪盛高 すわもりたか ⑩8
諏訪頼重 すわよりしげ ⑬

4, 8, ㉜11

せ

成王〔周〕 せいおう　⑭8
西乞術 せいきつじゅつ　㉓6
斉姜 せいきょう　⑫10
青琴 せいきん　①2
西施 せいし　①2, ④5, ㊲10
世祖の二十八将 せいそのにじゅうはっしょう　㉗4
清左衛門(為直) せいのさえもん　⑲3
清党 せいのとう　⑲8, ㉝8, ㉞8
西蕃の帝師 せいばんのていし　㊳12
関左近将監 せきさこんのしょうげん　㉛4
石崇(季倫) せきすう　㉑8
赤泉侯(楊喜) せきせんこう　㉘9
関屋十郎 せきやのじゅうろう　⑨7
関屋八郎 せきやのはちろう　⑨7
世尊寺行忠 せそんじゆきただ　㊵2
雪村友梅 せっそんゆうばい　㉜2
妹尾新左衛門 せのおしんざえもん　㉓3
世良田 せらだ　㉛1
世良田右馬助 せらだうまのすけ　㉝8
世良田大膳大夫 せらだだいぜんのだいぶ　㉝7
世良田太郎 せらだのたろう　⑩8
世良田兵庫助 せらだひょうごのすけ　⑭4
芹川 せりかわ　㊳10
単于 ぜんう　㊳6
宣王〔斉〕 せんおう　⑳10
宣光門院(実子) せんこうもんいん　㉜1, 2
宣子〔韓〕 せんし　㉗6
千秋惟範 せんしゅうこれのり　㉕2
専諸 せんしょ　⑪7
全村(因幡豎者) ぜんそん　⑮7
扇陀女 せんだにょ　㊲7
旃檀 せんだん　⑫8
禅林寺有光 ぜんりんじありみつ　⑨6, 7, ⑯12

そ

宗印 そういん　②3
宗右馬小太郎 そううまのこたろう　㉝7
宗運 そううん　㊵6
宗応蔵主 そうおうぞうす

⑮17
曹娥 そうが ㉞11, 12
宋開府(宗璟) そうかいふ ㉓3
宋義 そうぎ ⑩7, ⑲9, ㉘9
宋玉 そうぎょく ㊲10
倉公 そうこう ㉓7, ㉝4
曹参 そうさん ⑬2, ㉘9
荘襄王 そうじょうおう ㉗6
曹植(子建) そうしょく ⑤2, ⑫2
宗信(吉水法印) そうしん ⑱1, ㉑6
曾参 そうしん ⑩8, ㉙11
曹操〔魏〕 そうそう ⑳8
臧荼 ぞうと ㉘9
宗利重 そうのとししげ ㉘5
巣父 そうふ ⑤2, ㉜9
曹無傷 そうぶしょう ㉘9
造父 ぞうほ ⑬2, ㉓1
相馬左衛門 そうまさえもん ③4
相馬忠重 そうまただしげ ⑰2
早離・速離 そうり・そくり ⑱11
楚王 そおう ⑬6, ㉗6, ㉘9
曾我石見守 そがいわみのかみ ㉛3
曾我氏助 そがうじすけ ㊵2
蘇角 そかく ㉘9
曾我上野介 そがこうずけのすけ ㉛1, 3
曾我左衛門 そがさえもん ㉖7, ㉗11, ㉚19
曾我次郎左衛門 そがじろうざえもん ⑮6
曾我周防守 そがすおうのかみ ㉛1, 3
蘇我入鹿 そがのいるか ⑯13, ㊳1
蘇我馬子 そがのうまこ ㉙9
蘇我蝦夷 そがのえみし ⑯13, ㊳1
曾我奥太郎 そがのおくたろう ⑮18
蘇我倉山田石川麻呂 そがのくらやまだのいしかわまろ ⑯13
曾我兵庫助 そがひょうごのすけ ㉛1
曾我三河守 そがみかわのかみ ㉛1, 3
蘇軾(東坡) そしょく ㉗3
曾禰四郎左衛門 そねしろうざえもん ㉜12
園田七郎左衛門 そのだしちろうざえもん ⑭8
園田四郎左衛門 そのだしろうざえもん ⑭8
園基隆 そのもとたか ⑭4, ⑮7, ⑯12

蘇武　そぶ　⑫1
尊意　そんい　⑫2
尊胤法親王　そんいんほっしんのう　⑤1, ⑧4, 6, ⑨5, 6, ㉗9, 13, ㉚22, ㉜1, 2, 5, ㉝5
孫権〔呉〕　そんけん　⑳8
尊道法親王　そんどうほっしんのう　㊱5
孫武　そんぶ　⑧9, ㉓5, ㉙2, ㊳12, ㊴4

た

田井　たい　⑮16, ⑯1
太王（古公亶父）〔周〕　たいおう　②9, ㉟8
大応国師（南浦紹明）　だいおうこくし　㉕2
大学助　だいがくのすけ　⑰25
太元国の皇帝　たいげんこくのこうてい　㊴10
太公　たいこう　㉘9
大高重成　だいこうしげなり　⑨5, ⑭5, ⑮18, ⑰1, ㉕2, ㉗10, 11, ㉚19, ㉛1
大高重政　だいこうしげまさ　㊴4
太公望（呂尚）　たいこうぼう　⑧2, 3, ⑫1, ⑬8, ㉓6, ㉚6, ㉝8, ㉞13
醍醐天皇　だいごてんのう　⑫2, ㉖10, ㉟8
太宰嚭　たいさいひ　④5
太子丹　たいしたん　⑩8, ⑬6
大膳大夫重康　だいぜんのだいぶしげやす　②9
太宗〔唐〕　たいそう　⑬3, ⑱11, ⑳14, ㉜12, ㉟8, ㊱16, ㊲3
代宗〔唐〕　だいそう　⑰8
太宗の十八学士　たいそうのじゅうはちがくし　㉗4
田井信高　たいのぶたか　⑭11
大梅法常　だいばいほうじょう　⑫5
泰伯　たいはく　㉚6
大夫種　たいふしょう　④5
太戊〔殷〕　たいぼ　㉚16
平清盛　たいらのきよもり　④3, ⑯13, ㉓4, ㉕2, ㉚14, ㊴12
平惟継　たいらのこれつぐ　⑯12
平維盛　たいらのこれもり　⑤8, ⑭3, ㉓4, ㉔1
平重衡　たいらのしげひら　②4, ⑰5
平重盛　たいらのしげもり　㉓7
平忠正　たいらのただまさ　㉔2
平忠盛　たいらのただもり　㉚

14
平親顕 たいらのちかあき ㉚13
平知盛 たいらのとももり ⑲2
平成輔 たいらのなりすけ ①5, ④2
平信兼 たいらののぶかね ㉚13
平教経 たいらののりつね ㉔2
平将門 たいらのまさかど ⑯13, ⑰1, ⑳4, ㉘7, ㉙5
平正盛 たいらのまさもり ⑭3
平希世 たいらのまれよ ⑫2
平宗経 たいらのむねつね ⑯12
平宗盛 たいらのむねもり ⑪11, ⑲2
高木三郎 たかぎのさぶろう ⑲7
高木十郎 たかぎのじゅうろう ⑳5
高木肥前守 たかぎひぜんのかみ ㉝7
高久彦三郎 たかくひこさぶろう ③4
高久孫三郎 たかくまごさぶろう ③4
高倉左衛門佐 たかくらさえもんのすけ ⑧4, 5
高倉少将 たかくらのしょうしょう ⑧4
高倉範定 たかくらのりさだ ⑯12
多賀左近将監(右近将監) たがさこんのしょうげん ㊳10
高島次郎左衛門 たかしまじろうざえもん ㉟10
高田 たかだ ⑲5, ㉛1
高田七郎左衛門 たかだしちろうざえもん ⑮6
高田対馬守 たかだつしまのかみ ㉝7
高田長門守 たかだながとのかみ ㉝7
高田兵庫助 たかだひょうごのすけ ⑦5
高田義遠 たかだよしとお ⑭4, 8, 10
鷹司忠頼 たかつかさただより ㊴8
鷹司冬教 たかつかさふゆのり ⑤1, ⑱11
鷹司冬通 たかつかさふゆみち ㉚13, ㊴8
高辻二位 たかつじのにい ㉝7
高津道源 たかつどうげん ⑭11

鷹取種佐　たかとりたねすけ　⑧11
高梨　たかなし　⑭4, ⑮7, ⑰6, 7, 10
高梨越前守　たかなしえちぜんのかみ　㉛3
高梨左近将監　たかなしさこんのしょうげん　⑭4
高根沢備中守　たかねざわびっちゅうのかみ　㉞2
多賀将監　たがのしょうげん　㉚7
鷹羽一揆　たかのはいっき　㉛1
高橋[1]　たかはし　⑥3, 4, ⑧3, 5, 9, 11, 13
高橋[2]　たかはし　⑮6, ㉖7
高橋刑部　たかはしぎょうぶ　③7
高橋九郎左衛門　たかはしくろうざえもん　㉘3
高橋新左衛門　たかはししんざえもん　㉖7
高橋大五郎　たかはしだいごろう　㉛3
高橋大三郎　たかはしだいざぶろう　㉛3
高橋九郎　たかはしのくろう　⑨7
高橋五郎　たかはしのごろう　⑨7
高橋太郎　たかはしのたろう　③2
高橋英光　たかはしひでみつ　㉙6, 9, 10
高橋孫四郎　たかはしまごしろう　⑨7
高橋孫四郎左衛門尉　たかはしまごしろうざえもんのじょう　⑨7
高橋又四郎　たかはしまたしろう　⑨7
高松頼重　たかまつよりしげ　⑭11
田上　たがみ　㊳10
高見彦四郎　たかみひこしろう　㉞13
多賀谷七郎左衛門　たがやしちろうざえもん　㉜12
高山　たかやま　⑭8, ㉟2
高山伊賀守　たかやまいがのかみ　㉞5
高山越前守　たかやまえちぜんのかみ　㉛1
高山遠江守　たかやまとおとうみのかみ　⑭4, 8
高山又次郎　たかやままたじろう　㉙12
尊良親王　たかよししんのう　①3, ③6, 7, ④2, ⑭2, 4, 8, 9, 10, ⑮7, ⑰1, 16, 18, 23, ⑱5, 9, 11, ⑲4, ⑳4

卓宣公　たくせんこう　⑨3
田久仲次郎　たくなかじろう　㉘3
詫間　たくま　⑭11, ㉔5
詫間三郎　たくまのさぶろう　④2
託魔三郎　たくまのさぶろう　㉝7
宅磨宗直　たくまむねなお　㉘5
武田　たけだ　⑭8, 10, ⑰10, ㉜13, ㉟5
武田安芸守　たけだあきのかみ　㉛3
武田氏信　たけだうじのぶ　③6, ㉛3, ㉞2
武田甲斐次郎　たけだかいのじろう　③4
武田甲斐前司　たけだかいのぜんじ　㉛3
竹田掃部左衛門尉　たけだかもんさえもんのじょう　⑨7
武田上野介　たけだこうずけのすけ　㉛3
武田左京亮　たけださきょうのすけ　㉞2
武田薩摩守　たけださつまのかみ　㉛3
武田下条十郎　たけだしもじょうのじゅうろう　⑨7
武田修理亮　たけだしゅりのすけ　㉛3
武田直信　たけだなおのぶ　㉛3, ㉞2, ㉟3
武田五郎　たけだのごろう　⑰22, ⑱9
武田七郎　たけだのしちろう　⑧11
武田次郎　たけだのじろう　⑧11
竹田太郎　たけだのたろう　⑨7
武田信貞　たけだのぶさだ　⑭4, 5
武田信武　たけだのぶたけ　⑥7, ⑧11, ⑮10, ㉕2, ㉖7, ㉗11, ㉚9, ㉛3
武田与二　たけだのよじ　⑨7
武田盛信　たけだもりのぶ　㉕2, ㉖7
武田盛正　たけだもりまさ　⑯12
武田義武　たけだよしたけ　㉞2
武市　たけち　㉔1
高市野　たけちの　㉔3
高市野三郎左衛門　たけちのさぶろうざえもん　㉔5
竹中入道　たけなかにゅうどう　㉜12
竹原八郎入道　たけはらはちろうにゅうどう　⑤8

竹原弥五郎 たけはらやごろう ⑤8
武部七郎 たけべのしちろう ⑨5
竹若(足利) たけわか ⑩1
田児六郎左衛門尉 たごろくろうざえもんのじょう ④2
太宰修理亮 だざいしゅりのすけ ㉝7
太宰権少弐 だざいのごんのしょうに ㉝7
多治比県守 たじひのあがたもり ⑲2
但馬民部大夫 たじまみんぶのたいふ ③7
多治見国長 たじみくになが ①6, 8, 9, 10
多地部 たじめ ⑯1
田地目備中守 たじめびっちゅうのかみ ㊳3
佐美 たすくび ㉜12
多田院 ただのいん ㉖7, ㉗11
多田入道 ただのにゅうどう ⑳5
多田満仲 ただのまんじゅう ㉜11
忠房親王(大智院宮) ただふさしんのう ⑭4, ⑮7
橘逸勢 たちばなのはやなり ⑯13
橘諸兄 たちばなのもろえ ③1
妲己 だっき ④5, ㉚6
談天門院(忠子) だってんもんいん ①1
伊達 だて ⑮3, ⑲7
伊達家貞 だていえさだ ⑰16
伊達三郎 だてのさぶろう ⑫1
伊達三位游雅(有雅) だてのさんみゆうが ①6, ㉚16
伊達次郎 だてのじろう ⑩8
伊達入道 だてのにゅうどう ③4
楯又太郎 たてまたたろう ㉜12
田中 たなか ⑧2, 7, ⑩3, ⑭12, ㉑6, ㉛1, ㊲9
田中氏政 たなかうじまさ ㉛3
田中定清 たなかさだきよ ㉚16
田中三郎左衛門 たなかさぶろうざえもん ⑭4
田中修理亮 たなかしゅりのすけ ⑯12
田中弾正大弼 たなかだんじょうのだいひつ ㉝7
田中三郎 たなかのさぶろう ㉛1

田中兵部大輔 たなかひょうぶのたいふ ⑭4
田中盛兼 たなかもりかね ⑧10
田中盛泰 たなかもりやす ⑧10
田辺別当 たなべのべっとう ㉑6, ㉞8, ㉟5
谷 たに ㉜12
谷山右馬助 たにやまうまのすけ ㉝7
田平左衛門蔵人 たひらさえもんくろうど ㉝7
玉木庄司 たまきのしょうじ ⑤9, 10
田宮弾正忠 たみやだんじょうのちゅう ㉞13
田村刑部大輔 たむらぎょうぶのたいふ ③4
田村中務入道 たむらなかつかさのにゅうどう ⑨7
田村彦五郎 たむらひこごろう ⑨7
田村兵衛四郎 たむらひょうえのしろう ⑨7
達磨 だるま ⑭16, ㉕2, 3, ㉗5
丹気 たんげ ㉞6
丹朱 たんしゅ ㉜9
丹党 たんのとう ⑧13, ⑭5, ⑰10, ㉙2, ㉛1
丹波 たんば ㉖2, ㊵7
湛誉(新宮別当) たんよ ㉔1

ち

智教 ちきょう ②1, ㉖2
筑後新左衛門 ちくごのしんざえもん ㉝7
千種顕経 ちくさあきつね ㉚17
千種忠顕 ちくさただあき ②9, ③7, ④3, 5, ⑦7, 8, ⑧13, 14, ⑨2, 5, ⑪2, 6, 11, ⑫1, 4, ⑯12, ⑰1, 8, ㉜2
筑前七郎左衛門 ちくぜんしちろうざえもん ⑨7
筑前民部大夫 ちくぜんみんぶのたいふ ⑨7
竹林院公重 ちくりんいんきんしげ ⑬3, ⑯12, ㉓8
竹林院三位中将 ちくりんいんさんみのちゅうじょう ㉝7
知親義堂(信義) ちしんぎどう ㊵7
千田太郎 ちだのたろう ⑥7
千葉 ちば ⑭12, ⑯4, 10, ⑰1, 7, 10, ㉞7
千葉氏胤 ちばうじたね ㉕2, ㉚9, 10, ㉛3
智伯 ちはく ⑱8
千葉五郎左衛門尉 ちばごろう

ざえもんのじょう ④3
千葉貞胤 ちばさだたね ④2, ⑥7, ⑩8, ⑫3, ⑭4, 7, 8, ⑮2, 3, ⑯12, ⑰16, 18, ㉖7, ㉗11
千葉高胤 ちばたかたね ⑮3
千葉胤基 ちばたねもと ㉝7
千葉胤泰 ちばたねやす ㉝7
千葉新介 ちばのしんすけ ⑰6
仲哀天皇 ちゅうあいてんのう ㊴11
忠雲 ちゅううん ㉑5, ㉚14, ㉞9
忠円 ちゅうえん ②1, 3, ⑫1, ⑰12, ㉖2
紂王〔殷〕 ちゅうおう ①序, ④5, ⑬3, ⑰23, ㉓6, ㉚6
仲算 ちゅうざん ㉕2
中山清誾 ちゅうざんせいぎん ㊵7
仲山甫 ちゅうざんぽ ⑫1
中条 ちゅうじょう ⑳9
中条佐渡守 ちゅうじょうさどのかみ ㉛3
中条入道 ちゅうじょうにゅうどう ⑳2, ㉛3
中峰明本 ちゅうほうみょうほん ㊴12
趙王 ちょうおう ⑯4, ⑱8, ㉗4
趙王歇 ちょうおうあつ ㉘9
張華 ちょうか ⑫1, ⑬6
趙高 ちょうこう ①序, ⑭2, ㉗6, 7, ㊱13
重耳(文公)〔晋〕 ちょうじ ②9, ④5, ⑩8, ⑫10
張耳 ちょうじ ㉘9
澄俊 ちょうしゅん ②11
趙襄 ちょうじょう ㉗6
朝錯 ちょうそ ⑰8
趙盾 ちょうとん ⑱8, ⑲6, ㉜5
長九郎左衛門 ちょうのくろうざえもん ⑭12, 14, ㉖7, ㊱6, ㊳3
長左衛門 ちょうのさえもん ㉖3
長次郎 ちょうのじろう ㊵2
張良(子房) ちょうりょう ②1, ③8, ⑧2, ⑩5, 7, ⑫1, ⑬2, ⑮6, ㉘3, 8, 9, ㉙2, ㊴11
陳敬仲〔斉〕 ちんけいちゅう ㉗6
陳渉 ちんしょう ㊲4
陳寔 ちんしょく ⑫1
陳陶 ちんとう ⑱9
陳平 ちんぺい ③8, ⑤8, ⑩7, ㉘9
陳余 ちんよ ㉘9

つ

津子 つし ⑮7
津志 つし ⑭4
土御門院 つちみかどいん ㉕2
土御門右少将 つちみかどうしょうしょう ㉝7
土持十郎 つちもちのじゅうろう ㉝7
土屋 つちや ⑧9, ⑩7, ⑭5, ㉗11
土屋安芸守 つちやあきのかみ ③4
土屋出雲守 つちやいずものかみ ㉛1, 3
土屋掃部亮 つちやかもんのすけ ㉜12
土屋左近将監 つちやさこんのしょうげん ⑯12
土屋修理亮 つちやしゅりのすけ ㉛1, 3, ㉞2
土屋範遠 つちやのりとお ㉕2
土屋六郎 つちやのろくろう ㉝7
土屋彦三郎 つちやひこさぶろう ⑦8, 9
土屋肥後守 つちやひごのかみ ㉛1
土屋備前前司 つちやびぜんのぜんじ ㉛1, 3
土屋備前入道 つちやびぜんのにゅうどう ㉞2
土屋平三 つちやへいぞう ㉙6
都筑 つづき ㉕4
堤 つつみ ㉑6
堤宮内卿律師 つつみくないきょうのりっし ⑭4, 8
恒明親王 つねあきらしんのう ⑭18, ㉜2
恒良親王(東宮) つねよししんのう ④2, ⑰14, 16, 18, 20, 23, ⑱5, 9, 10, 11, ⑲4
摂津左近大夫 つのさこんのたいふ ⑩9
角田 つのだ ㉙6
摂津能直 つのよしなお ㊵2
津葉五郎 つばのごろう ⑲3
津守国夏 つもりくになつ ②1, ④2, ㉚15
津守国久 つもりくにひさ ②1, ㉞9
津山新左衛門 つやましんざえもん ㉚9
津山弾正左衛門 つやまだんじょうざえもん ㉚9
鶴沢蔵人 つるさわのくろうど ㉓3

て

程嬰　ていえい　⑪1, ⑱8
鄭薫　ていくん　㊲1
鄭弘　ていこう　㉛1
第伍倫　ていごりん　⑫1
禰子瑕(禰衡)　でいしか　㉗3
鄭仁基　ていじんき　⑱11
鄭白(鄭国・白公)　ていはく　⑫4
勅使河原　てしがわら　⑭17
勅使河原丹七郎　てしがわらたんのしちろう　㉛1
出縄　でなわ　㉛1
田安　でんあん　㉘9
田栄　でんえい　㉘9
田光先生　でんこうせんせい　⑩8
田市　でんし　㉘9
天台大師(智顗)　てんだいだいし　㉕2
天智天皇　てんちてんのう　⑯13, ㊳1
田都　でんと　㉘9
天武天皇　てんむてんのう　⑫1, ⑮19, ⑱1, ㉖4, 9

と

土居　どい　⑫3, ⑮12, ⑯11, ⑰1, 6, 10, 18, ⑲5, ㉑6, ㉔1, 3, 4, 7, ㉛8, ㉞16, ㊱17
土居備中守　どいびっちゅうのかみ　㉔5
土居通益　どいみちます　⑦6, 7, ⑪6
藤　とう　⑮6, ㉔7, ㉖6
洞院公賢　とういんきんかた　⑬1, ⑯12, ㉜2
洞院公敏　とういんきんとし　②9
洞院公泰　とういんきんやす　⑭12, 14, ⑯12, 13
洞院公頼　とういんきんより　㊴8
洞院権大納言　とういんごんのだいなごん　㉝7
洞院左大将　とういんさだいしょう　⑱11
洞院実夏　とういんさねなつ　㉚13
洞院実世　とういんさねよ　①6, ③6, ④2, 3, ⑫1, ⑭4, ⑮7, ⑯12, ⑰10, 13, 16, 23, ⑱9, ㉑7, ㉓4, 6, ㉘8, ㉜7
董翳　とうえい　㉘9
陶淵明　とうえんめい　㊲1
湯王〔殷〕　とうおう　③6, ④5, ⑨5, ㉟8
藤家　とうけ　⑭11, ㉜12
董公　とうこう　㉘9
盗跖　とうせき　㉗4
道宣　どうせん　⑧14

董仲舒　とうちゅうじょ　⑫1
鄧通　とうつう　⑪11
頭式部　とうのしきぶ　㉓9
東四郎　とうのしろう　㉔1
頭大膳大夫経秀　とうのだいぜんのだいぶつねひで　⑯12
東常顕　とうのつねあき　㉕2
藤民部五郎盛明　とうのみんぶごろうもりあき　㊵2
東方朔　とうぼうさく　㉚2
東陵永璵　とうりょうえいよ　㉝4
藤六　とうろく　⑯13
遠山加藤五郎　とおやまかとうのごろう　⑭4
富樫　とがし　⑧9, 13, ⑰22
富樫氏春　とがしうじはる　㉚5, ㊱9
富樫高家　とがしたかいえ　⑭11, ⑱1, ⑳2
富樫昌家　とがしまさいえ　㊳4
土岐　とき　⑨7, ⑯4, 10, ㉚5, ㉛5, 6, ㉜3, 12, ㉞3, 13, 17, ㉟5
土岐阿波守　ときあわのかみ　⑱9
土岐氏光　ときうじみつ　㉟2, ㊱1
土岐左馬助　ときさまのすけ　㊴7
土岐道源　ときどうげん　⑭5, 8, 9
土岐直氏　ときなおうじ　㉞5, ㉟9, ㊵2
土岐東池田　ときのひがしいけだ　㉟9
土岐頼明(周済房)　ときよりあき　㉓8, ㉖6, 7
土岐頼雄　ときよりお　㉞5
土岐頼員　ときよりかず　①6, 8
土岐頼貞　ときよりさだ　⑥7, ⑰9
土岐頼里(悪五郎)　ときよりさと　㉛4, 5
土岐頼忠　ときよりただ　㉞5
土岐頼遠　ときよりとお　⑰10, ⑲8, 9, ㉑8, ㉓8, ㉟2, 3
土岐頼時　ときよりとき　①6, 8, 9, 10, ②4, 5
土岐頼直　ときよりなお　⑰9, 16
土岐(長山)頼基　ときよりもと　㉜3
土岐頼康(善忠)　ときよりやす　㉗11, ㉚3, 7, 19, ㉛4, ㉜5, 13, ㉞5, ㉟2, 3, 4, 10, ㊱15, 17, ㊴3
常盤範貞　ときわのりさだ　②2, ③3, 7, ⑩9
徳大寺公清　とくだいじきんき

よ　⑯12, ⑱11
徳大寺実時　とくだいじさねとき　㉚13
得能　とくのう　⑫3, ⑮12, ⑯11, ⑰1, 6, 10, 18, ⑲5, ㉑6, ㉔1, 3, 4, 7, ㉛8, ㉞16, ㊱17
得能弾正　とくのうだんじょう　㉔5
得能通綱　とくのうみちつな　⑦6, 7, ⑪6
得平　とくひら　⑧9
得平源太　とくひらのげんた　⑨5
得平秀光　とくひらひでみつ　⑯4
所大夫快舜　ところのたいふかいしゅん　㉓1, 3
豊島　としま　⑩7
豊島因幡守　としまいなばのかみ　㉛1, ㊳8
戸島因幡入道　としまいなばのにゅうどう　㉞2
戸島弾正左衛門　としまだんじょうざえもん　㉛1
戸島兵庫助　としまひょうごのすけ　㉛1
杜如晦　とじょかい　⑫1, ⑬2
戸野兵衛　とののひょうえ　⑤8
殿法印良忠　とののほういんりょうちゅう　④2, ⑧9, 13, ⑨5, ⑫1, 9
鳥羽院　とばいん　⑱2
土肥　とひ　⑩7, ⑭5, ㉗11
土肥甲斐守　とひかいのかみ　㉛1
土肥掃部助　とひかもんのすけ　㉛1, ㊱14
土肥佐渡前司　とひさどのぜんじ　③4
土肥三郎左衛門　とひさぶろうざえもん　㉛1, ㉝8
土肥次郎兵衛入道　とひじろうびょうえにゅうどう　㉛1, 3
土肥高真　とひたかざね　㉕2
土肥義昌　とひよしまさ　㉔1, 3, 4
杜甫(子美)　とほ　①7, ④2, ㊳8
富沢兵庫助　とみざわひょうごのすけ　㉞15
富田　とみた　㉚10
跡見赤梼　とみのいちい　㉙9
富小路実遠　とみのこうじさねとお　㊵2
富小路季雄　とみのこうじすえお　⑯12
伴野　ともの　㉛8
伴野長房　とものながふさ　㉕2
伴野十郎　とものじゅうろう　㉛3

戸山遠江守 とやまとおとうみのかみ ㉞5
戸山光明 とやまみつあき ㊱1
戸山頼雄 とやまよりお ㉞5
戸山頼越 とやまよりこえ ㉞5
戸山頼世 とやまよりよ ㉞5
杜預 どよ ⑫1
豊原兼秋 とよはらかねあき ②9
鳥山 とりやま ⑩3, 8, ⑭12, ⑮3, 7, 11, ⑯11, ⑳9, ㉑6
鳥山家成 とりやまいえなり ⑳2
鳥山右京亮 とりやまうきょうのすけ ⑭4
鳥山氏頼 とりやまうじより ⑯12
鳥山修理亮 とりやましゅりのすけ ⑭4
鳥山義俊 とりやまよしとし ⑰16
富田 とんだ ⑭11, ㉜3
富田直貞 とんだなおさだ ㊳3
富田秀貞 とんだひでさだ ㊳3
富田判官 とんだほうがん ⑧9
富田孫四郎 とんだまごしろう ㉘3

な

内藤 ないとう ⑮16, ⑯1
内藤道勝 ないとうどうしょう ⑮8
内藤弥次郎 ないとうやじろう ⑭11
内藤与次郎 ないとうよじろう ㉜12
直仁親王(東宮) なおひとしんのう ㉖1, ㉚21, ㉛4, ㉜1
長井左近将監 ながいさこんのしょうげん ㉛1
長井治部大輔 ながいじぶのたいふ ③4
長井高広 ながいたかひろ ③7
長井高冬 ながいたかふゆ ④2
長井弾正蔵人 ながいだんじょうのくろうど ③7
長井遠江守 ながいとおとうみのかみ ②1
長井時春 ながいときはる ⑬8, ㉕2, ㉙10, ㉚9, ㉛1, ㉞2
長井縫殿 ながいぬい ⑧9
長井備前守 ながいびぜんのかみ ㉛1
長井備前太郎 ながいびぜんのたろう ③4

長井広秀 ながいひろひで
㉕2, ㉛1
長井宗衡 ながいむねひら
②10, ㉖7
長井弥六左衛門 ながいやろくざえもん ⑥7
長尾景泰 ながおかげやす
㉙12, ㉚9, 10
長岡六郎 ながおかのろくろう
⑪7
長尾左衛門 ながおさえもん
㉛3
長尾弾正 ながおだんじょう
㉛3
長尾弾正左衛門尉 ながおだんじょうざえもんのじょう
㉞5
長尾弾正忠 ながおだんじょうのちゅう ㉛3
長尾彦四郎 ながおひこしろう
㉙12
長尾平三 ながおへいぞう
㉚9
長尾孫六 ながおまごろく
㉚9
中金 なかかね ㉛1
中吉 なかぎり ⑦9
中吉十郎 なかぎりのじゅうろう ⑨4
中吉弥八 なかぎりやはち
⑨6
長崎円喜 ながさきえんき
②5, ⑨1, ⑩7, 8, 9
長崎思元 ながさきしげん
⑩8, 9
長崎新左衛門(左衛門次郎) ながさきしんざえもん ⑩9
長崎資宗 ながさきすけむね
㉖7, 9
長崎高貞 ながさきたかさだ
③4, 8, ⑥7, 8, ⑦3, ⑪11
長崎高資 ながさきたかすけ
②5
長崎為基 ながさきためもと
⑩1, 8
長崎基資 ながさきもとすけ
⑩4, 5, 6, 7, 9
長崎師宗 ながさきもろむね
⑥9, ⑦3
長崎泰光 ながさきやすみつ
①10, ⑩4
中沢 なかざわ ⑨5, ⑯1
長沢 ながさわ ③2, ⑬4, ㉙4, ㊳4
中沢三郎入道 なかざわさぶろうにゅうどう ⑭11
中島家信 なかしまいえのぶ
㊵2
中白一揆 なかじろいっき
㊱8, ㊳10
長田資実 ながたすけざね
㉙7

長門山城守　ながとやましろのかみ　㉜12
中西範顕　なかにしのりあき　⑯3
長沼　ながぬま　④2
長沼四郎左衛門　ながぬましろうざえもん　③4
長沼駿河権守　ながぬまするがのごんのかみ　⑥7
長沼判官　ながぬまほうがん　㉛3
長野　ながの　㉟10
中院定清　なかのいんさだきよ　⑭11
中院定平　なかのいんさだひら　②10, ⑧7, 9, ⑪11, ⑫1, ⑬3, ⑯11, 12, ⑰8, 16
中院具忠　なかのいんともただ　㉚20, ㉛4
中院雅平　なかのいんまさひら　㊳9
中院(三条)通顕　なかのいんみちあき　②11, ⑧4
中院(三条)通冬　なかのいんみちふゆ　⑯12, ㉕2, ㉚13
中野藤左衛門　なかのとうざえもん　⑳10
中野藤内左衛門　なかのとうないざえもん　⑲3
中坊悪律師　なかのぼうのあくりっし　②11
中坊小相模　なかのぼうのこさがみ　②11
長浜　ながはま　⑮6, ⑯3, ⑱9
長浜六郎左衛門　ながはまろくろうざえもん　⑩9, ⑭4, 5, 8
中原親連　なかはらちかつら　⑩2
中原親鑑(道準)　なかはらちかのり　⑩9
中原頼章　なかはらよりのり　㊴8
那河彦五郎　なかひこごろう　㉘3
中布利五郎左衛門　なかぶりごろうざえもん　⑨7
中御門宣明　なかみかどのぶあきら　④2, ⑯12
中御門宣方　なかみかどのぶかた　㊴8
中御門宗泰　なかみかどむねやす　㊵2
長峯石見守　ながみねいわみのかみ　㉛1
長峯勘解由左衛門　ながみねかげゆざえもん　㉛3
中村　なかむら　⑭4, ⑮7, ㉛1
中村六郎　なかむらのろくろう　⑰26
長屋王　ながやおう　⑯13
中山助五郎　なかやますけごろ

う ㉙10
中山光能 なかやまみつよし ⑧2
名越有公 なごやありとも ⑪10
名越貞持 なごやさだもち ⑪10
名越式部大夫 なごやしきぶのたいふ ⑬8
名越高家 なごやたかいえ ⑨1, 2, 3, 4, ⑭2
名越時有 なごやときあり ⑪10
名越時兼 なごやときかね ⑬3, 4, 8
名越時見 なごやときみ ⑦3
名越時元 なごやときもと ⑩9
名越兵庫助 なごやひょうごのすけ ⑦3
名越宗教 なごやむねのり ⑥7, 8, ⑦3
那須 なす ⑦9, ⑭11
那須加賀守 なすかがのかみ ③4
那須資藤 なすすけふじ ㉜13
那須遠江守 なすとおとうみのかみ ㉛1
那須五郎 なすのごろう ⑰11
那須与一(資高) なすのよいち ㉜13
名張新左衛門 なばりしんざえもん ⑱3
名張八郎 なばりのはちろう ⑭5, 10
楢崎 ならさき ㉖3, ㉟10, ㊳3
成合 なりあい ⑦9, ⑭11, ⑯1
成良親王(将軍宮) なりよししんのう ⑬4, ⑲4
那波左近大夫 なわさこんのたいふ ③4
名和修理亮 なわしゅりのすけ ㉝7
名和長秋 なわながあき ㉝7
名和長重 なわながしげ ⑦8, 9
名和長生 なわながたか ⑦9, ⑧13, ⑯12, ㉛7
名和長年 なわながとし ⑦8, 9, ⑪2, 6, ⑫3, 4, 9, ⑬2, 3, ⑭11, 12, 18, ⑮7, ⑯12, ⑰1, 8, 10, ㉑6, ㉝7
那和政家 なわまさいえ ⑬4
南岳大師(慧思) なんがくだいし ㉕2
南岸円宗院 なんがんのえんじゅういん ㉑6
南西 なんざい ㉛1

南三郷 なんさんごう ⑦9, ⑯3
南山士雲 なんざんしうん ⑩9
南条高直 なんじょうたかなお ②4, ⑩8
南条宗直 なんじょうむねなお ①10
難波掃部助 なんばかもんのすけ ㉞2
難波備前守 なんばびぜんのかみ ⑭4, 8
南部 なんぶ ⑧13, ⑲7, 9, ㉚10
南部甲斐入道 なんぶかいのにゅうどう ⑥7
南部為重 なんぶためしげ ⑰16
南部三郎 なんぶのさぶろう ③4
南部太郎 なんぶのたろう ⑩8
南部六郎 なんぶのろくろう ㉜13
南部常陸守 なんぶひたちのかみ ㉛3
南木十郎 なんぼくのじゅうろう ㉛1

に

新殿の局 にいどののつぼね ⑩8, ⑪1
新野四郎 にいののしろう ⑨7
新屋入道 にいのやにゅうどう ㉜12
新見 にいみ ⑦9, ⑯1
贄川(贄河) にえかわ ⑱1, ㉞3, 7, 8, ㉟5, ㊱15
二階堂 にかいどう ㉛2, 3
二階堂伊勢入道 にかいどういせのにゅうどう ⑨7
二階堂下野次郎 にかいどうしもつけのじろう ㉛1
二階堂高貞 にかいどうたかさだ ㉛1
二階堂道蘊 にかいどうどううん ①11, ②5, ⑥7, 8, ⑦1, 2, ⑪11
二階堂時元 にかいどうときもと ②1, ⑥7
二階堂宗元 にかいどうむねもと ⑥7
二階堂山城判官 にかいどうやましろのほうがん ㉚9
二階堂行朝 にかいどうゆきとも ④2, ㉚9
二階堂行春 にかいどうゆきはる ㉓8
二階堂行通 にかいどうゆきみち ㉕2
二階堂行元 にかいどうゆきも

と　㉕2
仁木 にき　⑨1, ⑬8, ⑭5, 9, ⑮6, 11, ⑯4, 10, 11, ⑰1, 10, ㉗7, 9, ㉘6, 7, ㉙2, 3, ㉚5, ㉛1, ㉜3, ㉞3, 17, ㊳9
仁木式部少輔 にきしきぶのしょう　㉟3
仁木満長 にきみつなが　㉞5
仁木義氏 にきよしうじ　㉛1
仁木義任 にきよしとう　㉟10
仁木義長 にきよしなが　⑭5, ⑮18, ㉗11, ㉙4, ㉚3, 7, 9, 10, ㉛1, ㉜13, ㉞5, 8, 16, ㉟2, 3, 4, 5, 6, 7, 9, 10, ㊱1, 2, 14, 15, 17, ㊲3, ㊴3
仁木義尹 にきよしまさ　㊱12, 17, ㊳3
仁木頼章 にきよりあき　⑭5, ⑯1, ⑰24, ㉖7, ㉗11, ㉙2, 4, ㉚3, 9, 10, ㉛1, ㉜10, 13, 14
仁木頼勝 にきよりかつ　㉗11, ㉞5, ㉟3, 4, ㊳3
仁木頼夏 にきよりなつ　㉟3, 4, ㊱9, 11, 13, 17
西河兵庫助 にしかわひょうごのすけ　㉝7
西郡十郎 にしごりのじゅうろう　⑨7
錦織判官代 にしごりほうがんだい　①5, ③5
西党 にしとう　㉛1
仁科 にしな　⑭6, ⑮7, ⑰6, 7, 10, ㉛8
仁科氏重 にしなうじしげ　⑯12, ⑰1
仁科重員 にしなしげかず　⑰16
仁科入道 にしなにゅうどう　⑭4
仁科兵庫頭 にしなひょうごのかみ　㉛3
二条定世 にじょうさだよ　⑰16
二条為明 にじょうためあきら　②2, 10, 11, ㉚13
二条為有 にじょうためあり　㊴8, ㊵2
二条為子 にじょうためこ　①3, ⑱11
二条為定 にじょうためさだ　⑯12, ⑰16, ㉚13, ㊵1
二条為重 にじょうためしげ　㊵2
二条為忠 にじょうためただ　㊵2
二条為次 にじょうためつぐ　⑭4, ⑮7, ⑰16
二条為遠 にじょうためとお　㊵2
二条為冬 にじょうためふゆ

⑭9, ⑱11
二条為世 にじょうためよ ①3, ㉜2
二条道平 にじょうみちひら ⑫7, 9, ㉗2, ㉙12, ㊵2
二条師基 にじょうもろもと ⑪7, ⑭12, ⑯12, ⑰7, 10, ㉘8, ㉞10, 16, ㊱15
二条師良 にじょうもろよし ㉚13, ㊵2
二条良忠 にじょうよしただ ⑯12
二条良基 にじょうよしもと ⑯13, ㉕2, ㉗9, 13, ㉚13, ㉜5, ㊴8, ㊵1, 2
日蔵 にちぞう ㉖10, ㉟8
新田 にった ⑱4, ㉛1, ㉝7, ㊱7
新田四郎 にったのしろう ⑬4
新田義顕 にったよしあき ⑭11, 15, ⑯12, ⑰16, 18, 19, 20, 21, ⑱9, 10, 11, 12, ㉝8
新田義興 にったよしおき ⑲7, 8, 9, ⑳3, 14, ㉑6, ㉛1, 2, 3, 8, ㉜7, ㉝8, 9, ㉞1, 16, ㊲9, ㊳8
新田義貞 にったよしさだ ⑦4, ⑩2, 3, 6, 7, 8, 9, ⑪1, 4, 7, ⑫4, ⑬2, ⑭1, 2, 3, 4, 5, 6, 7, 8, 10, 11, 12, 15, 16, ⑮1, 2, 3, 6, 7, 8, 10, 11, 13, 14, ⑯1, 2, 3, 4, 5, 6, 7, 8, 9, 11, 12, ⑰1, 2, 3, 5, 7, 8, 10, 12, 13, 14, 15, 16, 17, 18, 19, 20, 22, 23, 24, ⑱1, 5, 9, 10, 12, ⑲3, 4, 5, 6, 7, 10, ⑳1, 2, 3, 4, 6, 8, 9, 10, 11, 12, 13, 14, ㉑1, 5, 6, 7, ㉔2, 7, ㉖9, ㉘8, ㉚12, ㉛1, 8, ㉜11, ㉝8, ㊲4, ㊳9, ㊴5
新田義貞の妻 にったよしさだのつま ⑩8
新田義宗 にったよしむね ㉑6, ㉛1, 2, 3, 8, ㉝8, ㊱17, ㊲4
二宮 にのみや ㉔3
二宮伊豆守 にのみやいずのかみ ㉛1
二宮伊予守 にのみやいよのかみ ㉛3
二宮近江守 にのみやおうみのかみ ㉛1, 3
二宮河内守 にのみやかわちのかみ ㉛1, 3
二宮貞家 にのみやさだいえ ㊴7
二宮但馬守 にのみやたじまのかみ ㉛1, 3
二宮能登守 にのみやのとのかみ ㉛3
二宮兵庫助 にのみやひょうご

のすけ　㉜13
如意王　にょいおう　㉖2, ㉗7, ㉚1
庭田資子(皇后)　にわたしし　㉚21
仁海　にんかい　㉗13
任憲　にんけん　㉚19, ㉜5
仁明天皇　にんみょうてんのう　②1

ぬ・ね・の

額田　ぬかだ　⑩8, ⑭5, ⑮3, ㉑6, ㉛1
額田為綱　ぬかだためつな　⑰8, 10, 11, 16
額田正忠　ぬかだまさただ　⑭4, ⑯12
奴可源五　ぬかのげんご　㉘3
奴可(奴賀)四郎　ぬかのしろう　⑨4, ⑭7
怒借屋彦三郎　ぬかりやひこさぶろう　⑨7
沼田太郎　ぬまたのたろう　㉜4
寧王　ねいおう　㉟8, ㊲10
甯戚　ねいせき　㉑6
禰智　ねち　⑳9, 12, ㉑7
禰智越中守　ねちえっちゅうのかみ　㉑6
禰智掃部助　ねちかもんのすけ　⑳2
根津　ねづ　㉛8
根津修理亮　ねづしゅりのすけ　㉛3
根津小次郎　ねづのこじろう　㉛3, ㉞5, 7
根尾入道　ねのおのにゅうどう　㉑6
能因　のういん　④2
能忍　のうにん　㉕2
野上　のがみ　㉞3, 7
野尻　のじり　⑬4, ⑭11, ⑰22, ㊳4
野田　のだ　㉖9
野田兵庫允　のだひょうごのじょう　㉜12
能登彦次郎　のとひこじろう　⑨7
野中貞国　のなかさだくに　⑰26
野長瀬七郎　のながせのしちろう　⑤10
野長瀬六郎　のながせのろくろう　⑤10
野中郷司　のなかのごうし　㉝7
野原　のはら　㉜12, ㉞5
野与党　のよとう　㉚9

は

梅鋗　ばいけん　㉘9
蠅払一揆　はいはらいいっき

㉟10
方賀　はが　⑦9
垪和　はが　㉙6
芳賀公頼(貞綱)　はがきんより　㉚9, ㉞2, 8, ㊴4
芳賀禅可(高名)　はがぜんか　⑲7, 8, 9, ㉑1, ㉞2, 8, ㉟3, ㊴4
芳賀高家　はがたかいえ　㊴4
波賀野　はがの　⑨5
芳賀八郎　はがのはちろう　㊴4
芳賀肥後守　はがひごのかみ　㉚9
羽切遠江守　はきりとおとうみのかみ　㉚10
萩原　はぎわら　㉟10
伯夷　はくい　⑤2, ⑬2
白乙丙　はくいつへい　㉓6
伯顔　はくがん　㉞10, ㊳12
白起　はくき　㉗7, ㊲4
白居易(楽天)　はくきょい　①2, ⑪7, ㉟8
橋本　はしもと　㉜12, ㊱8
橋本季経　はしもとすえつね　⑬3
橋本判官　はしもとほうがん　㉞5
馬周　ばしゅう　⑫1
蓮沼　はすぬま　㉛1
長谷与一　はせよいち　㉙6
畑　はた　⑩8
畠山　はたけやま　⑮11, ⑯4, 10, 11, ⑰1, ㉙12, ㉛1, ㉞17, ㉟5
畠山伊豆守　はたけやまいずのかみ　㉛1
畠山清義　はたけやまきよよし　㉛1
畠山国清(道誓)　はたけやまくにきよ　⑭5, ⑮7, 18, ㉗10, ㉙1, 9, 10, ㉚7, 8, 9, 10, ㉛1, ㉝8, 9, ㉞2, 3, 5, 7, 16, ㉟2, 3, 4, 6, 9, ㊱10, 11, 14, ㊲9, 10, ㊳8
畠山国熙　はたけやまくにひろ　㉛1, ㉞2, 8, ㊲9, ㊳8
畠山国頼　はたけやまくにより　⑭5
畠山重隆　はたけやましげたか　㉝7
畠山重忠　はたけやましげただ　㉔7
畠山高国　はたけやまたかくに　㉛1
畠山直顕　はたけやまただあき　㉝6, 7
畠山直宗　はたけやまただむね　㉖2, ㉗3, 5, 7, 10, 11, 12, ㉘1, ㉚11
畠山民部少輔　はたけやまみんぶのしょう　㉝7

畠山義深　はたけやまよしふか　㉛1, ㉞2, 7, 8, ㊱14, ㊲9, ㊳8, ㊴7
畑時能　はたときよし　⑮3, ⑯3, ⑲3, ⑳12, ㉑7, ㉓1, 3
秦川勝　はたのかわかつ　㉙9
秦武文　はたのたけふん　⑱11
秦久武　はたのひさたけ　②9
波多野　はだの　⑭11, ㉑7, ㉜3
波多野出雲守　はだのいずものかみ　㊵2
波多野氏秀　はだのうじひで　㉜12
波多野貞秀　はだのさだひで　㉜12
波多野七郎左衛門　はだのしちろうざえもん　㉟10
波多野弾正忠　はだのだんじょうのちゅう　㉟10
波多野時秀　はだのときひで　㉜12
波多野季秀　はだのとしひで　㉜12
波多野三郎　はだののさぶろう　㉝7
波多野宣道(信道)　はだののぶみち　②10, 11, ④2, ⑭4
波多野秀俊　はだのひでとし　㉜12
波多野秀長　はだのひでなが　㉜12
波多野秀基　はだのひでもと　㉜12
波多野秀義　はだのひでよし　㉜12
波多野正信　はだのまさのぶ　㉜12
八幡六郎　はちまんのろくろう　㉑8
八文字一揆　はちもんじいっき　㉛1
蜂屋　はちや　㉜3, 12, 13
蜂屋近江守　はちやおうみのかみ　㉞5
蜂屋義行　はちやよしゆき　㉞5
八田左衛門太郎　はったさえもんのたろう　㉜13
服部　はっとり　㉟10
花一揆　はないっき　㉛1
花園院　はなぞのいん　⑧4, ⑨5, 6, 7, 8, ⑯13, ㉕2, ㉖1
鼻田与三　はなだよぞう　㉖9
蕚六郎入道　はなぶさろくろうにゅうどう　⑨7
羽川　はねかわ　⑩3, 8, ⑮3, ㉑6, ㉛1
羽川時房　はねかわときふさ　⑯12, ㉛3
羽川備中守　はねかわびっちゅ

うのかみ　⑭4
浜名詮政　はまなのりまさ　㊵2
葉室公定　はむろきんさだ　㉚13
葉室公政　はむろきんまさ　③6
葉室左衛門督　はむろさえもんのかみ　㉝7
葉室長光　はむろながみつ　⑯12, ㉚13
葉室宗顕　はむろむねあき　㊴8
林　はやし　⑧9
林二郎入道(源琳)　はやしのじろうにゅうどう　⑱6, 9
早田宮　はやたのみや　㉑8
頓宮　はやみ　⑧1, 9, ⑯1
頓宮三郎入道　はやみさぶろうにゅうどう　⑧10
頓宮四郎左衛門尉　はやみしろうざえもんのじょう　㊱9, 12
頓宮忠氏　はやみただうじ　⑯2, 3, 12
頓宮孫三郎　はやみまごさぶろう　⑧10
頓宮又次郎入道　はやみまたじろうにゅうどう　⑧10
羽床　はゆか　㉑6, ㉔3
原　はら　⑯3, ㉜3, 12, 13
原駿河守　はらするがのかみ　㉞5
原田佐秀　はらだすけひで　⑧11
原田対馬守　はらだつしまのかみ　⑮17, 19
原源五　はらのげんご　⑯5
原源六　はらのげんろく　⑯5
原四郎三郎　はらのしろうさぶろう　㉖6
原四郎次郎　はらのしろうじろう　㉖6
原四郎太郎　はらのしろうたろう　㉖6
原八郎左衛門　はらはちろうざえもん　㉙6
波羅門僧正　ばらもんそうじょう　㉕3
原義実　はらよしざね　㉙9
伴　ばん　⑮6, ㉔7, ㉖6
樊噲　はんかい　④5, ⑦1, ⑧10, ⑮3, ⑲3, ㉓1, ㉘3, 9, ㉞2
班固　はんこ　⑫1
坂西　ばんぜい　⑭11, 14, ㉔5, ㉖3, 6, ㉛3, ㉜12
范増　はんぞう　⑬3, ㉘9, ㉙10, ㊲4
半田彦三郎　はんだひこさぶろう　⑨7
範忠　はんちゅう　㊱5
坂東　ばんどう　⑭11, 14, ㉔

5, ㉖3, 6, ㉜12
坂東八平氏　ばんどうのはちへいし　⑩7, ⑭5, ⑲8, ㉙11, ㉞2
坂東平氏　ばんどうへいし　㉛1
範猷(少納言房)　はんゆう　⑯3
范蠡　はんれい　④4, 5, ⑫4, ⑰14, ⑳4

ひ

氷上川継　ひかみのかわつぐ　⑯13
光源氏　ひかるげんじ　④3, ⑫1, ㉑8
比干　ひかん　⑬2, ⑰13
疋田藤六　ひきたとうろく　㉜12
引他九郎　ひきたのくろう　⑭11
疋檀妙玄　ひきだみょうげん　⑨5
彦部　ひこべ　㉙10
彦部七郎　ひこべのしちろう　㉙12
彦部秀光　ひこべひでみつ　㊵2
彦夜叉　ひこやしゃ　㉗9
微子　びし　⑬3
費将軍　ひしょうぐん　㉘9
肥前刑部大輔泰親　ひぜんぎょうぶのたいふやすちか　㉝7
飛驒伊豆入道　ひだいずのにゅうどう　㉞5
常陸大丞高幹　ひたちのだいじょうたかもと　㉛3
敏達天皇　びたつてんのう　③1
畢万〔魏〕　ひつばん　㉗6
人見恩阿　ひとみおんあ　⑥9
日野資明　ひのすけあきら　②11, ⑤2, ⑧4, ⑮9, ⑯12, ㉕2, ㉖4
日野資朝　ひのすけとも　①5, 6, 10, 11, ②5, 6, ㉞16
日野資名　ひのすけな　②11, ③7, ⑤1, ⑧4, ⑨6, 7, ⑯13
日野資康　ひのすけやす　㊴8
日野忠光　ひのただみつ　㉚13, ㉝4, ㊴8, ㊵2
日野時光　ひのときみつ　㉚13, ㉜1, 5, ㉞1, ㊵2
日野俊基　ひのとしもと　①5, 6, 10, 11, ②3, 4, 5, 6, 7, ㉞16
日野俊基の北の方　ひのとしものきたのかた　②7
日野左少弁　ひののさしょうべん　㉝7
日野教光　ひののりみつ　㉚13

日野保光　ひのやすみつ　㉚13, ㉜1
百里奚　ひゃくりけい　⑤2, ⑯7, ㉓6, ㊴1
憑夷　ひょうい　㉓1
日吉　ひよし　㉔1, 3
日吉大蔵左衛門　ひよしおおくらざえもん　㉔5
日吉加賀法眼　ひよしかがのほうげん　⑱1
日吉修理亮　ひよししゅりのすけ　㉞13
平井　ひらい　㉟10
平井景範　ひらいかげのり　㉜12
平井又八　ひらいまたはち　②11
平井康景　ひらいやすかげ　②11
平賀三郎　ひらがのさぶろう　⑤8
平庄　ひらじょう　⑨5
平塚次郎　ひらつかのじろう　㉜12
平塚孫四郎　ひらつかまごしろう　⑨7
平野伊勢前司　ひらのいせのぜんじ　⑧2
平野将監入道　ひらのしょうげんにゅうどう　⑥9
平山　ひらやま　㉛1
平山季重　ひらやますえしげ　③5, ⑥9
広沢　ひろさわ　⑦9, ㊳3
弘沢　ひろさわ　⑭11
広田五郎左衛門尉　ひろたごろうざえもんのじょう　⑨7
弘田八郎　ひろたのはちろう　⑨7
弘戸　ひろと　⑯1
広戸太郎次郎　ひろとたろうじろう　㉖7
広戸弾正左衛門　ひろとだんじょうざえもん　㉖7
広戸八郎次郎　ひろとはちろうじろう　㉖7
広戸美作守　ひろとみまさかのかみ　㊱6
広橋仲光　ひろはしなかみつ　㊴8, ㊵1, 2
備後三郎入道　びんごのさぶろうにゅうどう　⑨7
備後民部丞　びんごみんぶのじょう　⑨7

ふ

武乙〔殷〕　ぶいつ　㉚6
傅説　ふえつ　⑫1
武王〔周〕　ぶおう　②5, ④5, ⑨5, ⑬3, ⑰23, ㉑6, ㉓6, 7, ㉗7, ㉚6, ㉜3, 14, ㉟8
武王〔楚〕　ぶおう　㉗4

深町　ふかまち　⑬8, ⑰7, ⑲3
傅寛　ふかん　㉘9
傅毅　ふき　㉕2
吹屋清式部丞　ふきやせいのしきぶのじょう　㉟4
不空三蔵　ふくうさんぞう　㉙5
福塚　ふくづか　㉜12, ㉞5, ㊱8
福間三郎左衛門　ふくまさぶろうざえもん　㉜12
福見佐長　ふくみすけなが　⑧11
福頼新兵衛　ふくよりしんびょうえ　㉜12
福林寺　ふくりんじ　⑯1
苻堅　ふけん　⑰8
夫差〔呉〕　ふさ　④5, ⑩4, ⑳4
藤井　ふじい　⑦9
藤井六郎　ふじいのろくろう　⑭11
藤木三郎　ふじきのさぶろう　㉝7
藤崎四郎　ふじさきのしろう　㉛3
藤田小次郎　ふじたこじろう　㉙9
藤田三郎左衛門　ふじたさぶろうざえもん　⑭4, 8
藤田四郎左衛門　ふじたしろうざえもん　⑭8
藤田七郎　ふじたのしちろう　⑨7
藤田八郎　ふじたのはちろう　⑨7
藤田六郎　ふじたのろくろう　⑨7
藤田兵庫助　ふじたひょうごのすけ　㉞13
藤田六郎左衛門　ふじたろくろうざえもん　⑭8
富士六郎　ふじのろくろう　㉔5
伏見院　ふしみいん　⑮15, ㉓8
藤山兵庫助　ふじやまひょうごのすけ　㉜12
武淑妃　ぶしゅくひ　㊲10
藤原敦忠　ふじわらのあつただ　⑫2
藤原有範　ふじわらのありのり　㉚6
藤原宇合　ふじわらのうまかい　⑲2
藤原小黒麿　ふじわらのおぐろまろ　⑲2
藤原穏子　ふじわらのおんし　⑫2
藤原鎌足　ふじわらのかまたり　②1, ⑫2, ㉗2, ㊳1, ㊴8
藤原清貫　ふじわらのきよつら

⑫2
藤原清房　ふじわらのきよふさ　⑯12
藤原公脩　ふじわらのきんなか　⑯12
藤原公雅　ふじわらのきんまさ　⑯12
藤原定国　ふじわらのさだくに　⑫2
藤原定親　ふじわらのさだちか　⑯12
藤原貞敏　ふじわらのさだとし　⑬3
藤原実廉　ふじわらのさねかど　⑯12
藤原実任　ふじわらのさねとう　⑯12
藤原実夏　ふじわらのさねなつ　⑯12
藤原実治　ふじわらのさねはる　⑯12
藤原実守　ふじわらのさねもり　⑯12
藤原菅根　ふじわらのすがね　⑫2
藤原資親　ふじわらのすけちか　⑯12
藤原資房　ふじわらのすけふさ　⑯12
藤原純友　ふじわらのすみとも　⑯13
藤原高重(孝重)　ふじわらのたかしげ　⑬3
藤原隆朝　ふじわらのたかとも　⑯12
藤原忠文　ふじわらのただふみ　⑲2
藤原為敦　ふじわらのためあつ　㊵2
藤原千方　ふじわらのちかた　⑯13
藤原継縄　ふじわらのつぐただ　⑲2
藤原経康　ふじわらのつねやす　⑯12
藤原定家　ふじわらのていか　㊵2
藤原時平　ふじわらのときひら　⑫2, ㉖10
藤原俊氏　ふじわらのとしうじ　⑯12
藤原利仁　ふじわらのとしひと　⑨5
藤原豊成　ふじわらのとよなり　⑯13
藤原仲成　ふじわらのなかなり　⑯13
藤原仲範　ふじわらのなかのり　⑤4
藤原成親　ふじわらのなりちか　㉑3
藤原信頼　ふじわらののぶより

⑯13
藤原範国　ふじわらののりくに　⑯12, ⑰13, 16
藤原秀郷(俵藤太)　ふじわらのひでさと　⑮5, ⑯13
藤原英房　ふじわらのひでふさ　⑱11
藤原広有　ふじわらのひろあり　⑫7
藤原房高　ふじわらのふさたか　⑯12
藤原房衡　ふじわらのふさひら　⑯12
藤原不比等　ふじわらのふひと　②1, ⑰8
藤原冬房　ふじわらのふゆふさ　⑯12
藤原正雄　ふじわらのまさお　㉘9
藤原光顕　ふじわらのみつあき　⑯12
藤原光親　ふじわらのみつちか　②4
藤原光任　ふじわらのみつとう　⑯12
藤原光業　ふじわらのみつなり　⑯12
藤原(吉田)光守　ふじわらのみつもり　⑪2, ⑭8, ⑯12
藤原宗緒　ふじわらのむねお　⑯12
藤原宗兼　ふじわらのむねかね　⑯12
藤原基経　ふじわらのもとつね　⑫2
藤原師通　ふじわらのもろみち　㉑3
藤原懐国　ふじわらのやすくに　㊵2
藤原保忠　ふじわらのやすただ　⑫2
藤原保昌　ふじわらのやすまさ　㉗10
藤原頼長　ふじわらのよりなが　⑯13, ㉕2
扶蘇　ふそ　⑫9, ㉗6, 7
淵野辺甲斐守　ふちのべかいのかみ　⑬5, 6
仏地坊　ぶっちぼう　⑮4
武丁　ぶてい　⑭2
武帝〔漢〕　ぶてい　⑱11
武帝〔梁〕　ぶてい　㉕2, 3
舟木兵庫助　ふなきひょうごのすけ　㉞5
船田　ふなだ　⑳9
船田経政　ふなだつねまさ　⑭4, ⑮6, ⑰5, ⑱9, ⑲3, ⑳1
船田義昌　ふなだよしまさ　⑦4, ⑩8, ⑪1, ⑭3, 4, 8, 10, ⑮6
不二房　ふにぼう　⑬2
普門利清(俊清)　ふもんとしき

よ　⑭11, ⑳2
故折　ふるおり　㉞5
布留屋兵部大輔　ふるやひょうぶのたいふ　㉛3
古屋民部大夫　ふるやみんぶのたいふ　㉛1
文王〔周〕　ぶんおう　②5, ④5, ⑫8, ㉑6, ㉚6, ㉜3, ㉟8
文王〔楚〕　ぶんおう　㉗4
文翁　ぶんおう　⑫1
文景(文帝・景帝)〔漢〕　ぶんけい　㉖5
文成　ぶんせい　㉗4, 6
文帝〔漢〕　ぶんてい　⑬2
文帝〔魏〕　ぶんてい　⑬1
文帝〔隋〕　ぶんてい　⑰8
文室宮田麻呂　ふんやのみやたまろ　⑯13
文室綿麿　ふんやのわたまろ　⑲2

へ

平一揆　へいいっき　㉛1, ㉟6, ㊲9, ㊴4
平右馬三郎　へいうまさぶろう　⑨7
平公〔晋〕　へいこう　⑬3
平五郎　へいごろう　③5
平田慈均　へいでんじきん　㉝4
閉伊十郎　へいのじゅうろう　⑲7
戸次頼時　へつぎよりとき　㉕2, ㉗11
別源円旨　べつげんえんし　㉚2
別所五郎左衛門　べっしょごろうざえもん　⑨5
別所六郎左衛門　べっしょろくろうざえもん　⑨5
卞和　べんか　㉗4
扁鵲　へんじゃく　㉑5
遍昭(遍照)　へんじょう　⑱11, ㉑8
逸見　へんみ　⑰10
逸見掃部助　へんみかもんのすけ　㉞2
逸見刑部少輔　へんみぎょうぶのしょう　㉞2
逸見下野守　へんみしもつけのかみ　㉛3
逸見時氏　へんみときうじ　㉖7
逸見入道　へんみにゅうどう　㉛3
逸見美濃守　へんみみののかみ　㉛3
逸見美濃入道　へんみみののにゅうどう　㉞2

ほ

彭越　ほうえつ　⑬2, ㉘9

波々伯部　ほうかべ　⑨5, ⑯1, ㉙4
波々伯部為光　ほうかべためみつ　⑭11, 12
伯耆安綱　ほうきのやすつな　㉜11
房玄齢　ぼうげんれい　⑫1, ⑬2
褒姒　ほうじ　④5, ㉝8, ㊲10
鮑叔牙　ほうしゅくが　⑩8
法守法親王　ほうしゅほっしんのう　⑤1
北条邦時(万寿)　ほうじょうくにとき　⑩8, ⑪1
北条貞時　ほうじょうさだとき　①1, ㉟8
北条重時　ほうじょうしげとき　㉟8
北条高時　ほうじょうたかとき　①1, 11, ②1, 3, 5, ③4, ④2, ⑤4, 5, 6, ⑥5, 9, ⑦4, ⑨1, 2, ⑩1, 2, 7, 8, 9, ⑪1, 4, 11, ⑫1, ⑬3, ⑯8, 13, ⑱4, ⑲1, 6, ㉔2, ㉕2, ㉗13, ㉜11, ㉝3, ㉞1
北条経時　ほうじょうつねとき　①1
北条時氏　ほうじょうときうじ　①1
北条(金沢)時直　ほうじょうときなお　④2, ⑦6, 7, ⑪8
北条時政　ほうじょうときまさ　①1, ⑤6, ⑨1, ㉜11
北条時益　ほうじょうときます　②10, ⑥3, 4, ⑧3, 5, 7, 8, 9, 13, 14, ⑨2, 4, 5, 6, 7, ⑪2, 4, 7, ⑭2
北条時宗　ほうじょうときむね　①1, ㉟8
北条時行(亀寿)　ほうじょうときゆき　⑩8, ⑬3, 4, 5, 7, 8, ⑭1, 2, ⑲6, 7, 8, 9, ⑳14, ㉜11
北条時頼　ほうじょうときより　①1, ㉟8
北条朝時　ほうじょうともとき　㉟8
北条仲時　ほうじょうなかとき　②10, ④2, ⑥3, 4, ⑧3, 5, 7, 8, 9, 13, 14, ⑨2, 4, 5, 6, 7, ⑩8, ⑪2, 4, 7, ⑭2
北条仲時の北の方　ほうじょうなかときのきたのかた　⑨6
北条基時　ほうじょうもとトき　⑩8
北条泰家　ほうじょうやすいえ　⑩2, 6, 7, 8, ⑫1, ⑬3
北条泰時　ほうじょうやすとき　①1, ②5, ㉟8
北条義時　ほうじょうよしとき　①1, ②5, ⑩2, ⑫6, ⑬3, ㉗13, ㉟8

坊城(勧修寺)経方 ぼうじょうつねかた ㉚13, ㉜5
坊城俊冬 ぼうじょうとしふゆ ㉜5, ㊴8
坊城三位 ぼうじょうのさんみ ㉝7
房深 ぼうじん ㊱5
彭祖(慈童) ほうそ ⑬1
法然(源空) ほうねん ㉕2
胞場 ほうば ⑧13
坊夫左衛門尉 ぼうふさえもんのじょう ⑧7
坊門清忠 ぼうもんきよただ ⑫1, ⑭2, ⑯12, ⑰16
坊門親忠 ぼうもんちかただ ㊴8
坊門正忠 ぼうもんまさただ ⑰1
坊門雅忠 ぼうもんまさただ ⑨2, 5
穆王〔周〕 ぼくおう ⑬1, 2
穆公〔秦〕 ぼくこう ⑤2, ⑯7, ㉑5, ㉓6, ㉖8, ㊴1
干雁左衛門大夫 ほしおさえもんのたいふ ㉛3
星野 ほしの ㉟2, 9
細川 ほそかわ ⑨1, ⑬8, ⑭5, 9, ⑮7, 11, ⑯4, 11, ⑰1, 10, ㉗7, 9, ㉘6, 7, ㉙2, 3, ㉚5, ㉛1, 6, ㉜3, ㉞17, ㉟5
細川顕氏 ほそかわあきうじ ⑭5, ⑮1, 18, ㉖3, 6, ㉙10, 11, ㉚17, 19, ㉛4, 5, ㉝6, ㉞3
細川家氏 ほそかわいえうじ ㉞5, 8, ㊱11
細川氏春 ほそかわうじはる ㉞5, ㊱11, 13, 15, ㊳9
細川和氏 ほそかわかずうじ ⑭2, 5, ⑲7
細川清氏 ほそかわきようじ ⑭5, ㉖7, ㉗11, ㉛4, 5, ㉜3, 5, 13, ㉞5, 13, 15, 16, ㉟2, 3, 4, ㊱9, 10, 11, 12, 13, 15, 16, ㊲2, 3, 5, ㊳9, 10, 11, 12
細川繁氏 ほそかわしげうじ ㉜12, ㉝6, 7
細川定禅 ほそかわじょうぜん ⑭11, 12, 14, 15, ⑮1, 3, 6, 16, ⑯3, 9, ⑰11, ㉓9
細川直俊 ほそかわただとし ㉞3
細川出羽守 ほそかわでわのかみ ⑲3, ⑳1, 10, ㉑7
細川業氏 ほそかわなりうじ ㉞5, ㉟5
細川八郎 ほそかわのはちろう ㉚17
細川信氏 ほそかわのぶうじ ㊳9
細川八幡八郎 ほそかわはちまんはちろう ㊱9
細川八幡六郎 ほそかわはちま

んろくろう　㊱9
細川将氏　ほそかわまさうじ　㊱11
細川師氏　ほそかわもろうじ　㉞5
細川頼和　ほそかわよりかず　㊱9, 11, 12, 13, 15, ㊳9
細川頼春　ほそかわよりはる　⑭5, ⑮1, 16, ⑰24, ⑲9, 10, ㉔3, 4, 5, 6, ㉖7, ㉗11, ㉚3, 18, 19
細川頼之　ほそかわよりゆき　㉜12, ㊱6, 15, ㊳3, 9, 10, 12, ㊵8
細屋　ほそや　⑳9
細屋(細谷)右馬助　ほそやうまのすけ　⑭4, 8
細谷秀国　ほそやひでくに　⑲3, ⑳1
北宮勦　ほっきゅうゆう　⑤8
法性寺康長　ほっしょうじやすなが　㉛5, 6, 7, ㉜3, 12
堀河院　ほりかわいん　⑫7, ⑮1, ㊵1
堀河具親　ほりかわともちか　③7, ⑧4
堀河光継　ほりかわみつつぐ　⑭4, ⑮7
堀口　ほりぐち　⑭5, ⑮3, ⑰1, ㉛1
堀口氏政　ほりぐちうじまさ　㉑7
堀口近江守　ほりぐちおうみのかみ　㉛3
堀口貞祐　ほりぐちさだすけ　㉜5, ㉞1
堀口貞満　ほりぐちさだみつ　⑩8, ⑭4, ⑮6, 7, ⑯12, ⑰13, 14, 16, ⑲8, ㉜5
堀口三郎　ほりぐちのさぶろう　㉝7
堀口兵庫助　ほりぐちひょうごのすけ　㉛3
堀新右衛門　ほりしんえもん　㊳10
母衣一揆　ほろいっき　㉛1
本郷詮泰　ほんごうのりやす　㊵2
本庄　ほんじょう　⑨5, ⑲5
本庄平三　ほんじょうへいぞう　㉞10
本庄平太　ほんじょうへいた　㉞10
本性房　ほんじょうぼう　③2
本間　ほんま　③8, ⑩7, ㉛3
本間重氏　ほんましげうじ　⑬1, ⑯9, ⑰2, 16, 17
本間四郎左衛門　ほんましろうざえもん　㉛1
本間資忠　ほんますけただ　⑥9
本間資頼　ほんますけより

⑥9
本間三郎　ほんまのさぶろう　②6
本間十郎　ほんまのじゅうろう　㉝7
本間山城入道　ほんまやましろにゅうどう　②6
本間山城左衛門　ほんまやましろのさえもん　⑩8
本間義景　ほんまよしかげ　㊵2

ま

毎田三郎　まいたのさぶろう　⑨7
真壁　まかべ　⑦9，⑭11，⑮7，⑯1
真壁三郎　まかべのさぶろう　⑨7
真壁十郎　まかべのじゅうろう　⑭4
真壁四郎　まかべのしろう　⑧13
真壁孫四郎　まかべまごしろう　㊳9
真上三郎　まかみのさぶろう　⑨7
真上彦三郎　まかみひこさぶろう　⑨7
真木　まき　㉜12
槙野　まきの　㉚15，17
槙尾　まきのお　㉞5
真木定観　まきのじょうかん　⑱1
槙野聖賢　まきのしょうけん　⑤10
槙木宝珠丸　まきのほうじゅまる　㉑6
猿子　ましこ　⑭4，⑮7
猿子左京亮　ましこさきょうのすけ　㉞5
猿子貞正　ましこさだまさ　㉚9
真島(間島)　まじま　⑧9，⑨5，㊱6
馬杉　ますぎ　㉟10
俣野　またの　㉞6
町野信宗　まちののぶむね　④2
松井蔵人　まついのくろうど　③6
松崎　まつざき　⑯3
松崎範家　まつざきのりいえ　⑯3
松下貞久　まつしたさだひさ　⑮15
松寿(北条友時)　まつじゅ　⑨6
松田　まつだ　⑧9，⑩7，⑭5，⑮16，⑯1，㉛1，3，5，7，㉝8，㊳3
松田小次郎　まつだこじろう

㉖7
松田重明　まつだしげあき　㉖7, ㉙9
松田七郎五郎　まつだしちろうごろう　㉖7
松田次郎左衛門　まつだじろうざえもん　㉖7
松田太郎三郎　まつだたろうさぶろう　㉖7
松田弾正左衛門尉　まつだだんじょうざえもんのじょう　㉘3
松田弾正少弼　まつだだんじょうのしょうひつ　㉝7
松田備前次郎　まつだびぜんのじろう　㉖7
松田盛朝　まつだもりとも　⑭11
松殿忠嗣　まつどのただつぐ　㉚13, ㉜5
松山　まつやま　㊱13
松山九郎　まつやまのくろう　⑳5
松浦　まつら　⑫4, ⑮18, 19, ㉝6, ㊳7
松浦出雲守　まつらいずものかみ　㉝7
松浦鬼八郎　まつらきはちろう　㉑6
松浦丹後守　まつらたんごのかみ　㉝7
松浦党　まつらとう　㉝7, ㊱7
松浦五郎　まつらのごろう　⑱11
万里小路季房　までのこうじすえふさ　②9, ③6, ④1, 2, ⑤2, ⑫1
万里小路資通　までのこうじすけみち　⑬2
万里小路嗣房　までのこうじつぐふさ　㉚13, ㊴8, ㊵2
万里小路仲房　までのこうじなかふさ　㉚13
万里小路宣房　までのこうじのぶふさ　①11, ③6, ④1, ⑤2, ⑫1, ⑬2, ⑰16
万里小路藤房　までのこうじふじふさ　②1, 9, ③1, 6, 7, ④1, 2, ⑤2, ⑫1, ⑬2, 3, ⑭11
摩騰法師　まとうほうし　㉕2
真野三郎　まののさぶろう　②11
馬淵　まぶち　②11, ㉖6, ㉟10
馬淵新左衛門　まぶちしんざえもん　㉜12
万将軍　まんしょうぐん　㊴10

み

三浦　みうら　⑯4
三浦近江守　みうらおうみのか

み　㉛1
三浦貞連　みうらさだつら　⑭5, 8, 9
三浦高継　みうらたかつぐ　⑫3, ⑲9
三浦高通　みうらたかみち　㉛1, 2, 3
三浦時継　みうらときつぐ　⑬4, 8
三浦大田和義勝　みうらのおおたわよしかつ　⑩7
三浦介　みうらのすけ　③4
三浦八郎左衛門　みうらはちろうざえもん　㉙12
三浦行連　みうらゆきつら　㉕2
三浦義澄(荒次郎)　みうらよしずみ　㉞1
三浦若狭五郎判官(持明)　みうらわかさのごろうほうがん　⑥7, ⑬4
瓶尻十郎　みかじりのじゅうろう　㉛3
瓶尻兵庫助　みかじりひょうごのすけ　㉜12
三河守友俊　みかわのかみともとし　⑨7
三河弥六　みかわやろく　⑨7
三木　みき　㉔3, 5
三栗屋十郎　みくりやのじゅうろう　㉝7
眉間尺　みけんじゃく　⑬6
見参岡三河守　みさおかみかわのかみ　㉝7
見島左衛門五郎　みしまさえもんのごろう　⑨7
見島左衛門七郎　みしまさえもんのしちろう　⑨7
見島新三郎　みしましんざぶろう　⑨7
水谷兵衛蔵人　みずたにひょうえのくろうど　③7
三栖入道　みすのにゅうどう　③6
水速　みずはや　㉞6
三角　みすみ　⑦9
三角兼連　みすみかねつら　㉑6, ㉘3, 4
溝口丹後守　みぞぐちたんごのかみ　㉝7
見田常陸守　みたひたちのかみ　㉛1
道口七郎　みちくちのしちろう　㉙6
三文字一揆　みつもんじいっき　㉘3
三津山城権守　みつやましろのごんのかみ　⑯3
皆吉左京亮　みなぎりさきょうのすけ　⑨7
南瀬口六郎　みなせぐちのろくろう　㉝8

派讃岐守　みなまたさぬきのかみ　㉝7
南次郎左衛門尉　みなみじろうざえもんのじょう　㉖7
南遠江次郎　みなみとおとうみのじろう　㉙10, 12
南の御方　みなみのおんかた　⑫9, ⑬5, ⑭2
南備前守　みなみびぜんのかみ　⑭5
南宗継　みなみむねつぐ　⑭5, ⑮18, ⑰1, ㉕2, ㉖7, ㉗11, ㉛2
南義時　みなみよしとき　⑩9
源公忠　みなもとのきんただ　⑫2
源実朝　みなもとのさねとも　①1, ⑲2
源重資　みなもとのしげすけ　⑯13
源季房　みなもとのすえふさ　⑥6
源為朝　みなもとのためとも　⑰2
源為義　みなもとのためよし　㉙10
源親光　みなもとのちかみつ　⑯12
源融　みなもとのとおる　㉜2
源具光　みなもとのともみつ　⑯12
源光　みなもとのひかる　⑫2
源師房　みなもとのもろふさ　㊵1
源師頼　みなもとのもろより　㊵1
源義家　みなもとのよしいえ　⑦4, ⑨5, ⑫7, ㉖7, ㉗11, ㊱9
源義親　みなもとのよしちか　⑭3, ⑯13
源義綱　みなもとのよしつな　㊱9
源義経　みなもとのよしつね　㉔2, ㉙2
源義朝　みなもとのよしとも　⑲6, ㉙10
源義信　みなもとのよしのぶ　⑧14
源義平　みなもとのよしひら　⑪11
源義光　みなもとのよしみつ　㊱9
源頼家　みなもとのよりいえ　①1, ⑲2
源頼朝　みなもとのよりとも　①1, ⑨1, 5, ⑬2, ⑭3, ⑮18, ⑲2, ㉗13, ㉞1
源頼政　みなもとのよりまさ　⑫7, ㉑8
源頼義　みなもとのよりよし　㊱9
源頼光　みなもとのらいこう

㉜11
箕浦四郎左衛門 みのうらしろうざえもん ㉜12, ㊳10
箕浦次郎左衛門(次郎右衛門) みのうらじろうざえもん ㉜5, ㊳10
箕浦弥次郎 みのうらやじろう ㊳10
美濃権介助重 みののごんのすけすけしげ ⑦9, ⑭4, ⑯3
美濃部 みのべ ㉟10
三原 みはら ㉝7
三村 みむら ⑦9, ㉜13
宮 みや ⑦9, ⑭11
宮氏信 みやうじのぶ ㊳3
宮兼信(道山) みやかねのぶ ㉔3, ㉙6, ㉛5, 7, ㊳3
三宅 みやけ ㉔3
都良香 みやこのよしか ⑫2, ㉗12
宮崎太郎二郎 みやざきたろうじろう ⑨7
宮崎三郎 みやざきのさぶろう ⑨7
明恵 みょうえ ㉟8
妙吉侍者(村雲の僧) みょうきつじしゃ ㉖2, ㉗5, 10, 11, 13
妙光坊小相模 みょうこうぼうのこさがみ ②11
明尊 みょうそん ⑮1
妙楽大師(湛然) みょうらくだいし ㉕2
三吉 みよし ⑦9, ㊳3
三善 みよし ⑭11, ㉘3
三善春衡 みよしはるひら ⑬3
三善文衡 みよしふんひら ⑬3
三輪 みわ ㉚15, 17
三輪西阿 みわのせいあ ⑱1, ㉑6, ㉖9
神良種 みわよしたね ⑫2
民部卿三位の局 みんぶきょうさんみのつぼね ①3, ⑥1, ㉗2

む・め

無涯仁浩 むがいにんこう ㉝4
武蔵七党 むさしのしちとう ⑩7, 9, ⑭5, ⑲8, ㉙11, ㉞2
武蔵坊 むさしぼう ⑤8
夢窓疎石 むそうそせき ⑱11, ㉓8, ㉕2, ㉖2, ㉗5, 13, ㉜2, ㉝1
宗堅大宮司(氏俊) むなかたのだいぐうじ ⑮16, ㊱7, ㊳7
宗良親王 むねよししんのう ①3, ②1, 10, 11, ③6, 7, ④2, ⑫1, ⑰16, ⑲5, ㉑7, ㉛3, 8
村岡三郎 むらおかのさぶろう

㉛3
村上　むらかみ　⑭4, ⑮7
村上新五郎　むらかみしんごろう　㉘3
村上天皇　むらかみてんのう　⑫2, ㉕2, ㉖10
村上信貞　むらかみのぶさだ　⑭8
村上弥次郎　むらかみやじろう　㉘3
村上義隆　むらかみよしたか　⑦2
村上義光　むらかみよしてる　⑤8, ⑦2
村田　むらた　㉖3
村山　むらやま　③4, ㉛1
室町公全　むろまちきんまさ　㊵2
室町実郷　むろまちさねさと　⑯12
目堅　めかた　②11
目加田　めかだ　㉟10
目賀田　めかだ　㉖6
妻鹿孫三郎(長時)　めがまごさぶろう　⑧12, ⑨5
馬鳴　めみょう　⑫8

も

孟子　もうし　②5, ⑳4
孟施舎　もうししゃ　⑤8
毛嬙　もうしょう　①2
孟嘗君　もうしょうくん　㉞2
蒙恬　もうてん　㉗7
孟明視　もうめいし　⑯7, ㉓6
毛利因幡守　もうりいなばのかみ　㉜12
毛利丹後前司　もうりたんごのぜんじ　③4
毛利師親(元春)　もうりもろちか　㉘3, ㊳3
木工介入道　もくのすけにゅうどう　⑨7
甕次郎右衛門　もたいじろうえもん　㉘3
以仁王　もちひとおう　⑳4
物部郡司　もののべのぐんじ　㉞15
物部守屋　もののべのもりや　⑥5, ⑯13, ⑰8, ㉗3, ㉘7, ㉙5, ㊳1
桃井　もものい　⑩8, ⑭12, ⑯4, ⑰1, ⑳9, ㉑6, ㉚3, ㉜14
桃井顕氏　もものいあきうじ　⑯12
桃井右京大夫　もものいうきょうのだいぶ　㉝7
桃井直常　もものいただつね　⑲7, 8, 9, ㉑8, ㉙2, 3, ㉚5, 7, 8, 9, 10, ㉛8, ㉜10, 11, 12, 13, ㉝1, ㊱17, ㊳4, ㊴7
桃井直信　もものいただのぶ　㉙3, ㉜13

桃井遠江守 もものいとおとうみのかみ ⑭4
桃井義繁 もものいよししげ ⑰16
桃井義盛 もものいよしもり ⑭5
森基久 もりもとひさ ⑮15
守良親王(第五宮) もりよししんのう ⑨7
護良親王 もりよししんのう ①3, ②1, 3, 5, 8, 10, 11, ⑤7, 8, 9, 10, ⑥1, 6, ⑦1, 2, 3, 4, 7, ⑧8, ⑨5, ⑫1, 9, 10, ⑬5, 6, ⑭2, 5, ⑯2, ⑲4, ㉔2, ㉖2, ㉗2, 13, ㉜2, ㉞10
茂呂勘解由左衛門尉 もろかげゆざえもんのじょう ㉞15
文観 もんかん ①4, ②1, 3, ⑫1, 5, 6, ⑭12, 14, ㉚15

や

八木 やぎ ⑧2, 7
八木岡五郎左衛門 やぎおかごろうざえもん ⑮18
野木備中次郎 やぎびっちゅうのじろう ㊳9
八木政通 やぎまさみち ⑭13
八木光勝 やぎみつかつ ㉗12
家城(八木)師政 やぎもろまさ ㉙10
薬師寺公義 やくしじきんよし ⑯10, ㉑8, ㉙9, 10, ㉚9
薬師寺助義 やくしじすけよし ㉚9
薬師寺十郎 やくしじのじゅうろう ⑧13
薬師寺義夏 やくしじよしなつ ㉚9
薬師寺義治 やくしじよしはる ㉙9
薬師寺義春 やくしじよしはる ㉚9
薬師寺義冬 やくしじよしふゆ ㉙9
薬師丸(米良道有) やくしまる ⑮9
矢倉三郎 やぐらのさぶろう ㉛3
屋沢八郎 やざわのはちろう ㉛3
矢島七郎 やしまのしちろう ⑰25, ⑱9
八代 やしろ ㉙11
屋代師国 やしろもろくに ㊵2
安田弾正忠 やすだだんじょうのちゅう ㉖6
康仁親王(東宮) やすひとしんのう ⑧4, ⑨6, 7, ⑫1
慶頼王(東宮) やすよりおう(よ

しよりおう）　⑫2
安良十郎左衛門　やすらじゅうろうざえもん　㊳3
矢田彦七　やたのひこしち　⑤8, 9
矢野下野守　やのしもつけのかみ　㉛6, ㉟10
矢野遠江守　やのとおとうみのかみ　㉙7
藪塚　やぶづか　㉛1
矢部　やべ　⑭11, ㉜3
山鹿　やまが　㉑6
山賀筑前守　やまがちくぜんのかみ　㉝7
山上　やまかみ　㉚9
山上次郎左衛門　やまがみじろうざえもん　⑭4
山上六郎左衛門　やまがみろくろうざえもん　⑭8
山岸　やまぎし　⑬8, ⑰7
山岸新左衛門尉　やまぎししんざえもんのじょう　⑲3
山口七郎右衛門　やまぐちしちろうえもん　㉘3
山口新左衛門　やまぐちしんざえもん　㉘3, ㉙12
山口入道　やまぐちにゅうどう　⑱4, ㉙12
山下　やました　㉛1
山科教言　やましなのりとき　㊵2
山城左衛門大夫　やましろさえもんのたいふ　③4
山城四郎左衛門　やましろしろうざえもん　⑥7
山城師政　やましろもろまさ　㊵2
山城行元　やましろゆきもと　㊵2
山田越中守　やまだえっちゅうのかみ　㉝7
山田又次郎　やまだまたじろう　㉘3
日本武尊　やまとたけるのみこと　㉖4
山名　やまな　⑩8, ⑭5, 10, 12, ⑯4, ⑳9, ㉑6, ㉛6, ㉜14
山名因幡権守　やまないなばのごんのかみ　㉝7
山名氏清　やまなうじきよ　㊵2
山名氏冬　やまなうじふゆ　㊳3, ㊴7
山名兼義　やまなかねよし　㉖6
山名忠家　やまなただいえ　⑰16
山名時氏　やまなときうじ　⑮18, ㉑3, 8, ㉕2, 4, ㉖6, ㉗11, ㉜3, 6, 7, 9, 10, 11, 12, ㉝1, ㉞1, 3, ㉟7, ㊱2, 6, 15, 17, ㊳3, 11, ㊴2

山名師義(師氏) やまなもろよし　㉑8, ㉛5, ㉜3, 4, 6, 10, 12, 13, ㊱6, ㊳3, ㊴2
山名義理 やまなよしただ　㊱6
山井惟則 やまのいこれのり　㉝7
山上 やまのうえ　⑩7
山内 やまのうち　⑨5
山本 やまもと　⑫1, ㉑6, ㉛5, ㉞3, 7, ㊱15
山本小五郎 やまもとこごろう　⑨7
山本七郎入道 やまもとしちろうにゅうどう　⑨7
山本時綱 やまもとときつな　①9
山本八郎入道 やまもとはちろうにゅうどう　⑨7
山本彦五郎 やまもとひこごろう　⑨7
山本彦三郎 やまもとひこさぶろう　⑨7
山本判官 やまもとほうがん　㉔1, ㉚15, ㉛7, ㉞8, ㉟5
山本孫四郎 やまもとまごしろう　⑨7
楊桃兼高 やまももかねたか　⑯12
楊梅兼親 やまももかねちか　㊵2
楊梅兼時 やまももかねとき　㊴8
八幡弥四郎(宗安) やわたやしろう　⑪7

ゆ

湯浅 ゆあさ　⑱1, ㉑6, ㉛5, ㉜3, ㉞3, 7, 8, ㊱15
湯浅定仏 ゆあさじょうぶつ　⑥2, 4, ⑫1, ㉔1, ㉚15, ㉟5
湯浅新兵衛 ゆあさしんびょうえ　㉜12
湯浅の一党 ゆあさのいっとう　㉟5
湯浅庄司 ゆあさのしょうじ　⑰2
湯浅太郎 ゆあさのたろう　㉞6
幽王〔周〕 ゆうおう　④5, ⑩8, ㉝8
祐覚(猷覚) ゆうかく　⑭4, 8, ⑮2, 7, ⑰11, 16, 17
遊和軒朴翁(亭叟) ゆうかけんぼくおう　㉜7, 9, 14
結城 ゆうき　⑭12, ⑯4, ⑲3, ㉞15
結城右馬頭 ゆうきうまのかみ　㉝7
結城上野守 ゆうきこうずけのかみ　⑳10
結城上野介 ゆうきこうずけの

すけ　⑲3
結城(山川)重光　ゆうきしげみつ　⑭13
結城親朝　ゆうきちかとも　⑳15, ㉑1, ㉛1, 3
結城親光　ゆうきちかみつ　⑥7, ⑨2, ⑪6, ⑫3, 9, ⑬3, ⑭11, 20, ⑰8
結城直光　ゆうきなおみつ　㉞2, ㊳8
結城宗広(道忠)　ゆうきむねひろ　②3, ③4, ⑫1, ⑮3, 6, 7, ⑲7, 9, ⑳14, 15, ㉑1
猷全　ゆうぜん　②11
湯川庄司　ゆかわのしょうじ　㉛6, ㉞8, ㉟5, 6
行吉掃部亮　ゆきよしかもんのすけ　㉝6
遊佐　ゆさ　㊲9
遊佐勘解由左衛門尉　ゆさかげゆざえもんのじょう　㉞7
遊佐入道(性阿)　ゆさにゅうどう　㊳8
愈侍者　ゆじしゃ　㊱11
由良　ゆら　⑭10, ⑮6, ⑱9, ⑳9
由良三郎左衛門　ゆらさぶろうざえもん　⑭4, ⑮6
由良新左衛門(信阿)　ゆらしんざえもん　⑩9, ⑯3, ㉛1, ㉝8
由良兵庫助　ゆらひょうごのすけ　㉝8
由良光氏　ゆらみつうじ　⑰21, ㉑7
由良美作守　ゆらみまさかのかみ　⑭4

よ

楊貴妃　ようきひ　⑮15 , ⑱11, ㉑8, ㉝8, ㉟8, ㊲10
楊玄琰　ようげんえん　㉟8, ㊲10
羊祜　ようこ　⑫1
楊国忠　ようこくちゅう　⑰8, ㉘1, ㊲10
雍歯　ようし　⑬2
楊時　ようじ　㉖5
煬帝〔隋〕　ようだい　⑬3
幼帝〔宋〕　ようてい　㉕2, ㊳12
用明天皇　ようめいてんのう　㊳1
楊雄　ようゆう　⑫1
養由基　ようゆうき　㉓1, ㉖4
陽禄門院(秀子)　ようろくもんいん　㉜1, 2
吉川　よかわ　⑲5, ㉑6
横内次郎　よこうちのじろう　㉝7
横地山城守　よこじやましろのかみ　㊵2

横溝八郎 よこみぞのはちろう ⑩7
横山 よこやま ⑭5, 8
横山重真 よこやましげまさ ⑩9
横山党 よこやまとう ㉛1
吉江 よしえ ⑮6
吉江小四郎 よしえこしろう ㉙12
吉江中務 よしえなかつかさ ㉚9
吉田 よしだ ㉟10
吉田安芸守 よしだあきのかみ ㉜12
吉田国俊 よしだくにとし ㉘7
吉田定房 よしださだふさ ①3, ⑭16, ⑯12, ⑰16, ㉜2
吉田資経 よしだすけつね ⑬2
吉田時房 よしだときふさ ㉚16
吉田八郎左衛門 よしだはちろうざえもん ㉜5
吉田秀仲(肥前房) よしだひでなか ㉜3, ㊱8
吉田冬方 よしだふゆかた ①11
吉田光継 よしだみつつぐ ⑯12
吉田宗房 よしだむねふさ ㊱1
吉田盛清 よしだもりきよ ㉙7
吉見 よしみ ⑯4
吉見氏頼 よしみうじより ㉚5
予譲 よじょう ⑪1, 7
四方田 よもた ㉛1
寄藤十郎兵衛 よりふじじゅうろうびょうえ ⑨7

ら・り・れ・ろ

頼意 らいい ㉚14
雷煥 らいかん ⑬6
頼豪 らいごう ⑮1, ㉗13
来太郎(国行) らいたろう ⑩8
頼宝 らいほう ②3
李衛(李靖) りえい ㊳12
驪姫 りき ⑫10
李嶠 りきょう ⑫2
理教房阿闍梨 りきょうぼうのあじゃり ⑰11
陸賈 りくか ㉘9
陸氏 りくし ⑱11
陸士龍(陸雲) りくしりゅう ㉕2
李広 りこう ㊲2, ㊳6
李広利 りこうり ⑩8
里尅 りこく ⑫10
李斯 りし ①1

李勣 りせき　⑫1, ⑬2
履道翁(李道翁) りどうおう　㊴4, 11
李白(太白) りはく　①7
李夫人 りふじん　⑱11, ㊲10
李由 りゆう　⑩7
劉賈 りゅうか　㉘9
劉向 りゅうきょう　⑫1
劉敬 りゅうきょう　㉘9
劉氏 りゅうし　㉞2
龍湫周沢 りゅうしゅうしゅうたく　㊵7
劉仲 りゅうちゅう　㊳12
龍伯公 りゅうはくこう　⑦4
劉備〔蜀〕 りゅうび　⑳8
劉濞 りゅうび　⑰8
呂安 りょあん　㉘9
良円 りょうえん　㉖9
良快 りょうかい　㊱5
良覚 りょうかく　㊵6
良憲 りょうけん　㊱5, ㊵1
良源(慈恵大師) りょうげん　⑧8, ㉕2, ㉗13
龍山徳見 りょうざんとくけん　㉝4
良寿 りょうじゅ　㊱5
亮性法親王 りょうしょうほっしんのう　㉑2, 3
良信 りょうしん　⑮1
良泉 りょうせん　⑩1
龍逢(関龍逢) りょうほう　⑬2
緑珠 りょくしゅ　㉑8
呂氏 りょし　㉞2
呂須 りょしゅ　㉘9
呂臣 りょしん　㉘9
呂青 りょせい　㉘9
呂洞賓 りょどうひん　㉖5, ㊴10
呂馬童 りょばどう　㉘9
呂文煥 りょぶんかん　㊳12
呂禄 りょろく　㉘9
李陵 りりょう　㊴3
藺相如 りんしょうじょ　㉗4
厲王〔楚〕 れいおう　㉗4
冷泉為邦 れいぜいためくに　㊵2
冷泉為秀 れいぜいためひで　㊵2
酈食其 れきいき　㉘9
酈商 れきしょう　㉘9
廉承武 れんしょうぶ　⑬3
廉頗 れんぱ　㉗4
老皇帝〔元〕 ろうこうてい　㊳12
楼煩 ろうはん　㉘9
六条有忠 ろくじょうありただ　⑫4
六条有房 ろくじょうありふさ　⑫4
魯仲連 ろちゅうれん　㉑6
六角泰綱 ろっかくやすつな

㉕2
魯般 ろはん ⑦3, ⑫2
魯陽 ろよう ⑩9, ㉖7, ㉛2
盧綰 ろわん ㉘9

わ

若児玉 わかこだま ㉛1
若児玉五郎左衛門 わかこだまごろうざえもん ㉓3
脇屋義助 わきやよしすけ ⑩2, 7, 8, ⑫4, ⑭4, 5, 7, 8, 9, 10, 12, 14, 15, 16, ⑮3, 6, 7, 11, 14, ⑯2, 3, 5, 8, 9, 11, 12, ⑰1, 5, 10, 11, 14, 16, 18, 19, 20, 21, 23, ⑱4, 5, 9, 10, ⑲3, 4, 5, 10, ⑳4, 5, 6, 9, 12, ㉑5, 6, 7, ㉓4, 6, 9, ㉔1, 2, 3, 4, 7, ㉕4, ㉝8, ㊲4
脇屋義治 わきやよしはる ⑭4, 9, ⑯12, ⑰16, 20, ⑱4, 5, 6, 7, 8, ㉑6, ㉕4, ㉛1, 2, 3, 8, ㉜7, ㉝8, ㊱17, ㊲4
和気 わけ ㉖2, ㊵7
和気嗣成 わけのつぐなり ㉖2
鷲尾中納言 わしのおちゅうなごん ⑧4
和田 わだ ⑦9, ㉑6, ㉗1, ㉙1, ㉚4, 12, 15, 17, 18, ㉛5, ㉜3, 12, ㉞2, 5, 6, 10, 13, 14, ㉟5, 7, ㊱15
綿打刑部少輔 わたうちぎょうぶのしょう ⑭4
和田橘六左衛門 わだきつろくざえもん ㉖9
和田新兵衛 わだしんびょうえ ㉖7, 9
和田新発意（源秀） わだしんぼち ㉖6, 7, 9
渡部綱 わたなべのつな ㉜11
渡辺党 わたなべのとう ㉜11
四月一日五郎左衛門 わたぬきごろうざえもん ⑰2
和田五郎 わだのごろう ③8
和田宣茂 わだのぶしげ ㉕2
和田範氏 わだのりうじ ⑯3
和田範長 わだのりなが ⑯3
和田孫三郎 わだまごさぶろう ⑥4
和田正氏 わだまさうじ ㉛4, 6, ㉞3, 15, ㉟3, ㊱8, ㊳10, 11
亘理新左衛門 わたりしんざえもん ⑮3
王仁 わに ㊴11
藁科家治 わらしないえはる ㊵2

太《たい》平《へい》記《き》（六）〔全6冊〕

2016年10月18日　第1刷発行
2022年 5 月25日　第4刷発行

校注者　兵藤裕己《ひょうどうひろみ》

発行者　坂本政謙

発行所　株式会社 岩波書店
〒101-8002 東京都千代田区一ツ橋 2-5-5

案内 03-5210-4000　営業部 03-5210-4111
文庫編集部 03-5210-4051
https://www.iwanami.co.jp/

印刷 製本・法令印刷　カバー・精興社

ISBN 978-4-00-301436-3　Printed in Japan

読書子に寄す

——岩波文庫発刊に際して——

岩波茂雄

真理は万人によって求められることを自ら欲し、芸術は万人によって愛されることを自ら望む。かつては民を愚昧ならしめるために学芸が最も狭き堂宇に閉鎖されたことがあった。今や知識と美とを特権階級の独占より奪い返すことはつねに進取的なる民衆の切実なる要求である。岩波文庫はこの要求に応じそれに励まされて生まれた。それは生命ある不朽の書を少数者の書斎と研究室とより解放して街頭にくまなく立たしめ民衆に伍せしめるであろう。近時大量生産予約出版の流行を見る。その広告宣伝の狂態はしばらくおくも、後代にのこすと誇称する全集がその編集に万全の用意をなしたるか。千古の典籍の翻訳企図に敬虔の態度を欠かざりしか。さらに分売を許さず読者を繫縛して数十冊を強うるがごとき、はたしてその揚言する学芸解放のゆえんなりや。吾人は天下の名士の声に和してこれを推挙するに躊躇するものである。このときにあたって、岩波書店は自己の責務のいよいよ重大なるを思い、従来の方針の徹底を期するため、すでに十数年以前より志して来た計画を慎重審議この際断然実行することにした。吾人は範をかのレクラム文庫にとり、古今東西にわたって文芸・哲学・社会科学・自然科学等種類のいかんを問わず、いやしくも万人の必読すべき真に古典的価値ある書をきわめて簡易なる形式において逐次刊行し、あらゆる人間に須要なる生活向上の資料、生活批判の原理を提供せんと欲する。この文庫は予約出版の方法を排したるがゆえに、読者は自己の欲する時に自己の欲する書物を各個に自由に選択することができる。携帯に便にして価格の低きを最主とするがゆえに、外観を顧みざるも内容に至っては厳選最も力を尽くし、従来の岩波出版物の特色をますます発揮せしめようとする。この計画たるや世間の一時の投機的なるものと異なり、永遠の事業として吾人は微力を傾倒し、あらゆる犠牲を忍んで今後永久に継続発展せしめ、もって文庫の使命を遺憾なく果たさしめることを期する。芸術を愛し知識を求むる士の自ら進んでこの挙に参加し、希望と忠言とを寄せられることは吾人の熱望するところである。その性質上経済的には最も困難多きこの事業にあえて当たらんとする吾人の志を諒として、その達成のため世の読書子とのうるわしき共同を期待する。

昭和二年七月

《日本文学(古典)》〔黄〕

- 古事記　倉野憲司校注
- 日本書紀　全五冊　坂本太郎・家永三郎・井上光貞・大野晋校注
- 万葉集　全五冊　佐竹昭広・山田英雄・工藤力男・大谷雅夫・山崎福之校注
- 原文 万葉集　全二冊　佐竹昭広・山田英雄・工藤力男・大谷雅夫・山崎福之校注
- 竹取物語　阪倉篤義校訂
- 伊勢物語　大津有一校注
- 玉造小町子壮衰書 ―小野小町物語　杤尾武校注
- 古今和歌集　佐伯梅友校注
- 土左日記　紀貫之／鈴木知太郎校注
- 蜻蛉日記　今西祐一郎校注
- 紫式部日記　池田亀鑑・秋山虔校注
- 源氏物語　全九冊(既刊八冊)　柳井滋・室伏信助・大朝雄二・鈴木日出男・藤井貞和・今西祐一郎校注
- 枕草子　池田亀鑑校訂
- 更級日記　西下経一校注
- 今昔物語集　全四冊　池上洵一編
- 三条西家本 栄花物語　全三冊　三条西公正校訂
- 堤中納言物語　大槻修校注
- 西行全歌集　久保田淳・吉野朋美校注
- 梅沢本 古本説話集　川口久雄校訂
- 後拾遺和歌集　久保田淳・平田喜信校注
- 詞花和歌集　工藤重矩校注
- 古語拾遺　斎部広成撰／西宮一民校注
- 王朝漢詩選　小島憲之編
- 落窪物語　藤井貞和校注
- 新訂 方丈記　市古貞次校注
- 新訂 新古今和歌集　佐佐木信綱校訂
- 新訂 徒然草　西尾実・安良岡康作校注
- 平家物語　全四冊　梶原正昭・山下宏明校注
- 神皇正統記　北畠親房／岩佐正校注
- 義経記　島津久基校訂
- 御伽草子　全二冊　市古貞次校注
- 王朝秀歌選　樋口芳麻呂校注
- 定家八代抄 ―続王朝秀歌選　全二冊　樋口芳麻呂・後藤重郎校注
- 中世なぞなぞ集　鈴木棠三編
- 謡曲選集 読む能の本　野上豊一郎編
- 東関紀行・海道記　玉井幸助校訂
- おもろさうし　外間守善校注
- 太平記　全六冊　兵藤裕己校注
- 好色五人女　井原西鶴／東明雅校註
- 武道伝来記　井原西鶴／横山重・前田金五郎校注
- 西鶴文反古　井原西鶴／片岡良一校訂
- 芭蕉紀行文集 付 嵯峨日記　中村俊定校注
- 芭蕉 おくのほそ道 付 曾良旅日記・奥細道菅菰抄　萩原恭男校注
- 芭蕉俳句集　中村俊定校注
- 芭蕉連句集　中村俊定・萩原恭男校注
- 芭蕉書簡集　萩原恭男校注
- 芭蕉文集　潁原退蔵編註
- 芭蕉俳文集　全二冊　堀切実編注
- 芭蕉自筆 奥の細道　上野洋三・櫻井武次郎校注
- 蕪村俳句集 付 春風馬堤曲 他二篇　尾形仂校注

蕪村七部集　伊藤松宇校訂
蕪村文集　藤田真一編注
国性爺合戦・鑓の権三重帷子　近松門左衛門　和田万吉校訂
折たく柴の記　新井白石　松村明校注
東海道四谷怪談　鶴屋南北　河竹繁俊校訂
鶉衣　全二冊　横井也有　堀切実校注
近世畸人伝　伴蒿蹊　森銑三校註
うひ山ふみ・鈴屋答問録　本居宣長　村岡典嗣校訂
排蘆小船・石上私淑言 —宣長「物のあはれ」歌論　本居宣長　子安宣邦校注
雨月物語　上田秋成　長島弘明校注
宇下人言 修行録　松平定信　松平定光校訂
訳註 良寛詩集　大島花束　原田勘平訳註
新訂 一茶俳句集　丸山一彦校注
一茶 父の終焉日記・おらが春 他一篇　矢羽勝幸校注
増補 俳諧歳時記栞草　全二冊　曲亭馬琴編　藍亭青藍補　堀切実校注
近世物之本江戸作者部類　曲亭馬琴　徳田武校注
北越雪譜　鈴木牧之編撰　京山人百樹刪定　岡田武松校訂

東海道中膝栗毛　全二冊　十返舎一九　麻生磯次校注
浮世床　式亭三馬　和田万吉校訂
梅暦　全二冊　為永春水　古川久校訂
日本民謡集　町田嘉章　浅野建二編
誹諧武玉川　全四冊　山澤英雄校訂
芭蕉臨終記 花屋日記 付 芭蕉翁終焉記・前後日記・行状記　小宮豊隆校訂
醒睡笑　全二冊　安楽庵策伝　鈴木棠三校注
与話情浮名横櫛 切られ与三　瀬川如皐　河竹繁俊校訂
江戸怪談集　全三冊　高田衛編・校注
柳多留名句選　山澤英雄選　粕谷宏紀校注
橘曙覧全歌集　水島直文　橋本政宣編注
万治絵入本 伊曾保物語　武藤禎夫校注
鬼貫句選・独ごと　復本一郎校注
井月句集　復本一郎編
花見車・元禄百人一句　雲英末雄　佐藤勝明校注
江戸漢詩選　全二冊　揖斐高編訳

《日本思想》〔青〕

風姿花伝 (花伝書)　世阿弥　野上豊一郎　西尾実校訂
五輪書　宮本武蔵　渡辺一郎校注
政談　荻生徂徠　辻達也校注
葉隠　全三冊　山本常朝　和辻哲郎　古川哲史校訂
養生訓・和俗童子訓　貝原益軒　石川謙校訂
貝原益軒 大和俗訓　石川謙校訂
町人嚢・百姓嚢・長崎夜話草　西川如見　飯島忠夫　西川忠幸校訂
日本水土考・水土解弁・増補華夷通商考　西川如見　飯島忠夫　西川忠幸校訂
蘭学事始　杉田玄白　緒方富雄校註
吉田松陰書簡集　広瀬豊編
島津斉彬言行録　牧野伸顕序
塵劫記　吉田光由　大矢真一校注
兵法家伝書 付 新陰流兵法目録事　柳生宗矩　渡辺一郎校注
南方録　西山松之助校注
長崎版 どちりな きりしたん　海老沢有道校註
仙境異聞・勝五郎再生記聞　平田篤胤　子安宣邦校注

茶湯一会集・閑夜茶話	井伊直弼／戸田勝久校注
新訂 海舟座談	巌本善治編／勝部真長校注
西郷南洲遺訓 附 手抄言志録及遺文	山田済斎編
文明論之概略	福沢諭吉／松沢弘陽校注
新訂 福翁自伝	富田正文校訂
学問のすゝめ	福沢諭吉
福沢諭吉家族論集	中村敏子編
日本道徳論	西村茂樹／吉田熊次校
新島襄の手紙	同志社編
新島襄 教育宗教論集	同志社編
新島襄自伝 —手記・紀行文・日記	同志社編
近時政論考	陸羯南
日本の下層社会	横山源之助
中江兆民 三酔人経綸問答	桑原武夫／島田虔次訳・校注
中江兆民評論集	松永昌三編
憲法義解	伊藤博文／宮沢俊義校註
日本開化小史	田口卯吉／嘉治隆一校訂

新訂 蹇蹇録 —日清戦争外交秘録	陸奥宗光／中塚明校注
茶の本	岡倉覚三／村岡博訳
新撰讃美歌	植村正久／奥野昌綱／松山高吉編
武士道	新渡戸稲造／矢内原忠雄訳
余はいかにしてキリスト信徒となりしか	内村鑑三／鈴木範久訳
代表的日本人	内村鑑三／鈴木範久訳
後世への最大遺物・デンマルク国の話	内村鑑三
宗教座談	内村鑑三
ヨブ記講演	内村鑑三
足利尊氏	山路愛山
徳川家康 全二冊	山路愛山
豊臣秀吉 全二冊	山路愛山
妾の半生涯	福田英子
善の研究	西田幾多郎
思索と体験	西田幾多郎
続思索と体験・『続思索と体験』以後	西田幾多郎
西田幾多郎哲学論集 I —場所・私と汝 他六篇	上田閑照編

西田幾多郎哲学論集 II —論理と生命 他四篇	上田閑照編
西田幾多郎哲学論集 III —自覚について 他四篇	上田閑照編
西田幾多郎随筆集	上田閑照編
西田幾多郎歌集	上田薫編
西田幾多郎講演集	田中裕編
西田幾多郎書簡集	藤田正勝編
帝国主義	幸徳秋水／山泉進校注
麺麭の略取	クロポトキン／幸徳秋水訳
基督抹殺論	幸徳秋水
日本の労働運動	片山潜
吉野作造評論集	岡義武編
貧乏物語	河上肇／大内兵衛解題
河上肇評論集	杉原四郎編
西欧紀行 祖国を顧みて	河上肇
中国文明論集	宮崎市定／礪波護編
中国史 全二冊	宮崎市定
大杉栄評論集	飛鳥井雅道編

《日本文学(現代)》〔緑〕

- 怪談 牡丹燈籠　三遊亭円朝
- 真景累ヶ淵　三遊亭円朝
- 塩原多助一代記　三遊亭円朝
- 小説神髄　坪内逍遥
- 当世書生気質　坪内逍遥
- 青年　森鷗外
- 阿部一族 他二篇　森鷗外
- 山椒大夫・高瀬舟 他四篇　森鷗外
- 渋江抽斎　森鷗外
- 舞姫・うたかたの記 他三篇　森鷗外
- 鷗外随筆集　千葉俊二編
- 森鷗外 椋鳥通信 全三冊　池内紀編注
- 浮雲　二葉亭四迷 十川信介校注
- 野菊の墓 他四篇　伊藤左千夫
- 吾輩は猫である　夏目漱石
- 坊っちゃん　夏目漱石
- 草枕　夏目漱石
- 虞美人草　夏目漱石
- 三四郎　夏目漱石
- それから　夏目漱石
- 門　夏目漱石
- 彼岸過迄　夏目漱石
- 漱石文芸論集　磯田光一編
- 行人　夏目漱石
- こころ　夏目漱石
- 硝子戸の中　夏目漱石
- 道草　夏目漱石
- 明暗　夏目漱石
- 思い出す事など 他七篇　夏目漱石
- 文学評論 全二冊　夏目漱石
- 夢十夜 他二篇　夏目漱石
- 漱石文明論集　三好行雄編
- 倫敦塔・幻影の盾 他五篇　夏目漱石
- 漱石日記　平岡敏夫編
- 漱石書簡集　三好行雄編
- 漱石俳句集　坪内稔典編
- 漱石・子規往復書簡集　和田茂樹編
- 文学論 全二冊　夏目漱石
- 坑夫　夏目漱石
- 漱石紀行文集　藤井淑禎編
- 二百十日・野分　夏目漱石
- 五重塔　幸田露伴
- 運命 他一篇　幸田露伴
- 努力論　幸田露伴
- 天うつ浪 全二冊　幸田露伴
- 渋沢栄一伝　幸田露伴
- 子規句集　高浜虚子選
- 病牀六尺　正岡子規
- 子規歌集　土屋文明編
- 墨汁一滴　正岡子規

仰臥漫録	正岡子規
歌よみに与ふる書	正岡子規
子規紀行文集	復本一郎編
金色夜叉 全二冊	尾崎紅葉
二人比丘尼 色懺悔	尾崎紅葉
不如帰	徳冨蘆花
謀叛論 他六篇 日記	徳冨健次郎 中野好夫編
武蔵野	国木田独歩
愛弟通信	国木田独歩
蒲団・一兵卒	田山花袋
田舎教師	田山花袋
藤村詩抄	島崎藤村自選
破戒	島崎藤村
春	島崎藤村
千曲川のスケッチ	島崎藤村
桜の実の熟する時	島崎藤村
新生 全二冊	島崎藤村

夜明け前 全四冊	島崎藤村
生ひ立ちの記 他一篇	島崎藤村
にごりえ・たけくらべ	樋口一葉
大つごもり・十三夜 他五篇	樋口一葉
修禅寺物語 正雪の二代目 他四篇	岡本綺堂
高野聖・眉かくしの霊	泉鏡花
歌行燈	泉鏡花
夜叉ケ池・天守物語	泉鏡花
草迷宮	泉鏡花
春昼・春昼後刻	泉鏡花
鏡花短篇集	川村二郎編
日本橋	泉鏡花
外科室・海城発電 他五篇	泉鏡花
湯島詣 他一篇	泉鏡花
鏡花随筆集	吉田昌志編
化鳥・三尺角 他六篇	泉鏡花
鏡花紀行文集	田中励儀編

俳句はかく解しかく味う	高浜虚子
回想 子規・漱石	高浜虚子
有明詩抄	蒲原有明
上田敏全訳詩集	山内義雄 矢野峰人編
宣言	有島武郎
一房の葡萄 他四篇	有島武郎
ホイットマン詩集 草の葉	有島武郎選訳
寺田寅彦随筆集 全五冊	小宮豊隆編
柿の種	寺田寅彦
与謝野晶子歌集	与謝野晶子自選
与謝野晶子評論集	鹿野政直 香内信子編
私の生い立ち	与謝野晶子
入江のほとり 他一篇	正宗白鳥
つゆのあとさき	永井荷風
濹東綺譚	永井荷風
荷風随筆集 全二冊	野口冨士男編
おかめ笹	永井荷風

摘録 断腸亭日乗 全二冊　永井荷風　磯田光一編
すみだ川・新橋夜話 他一篇　永井荷風
夢の女　永井荷風
あめりか物語　永井荷風
江戸芸術論　永井荷風
下谷叢話　永井荷風
ふらんす物語　永井荷風
浮沈・踊子 他三篇　永井荷風
花火・来訪者 他十一篇　永井荷風
問はずがたり・吾妻橋 他十六篇　永井荷風
斎藤茂吉歌集　山口茂吉・柴生田稔・佐藤佐太郎編
桑の実　鈴木三重吉
小鳥の巣　鈴木三重吉
千鳥 他四篇　鈴木三重吉
鈴木三重吉童話集　勝尾金弥編
小僧の神様 他十篇　志賀直哉
万暦赤絵 他二十二篇　志賀直哉

暗夜行路 全二冊　志賀直哉
志賀直哉随筆集　高橋英夫編
高村光太郎詩集　高村光太郎
北原白秋歌集　高野公彦編
北原白秋詩集 全二冊　安藤元雄編
フレップ・トリップ　北原白秋
野上弥生子随筆集　竹西寛子編
野上弥生子短篇集　加賀乙彦編
お目出たき人・世間知らず　武者小路実篤
友情　武者小路実篤
釈迦　武者小路実篤
銀の匙　中勘助
鳥の物語　中勘助
犬 他一篇　中勘助
若山牧水歌集　伊藤一彦編
新編 みなかみ紀行　若山牧水　池内紀編
新編 啄木歌集　久保田正文編

時代閉塞の現状・食うべき詩 他十篇　石川啄木
蓼喰う虫　谷崎潤一郎　小出楢重画
春琴抄・盲目物語　谷崎潤一郎
吉野葛・蘆刈　谷崎潤一郎
卍（まんじ）　谷崎潤一郎
幼少時代　谷崎潤一郎
谷崎潤一郎随筆集　篠田一士編
多情仏心 全二冊　里見弴
道元禅師の話　里見弴
今年竹 全二冊　里見弴
萩原朔太郎詩集　三好達治選
郷愁の詩人 与謝蕪村　萩原朔太郎
猫町 他十七篇　萩原朔太郎　清岡卓行編
恩讐の彼方に・忠直卿行状記 他八篇　菊池寛
父帰る・藤十郎の恋 菊池寛戯曲集　石割透編
河明り 老妓抄 他一篇　岡本かの子
春泥・花冷え　久保田万太郎

大寺学校 ゆく年	久保田万太郎
室生犀星詩集	室生犀星自選
犀星王朝小品集	室生犀星
出家とその弟子	倉田百三
羅生門・鼻・芋粥・偸盗	芥川竜之介
地獄変・邪宗門・好色・藪の中 他七篇	芥川竜之介
河童 他二篇	芥川竜之介
歯車 他二篇	芥川竜之介
蜘蛛の糸・杜子春・トロッコ 他十七篇	芥川竜之介
芭蕉雑記・西方の人 他七篇	芥川竜之介
侏儒の言葉・文芸的な、余りに文芸的な	芥川竜之介
芥川竜之介俳句集	加藤郁乎編
芥川竜之介随筆集	石割透編
蜜柑・尾生の信 他十八篇	芥川竜之介
年末の一日・浅草公園 他十七篇	芥川竜之介
芥川竜之介紀行文集	山田俊治編
都会の憂鬱	佐藤春夫

美しき町・西班牙犬の家 他六篇	佐藤春夫 池内紀編
海に生くる人々	葉山嘉樹
日輪・春は馬車に乗って 他八篇	横光利一
宮沢賢治詩集	谷川徹三編
童話集 風の又三郎 他十八篇	宮沢賢治 谷川徹三編
童話集 銀河鉄道の夜 他十四篇	宮沢賢治 谷川徹三編
山椒魚・遥拝隊長 他七篇	井伏鱒二
川釣り	井伏鱒二
井伏鱒二全詩集	井伏鱒二
太陽のない街	徳永直
伊豆の踊子・温泉宿 他四篇	川端康成
雪国	川端康成
山の音	川端康成
川端康成随筆集	川西政明編
三好達治詩集	桑原武夫 大槻鉄男選
詩を読む人のために	三好達治
夏目漱石 全二冊	小宮豊隆

社会百面相 全二冊	内田魯庵
新編 思い出す人々	内田魯庵 紅野敏郎編
檸檬《レモン》・冬の日 他九篇	梶井基次郎
蟹工船 一九二八・三・一五	小林多喜二
風立ちぬ・美しい村	堀辰雄
富嶽百景・走れメロス 他八篇	太宰治
斜陽 他一篇	太宰治
人間失格・グッド・バイ 他一篇	太宰治
津軽	太宰治
お伽草紙・新釈諸国噺	太宰治
真空地帯	野間宏
日本唱歌集	堀内敬三 井上武士編
日本童謡集	与田凖一編
森鷗外	石川淳
至福千年	石川淳
近代日本人の発想の諸形式 他四篇	伊藤整
小説の認識	伊藤整

中原中也詩集	大岡昇平編
ランボオ詩集	中原中也訳
小熊秀雄詩集	岩田宏編
夕鶴 彦市ばなし 他二篇 —木下順二戯曲選II—	木下順二
子午線の祀り 沖縄 他一篇 —木下順二戯曲選IV—	木下順二
元禄忠臣蔵 全二冊	真山青果
玄朴と長英 他三篇	真山青果
随筆滝沢馬琴	真山青果
旧聞日本橋	長谷川時雨
新編 近代美人伝 全二冊	長谷川時雨 杉本苑子編
古句を観る	柴田宵曲
俳諧随筆 蕉門の人々	柴田宵曲
評伝 正岡子規	柴田宵曲
新編 俳諧博物誌	柴田宵曲 小出昌洋編
随筆集 団扇の画	柴田宵曲 小出昌洋編
子規居士の周囲	柴田宵曲
小説集 夏の花	原民喜

原民喜全詩集	
いちご姫・蝴蝶 他二篇	山田美妙 十川信介校訂
貝殻追放抄	水上滝太郎
銀座復興 他三篇	水上滝太郎
魔風恋風 全二冊	小杉天外
柳橋新誌	成島柳北 塩田良平校訂
島村抱月文芸評論集	島村抱月
立原道造詩集	杉浦明平編
野火／ハムレット日記	大岡昇平
中谷宇吉郎随筆集	樋口敬二編
雪	中谷宇吉郎
伊東静雄詩集	杉本秀太郎編
冥途・旅順入城式	内田百閒
東京日記 他六篇	内田百閒
西脇順三郎詩集	那珂太郎編
草野心平詩集	入沢康夫編
金子光晴詩集	清岡卓行編

大手拓次詩集	原子朗編
評論集 滅亡について 他三十篇	武田泰淳 川西政明編
山岳紀行文集 日本アルプス	小島烏水 近藤信行編
雪中梅	末広鉄腸 小林智賀平校訂
宮柊二歌集	宮英子 高野公彦編
新編 東京繁昌記	木村荘八 尾崎秀樹編
新編 山と渓谷	田部重治 近藤信行編
日本児童文学名作集 全二冊	桑原三郎 千葉俊二編
山月記・李陵 他九篇	中島敦
眼中の人	小島政二郎
新選 山のパンセ	串田孫一自選
新美南吉童話集	千葉俊二編
岸田劉生随筆集	酒井忠康編
摘録 劉生日記	岸田劉生 酒井忠康編
量子力学と私	朝永振一郎 江沢洋編
書物	森銑三 柴田宵曲
窪田空穂随筆集	大岡信編

窪田空穂歌集	大岡信編
暢気眼鏡 虫のいろいろ 他十三篇	尾崎一雄 高橋英夫編
梵雲庵雑話	淡島寒月
奴隷 —小説・女工哀史1	細井和喜蔵
工場 —小説・女工哀史2	細井和喜蔵
森鷗外の系族	小金井喜美子
木下利玄全歌集	五島茂編
新編 学問の曲り角	河野与一 原二郎編
放浪記	林芙美子
山の旅 全二冊	近藤信行編
日本近代文学評論選 全二冊	千葉俊二 坪内祐三編
食道楽 全二冊	村井弦斎
酒道楽	村井弦斎
文楽の研究 全二冊	三宅周太郎
五足の靴	五人づれ
尾崎放哉句集	池内紀編
リルケ詩抄	茅野蕭々訳

ぷえるとりこ日記	有吉佐和子
江戸川乱歩短篇集	千葉俊二編
怪人二十面相・青銅の魔人	江戸川乱歩
少年探偵団・超人ニコラ	江戸川乱歩
江戸川乱歩作品集 全三冊	浜田雄介編
堕落論・日本文化私観 他二十二篇	坂口安吾
桜の森の満開の下・白痴 他十二篇	坂口安吾
風と光と二十の私と・いずこへ 他十六篇	坂口安吾
久生十蘭短篇選	川崎賢子編
墓地展望亭・ハムレット 他六篇	久生十蘭
六白金星・可能性の文学 他十一篇	織田作之助
夫婦善哉 正続 他十二篇	織田作之助
わが町・青春の逆説	織田作之助
歌の話・歌の円寂する時 他一篇	折口信夫
死者の書・口ぶえ	折口信夫
折口信夫古典詩歌論集	藤井貞和編
汗血千里の駒 坂本龍馬君之伝	坂崎紫瀾 林原純生校注

日本近代短篇小説選 全六冊	紅野敏郎・紅野謙介・千葉俊二・宗像和重・山田俊治編
自選 谷川俊太郎詩集	
訳詩集 白孔雀	西條八十訳
茨木のり子詩集	谷川俊太郎選
第七官界彷徨・琉璃玉の耳輪 他四篇	尾崎翠
大江健三郎自選短篇	
M/Tと森のフシギの物語	大江健三郎
キルプの軍団	大江健三郎
辻征夫詩集	谷川俊太郎編
明治詩話	木下彪
石垣りん詩集	伊藤比呂美編
漱石追想	十川信介編
芥川追想	石割透編
荷風追想	多田蔵人編
自選 大岡信詩集	
うたげと孤心	大岡信
日本の詩歌 その骨組みと素肌	大岡信

詩人・菅原道真 ―うつしの美学 大岡信
日本近代随筆選 全三冊 千葉俊二 長谷川郁夫 宗像和重編
尾崎士郎短篇集 紅野謙介編
山之口貘詩集 高良勉編
原爆詩集 峠三吉
近代はやり唄集 倉田喜弘編
竹久夢二詩画集 石川桂子編
まど・みちお詩集 谷川俊太郎編
山頭火俳句集 夏石番矢編
二十四の瞳 壺井栄
幕末の江戸風俗 塚原渋柿園 菊池眞一編
けものたちは故郷をめざす 安部公房
詩の誕生 大岡信 谷川俊太郎
鹿児島戦争記 ―実録 西南戦争 篠田仙果 松本常彦校注
東京百年物語 一八六八～一九〇九 全三冊 ロバート・キャンベル 十重田裕一 宗像和重編
三島由紀夫紀行文集 佐藤秀明編
若人よ蘇れ・黒蜥蜴 他一篇 三島由紀夫

三島由紀夫スポーツ論集 佐藤秀明編
吉野弘詩集 小池昌代編
開高健短篇選 大岡玲編
破れた繭 耳の物語1 開高健
夜と陽炎 耳の物語2 開高健
色ざんげ 宇野千代
老女マノン・脂粉の顔 他四篇 宇野千代 尾形明子編
明智光秀 小泉三申
久米正雄作品集 石割透編
次郎物語 全五冊 下村湖人